armando capozza

domani viene sempre di lunedì

scazzum vivendi

Armando Capozza

Domani viene sempre di lunedì

scazzum vivendi

Prima stampa: 2019

ISBN 979-12-200-3784-6

Parte del progetto scazzum vivendi
www.scazzumvivendi.com

armando@scazzumvivendi.com

Indice

Prologo

26 gennaio 1996

-... le conclusioni sono ovvie, la storia è scritta.

Buio.

Chivo iniziò a invocare tutti i santi del calendario.

Sapeva bene che questo significava dover riscrivere tutto il pezzo, ma ormai ci era abituato; con il computer aveva un leggero risentimento, ovviamente contraccambiato.

Pochi secondi dopo tornò la luce.

Andò verso il comodino. Riprese una vecchia foto, scattata il 19 aprile 1971, a Muzzano, come scritto dietro. Quasi 25 anni. Rabbrividì al pensiero del tempo passato.

Forse era il caso di sentire Lisino, il suo accompagnatore di quei giorni. Era già da qualche annetto che non aveva sue notizie.

– Chi è? – rispose Lisino.

– Sono Chivo.

– Chivo! Stavo pensando a te.

Chivo rise, poi gli chiese: – Sicuro. Come stai?

– Che ti devo dire, il dottore dice che devo mangiare meno, ma non mi interessa. Ti ricordi come dicevo no?

– Onestamente no. Ne hai dette così tante in quei giorni…

– Ah. Beh, fa niente. Quindi, vieni? C'è un piatto di cozze *arracanate*[1] che ti aspetta.

– Ci penserò...

– Ci mise meno Penelope a fare la tela che tu a pensare...

– Forse... Dai, sai che col lavoro non è facile.

Canticchiando disse: – Quante minchiate... – poi, tornando al tono normale, – dai, facciamo che ti aspetto, anche per

---

[1] Gratinate

quest'anno.

– OK, disse Chivo ridendo.

– Però sai che mi farebbe piacere venissi.

– Ci proverò.

– Ciao, Chivo.

– A presto.

– Eh, speriamo... – concluse Lisino, come al solito vagamente melodrammatico.

Chivo sapeva che tornare giù era una buona idea; anche rivedere Lisino lo avrebbe risollevato, soprattutto dopo venticinque anni. E se avesse chiamato anche gli altri? Una rimpatriata non avrebbe fatto male.

Certo, era un po' difficile dato che non li sentiva da un po'. Doveva ritrovare i numeri di telefono.

Fortunatamente, la prima parte del pezzo che si era portato dietro dal lavoro era salvato sul floppy.

Si rimise a scrivere.

Parte 1

1° aprile 1971

Un rumore di stivali rinforzati svegliò Chivo. Il portone sbatté. Chivo si alzò mugugnando e andò verso il bagno.

Quando il tizio di sopra aveva il turno di mattina era così puntuale da anticipare la radio sveglia.

"Buongiorno a tutti gli amici ascoltatori! Oggi partiamo con un'ospite gradito, con il quale partire bene la giornata. Nilla Pizzi."

Grazie, ma no, grazie. Chivo spense la radio. Di solito il secondo programma, con lo show di imitazioni, dava soddisfazioni, ma quello era un giorno storto. Capì solo dopo che giorno fosse.

Era il primo aprile e già si preannunciava una giornataccia dal buongiorno. Buttò giù il caffè.

Scese lentamente le scale. Cambiò la solita strada e allungò per via Fucini.

A Milano si trovava bene. Abitava in zona Politecnico da ormai quindici anni. Amava passeggiare tra gli alberi, trovare lì d'estate frescura e vedere ragazzi e anziani discutere tra di loro sulle panchine, mentre lui rimuginava sulle 3000 parole da scrivere per quelle 3 settimane. Non pensava assolutamente di avere il distacco ironico per sopravvivere nella sezione curiosità, dove lo avevano esiliato.

Allungare il percorso che portava al lavoro forse poteva rendere il tutto più sopportabile.

I colleghi rompiscatole, gli orari troppo mattutini per le sue abitudini, le curiosità che lui riteneva superflue. Il primo aprile con le sue stronzate. Pensava di essere un buon giornalista, migliore degli altri della sezione curiosità, almeno di esserlo stato

fino a tre-quattro anni prima. Il primo passo verso il declino fu
molto prima, quando era alla cronaca di uno dei tanti quotidiani
in cui lavorò prima di quello. Invece di seguire dei consigli,
andò avanti con un caso relativo al riciclaggio di denaro riguardante Bertazzi, un influente politico eletto alla regione. Il puti-
ferio causato da quell'indagine causò una querela per diffama-
zione, che Chivo dovette sobbarcarsi da solo per via del contratto stipulato con il suo vecchio giornale, che non prevedeva
tutele legali.

Il giudice che doveva decidere sul caso in primo grado gli
diede ragione, ma Chivo vide Bertazzi e il suo avvocato ridere.

Ovviamente fecero appello.

Nel frattempo, però, arrivò al caporedattore un'altra soffiata sempre relativa all'indagine che stava seguendo. Il politico
stava per ricevere una mazzetta da un boss della mala locale.

Chivo si ricordò dei due che ridevano, ma il capo fu irremovibile. Doveva andare, vedere, e possibilmente scattare qualche foto, secondo lui.

Questa volta, però, la soffiata era per una messinscena in
cui lui cascò; invece dell'appello ci fu una seconda querela, e il
giudice diede ragione a Bertazzi.

Chivo era quindi costretto da due anni a dare il 30% del suo
stipendio per pagare i danni "morali e materiali".

La sensazione di essere stato incastrato dal suo vecchio
capo era talmente forte da fargli chiamare il suo angelo protet-
tore per chiedergli di potergli trovare un altro posto con le sue
influenze. Gli disse che si era liberato un posto a Omnia, un
giornale piccolo, che forse poteva aiutarlo a rimettersi in sesto,
e che sicuramente però gli avrebbe permesso di pagare l'affitto.
Aveva ragione sull'affitto.

Tra un pensiero e l'altro, sospinto dal leggero venticello
mattutino milanese, arrivò al palazzo.

Salutò il guardiano, e fece la rampa di scale che portava al
primo piano. Trovò aperto. Erano già le nove e trenta.

– Il primo aprile! Giorno di scherzi, bufale, e pane per i

nostri denti.

Così Chivo fu accolto dal redattore della sezione curiosità.

– Tra poco facciamo una riunione col capo per dividerci le notizie. Lo facciamo oggi, un po' per portarci avanti, un po' perché il boss va via per il weekend.

Omnia usciva ogni tre settimane. Era probabilmente l'unico periodico ad avere questo tipo di uscite ma secondo il proprietario era questo a renderlo speciale.

Chivo era arrivato giusto in tempo per vedere i garzoni del bar arrivare con i caffè e per partecipare alla riunione.

Gli si avvicinò Lupo, il suo collega di cronaca.

– Allora pronto? È giorno di scherzi, bufale …

– E pane per i nostri denti. Ho sentito il mio capo.

– Ma ci hai pensato?

– Al lavoro alla radio abusiva? Sì, però non credo sia il caso. Dopotutto il tempo che mi avanza è quello che è. Inoltre, non mi pagherebbero, e non è propriamente una cosa secondaria.

– Pensaci, è un lavoro adatto a te.

– Sarà…

Lupo si allontanò. Era arrivato il caporedattore per la riunione.

Beppe Lupo era il migliore amico di Chivo all'interno del giornale. Lavoravano insieme dai tempi del Volo, un giornale che era durato pochissimo, ma ricordato da chi l'aveva acquistato. Erano vicini di macchina da scrivere e addirittura avevano scritto un pezzo sull'eventuale rilancio della zona Bovisa. La particolarità dei pezzi era nel loro stile "criptico e postmoderno", un eufemismo inventato dal direttore per coprire gli errori sia dei giornalisti, che dei correttori di bozze.

Ma la loro storia andava al di là del lavoro. Si erano conosciuti quando Lupo era laureando in lettere e Chivo bazzicava nei dintorni. Si conobbero durante una delle tante feste con amici, e discutendo di futuro, come avrebbero fatto sempre, gli propose di diventare giornalista dopo la laurea. Le loro storie erano simili: emigrato dal Sud giovane e speranzoso, con buone doti di scrittura affinate nel tempo, ora stufo del suo lavoro.

A differenza di Chivo, questa insofferenza si trasformava in voglia di fare, ad esempio con la proposta della radio, idea che gli era venuta perché un inquilino del suo palazzo, che aveva collegato il suo impianto stereo a un trasmettitore FM e invadendo le onde radio fino al supermercato vicino. Oltre a questo, era stronzo come solo un mediano di mischia di rugby di serie B può essere; ma questo passato da rugbista gli aveva dato un'altra grande capacità: quella di finire gli impegni per tempo, anche sbattendoci la testa se necessario. Chivo, invece, era incapace di questo e finiva per spaccare qualcosa; l'ultima vittima era stata la sua Lettera 22.

All'interno della sala l'atmosfera era tranquilla. Il capo prese la parola.

– Le vendite di questo numero sono andate discretamente, però le notizie sono abbastanza scarse per queste tre settimane. Cominciamo. Per la politica, Guglielmetti si occuperà del convegno dei giovani socialisti a Muzzano.

A quel punto, Chivo smise di ascoltare. Ci fu un flash nella sua mente, che non riuscì a elaborare. Il pensiero di Muzzano gli evocò più ricordi di quanti potesse processare.

– Civitano? Civitano? – gli fece il capo.

La voce, ma soprattutto la gomitata di Lupo lo fece tornare all'attenzione.

– Tu ti occuperai dei pesci d'aprile. Ricerca, storia, eccetera. – disse il capo con tono austero.

– Ok – rispose Chivo con poca convinzione.

– Potrai usare la sala C, con la TV e il terminale delle notizie.

– Ma se non trovo nulla?

– Inventa. Sai come si fa, no?

– Già.

Era inutile continuare la discussione.

– Ok. Per fine settimana prossima dovresti aver finito. – chiuse il caporedattore.

Subito fuori, Chivo si avvicinò a Guglielmetti e gli chiese:

– Ma tu che ne pensi del pezzo che ti ha dato? Ti piace?
Pensi di ricavarne qualcosa di buono?

– No. È inutile. La penna migliore del giornale su un articolo riguardante un convegno di quart'ordine.

Chivo si illuminò.

– Ma non credere che voglia passare al tuo pezzo. È da fine
giornale e lo sai. Almeno con quello posso finire tra le prime
dieci pagine.

Chivo tornò a fare un'espressione seria e si sedette davanti
alla sua macchina da scrivere.

Guglielmetti, per quanto in maniera odiosa, aveva eviden-
ziato una verità. Lui, Franco Guglielmetti, era davvero la penna
migliore del giornale, anche perché era forse l'unico a scrivere
in italiano corrente e corretto, risultando quindi il più amato dai
revisori di bozze.

Uno dei suoi pochi difetti era l'uso smodato di parole difficili che venivano cassate sul nascere dal suo redattore.

Anche la sua storia personale era segnata dal giornalismo
ma in modo differente da Chivo e Lupo: padre firma contesa
dai più importanti quotidiani, prime esperienze al liceo, laurea
con lode e bacio accademico, ed esperienza sul campo con le
descrizioni dei fatti del sessantotto per vari giornali universitari
del sottobosco comunista. Anche Chivo era lì, e infatti lo conosceva di vista prima che venisse assunto a Omnia; secondo
lui, il fatto di essere studente decorato, evidenziava come Guglielmetti fosse plasmabile dalle autorità, che quindi sottostava
agli ordini del capo che gli faceva scrivere anche cinque pezzi
ogni numero quando c'era carenza di personale, dandogli scadenze molto più ravvicinate, alle volte la scadenza era il giorno
in cui il giornale veniva dato alle stampe.

La consapevolezza del suo ruolo ormai ridotto e una latente
invidia delle varie capacità di Guglielmetti erano due dei motivi
che facevano pensare a Chivo di cambiare mestiere.

Trovare finalmente un lavoro serio. Tornare a fare il contadino nelle campagne intorno a Muzzano. Oppure finalmente
decidersi, lasciare tutto di nuovo e andare a fare il pescatore nel

Mare del Nord.

Andò nella sala C. Il terminale ANSA macinava caratteri sul rotolo di carta e la TV blaterava. Chivo si sedette e si addormentò.

Subito dopo, almeno per lui, si risvegliò. In realtà erano ormai le due del pomeriggio, e decise di tornare a casa.

Avrebbe seguito il consiglio del capo e avrebbe inventato tutto.

Uscì dall'ufficio e decise di andare dalla parte opposta rispetto a casa sua; se a metà percorso *gli fosse venuta addosso stanchezza*, avrebbe preso la metropolitana.

Il solo pensiero di Muzzano lo rendeva nervoso. Avrebbe voluto di sicuro buttare nel cesso l'adolescenza passata a fuggire da quel che era davvero. La consapevolezza di ciò sarebbe venuta dopo, appena prima di partire. Passò davanti alla sua palestra, dove si allenava dando di boxe. Il suo allenatore lo salutò levando in alto il sigaro puzzolente. Chivo gli urlò che sarebbe tornato lì la sera, come d'accordo.

La stanchezza gli venne addosso quasi subito. Si trovò davanti ad una fermata della metro e decise di tornare a casa così.

Chivo non amava la metro. Gli sembrava sempre di sbucare in un'altra città, diversa da quella che aveva lasciato, solo perché era passato sottoterra, senza vedere il paesaggio. Una maniera psicogeograficamente inaccettabile, per citare Guglielmetti; una frase che rimase impressa a Chivo quando gli disse che era venuto in ufficio in metro, ed ebbe questa come risposta. Cosa intendesse davvero, non lo capì mai.

Una volta arrivato a casa, si sedette, come al solito, alla macchina da scrivere e si guardò le mani.

Ripensò al suo allenatore di boxe che se ne era innamorato, anche se solo dal punto di vista delle prospettive sportive. Le vedeva e diceva che erano due pentole piene di pepite d'oro.

La boxe era l'unico sport che sopportava, per vari motivi. Lo vedeva come una lotta giusta, uno contro uno, senza via d'uscita; dall'altro lato, però, aveva paura di farsi male perché non si sentiva mai pronto del tutto. Per questo non aveva mai combattuto sul ring. Preferiva essere considerato di serie B, ma tenersi le mani e il naso integri. Dovendo usare una macchina da scrivere, gli sembrò saggio fare così.

C'erano delle volte in cui avrebbe preferito superare questo blocco. Combattere, anche metaforicamente, invece di reprimere la rabbia. Provare sul ring della palestra quanto fosse capace. Il suo allenatore non avrebbe desiderato altro. Lo trovava perfetto. Forza, tecnica e potenza esteriore. Mancava solo la parte interiore.

Ovviamente il suo allenatore gli diceva anche che non era la seconda venuta di Joe Louis. Oltre alla paura di combattere, aveva una certa pigrizia di fondo ed era un po' lento a causa della mole.

Nonostante questo, il suo allenatore lo usava per un esperimento, sperando che cambiasse idea per quanto riguarda il combattere in un match.

Aveva inventato un esercizio che consisteva nel cambiare la guardia da destra a sinistra e viceversa. Nonostante lo proponesse a tutti, Chivo fu l'unico ad apprezzarlo e ad assimilarlo appieno, tanto da spingere per migliorarlo cambiando anche lo schema; invece di invertire mano forte ogni pugno, la cambiava ogni due o tre per esempio.

Arrivò a casa mentre squillava il telefono.
– Chi è?
– Buonasera Civitano. Sono De Castri.
Il grande capo.
– Buonasera. – rispose Chivo.
– Spero abbia trovato quanto necessario per il pezzo.
– Mah, sì.
– Non ti sento convinto. Quanto pensi di metterci?
– Una settimana?
– Può andare. Non di più come l'ultima volta.
– Va bene. Tutto qui? – disse Chivo, cercando di

nascondere il senso d'insofferenza.

– Sì. Per ora sì. Buona serata, allora.

De Castri, il direttore, era l'unico che continuava a chiamarlo per cognome.

Nell'ambiente di lavoro era abbastanza comune chiamarsi per nome, ma De Castri, per una questione di distacco, preferiva usare i cognomi, anche quando si arrabbiava.

Come promesso prima, la sera Chivo andò in palestra. Appena lo vide, l'allenatore gli toccò l'addome, e disse:

– Vedo che siamo almeno al settimo mese. Come lo chiami?

– Questa è vecchia, coach. – rispose Chivo.

– È il caso di fare tre giri dell'isolato, così magari lo fai tornare indietro di qualche mesetto?

– Mah, magari no.

– Togliti la giacca e muovi quel culone. – disse l'allenatore, sputando a terra un residuo scuro.

Chivo accettò. Fuori era abbastanza fresco, per essere aprile, e un rantolo di vapore gli usciva dalla bocca; nonostante questo, nella sua felpa grigia, stava bene. Partì con un passo lento. Girò il primo angolo, girò il secondo, e dopo il terzo. Lì si trovò a passare davanti ad un bar dove quattro giovani erano seduti ad un tavolino fuori. Quando lo videro iniziarono a sogghignare. Chivo, nella sua testa, li mandò a fare in culo.

Girato l'altro angolo, trovò l'allenatore davanti alla porta.

– Questo lo chiami correre? Vado più veloce io che ho 76 anni e l'enfisema. Guarda!

Gli diede due passi di vantaggio e iniziò a correre. Lo superò, arrivò all'angolo dell'isolato e si girò.

"Visto?" gli disse, e dandogli una pacca sul culo gli disse: – Ora vai.

Chivo si stupì della lunghezza del pezzo di isolato opposto a quello dove si affacciava la palestra, dato che la prima volta ci aveva messo molto meno tempo a terminarlo.

Ripassò davanti al bar e sempre i quattro lo continuavano a punzecchiare, facendo battute anche pesanti sul suo peso e sui suoi supposti gusti sessuali. Chivo sorrise, pensando che involontariamente ci avevano azzeccato.

Il secondo passaggio davanti all'allenatore fu ancora più tragico del primo. L'allenatore continuò a sbraitare, dicendogli: – Visto quanto è difficile correre con un bambino in ventre? Muoviti panzone!

Arrivato al lato opposto e sentendosi scoraggiato dalla lunghezza, non riuscì più a correre e iniziò a camminare. Il vapore dalla bocca iniziò a farsi più consistente.

Girò l'angolo e sempre camminando passò davanti al bar.

Gli dissero: – Allora trippone? Non ce la fai più? Sei troppo checca per continuare a correre?

Chivo si avvicinò e con nonchalance prese una bottiglia di birra dal tavolo e la vuotò tutta d'un fiato. Il legittimo proprietario si avvicinò, provò a tirargli un pugno, ma Chivo lo evitò, gli diede una manata in fronte e iniziò a correre.

Non aveva corso così da tempo. Arrivò fino alla palestra, si girò e vide che non lo avevano seguito.

L'allenatore, vedendolo correre, gli chiese: – Come mai questo abbrivio?

– Birra.

– Se tutto quello che serviva era una birra, allora la prossima volta te ne faccio trovare una cassa. Ora vai sul ring.

L'allenatore ricominciò con i suoi allenamenti. Finta, diretto, ricomposto con guardia opposta, gancio, stessa guardia, finta, diretto, ricomposto con guardia opposta, gancio, stessa guardia e così via. Poi iniziò a fare una sinistra e una destra, o tre sinistre e due destre, come se fosse naturale.

Vedendo la precisione e la capacità di assimilazione di Chivo, l'allenatore gli disse per l'ennesima volta:

– Ma perché non fai incontri? Li macelleresti tutti e lo sai.

– Coach, lo sai. Con le mani faccio un altro lavoro.

– Lo so. Lo so. Ma mi prometti che se, o meglio quando, dovessi fare a pugni con qualcuno, metterai in pratica quanto ti sto insegnando?

– Certo. Ormai è l'unica maniera nella quale lo so fare.

2 aprile 1971

– Buongiorno amici della radio! Se vi sentite giù, ricordatevi che presto arriverà il fine settimana.

Le temperature, almeno qui a Roma, sono sopra la norma e continueranno ad essere ancora per un po' così, quindi fatevi quattro passi nei prossimi giorni. Se però volete leggere invece un libro, abbiamo qui qualcuno che potrebbe darvi un consiglio. Italo Calvino!!!

Clic.

Chivo non amava troppo leggere, ancora di più sentire gli scrittori parlare. Preferiva altri modi per distrarsi. Uscire, vedere un po' Milano, sperando di trovare una via stretta e ciottolata, come quelle che piacevano a lui.

Una di quelle silenziose, tranquille. Lontane da scadenze impellenti, pezzi, ansia.

Chivo pensò che non era decisamente la sua strada, se continuava a pensare così spesso a come non lavorare più come giornalista. Forse sarebbe dovuto diventare davvero un boxeur professionista, lasciare alle spalle le paure perché non avrebbe avuto più la necessità delle mani perfettamente integre. Il tutto dipendeva dal capire se la voglia di un nuovo lavoro era dovuta ad una necessità di cambiamento qualunque o meno.

Accese la televisione.

– Interrompiamo la trasmissione per una notizia appena giunta in redazione. Georges Pompidou, già presidente della Francia, è morto.

In quell'istante vide materializzarsi il biglietto per Muzzano tra le onde trasmesse dall'altoparlante della TV.

Anche se non era giorno di riunione e poteva starsene a casa, decise di andare in sede.

Era uno dei pochi che preferiva stare a casa a lavorare ai pezzi piuttosto che svilupparli in sede, quindi si aspettava di trovare lì sia Guglielmetti che De Castri.

Gli faceva uno strano effetto uscire alle dodici per recarsi al lavoro. Ci mise anche molto meno del solito, circa dieci minuti. Arrivato alla sede, cercò immediatamente Guglielmetti.

– Franco, hai sentito l'ultima?

– Sì.

– De Castri ha già deciso a chi affidare l'approfondimento?

– Sì. A me. Ha un coccodrillo già aggiornato, ma vuole metterlo in terza, e dalla quarta in poi il mio pezzo, per completare la retrospettiva.

– E il pezzo sul convegno a Muzzano?

– Sospeso, per il momento. Se ci tieni tanto, potresti chiedere a De Castri se te lo affida.

Chivo si precipitò nell'ufficio del capo.

Dopo una breve attesa la segretaria lo fece entrare.

– Prego Civitano, mi dica.

– Volevo chiederle di prendere in consegna il pezzo sul convegno di Muzzano.

– Va bene. Può venire qui domenica per seguirlo.

Chivo rimase perplesso.

– Pensavo di dovermi recare a Muzzano.

– Se pagasse lei viaggio e albergo, sì. – disse De Castri, lasciandosi andare ad un sorriso di circostanza.

– Va bene.

– Se decidesse di andare, le farò trovare un accompagnatore alla stazione, che la porterà all'albergo di sua scelta e la scorterà al convegno.

– Capito. Quando dovrei partire?

– Questa sera, al massimo domattina.

– Preferirei stasera.

– D'accordo. Mi faccia sapere quale treno prenderà, cosicché il suo accompagnatore possa farsi trovare alla stazione domani mattina. Buon viaggio.

Il costo non era indifferente, per le tasche di Chivo, ma sentiva che tornare a Muzzano dopo dieci anni fosse più importante.

Il perché del dover tornare, forse, sarebbe stato più chiaro quando il treno sarebbe partito; forse anche cosa fare una volta lì, a parte il convegno. Forse non era ancora il tempo di pensarci, era necessario che l'idea di tornare si focalizzasse, diventasse più chiara, per poi comprendere appieno di essere tornato a Muzzano.

Chivo, una volta uscito si ricordò di un passaggio, sentito forse in un film, o uno sceneggiato.

Diceva che l'idea stessa del viaggio ti portava a considerare il tutto come temporaneo, e la casa, l'ufficio, anche le stazioni della metropolitana e l'edicola diventavano non-luoghi, perché sarebbero spariti poco tempo dopo.

Tornò a casa e iniziò febbrilmente a prendere i vestiti da portare e a metterli nella valigia. Non aveva parecchie scelte, tra maglioni a righe e camicie che necessitavano di una stirata, quindi finì in circa dieci minuti.

Dall'ultima volta che era stato alla stazione, sapeva che c'erano due treni che partivano per Muzzano dopo le due del pomeriggio: uno nel pomeriggio alle 17, e uno la sera alle 22.

Chivo, al pensiero di partire, si sentiva un formicolio tale da uscire subito, portandosi dietro solo la valigia, il taccuino e il portafogli.

Iniziò a camminare di buon passo, si infilò nella metropolitana e arrivò abbastanza rapidamente alla stazione Centrale.

Comprò il biglietto e cercò immediatamente il binario.

Erano, però, le 16.15 circa, quindi il treno non era ancora sul binario.

Si ricordò, quindi, di avvisare De Castri. Gli rispose la segretaria e le disse che era in partenza e sarebbe arrivato a Muzzano per le 6.45 del mattino successivo. Gli disse che avrebbe riferito.

Tornò alla ricerca del binario e vide che il treno era arrivato al binario 15.

Chivo non era attratto dalla numerologia, ma l'avere un binario multiplo di 5 lo tranquillizzò immediatamente e senza motivo; questo non motivo gli ricordò Guglielmetti che arrivava in ufficio di buon umore quando in metropolitana vedeva gente che leggeva classici "perché la vita è troppo breve per leggere libri mediocri".

Salì sul treno, si sedette e iniziò a ripensare a Muzzano.

3 aprile 1971

Muzzano fu fondata dai Romani come Mussanus, derivato forse da mus, con il probabile significato di città dei topi, o anche con il significato di muscolo, nel senso zoologico del termine, e quindi città dei mitili.

La particolarità della città è di essere stata fondata in un porto naturale, chiamata dai locali la "testa della chiave". All'ingresso dell'insenatura si trova l'isola, il nucleo originario di Muzzano.

In quei tempi era considerato il porto più importante di quello che sarebbe diventato il Sud Italia. Essendo favorita da questa posizione fu preda ambita dalle popolazioni che erano di passaggio, dopo la dissoluzione dell'Impero Romano: arabi, spagnoli, e francesi.

Proprio sotto i francesi ebbe un momento fulgido, essendo considerato un porto fondamentale; venne poi conquistata quando si formò il regno d'Italia.

In questo momento iniziò il declino. Il porto non fu più così utilizzato e quindi la città iniziò a entrare in crisi, passando paradossalmente a diventare invece che industrializzata, agricolarizzata, sfruttando le campagne circostanti.

Lo stato italiano, nel 1955, decise di costruire il più grande impianto petrolchimico d'Europa, per far rinascere Muzzano e tutto il Sud.

Chivo fece in tempo a vedere un figlio dei vicini tornare senza un braccio e un altro morto, prima di partire. Nonostante questi problemi, Muzzano diventò uno dei centri più grandi del Sud, con persone arrivate anche dal Nord per lavorare nell'industria. Questo secondo rinascimento muzzanese non portò però ad un abbellimento della città, come nelle epoche Romane e Borboniche, ma la rese una città cupa, anche se a pochi chilometri dai vapori inquinanti si trovava un mare paradossalmente limpido, grazie alla stessa forma a testa di chiave che ne aveva determinato la fondazione in prima battuta; questa forma portava uno scarso ricambio d'acqua, che rimaneva piena di sostanze chimiche all'interno del golfo.

Arrivando da nord, però, il primo impatto era con questa medusa rossa e nera, delle ciminiere nascoste dietro i fumi. Mentre questo era il ventre, il cuore rimaneva nell'isola colonizzata dai Romani.

Anche se con i vari rinascimenti si era popolato il ferro di cavallo circostante, il nucleo pulsante rimaneva lì.

Da lì partiva e si concludeva la processione di sant'Eliseo, il santo patrono. Lì si svolgeva il mercato del paese, anche se essendo sul versante Est, aveva un'ampia vista sul petrolchimico, cosa che tendeva a renderlo meno "agreste". Ciò nonostante, c'era il pieno di casalinghe che vi facevano la spesa.

Proprio davanti al mercato del pesce, sfrecciò sulla sua Fiat 850 spider bordeaux Eliseo Basile, classe 1925.

Eliseo Basile nacque il 24 ottobre 1925, figlio di Cosimo, pescatore e di Addolorata, casalinga. Il nonno paterno, anch'egli Eliseo, era di professione gestore di un'agenzia di onoranze funebri, o come detto in muzzanese *"tummarule"*.

A causa di questo, quando Eliseo stava diventando ragazzo e passeggiava per l'isola era un susseguirsi, intorno a lui, di urla *"Eliseo Basile?"* seguito da *"tummarule!"*, accompagnato da un gesto scaramantico tanto volgare quanto immaginabile.

Da allora preferì farsi chiamare Lisino che, per quanto non gli piacesse, non evocava orticarie ai genitali del prossimo.

La sua vita giovanile si svolse tra le mura marine dell'isola, sino a quando scoppiò la Seconda guerra mondiale.

Lisino divenne partigiano, con il nome di battaglia di "Gabbiano". La sua specialità era quella di cecchino, anche se si trovò a sparare solo due volte, e in nessuna delle due uccise nessuno; lui narrava che ciò accadde di proposito, i suoi compagni malignarono accadde per sua incapacità.

Era stato uno dei tanti impiegati al petrolchimico, in

particolare era uno degli addetti al recupero e verifica materie prime, almeno fino a quando era stato messo in cassa integrazione, quindi fu costretto a diventare coltivatore diretto di olive.

Lisino scese dall'auto. Il suo riporto di capelli neri pece si alzò nel vento come la cresta di un gallo, mentre gli occhi blu intenso facevano il paio con il cielo primaverile.

Entrò nel bar e ordinò un caffè. Prese anche una schedina del Totocalcio e un pacchetto di nazionali senza filtro. Anche lì, come spesso gli capitava, incontrò qualcuno che conosceva. In questo caso si trattava del figlio del proprietario del negozio di ferramenta che aveva il negozio dove abitò un amico del padre una decina d'anni prima. Un gradino sotto un parente.

Esattamente in quel momento il treno sul quale si trovava Chivo arrivò in stazione.

Chivo iniziò a dirigersi verso l'uscita, sperando di trovare il suo accompagnatore, magari con un cartello in mano con su scritto "Civitano"; invece trovò quattro auto in coda che suonavano furiosamente il clacson, dietro ad una spider rossa.

Entrò nel bar e chiese se la 850 rossa fosse di qualcuno. Eliseo, che gli era subito accanto, si girò e disse solo "Rossa bordò", prima di rimanere a bocca aperta. Non aveva mai visto un uomo così grande e grosso, e in quell'uomo vide la descrizione che gli fece De Castri.

Lisino si compose e saltò in piedi presentandosi: – Eliseo Basile, classe 1925, al suo servizio.

– Ah, quindi non solo intasa il traffico, ma non si fa nemmeno trovare ad aspettarmi. Cominciamo bene. E comunque, Chivo. – gli disse, stringendogli disinteressatamente la mano.

– Non mi dica così dottò. Vuole che vi offra un caffè?

– No, voglio che ci muoviamo, prima che ci lincino.

Lisino si congedò dal suo conoscente e uscirono. Le auto erano diventate ormai una decina. Chivo si voltò verso Lisino e disse: – Ma lei è pazzo a lasciare l'auto così, senza lasciar passare gli altri.

– Lo so. Però era giusto un attimo. Che ci vuole fare, questa è Muzzano. Magari da voi al Nord non è *uso* ma qui sì.

– Capisco.

Chivo arretrò violentemente il sedile dell'auto per poterci entrare. Lisino ribatté: – Calmo, *ancora* me lo rompete.

– Non lo rompo, stia tranquillo.

Lisino si accese lentamente una sigaretta. Solo dopo fece partire l'auto sgommando ma rimase un attimo perplesso, poi chiese: – Ma voi come avete detto che vi chiamate?

– Chivo. Noi ci chiamiamo Chivo.

Lisino rise. Chivo continuò: – So che qui è solito fare così, ma mi puoi dare del tu.

– Affare fatto. Ma volevo chiedere un paio di cose.

– Va bene. – disse Chivo, mentre Lisino cambiava le marce furiosamente, come se fosse in un rally.

– Ma voi siete originario di qui? – disse Lisino, sempre con la mano sul cambio.

– Già.

– Ma non avete più l'accento.

– Non sono più a Muzzano da almeno dieci anni. – disse Chivo, guardando fuori dal finestrino per non vedere il tachimetro.

– Capito. – rispose Lisino, scalando marcia.

Oltrepassarono il primo ponte, per arrivare all'isola. Chivo pensò che il discorso fatto prima era stato inutile, e Lisino l'avrebbe continuato a chiamare dandogli del voi.

A destra, poteva vedere il porticciolo con una scritta sul muretto: "Il mare è l'unica alternativa seria a questa vita di merda". Almeno, questo era quello che sapeva essere scritto, e che avrebbe letto, se fosse andato più lentamente.

Chivo la ricordava da quando era ragazzino e ci passava davanti quando marinava la scuola.

– Posso fare la seconda domanda? – disse Lisino, spostando la mano per dargli un colpo e attirare la sua attenzione.

– Certo.

– Quanto siete alto e quanto pesate?

– L'ultima volta ero due metri e otto per centotrentasette

chili. Però sono un po' ingrassato.

– Minchia. Ma siete qui per il convegno? – disse Lisino non distogliendo gli occhi dalla strada.

– Sì. Se ne sta parlando in città?

– Poco e niente. Io lo so perché sono circolati degli inviti in fabbrica.

La 850 scartò un tizio sulle strisce pedonali. Chivo scelse di fare finta di niente, e preferì non girarsi a vedere gli insulti volati. Disse a Lisino: – Lavori al petrolchimico?

– Sì e no. Diciamo che sono all'ISIT da 22 anni. Dal giorno 1. Per questo sono qui.

– Per arrotondare facendo il facchino?

– No, nel senso che ho tempo libero. Sono in cassa integrazione. – rispose un po' irritato – questo è un favore che faccio a Spilletto.

– Chi?

– Spilletto. Ruggero.

Chivo lo guardava perplesso.

– Il direttore tuo. – disse Lisino indicando Chivo.

– De Castri?

– Sì. Allora, non ti ha detto la storia di Spilletto?

– No.

Ci fu un momento di silenzio. Chivo riprese la parola: – Quindi non si può sapere.

– Meglio che ve lo dica lui. Robe personali.

– Capisco.

– Piuttosto in che albergo alloggiate?

– Il Miramare.

Lisino fece una smorfia di disappunto.

– Come mai quella faccia? È peggiorato molto negli ultimi 15 anni? – disse Chivo, sempre più aggrappato alla maniglia.

– No, è che se andava ai Tre Principi, allora le facevo avere un trattamento da pascià.

– Ma me lo ricordo! Ci dovremmo passare tra poco. Ricordo, ricordo. Era poco meglio di una catapecchia.

– Ma ora che l'ha preso in gestione mio cugino è molto

migliorato.

Ci passarono davanti, e Chivo si rese conto di essere stato addirittura gentile. Si girò verso Lisino e lo fulminò con uno sguardo sarcastico, al quale rispose: – Dentro però è migliorato davvero.

Oltrepassò il ponte sant'Antonio, il vanto della città. Mentre l'altro ponte, intitolato ai santi Cosma e Damiano, era un normale ponte a campata unica, questo era stato costruito in maniera tale da aprirsi per permettere il passaggio delle navi più grandi, come quelle militari. Però era ormai aperto solo quando doveva passare qualche barca a vela o qualche yacht, dietro autorizzazione in denaro contante.

Girandosi Chivo vide il "forte di Francia". Si ricordò di quando, appena più che bambino lo andò a vedere con la scuola.

Chiese a Lisino: – Ma è ancora una caserma?

– Ufficialmente sì, ma non ci sta nessuno. Pare vogliano farne un museo, o qualcosa del genere.

– Ma le fanno fare ancora le visite guidate alle scolaresche?

– Certo. Come 10 anni fa, come 50 anni fa. Voi ci siete andato?

– Sì, in quinta elementare.

Chivo fece finta di non notare il voi, dopo aver ironizzato prima. Ormai aveva capito che si sarebbe dovuto abituare. Mentre dava un'occhiata rapida al mare, Lisino gli disse: – Arrivati.

Chivo concluse che non aveva guadagnato molto dal rifiuto precedente, poiché la struttura del Miramare era poco meglio di quella dell'Italia. Lisino non mancò l'occasione di farglielo notare. Chivo si recò alla reception e svolse le pratiche per entrare nella sua stanza, la 301. Al terzo piano trovò la sua stanza, l'unica del piano. Lasciò i suoi bagagli e, sceso giù in macchina, vide Lisino occupato a compilare la schedina.

Chivo disse: – Ora vado a stendermi un attimo. Scrivimi il tuo numero.

Lisino aprì il portaoggetti e tirò fuori un biglietto da visita scritto a mano su un cartoncino.

– Dottò, ora vado all'ufficio, lì c'è anche il numero di telefono di là. Piuttosto, mi mancano tre partite per chiudere qui. Voi che ne dite su Bologna-Varese?

– Non me ne intendo di calcio.

– Peccato. Allora? 1, X o 2?

– Come? Ma se le ho appena detto che non ci capisco nulla? – disse Chivo, un po' spazientito.

– Dettagli. Per vincere ci vuole culo e scienza. Io ho solo la scienza. Magari il culo ce l'avete voi.

– Metti X, dai.

– Perfetto. Ora Torino-Lazio.

– 2.

– Ok, l'ultima. Napoli-Juventus.

– X.

– Ok. Ho finito. – disse Lisino, mettendo a posto la penna.

– Va bene. Ma spiegami, quando si sa se hai vinto.

– Domenica pomeriggio/sera. Ma almeno sapevi cosa significavano 1, X o 2?

– No, per niente. Ora vado, perché ho sonno. A dopo.

Chivo aprì gli occhi intorno alle due. In un primo momento pensò di essere ancora nella sua casa a Milano, prima di risvegliarsi del tutto. Si sciacquò il volto e decise di farsi una passeggiata.

L'albergo era nella zona Gregorio XVI, chiamato così in onore del papa che regnava quando fu edificata per la maggior parte. In maniera ufficiosa era conosciuto anche come il centro. Il solo passeggiare tra quelle vie, ritrovare gli stessi negozi, gli stessi profumi di quando era ragazzino lo faceva sentire di nuovo inadeguato, come se avesse ancora sedici anni. Pensò di non chiamare Lisino, per il momento, così da godersi la città in solitudine, quando era la *controra*, ovvero quel periodo tra l'una e le quattro, durante le quali tutti i negozi erano chiusi, e in giro c'erano solo le cartacce lasciate a terra.

Chivo poteva così passeggiare tranquillamente nel mezzo

del corso senza che si dovesse preoccupare delle auto. Si fermò anche a tirare un calcio ad un pallone per restituirlo a dei ragazzini che giocavano, ma il suo tiro finì da tutt'altra parte.

Dopo questo, Chivo pensò che fosse arrivato il momento di chiamare Lisino. Andò alla cabina più vicina. Tentò di chiamare a casa, ma non rispose nessuno. Decise di provare al numero segnato come ufficio, con poca convinzione, dato che era in cassa integrazione.

Rispose una voce maschile: – Chi è?

Chivo sobbalzò. Non si aspettava che qualcuno rispondesse.

– Chivo. Cercavo Eliseo…Lisino.

– *Lisì! Ù telef'n²*.

La voce si allontanò e arrivo quella più familiare di Lisino, che disse: – Chi parla?

– Sono Chivo. Pensavo di venirti a trovare all'ufficio.

– Venite pure. Siamo subito dopo il ponte retrattile, sulla destra. Vedrete una viuzza. Mi affaccerò così mi potrete vedere.

Chivo rimase un po' perplesso, dato che non gli sembrava fosse lì il petrolchimico. Ma, non avendo voglia di discutere, decise di raggiungerlo lì.

Uscì dalla cabina e vide corso Garibaldi che lentamente iniziava a popolarsi. Lo percorse tutto, notando i negozi in apertura. Tabaccai, giornalai e alimentari. Arrivò al ponte. Lo oltrepassò e svoltò a destra, dove vedeva Lisino, appostato fuori dalla porta, che gli faceva ampi segni: – Prego! Ben arrivato al Bar Giuliani.

– Ah, così è questo l'ufficio. – rispose Chivo.

– Più o meno. Diciamo che è partito come investimento, ma ho passato un brutto periodo ed è servito a distrarmi. Entrate.

Una volta dentro, Lisino si occupò delle presentazioni.

– Questo è Chivo. È milanese, però attenzione perché capisce, è nato qui.

---

² Lisino, il telefono.

– Buongiorno a tutti.

Chivo vedeva il locale in mezzo alla coltre di fumo; intuì un bancone, dei tavoli di legno e delle sedie di plastica verde.

Lisino lo risvegliò: – Il giro delle presentazioni: Tonino u'nzvus, Peppin d'ù gelate, Catavete d'a zoca, Pascalicchie u' cugghione.[3]

– Quello del negozio in via Dritta?

– Già. Ho portato qualche alice, se gradite anche voi...

Lisino concluse il giro con una scenografica salita a scavalcare il bancone, abbracciando il barista: – E questo è M'ché, ù boss, quello che dà il nome al posto.

Michele si schernì. La sua faccia, come le facce degli altri amici di Lisino erano come la sua, riporti da orecchio ad orecchio, volti scavati dal sole, e sguardi un po' persi, tipici di chi non sa che fare della sua giornata.

Chivo si voltò verso Lisino e gli disse: – Ma quindi era per passare qui che mi ha messo fretta?

– Esatto. Le piace la briscola?

– Quanto il calcio. E comunque vedo che siete già in quattro.

– No, Pascalicchie se ne va tra poco.

– Capisco. Prendo qualcosa da bere, piuttosto.

– Buona idea, vi seguo. – disse Lisino, seguendo Chivo come se fosse un cane randagio.

Si avvicinarono al bancone. Il barista, Michele, asciugava bicchieri.

– Per me un caffè e un lucano. – disse Lisino.

– Per me un succo di frutta. – disse Chivo.

Il barista quasi lanciò sul tavolo due bicchierini di Amaro Lucano, dicendo a Chivo: – *Bive, succ' d' frutt'. Lisì, u' cafè mo' frnisc*[4].

– *Mchè* capisci, è milanese.

Nel frattempo, Tonino iniziò a dare le carte. Fece cenno a

---

[3] Tonino lo sporco, Peppino il gelataio, Cataldo il raccoglitore di cozze, Pasqualino il coglione.

[4] Bevi, succo di frutta. Lisino, il caffè è quasi pronto.

Chivo di accomodarsi davanti a lui. Chivo ripeté che non era bravo, ma Tonino fu irremovibile. Chivo si accomodò.

Le carte furono distribuite.

Chivo era sincero quando diceva che non era capace di giocare a briscola. Non aveva imparato per reazione al fatto che suo padre aveva giocato a carte praticamente per tutto il tempo in cui non era all'orto.

Il seme di briscola era spade. Peppino giocò per primo un sei di spade. Chivo buttò un asso di coppe, che Lisino prese subito con una briscola e Tonino non poté nulla.

Tonino iniziò a scuotere la testa. Lisino giocò un nove di denari, Tonino un dieci di denari, Peppino un asso di denari, ma Chivo lo lasciò passare, buttando un due di coppe.

Il resto della partita continuò così, con Chivo che riuscì solo a sbagliare e far danni.

– Avevo detto che non ero capace. – si giustificò Chivo.

– Ma almeno capire che quella era la briscola! – disse Tonino.

– Non so giocare. – ripeté Chivo, che tamburellava sul tavolo, pensando di spaccarlo con un pugno.

Lisino cercò di calmarlo, dicendogli: – Un lucano?

– Penso sia troppo presto per il bis. Piuttosto vorrei cercare un po' d'ispirazione per l'inizio del pezzo. Dopotutto sono già qui da stamattina e non ho ancora scritto una riga.

Lisino, sempre con fare servile: – Vi accompagno.

Usciti dall'ufficio, Chivo e Lisino andarono verso la macchina.

– Volete un caffè?

– No, veramente volevo andare in centro a chiedere se qualcuno sa di questo convegno.

– Dottò, in tutta franchezza…

– Prego.

– Mi sembra di avervi già detto che qua a Muzzano siamo in pochi a sapere di questo fatto, e solo perché mi è arrivato l'invito in fabbrica.

– Capito. Però non voglio avere il pensiero di non aver fatto al meglio il mio lavoro.

– Come desiderate. Se permettete, io andrei a farmi 'nu cafè.

– Ok.

Chivo sfoderò il suo taccuino e si diresse verso corso Garibaldi, sperando che ci fosse qualcuno. Ormai si era nel pieno del pomeriggio e c'era tanta gente di passaggio.

Si avvicinò ad una signora.

– Salve, volevo sapere… – disse Chivo.

– No, no, non sono interessata. – rispose la signora, andandosene.

Chivo rimase fermo con il taccuino aperto per almeno trenta secondi. Poi si sedette, chiudendo il taccuino.

Vide passare tante persone, ma il vento iniziava a dargli fastidio, e a fargli venire mal di testa, dovuto anche dal pensiero di dover inventare anche in questo caso. Si riprese e provò ad avvicinare anche altre persone, ma con la stessa fortuna. Tornò su una panchina. Lisino lo raggiunse quasi subito, e iniziò a sorridere, vedendolo seduto e sconsolato.

– Ora lo volete *nu' cafè*? – disse Lisino.

– No. Ma tu non hai nulla da fare? – rispose Chivo.

– Ogni tanto vado a curare l'orto, o vado a cogliere i funghi e gli asparagi, più verso i paesi.

– Dove?

– Verso Collesanto.

Chivo rimase in silenzio per un po'.

– Perché quella faccia? Non vi piace Collesanto? – gli chiese Lisino.

– No, no. Altri pensieri.

– Volete fare un giro *ai paesi*? Non vi perdereste nulla, rimanendo qui.

– In effetti volevo andare qui vicino, proprio a Collesanto, magari quando finisco col pezzo. Stavo pensando a come scrivere qualcosa senza inventare troppo.

– Tenendo conto che i giornalisti inventano sempre, potete fare così.

– Perfetto. Vedo che ne sai parecchio di come gira.

– Non perché ho studiato.

Chivo sorrise. Si alzò e decise di fare un giro. Prese una sigaretta e la accese coprendo la fiammella dell'accendino. Ne porse una a Lisino che accettò volentieri.

Presero via Roma e, nonostante ci fossero ancora tante persone, Chivo non scrisse nulla e non prese il taccuino.

– Allora non chiedete più nulla? – disse Lisino.

– Ci ho rinunciato. Piuttosto, ora un caffè lo prendo volentieri – rispose Chivo.

Entrarono nel bar Delfino e Chivo cercò di ascoltare le conversazioni.

– Domani ci vieni al convegno? – chiese un uomo con la barba folta al suo amico.

– Veramente domani sono di turno, lo sai. – rispose il suo amico.

– E se ti dicessi che probabilmente ci saranno delle belle femmine?

– E sempre alle femmine pensi!

Arrivò un terzo e prese subito la parola: – Ragazzi, domani al convegno. *P'fforzе*[5]!

– Per le femmine anche tu? – rispose il secondo.

– Ma che femmine, dai! Prima il partito, poi le femmine. – disse il nuovo arrivato.

– Sarà. Io ci vado.

– Io faccio il turno.

– Vabbè, *statti* col turno. Franco, a domani. – disse al primo.

– A domani.

Chivo finì al volo il caffè e uscì, insieme a Lisino. Pensò che il sottotesto sessista della conversazione precedente l'avrebbe comunque resa inutilizzabile, anche se avessero detto qualcosa di intelligente.

Fuori dal bar sgranò gli occhi e mosse le labbra, sospirando una sola parola: Sofia.

---

[5] Per forza.

Sofia Amanda Gonzales Villar passeggiava lungo corso Garibaldi con la sua valigiona portata a fatica, mentre si districava tra le vie per trovare quella dove si trovava l'albergo in cui doveva alloggiare.

Vide in lontananza una figura che gli ricordava tanto un suo amico d'infanzia, ma pensò che se fosse stato lui, allora era certamente lì per il convegno. Per un momento pensò che potevano essere tutti lì, tutti quelli del gruppo degli Hispanioles se erano rimasti con le idee di 15 anni prima.

Continuò ad andare avanti.

Iniziò a vedere nomi di fiori e, visto quello, arrivare in via Rosacea fu solo una questione di tempo. Nella sua testa ringraziò l'albergo di sfruttare il nome relativamente bizzarro della via per essere facilmente rintracciabile.

Appena davanti all'albergo sentì un clacson. Si girò di scatto e vide il passeggero che urlò: – Sofia? Sono io, Chivo.

Quando lo vide, corrucciò gli angoli della bocca, compiacendosi della sua memoria.

Disse: – Chivo! Se aspetti cinque minuti ti raggiungo giù.

Lisino lo spinse a darle una mano, ma Chivo rispose: – No. Se è ancora come me la ricordo, allora si offenderebbe.

– Ma è proprio una bella ragazza. Dite la verità, ai tempi ci avete fatto un pensierino? Alta, rossa, occhi grigi, portamento fiero, mascella pronunciata…c'è a chi piace, tipo a me.

– Cazzo, se l'hai squadrata in cinque secondi. E comunque, non è il mio tipo.

– Troppo mascolina?

– Uhm, già. – rispose Chivo, poco convinto, con Lisino che rimase signorilmente in silenzio.

Sofia uscì dall'albergo. Lisino si mise davanti a lei ed esordì con: – Eliseo Basile, classe 1925, al suo servizio.

Quindi lei si strinse nelle spalle e disse: – Ah, ok.

Salì in macchina e chiese a Chivo: – Allora? Come te la passi?

– Mah. Come capita a molte persone, quando vedono una vecchia amicizia persa di vista, Chivo non seppe cosa dire.

Sofia rimase spiazzata: — Com'è possibile che tu non abbia nulla da dire se sono ormai più di cinque anni che non ci vediamo? Cosa fai? Di che ti occupi?

— Giornalista.

— Sì, ok. Ma dove? — insistette Sofia.

— Omnia. — rispose Chivo, quasi disinteressato.

— Ok. Non capisco, ma ok. Dai, cazzo, sciogliti, mi sembra di fare un interrogatorio.

Chivo scelse di cambiare discorso: — Tu, invece?

— Io sono all'interno di Biologia a Roma. Sono un'assistente di Robertetti.

— Ah. Forse lo abbiamo intervistato. Cioè, un mio collega l'ha intervistato.

— Senza forse. C'ero anche io nella foto che avete pubblicato. Il tuo collega lo ricordo, era simpatico.

— Sarà. Io non leggo mai Omnia. A malapena leggo il quotidiano al bar. — disse Chivo ridendo.

— Vanne fiero. — disse Sofia, facendo finta di non cogliere l'ironia.

Lisino rise e disse: — È forte.

Chivo, piccato, disse a Lisino: — Perché tu? Cosa leggi?

— Un periodico lo leggo. Il Guerin Sportivo. — rispose Lisino.

— Ah beh, sono in un covo di filosofi. — disse Sofia, sorridendo leggermente.

— No, quello è il nome del bar dove giochiamo a briscola. — rispose Lisino, ammiccando.

— Bene. Ma stasera dove mi portate? — disse Sofia.

— Come, scusa? — rispose Chivo, che col sedile totalmente arretrato era quasi accanto a Sofia.

— Dai, se non tu, almeno il tuo chauffeur saprà un posto carino da indicarci. — gli disse lei.

— Cos'è che sono io? — disse Lisino a Chivo, toccandogli la gamba.

— Autista — rispose Chivo.

— Ah. Allora sì. Quindi…si potrebbe andare da un mio

cugino. Roba genuina. – disse Lisino.

– No, grazie, rispose subito Chivo, memore del cugino albergatore.

– Indicaci un bel posto sul mare, piuttosto. – disse Sofia, non sapendo del consiglio passato di Lisino.

– Sì dai – disse Chivo.

– Ho il posto che fa al caso vostro – disse Lisino, sbattendo la mano sul volante.

Lisino passò ad un semaforo rosso e oltrepassò il ponte rischiando di decollare.

Sofia si rivolse a Chivo bisbigliando: – Ma guida sempre così?

– Per quanto ne so io sì – rispose Chivo.

– E non avete ancora visto niente – disse Lisino, che aveva ascoltato tutto.

Arrivato davanti ad un parcheggio sull'altra carreggiata, tirò il freno a mano, fece inversione e con una sterzata secca si infilò tra le due auto ferme.

Chivo e Sofia rimasero in silenzio. Lisino disse: – Mi dispiace. Volevo entrare direttamente tra le due auto, ma non ero sicuro di avere spazio.

Sofia disse: – Ma non è troppo rischioso guidare così?

Lisino rispose: – Ma se è da mesi che non faccio un incidente!

Chivo si mise una mano in faccia, ridendo per non disperarsi. Uscirono dall'auto.

Lisino disse: – Allora, basta che scendete qui, e il ristorante è subito a sinistra.

– Ma perché, tu non vieni? – chiese Sofia.

– No, costa assai. – disse Lisino, strofinando l'indice e il medio.

– Ma per favore! Se proprio dovesse costare troppo, allora pagheremo noi la tua parte. – disse Chivo.

Lisino si convinse subito e scese con loro. Il ristorante era proprio davanti al mare, al punto che Sofia chiese al gestore, se quando ci fossero state mareggiate forti avessero subito degli allagamenti. Il gestore fece vedere un segno sul muro alto circa un metro, a ricordo di un'inondazione. Nonostante queste storie, decisero di sedersi fuori.

I riflessi della parte Nord della città, quella in espansione, il quartiere Bellofiore, malignamente detto Carboneria per i fumi neri che si posavano ovunque, si muovevano tremolanti sul mare. Lo sguardo di Sofia cercava di andare oltre, cercava di vedere il petrolchimico che aveva visto poco prima di arrivare, e dal quale sentiva parlare sempre nell'ambiente di partito, tanto da dover dedicare una parte del discorso che avrebbe fatto al convegno a quello.

– Da qui si può vedere il petrolchimico? – chiese Sofia.

– È proprio dove sta vedendo. Gli alberi nascondono le ciminiere, ma se fate attenzione le potete vedere bene. – rispose Lisino.

A Sofia salì una grande angoscia al solo pensiero di abitare lì. Per distrarsi decise di ordinare.

– Cosa fanno di buono qui? – chiese Sofia.

– Che domande! Pesce! Cozze! Muzzano è la città delle cozze! – disse Lisino molto infervorato.

– Ok, ok. Chiaro. – rispose Sofia facendo ampi gesti di stare calmo a Lisino.

Chiamarono il cameriere e ordinarono.

– Prenderò una frittura e un assaggio di cozze al gratin. – disse Sofia.

Chivo seguì la sua idea, mentre Lisino scelse il polpo alla Luciana.

Sofia chiese a Lisino: – Ma dove hai imparato a guidare così?

– Mio cugino fa queste cose per i film. Meglio degli americani, eh? – si pavoneggiò Lisino.

– Ma è lo stesso cugino dell'albergo? O quello del ristorante? – disse Chivo.

– No, un altro. – rispose Lisino, non cogliendo l'ironia.

– Ma dove l'hai trovato? – disse Sofia a Chivo, fulminandolo al contempo con lo sguardo.

– Il suo capo è una mia vecchia conoscenza, dei tempi della resistenza. Voi due invece? Come vi conoscete?

– Lunga storia…– disse Chivo.

5 ottobre 1964

Sofia arrivò all'appuntamento col gruppo in ritardo, come al solito. Era appena uscita dal conservatorio con l'enorme custodia rossa del violoncello sulle spalle, la cui punta le sbucava da sopra la testa.

Bussò alla porta di casa Iglesias, dove le aprì la porta Fernando, indicando il polso: – Orario!

Sofia scosse le spalle per volersi giustificare. Vide dentro e trovò tutti quelli del gruppo, anche Francesco, l'ultimo arrivato, che non era stato ancora ufficialmente battezzato. Era stato portato nel gruppo da Leonardo, che lo aveva presentato come un suo grande amico.

Proprio Leonardo prese la parola.

– Allora, ragazzi. Dato che Francesco è da un po' nel gruppo, è il momento di dargli un soprannome.

– Grazie, no, ma non mi interessa. – disse Francesco, continuando: – Tra l'altro, mi sapete dire il soprannome di Sofia?

– Sarebbe la *tìa*, la tizia, perché aveva sempre il vizio di chiamare tutti tìo. Ma non le piace, dice che è poco ispirato e che non la rappresenti, anche perché per quel periodo in cui siamo stati compagni gliel'avrò sentito dire un paio di volte... Forse dovremmo cambiarglielo, ma non abbiamo proprio tutta questa voglia. Poi Sofia non ha bisogno di soprannomi, è unica così. – disse Leonardo, sghignazzando.

– E allora non posso anche io fare così? Mi date un soprannome, e allora io lo rifiuto e così via. – disse l'allora Francesco.

– Sì, potresti farlo. Però provaci, su, non fare il *chivo*. – disse Leonardo.

– Uh, chivo! Questo è un bel soprannome. Però ti manca la barba per fare la capretta. – disse Sofia, ridendo.

– E Chivo sia! Da oggi Francesco Ferdinando Civitano sarà conosciuto come Chivo. – disse Leonardo. Chivo iniziò a fare parecchie smorfie, non accettando il suo soprannome. Dopo poco iniziò a pensare.

Tornò indietro a Muzzano, ai suoi primi venti anni di vita, e decise che, con i cambiamenti che ci erano stati, un nuovo nome sarebbe stato l'ideale. L'ideale per sigillare il trasferimento a Milano, anche se era già successo da un anno. L'inizio della carriera da giornalista, che aveva iniziato da poco.

Da allora sarebbe stato Chivo.

Pensò anche a quello che aveva provato quando Sofia disse il suo soprannome. Cercò di capire cosa avesse provato. Lui sapeva bene di aver provato qualcosa, ma vista la sua inclinazione, e visto che questa inclinazione lo aveva trascinato via da Muzzano, non riusciva a focalizzare chiaramente.

La vedeva dall'altra parte della sala, mentre agitava i capelli e chiudeva gli occhi in una risata.

Gli frullava un'idea in testa, ma non riusciva a comprenderla appieno.

Era come se si fosse innamorato del lato maschile di Sofia, come se fosse riuscito a scindere i modi mascolini e forti di Sofia dall'aspetto esteriore, ma sapeva che era una stronzata, si rendeva conto coscientemente di essere abbastanza confuso dalla birra.

Subito dopo Leonardo risvegliò Chivo dicendo: – E ora Chivo ci dirà cosa ha provato la prima volta che è entrato a casa Iglesias, diventando uno degli Hispanioles.

Chivo prese la parola non avendo nulla in mente che potesse dire a proposito.

Provò a improvvisare qualcosa: – Innanzitutto sono rimasto confuso che nonostante il nome, di spagnoli ce ne fossero solo due, almeno quando sono arrivato. Quando sono stato invitato da Leonardo quasi due mesi fa, mi aveva detto che avrei trovato un bel gruppo, ma non pensavo che avrei trovato una famiglia di cui spero di far parte.

Scese un silenzio gelido.

Leonardo si sentì in dovere di interromperlo, dicendo: – Ragazzo, mi sembra tu stia correndo troppo. – seguito da un sorriso forzato.

Chivo fece una smorfia di assenso e si sedette accanto ad Oscar. Sofia pensò in effetti che avesse esagerato col suo discorso, ma voleva giustificarlo, ripensando tra sé e sé al fatto che meno di un anno prima si era trasferito a Milano solo e con pochi mezzi. Chivo per sua fortuna conobbe poco dopo Leonardo nel locale che frequentava spesso. Nel mezzo di questi pensieri suonò il citofono. Sofia sapeva già che era suo padre, che li avvertiva che era arrivato per riportare a casa lei e suo fratello Oscar. Subito fuori dalla porta la fermò Leonardo.

– Allora, domani sera ci vediamo? – disse Sofia.

– Sì. Ti vengo a prendere a casa. – disse Leonardo.

– Va bene, però sii puntuale e non suonare al citofono. Sarò giù alle otto. – disse Sofia, che si avvicinò a Leonardo e gli dette un bacio.

Leonardo rimase di sale, mentre Sofia andava a raggiungere il fratello in auto.

Il padre, Artur Gonzales Jones, era un immigrato argentino nelle cui vene scorreva sangue più che misto. Era di origini catalane, mapuche, gallesi e lui sosteneva anche italiane. Aveva un carattere molto forte, che aveva trasmesso in parte alla figlia; un carattere che lo aveva portato, da quando il figlio fu aggredito da dei neofascisti, a fare da scorta a entrambi i figli. Diceva infatti, che non aveva avuto paura di essere contro Peròn quando era in Argentina, certamente non avrebbe avuto paura di quattro bambocci figli di papà.

Una curiosità sul suo fatto è che conobbe la madre dei suoi figli tramite fermo posta, proprio come nei film americani. Dato che le distanze tra loro erano notevoli, Artur e Rosa si spedirono vicendevolmente le fotografie, e si scrissero, prima di incontrarsi pochi anni dopo la Liberazione.

Proprio quel carattere Artur dovette tirarlo fuori quando Sofia, in auto, gli rivelò che voleva trasferirsi per motivi di studio a Roma, prima o poi.

Alla domanda del padre, Sofia gli rivelò che la politica era presente nelle facoltà e aveva posseduto anche le cattedre, quindi doveva trasferirsi a Roma dove sapeva che le sue idee non le sarebbero state d'impiccio. Dopo due anni difficili, infatti, si trasferì a Roma e divenne l'apprezzata assistente di Robertetti.

30 marzo 1971

Sofia arrivò all'ufficio di Biologia del prof. Robertetti.

Era un tipico docente un po' stralunato, con capelli in aria e baffi bianchi. Aveva la parlantina tipo gatto Silvestro e gli somigliava anche, secondo qualche studente che ne faceva la caricatura nei bagni, anche in quelli femminili dove l'aveva vista Sofia.

Lasciò la borsa, e sul banco trovò una lettera spedita dalla sezione locale dei giovani socialisti. Entrò aprendola ed esclamando subito dopo: – Che due palle!

– Non ci vuoi andare? – disse il professore.

– Certo che no! Anche se so che devo andarci.

– Lo sai, se vuoi che non diano fastidio…

– Lo so, lo so, devo dimostrare di essere fedele alla causa. Cosa vorrà dire, poi… – sbuffò Sofia.

– Vuol dire dare il tuo contributo. Dare quello che puoi. Cosa ti chiedono di fare, in fondo? Di ascoltare un po' di boriosi politicanti. Siamo abbastanza maturi per capire che sono cose che resteranno appese così, mentre qui i risultati si ottengono in altro modo.

– Forse non sono stata chiara. Il borioso politicante devo essere io. – disse Sofia, distruggendo la realpolitik del professore con una frase.

– Ah. Questo cambia tutto. Dove sarà?

– A Muzzano.

– Ah, anche in trasferta. Fortunatamente c'è il treno diretto. Di cosa si parla?

– È una manifestazione nazionale. Penso mi abbiano chiamato per l'intervento di un paio d'anni fa. Quello sul divorzio, ricordi?

– Vagamente. Ma quando è?

– Domenica prossima.

– Quindi parti? Tre, quattro giorni?

– Eh, sì. Poi ci penso.

Sofia fissò il blocco note. Sapeva di dover iniziare a scrivere il discorso, forse adattando quello usato in altri convegni, ma pensò di farlo successivamente.

3 aprile 1971

Sofia si trovava sul treno che la portava al convegno. Il viso da ragazzina era rivolto al libro in lettura, "Lo Straniero" di Camus. Era stato il suo ultimo acquisto durante un raro momento di svago, alla sua libreria preferita, la Ouroboro.

Aveva una giacca a quadri, una gonna corta per i suoi standard e delle scarpette lucide; l'unico vezzo alla sua eleganza in bianco e nero era un elastico rosa a tenere su la treccia di capelli rossi.

Era così assorta nella lettura che non si accorgeva del frastuono nella sua cabina. Nemmeno il mare dell'Adriatico che passava spumoso a lato del treno la distoglieva dal libro.

Non si accorse nemmeno che a lato della sua carrozza, dei manifestanti che andavano al convegno avevano praticamente aggredito un controllore.

Ogni persona con due occhi funzionanti si sarebbe innamorata all'istante di Sofia. Il suo portamento fiero, le sue sinuosità, il suo essere così calorosa e amichevole, pur essendo spesso silenziosa, da sentirla parlare solo quando fosse per lei strettamente necessario. Nonostante questo, pochi la avvicinavano, come se fossero timorosi del suo mostrarsi così sicura di sé.

Spesso capitava che due persone, confidandosi il loro amore distante e silenzioso per Sofia davanti ad un whisky, si davano grosse pacche sulle spalle e diventavano grandi amici.

Anche Chivo era attratto da lei, sebbene la sua natura lo portava altrove. Credette, in alcuni momenti, di esserne davvero innamorato. Si trovò a pensare a lei, sfocata e luminosa come in un film, ancora con la custodia meravigliosamente rossa del violoncello che le sbucava da sopra la testa mentre arrivava alle feste direttamente dal Conservatorio, mantenendo sempre la sua regalità espressa anche dai suoi occhi grigi che sbucavano incastonati negli zigomi, lo stesso sguardo che Chivo cercò in tanti suoi amanti, senza trovarlo mai.

Una sensazione di forza dolce, che in una certa maniera lo completava.

Ad un certo momento Sofia si sentì osservata. Si guardò intorno ma non riuscì a vedere chi la stesse fissando. Quello che Sofia non poteva immaginare era che la persona che la stava fissando non era nel suo scompartimento, e non poteva nemmeno vederla, anche se era sul treno in cui era lei.

Sofia era diventata l'idea fissa di Estevão Soares, per gli amici Steve; che, anche in quel momento, pensava a lei. E dopo tutti i pensieri fatti prima, rimase con una certezza. Aveva gli occhi più belli che avesse mai visto.

Steve pensava a lei da quando l'aveva vista nell'ufficio di Robertetti, e pensò subito al fatto che in quel convegno era stato invitato anche lui, e avrebbe potuto conoscerla meglio lì.

Non avendole mai parlato, non pensava di essersi innamorato, piuttosto era rimasto anche lui, come gli altri, colpito dalla sua fierezza, ma anche dai modi stranamente bruschi. Fece anche uno sforzo per capire dove potesse aver mai conosciuto un'altra con quell'atteggiamento.

2 aprile 1971

Steve tornò a casa e partì con la sua immaginazione. Si vedeva già nella cabina davanti a lei, mentre leggeva e si aggiustava i capelli. Le vedeva anche ripassare il discorso, invitarlo poi sul palco a dire la sua, guardandolo ammirata. Qui si rese conto di stare esagerando e smise. Sapeva che probabilmente sarebbe stato chiamato sul palco, ma per un saluto o poco più. Certamente non sarebbe stato introdotto da lei, anche perché non sapeva della sua esistenza.

Steve era andato a Roma non per studiare Biologia, non gli interessava più di tanto ed era una scusa come un'altra per sfuggire al suo destino. Anche suo padre, come quello di Sofia, era nella resistenza. Però era rimasto, era ancora in Portogallo e continuava a fare azioni contro il regime; soprattutto aveva influenzato le idee di Estevão a tal punto da spingerlo inconsapevolmente a seguire le sue tracce.

Per cambiare discorso, Steve pensò al perché Portogallo e Spagna fossero unite a parte la vicinanza. Forse era la melodia nella musica, o il passato imperiale ormai decaduto.

Decise di partire con la 10 *blanquirroja* del Perù. Era un fan così grande di Teofilo Cubillas da averne due. Una la usava sempre, anche questa volta, e l'altra era chiusa nel suo armadio. La misura era però leggermente grande per lui e le maniche corte arrivavano oltre il gomito.

Aveva deciso di preparare anche lui un discorso dove cercava di incitare i compagni italiani a supportare il cambiamento nel suo Portogallo tramite volontari e finanziamenti.

Forse il punto di contatto tra Portogallo e Spagna era quello di avere una dittatura vecchia. Sperava durassero ancora poco quei regimi, nonostante tutti quegli equilibri supposti di geopolitica che gli interessavano, soprattutto dopo averlo letto nei libri.

Prima di partire per l'Italia era stato un aiuto libraio a Lisbona, trasferito da Porto, il suo paese di nascita. In pausa pranzo era solito leggere un libro di politica, facendo molta attenzione a non piegare troppo le pagine, per poi rimetterlo tra gli scaffali. Era quello tra i ragazzi del suo gruppo che era più avanti nelle teorie. Marx, Trotsky, Bakunin. Li aveva letti tutti.

Grazie ai suoi compagni si trovò addosso quel soprannome; infatti tra di loro si erano battezzati con la traduzione inglese del nome. Joao divenne John, Eduardo divenne Eddy e così via.

L'unico a mantenere il soprannome fu lui, gli altri dopo i fatti del Vietnam decisero di tornare al proprio nome. Lui nonostante le malefatte americane, pensava sempre che Estevão fosse troppo aristocratico.

Steve finì di vestirsi. Ripeté ancora una volta, nella sua testa, il discorso con cui avrebbe accettato il Nobel per la letteratura, col quale ringraziava Raymond Chandler, Elvis, Sartre e Marx. Poi si ricordò che avrebbe dovuto aggiungerci Pessoa, per ricordare un po' la sua terra.

Solo dopo si ricordò che ai giornalisti non è mai stato dato il Nobel per la letteratura, tranne che forse per un paio di casi, e quindi, invece di ringraziare per l'eccezione tornò nel mondo reale.

Scese le scale per andare alla fermata del pullman che l'avrebbe portato alla stazione. L'aria era pungente e gli fece raddrizzare i peli della barba leggermente incolta. La foresta di capelli, invece, non era controllabile da uomo o natura.

Quando andava alla stazione gli ricordava l'aeroporto, dell'unica volta che l'aveva preso quando arrivò in Italia. Pensava fosse un male necessario, o una comodità. O meglio, l'aereo era la comodità e l'aeroporto il male, tra panchine scomode e negozi improponibili.

Arrivò alla stazione. Doveva aspettare ancora mezz'ora per il treno per Muzzano. Andò al bar e prese un caffè. Si sedette al bancone.

L'idea che l'aereo fosse peggio per le attese iniziò a vacillare.

Steve decise di andare all'edicola, per comprare "la Gazzetta dello Sport". Sperava di trovarci anche notizie del campionato portoghese. Era parecchio nervoso, dato che non amava molto viaggiare; lo stare seduto a vedere alberi, case, case e alberi non era qualcosa da cui era attirato. Anche lo stare seduto in una macchina da nausea, a vedere le nuvolette da vicino, non lo entusiasmava; non era il mezzo il problema.

Avrebbe desiderato almeno un sistema economico per portarsi dietro la sua musica. Aveva visto dei sistemi, ma costavano molto e non avevano molti titoli interessanti. C'erano delle radioline ma i programmi delle due stazioni non gli piacevano, quindi era costretto a leggere la Gazzetta dello Sport o guardare fuori.

Alberi, case, case ed alberi. Forse mare.

Salì sul treno in partenza, due carrozze più in là di Sofia, che si era già imbarcata, senza che lui lo sapesse. Subito usciti dalla stazione, pensò di averla vista passare, però credette fosse stata la sua immaginazione.

Il fatto di averla forse intravista fece ricominciare lo stesso percorso effettuato prima della partenza. E quel percorso fu ripetuto spesso anche durante il viaggio.

Steve era fermo. Aveva gli occhi chiusi e le labbra serrate. Non avendo nulla di meglio, decise di tornare ai tempi della scuola secondaria.

Ripensava alle infinite discussioni con i tifosi del Benfica, che, ancora ebbri delle Coppe dei Campioni vinte cinque anni prima, credevano di poter vincere subito un'altra Coppa dei Campioni, e poi un'altra ancora. Steve però gli ricordava quello che disse Bela Guttmann, il vecchio allenatore, che disse che non avrebbero vinto più Coppe dei Campioni. Steve sapeva che il malocchio, *o mau olhado* era roba seria.

Il suo ricordò passò a sua madre che lo chiamava alle 6.43 per andare a scuola, ma lui si svegliava solo al tintinnio del cucchiaino nel caffè. Si ricordava di suo zio, fratello di suo padre, che lo introdusse alla musica rock. Iniziò con i Rolling Stones e gli Who, poi continuò anche dopo il suo trasferimento a

Lisbona; Led Zeppelin, Black Sabbath, e tutte le nuove uscite che gli spediva via posta dalla Germania. Decise anche di mettere su un gruppetto ispirato ai Black Sabbath, i Sabà, ma non riuscì ad andare ad una prova in uno scantinato.

Steve aveva il grande difetto di non farsi capire, dato che tendeva a vivere nel suo mondo, come stava facendo in quel momento, ignorando, con un sorriso e gli occhi chiusi, le discussioni delle persone accanto a lui.

Cercò di andare col pensiero alla scuola primaria, al suo primo amore. Era anche lei una *ruiva*[6] come Sofia. E aveva anche un nome in comune. Amanda. Una ragazza dai capelli rossi come quella dei Peanuts, che leggeva su un libro rovinato troppo in fretta. Si ricordava ancora come le si muovevano le lentiggini e le trecce mentre sorrideva, prima di dargli un bacino e andare via con Marcos. Poi, ovviamente, la perse di vista. Era convinto di averla vista su un pullman a Lisbona, qualche anno dopo. Non seppe mai se fosse effettivamente lei, dato che era ad un semaforo, e una volta diventato verde, il pullman andò via. Riaprì gli occhi.

Iniziò a vedere il mare Adriatico, e chiudendo gli occhi, iniziò a pensare al dominio che pensava avere sugli sbuffi bianchi, solo appoggiando la mano, facendoli scomparire. Era così a Porto, quando era ancora piccolo e non aveva ancora imparato a nuotare, stando seduto nell'acqua, e mettendo la mano in maniera tale da percepire a fondo il limite tra acqua e aria, cercando di trovare dove iniziasse l'orizzonte. Poi cercò oltre.

Trovò, ancora più indietro, solo una scivolata per terra. Era convinto che ci fosse un motivo per il quale quello fosse il suo primo ricordo. Il motivo in realtà era banale. Era il primo ricordo perché era il primo che non aveva rimosso, e continuava a non rimuoverlo perché lo ricordava, dato che era il suo primo ricordo, come in un circolo infinito.

Inebetito dalla girandola di pensieri inutili, Steve aprì gli occhi. Fissò fuori, vide che c'era ancora mare e capì che era ancora presto.

---

[6] Rossa

Si sforzò ancora più intensamente. Cercò di tornare ai tempi dell'asilo. Si sforzò di ricordare la maestra, ma vide Sofia. Cercò ancora altri riferimenti, ma continuava a vedere Sofia. Provò a ricordare altre persone, ma se fossero state donne, allora erano col volto di Sofia. Era come se avesse sostituito tutte le donne che aveva visto nella sua vita. Ebbe paura di tornare alla festa dei 14 anni di Francisco, dove scoprì nella maniera peggiore che quella volta Amanda, che lo aveva baciato poco prima stava baciando ora un altro, in questo caso proprio Francisco. Aveva paura di sentirsi di nuovo tradito. Aprì gli occhi.

3 aprile 1971

Erano quasi arrivati, dato che ormai non vedeva più il mare. Il treno iniziò a rallentare e si fermò in stazione.

Steve, uscendo, fu sempre dietro ad una persona con i capelli rossi, che immaginò essere Sofia. Accelerò il passo per scoprire che non era lei. Sofia era ancora dietro di lui, ma non se ne accorse. Si diresse verso l'ostello, per lasciare lì lo zaino e andare a sedersi sul lungomare a leggere la Gazzetta. Girò a destra, seguendo le indicazioni e vide il graffito con su scritto: "Il mare è l'unica alternativa seria a questa vita di merda".

Pensò: "Baudelaire fatti da parte", poi la mente tornò alla madre, al fatto che raccontasse sempre che bisognasse chiudere i capitoli della propria vita e quindi lasciare spazio al destino.

Una spider rossa gli passò accanto quasi investendolo. Urlò *"Corno!"*[7] e decise che sarebbe stato meglio affrettarsi a cercare l'ostello.

Dopo un isolato lo trovò. L'insegna "Ostello dei Giovani" non prometteva nulla di buono, dato lo scolorimento e la presentazione pessima. Dalle indicazioni che gli avevano dato alla sede dei giovani socialisti era l'albergo più vicino alla sede del convegno.

Steve entrò alla reception, disse Soares e, senza dire una parola, l'omone alla reception gli indicò una stanza. Dai rumori carnali pensò che sarebbe stato molto fuori. Fortunatamente si portava dietro solo uno zainetto con dentro due paia di mutande, due magliette e un jeans di ricambio, ma voleva lasciare lì lo zaino per riposare un attimo la spalla. Aprì la porta quanto bastava per farci entrare lo zaino e lo lanciò dentro. Richiuse la porta, mentre i rumori non diminuivano.

Uscì e si portò dietro solo il giornale.

---

[7] Cornuto

4 aprile 1971

I suoi timori si rivelarono infondati; Steve dormì bene, ma, nonostante questo, si alzò di buon'ora per andare a vedere il mare. Sebbene Ostia o Fregene non fossero così lontane da dove abitasse, ci andava raramente e pensava spesso fosse la "cosa" che più gli mancava di Porto. Chiese indicazioni per il posto dove si sarebbe tenuta la conferenza, prima di uscire.

Il tipo alla reception gli bofonchiò qualcosa a proposito della Piazza del Comune, e intuì che si trovava dietro l'angolo, o qualcosa del genere. Appena uscito, vide passare una spider che si allontanava e poi parcheggiava con una manovra che non aveva mai visto nemmeno nei film americani. Diede un'occhiata all'orologio, vide che all'inizio della conferenza mancava ancora un po', e andò a prendere il caffè, e a leggere il giornale. Si avvicinò all'auto e pensò che poteva essere quella che quasi lo stirò il giorno prima. Era tentato di farci un segno con le chiavi, ma desistette.

Non vide che Sofia, insieme a Lisino e a Chivo, si stavano già dirigendo verso la sede della conferenza dietro impulso di Lisino che disse loro che il palazzo aveva stanze meravigliose. Sofia e Chivo, dapprima poco convinti, diventarono ancora meno convinti vedendo l'esterno, ma Lisino appariva ancora sicuro. Entrarono nella sala detta degli specchi e la scarsa convinzione divenne stupore nel vedere i meravigliosi affreschi della scuola napoletana che decoravano soffitto e pareti. Lisino poi specificò che l'oro alle pareti era solo dipinto ma ormai avrebbe potuto dire che i muri erano di carta, sarebbero rimasti ammirati in ogni caso.

Chivo trovò subito posto, mentre Sofia si recò sul palco per parlare con gli organizzatori e i relatori. Il banco dei relatori era un tavolo di legno povero che nulla aveva a che vedere con la fastosità della sala, mentre si intonava più con le sedie di plastica che si trovavano di fronte. Sofia si avvicinò al moderatore dell'incontro, un ometto occhialuto e paffuto di trentacinque anni che ne dimostrava almeno dieci di più, che si presentò: – Piacere, Mario Robivecchi, presidente della sede del Partito Socialista di Muzzano. Coordinerò io. Dopotutto mi sento più giovane quando organizziamo qualcosa con i ragazzi, anche se sarò quello che frenerà eventuali animi calmi. Inizia pure tu, gli altri arriveranno. Sofia annuì e fece un sorriso un po' disorientato.

Lisino uscì per andare a giocare la schedina compilata con cura il giorno prima, secondo una sua antica superstizione, che lo voleva recarsi al bar ogni domenica alle 10 per giocare al Totocalcio. In quel bar si trovava anche Steve. I due si incrociarono all'ingresso e rimasero sulla porta invitando l'altro ad entrare per un po', finché Lisino ruppe gli indugi ed entrò, mentre Steve gli mormorava *"atirador"*[8], avendolo riconosciuto come il guidatore dell'auto pirata.

Steve, vedendo movimento decise di passare accanto al mare solo di sfuggita, dandogli un breve sguardo, rimanendo ancora una volta convinto che il mare migliore fosse quello della sua Porto. Notò la stazza imponente di Chivo e si andò a sedere nella riga dietro, ma appena di lato a lui. Vide Sofia sul palco, che parlava di divorzio, o qualcosa del genere. Usava troppe parole di cui non ricordava il significato.

"*Bom dia!*" disse a Chivo.

"Sa-salve" rispose Chivo, balbettando dalla sorpresa.

– È amico della ragazza? – disse Steve indicando Sofia sul palco.

– Diciamo che la conosco. E tu? – rispose Chivo, entrato in ritmo.

– Anche io, professionalmente parlando.

– Collega?

– In prospettiva.

Chivo pensò di aver trovato un altro cazzaro, per quanto simpatico. Continuò la discussione: – Come mai qui?

---

[8] Investitore

Interessano le prospettive del partito?

– No. Invitato. Tu? Accompagnatore?

Chivo tirò fuori il patentino da giornalista come fosse un revolver e glielo mostrò.

Nel frattempo, Sofia parlava distrattamente ad una platea anch'essa distratta dalle conversazioni che continuavano tra i vari partecipanti. A metà del discorso che aveva preparato, disse: – E questo è tutto. Domande?

Il moderatore, l'unico, forse, ad aver ascoltato tutto, la guardò stupito e disse: – Bene, vedo che non ci sono domande. Posso chiamare sul palco Estevão Soares?

Steve si alzò. Andò verso il palco, si fermò davanti al palco con i relatori, si girò e salutò. Fece per tornare verso il pubblico, ma il moderatore disse: – Prego, una frase al microfono.

Steve guardò cercando di non far trasparire il disappunto. Salì sul palco e disse: – Vincere, e vinceremo!

Il pubblico rimase gelato.

Steve, vedendo la reazione, tornò verso il suo posto. Chivo gli fece un applauso ironico, molto lento. Steve non capì, e disse: – Cosa ho detto di male? Qualcosa di sconveniente?

– Quasi.

Sofia arrivò dicendo: – Oh Soares, anche tu qui. Complimenti per prima. Li hai seccati tutti con quella citazione di Mussolini.

Steve arrossì e iniziò a farfugliare qualcosa, prima di zittirsi. Di certo non era quella la prima impressione che voleva dare a Sofia. Nonostante questo, lei si ricordava il suo cognome, quindi non doveva essere la prima impressione. Dopo fece caso al fatto che era in silenzio da troppo tempo, e cercò di rimediare, dicendo: "Non lo sapevo, pardon.", facendo un mezzo inchino.

Sofia rispose ridendo: – Ma che fai?

Steve non sapeva come uscirne. Scrollò le spalle. Sofia, quindi, gli diede una colossale pacca sulle spalle che quasi lo fece cadere. Steve sorrise. Si era fatto un'immagine di lei certamente troppo delicata. Chivo, spettatore esterno a tutto ciò si stava facendo un sacco di risate.

Lisino, invece era fuori, appoggiato alla sua auto, e si fumava una nazionale. Tra la nuvoletta di fumo vide degli strani movimenti vicino al ponte retrattile. Facendo attenzione, vide che erano almeno una quarantina di persone vestite in tuta mimetica e si stavano precipitando verso il palazzo del Comune.

Lisino entrò trafelato e si sedette. Chivo, intuendo che qualcosa non andava per il verso giusto, gli chiese: – Cosa non va? Cosa succede?

Lisino, prendendo fiato, disse solo: "Un casino", prima che Chivo, sentendo l'inconfondibile rumore di anfibi militari, urlò: "In bagno!", e si portò dietro Steve, Sofia e Lisino, prima che sfondassero la porta, kalashnikov in pugno.

Il rumore degli stivali si propagò fino al bagno. Lisino spiò dalla fessura della chiave, e vide che erano in effetti vestiti da paramilitari, con dei fucili in mano. Uno di questi si era posizionato accanto alla porta.

Una persona prese il centro del banco dei relatori.

Il clangore delle armi si fermò.

Lisino, dal bagno, poteva vedere che la figura in mezzo al palco era in piedi, tra due tizi con il mitra. Anche dentro regnava il silenzio, come fuori.

Lisino spiegò che era arrivato il capo. Dopo anche la sua voce.

– Compagni, è arrivato il momento di passare all'azione. Non sono molto bravo con le parole, quindi vi dico solo questo: se siete con noi, allora qui fuori ci sono delle armi. Se siete contro di noi, allora vi consiglio di fuggire subito.

L'ometto che moderava il dibattito si alzò in piedi e iniziò ad urlare: – Cosa pensate di fare? Pretendete di venire qui e pensare di vincere solo con la forza, con le armi? Noi siamo meglio di questo, lo sapete?

Il capo gli disse: – Meglio? Non credo. Ora le do la possibilità di andare, o le ficco una pallottola in testa. A lei la scelta.

L'ometto rimase fermo. Rimase fermo anche quando si trovò la pistola puntata contro. Sempre in silenzio, il capo rivolta sparò, colpendolo di striscio alla testa. Con una mano sulla nuova scriminatura dei capelli, l'ex moderatore della discussione se ne andò, pensando che la prossima pallottola sarebbe stata più precisa. – Qualcuno ha altre domande?

Il pubblico rimase gelato per un attimo, poi alla domanda: – Allora volete trionfare? – il pubblico esultò dicendo sì.

Steve si avvicinò alla porta, ma Chivo gli tirò uno schiaffo sulla mano e gli disse: – Lo sai che se esci ora fai la fine di quello? Aspettare qui è l'unica possibilità, anche perché mi sembra abbia finito.

Il rumore di anfibi e ferraglia aumentò di colpo, poi lentamente iniziò a spostarsi fuori.

Lisino, non sentendo nulla, e non vedendo più nulla, si avvicinò allo spioncino. Vide la sala ormai vuota e aprì la porta.

Il trambusto precedente si era spostato di fuori, con i colpi sparati in aria che salutavano le poche persone che fuggivano sul ponte retrattile. Appena sorpassato il ponte, ci fu un forte boato e furono tutti nascosti da una nuvola di fumo blu e marrone. I colpi sparati in aria si fecero ancora più intensi, con le urla terribili di "morte ai traditori" che comparivano tra uno sparo e l'altro. I quattro si affacciarono alla finestra, solo per sentire ancora più forti sotto di loro, le urla e gli spari. In fondo, dietro il fumo ormai diradato, videro che per fortuna in mare non sembrava esserci nessuno.

Chivo chiese a Lisino se conoscesse una via d'uscita, a parte ovviamente il portone principale. Lisino ci pensò un attimo, poi si ricordò dello spiazzo sul retro, dove c'erano solo dei finestroni. Andarono lì e videro la via libera. Aprirono uno dei finestroni e dovettero fare solo un saltino per ritrovarsi fuori.

– Dove andiamo ora? – chiese Sofia.

– Non preoccuparti, ora risolviamo tutto – rispose Steve.

– Soares per cortesia! – disse Sofia, spingendogli la spalla.

– Eh, su, Steve! – disse Chivo ridendo nervosamente.

Lisino disse: – Andiamo all'ufficio.

Chivo disse che era una buona idea perché i ribelli erano probabilmente ancora in piazza.

Parte 2

4 aprile 1971

Il breve tragitto fino al bar Giuliani era deserto. Entrarono e Lisino disse al gestore che avevano bisogno del piano di sopra.

— Ma è dal '45 che è chiuso. Cosa succede? I comunisti? — disse Michele finendo di lavare un bicchiere.

— Pare di sì. — disse Lisino.

— Te l'avevo detto che erano una manica di stronzi.

— Ora lasciaci solo organizzare di sopra. Torna a casa e barricati fino a quando non ti verrò a trovare. *So' cazz' stavot'.*[9]

Lisino tirò una maniglia nascosta nel soffitto della sala, che portò ad un mezzanino. Dietro la porta c'era un'altra sala, disse Lisino. Salirono tutti e quattro di sopra.

Trovarono tre fucili stile vecchio West all'interno di un armadio.

Chivo disse: — Ma le provviste?

— Ecco! — Lisino mostrò un armadio pieno di munizioni e di sigarette.

Sofia, zitta fino a quel momento, disse: — Ma siamo sicuri che quei trabiccoli non ci esplodano in faccia? Sembra roba di almeno trent'anni fa...

— Lo è. Originali della resistenza. 1945. Anche le sigarette. — disse Lisino, sorridendo.

Chivo ribadì, alzando la voce: — Ma il cibo?

Lisino fece: — Ma sempre a mangiare pensi? Nell'altro armadio c'è dello scatolame. Dovrebbe bastare per un mesetto. Per l'acqua ti ricordo che siamo in un bar, quindi anche se tolgono la potabile, possiamo bere la minerale. Saremo come dei

---

[9] Sono cazzi stavolta.

piselli nel baccello – disse imitando Ollio, ma mantenendo il suo marcato accento muzzanese.

Chivo scosse la testa: – Ma sei proprio sicuro di quello che dici? Riusciremo a uscire di qui?

Lisino disse: – Come pretendi che possa saperlo? Io però vi posso dire che, avendo fatto la resistenza un po' di esperienza ce l'ho. E vi posso dire che un coglione con in mano un mitra è pericoloso, anche perché molto probabilmente non sa usarlo.

– Vero. Ma se quel coglione sa usarlo? – disse Steve.

– Allora siamo nei guai. – Lisino scosse la testa e si mise alla finestra.

Dalla finestra ormai si poteva vedere il buio delle otto di sera. Una figura nera appariva dalla finestra, accanto al mare, col mitra in mano. Lisino tirò fuori un quadernetto con le copertine nere e le pagine ingiallite e si segnò data e ora su una nuova pagina.

Era stranamente sorridente. Gli altri lo vedevano, non capendo. Lui si mise alla finestra, dopo aver caricato il fucile, e rimase fermo alla finestra a sorvegliare.

– Ma che fai? – gli chiese Chivo.

– Tengo d'occhio tutto. Stai tranquillo. – rispose Lisino, facendogli l'occhiolino.

Chivo abbozzò un sorriso e si stiracchiò su un divano polveroso accanto a Steve. Sofia, invece, era in piedi e faceva avanti e indietro.

Ogni tanto dava un'occhiata ai fucili e pensava un attimo al fatto che per fortuna suo padre le aveva insegnato tutti i rudimenti di fucili, mitragliatrici, ed autodifesa. Pensò che tutta quella conoscenza poteva essere utilizzata, anche se sperava ovviamente di non doverlo fare.

Steve, invece, pensava al fatto che avesse sperato per mesi di stare vicino a Sofia, ed era lì. Lui era seduto, senza sapere cosa fare, che fissava una finestra buia, accanto ad un gigante che si grattava il pizzetto. Si lasciò andare al buio, e pensò a cosa fare il giorno dopo per uscire da quella situazione.

5 aprile 1971

La notte passò relativamente tranquilla. Lisino si svegliò per primo. Vide l'ultima riga del taccuino ed arrivava alle 3.50. Erano ormai le otto, ma la regolarità dei dati precedenti gli faceva supporre di aver trovato quanti fossero e ogni quanto passassero, dopo solo una notte.

Il secondo fu Chivo, anche lui appisolatosi su una sedia, mentre sperava ancora, muovendo le manopole, di far funzionare la radio, cercando la stazione giusta.

Sofia si era alzata dalla brandina mentre Steve continuava a russare sul divano.

Lo lasciarono dormire, mentre scendevano per la scala. La macchina del caffè fu accesa da Lisino, dato che era l'unico a saperlo fare.

Sperarono che il rumore non fosse stato troppo forte, ma riuscirono a fare quattro caffè senza sentire guardie al di là della saracinesca.

– E adesso? – disse Chivo.

– Adesso si aspetta. L'unica possibilità è capire cosa pensano di fare. – rispose Lisino, rivolgendosi poi a Sofia e chiedendole: – Tu come sei messa coi fucili? Hai mai sparato?

– Sì, però… – rispose lei.

– E tu? – rivolto verso Chivo, che con un grande sorriso disse: – Ero il migliore del mio plotone, nei 18 mesi in cui sono stato nell'esercito.

– Tu hai fatto l'esercito? Ma non eri… – chiese stupito Lisino.

– Sì. – lo interruppe – io quello lo dissi allo psicologo, ma non ci fu verso, non volle crederci. Mi sono divertito molto, comunque. Concluse ammiccando verso Lisino, che quasi indignato si rivolse a Sofia: – Ma tu la sapevi 'sta storia?

Arrivò Steve: – Che storia?

– Niente, niente. – disse Lisino.

Sofia sorrise e disse: – Sì. L'avrò sentita cento volte. La raccontava sempre. Soares, il tuo caffè.

Steve, timido, le disse: – Grazie, ma puoi chiamarmi Steve.

– Ok, Steve.

Provò a dargli una pacca sulla spalla, ma Steve si scansò all'ultimo momento. Sofia sorrise e disse: – Me l'hai fatta, bravo.

Steve il giorno prima si era abituato ad avere la spalla colpita, ma pensò non fosse proprio il caso di ricominciare da subito. Chivo intervenne e gliene diede una lui, sull'altra.

Di sicuro, non pensò di trovarsi di fronte a Sofia, appena sveglio. Pensava, molto in fondo, fosse ancora il suo solito sogno di quando rifaceva le interrogazioni di matematica della scuola secondaria.

Inoltre, era convinto fosse la maniera peggiore per conoscere una persona; come si può avere un futuro insieme dopo essere stati compagni d'assedio? Ogni volta che si fossero incontrati, soprattutto le prime volte, si sarebbe parlato di quando e come avevano salvato la pellaccia.

Sofia, seduta di fronte a Chivo, pensava a come fosse stato strano rivederlo con i riccioli appuntati di bianco, ancora più grasso. Dopotutto lei era la più giovane del gruppo degli Hispanioles e quindi aveva pensato una volta che avrebbe visto in loro la vecchiaia che poi sarebbe toccata a lei.

Lisino le chiese: – Ti ho già chiesto che lavoro fai, e ci ho capito solo che fai la maestra.

Sofia iniziò a ridere. Lisino si interruppe per un attimo, pensando giustamente di aver sbagliato, ma per nulla imbarazzato: – Ma stavi parlando anche di un hobby?

Lei rispose: – Sì. Suonavo il violoncello. Ho fatto otto anni di conservatorio. Ieri ripensavo al mio maestro di Teoria della Composizione del Novecento. Aveva preso in antipatia la mia custodia rossa, e mi diceva ad ogni lezione, di buttarla e di prenderne una vera.

Steve disse: – E tu cosa hai fatto? Gli hai dato una pacca

sulla spalla? – rise da solo e tornò subito in silenzio, resosi conto della gaffe. Sofia riprese, come se nulla fosse, continuò: – Approfittando di un improvviso fortissimo nella partitura, gli ho piantato un'archettata nel fianco. Niente più ironie.

– Meglio il fianco di altre parti – disse sentenzioso Lisino che, detto questo e visto l'orologio, tornò nella mansarda, prese il quaderno e sogghignando, vide una figura armata, prese un appunto e chiuse il quaderno.

Tornò di sotto, dicendo a Chivo: – Ma quindi com'è questa storia che non ti hanno creduto?

– Che dirti…mi hanno fatto un sacco di domande e nonostante sia omosessuale, e abbia dato delle risposte "da omosessuale" non mi hanno creduto. Pensavano rispondessi così per evitare la naja. Dopotutto tu ci hai creduto quando te l'ho detto? – disse Chivo.

– Crederci? Non tanto. Però dato che sei molto alto e molto grosso, ti ho dato ragione, come mi hanno insegnato a fare. – rispose Lisino.

Tutti si misero a ridere.

D'improvviso degli spari di mitragliatore fecero ingoiare le risate. Si appiattirono a terra e sentirono altre mitragliate e le risate al di là della saracinesca.

– Che minchia c'avranno da ridere – biascicò Lisino.

– A saperlo. Poi, sprecare tutte quelle munizioni. – rispose Sofia.

– Brava figlia. Sei nell'ottica giusta. Prendi esempio, Stivo.

– Veramente è Steve.

– Uguale.

Dopo altre due raffiche, i due ribelli sghignazzanti si allontanarono.

Lisino e gli altri si alzarono, tirando un sospiro di sollievo.

– Pare non abbiano fatto troppi danni. Mah. – disse Lisino toccando i rigonfiamenti lasciati dalle mitragliatrici.

– A cosa stai pensando? – disse Chivo.

– Niente, niente. – Lisino salì quindi in camera, per controllare se anche questa volta i suoi calcoli erano esatti.

Non vide nulla per qualche istante, poi sbucò, come previsto, una figura col mitra. Lisino era contento.

Mentre scendeva, sentì Steve che diceva: – Dobbiamo reagire e uscire di qui! Non è possibile che rimaniamo qui bloccati, mentre questi giocano al tiro a bersaglio.

– Calma, ragazzo. Portare il naso fuori di qui significa morte certa.

Chivo disse queste parole, sperando in un appoggio da parte di Lisino, che però, scendendo dalla scaletta, rispose: – Non credo abbia tutti i torti. Devo ancora pensare un attimo, ma credo che a breve si potrà uscire. Certo, sarebbe meglio poter riparare la radio di sopra, e non sarebbe male avere anche una trasmittente, ma meglio di niente.

Chivo disse che ci aveva già provato, ma con scarso successo, inoltre il problema era che non c'era nemmeno un cacciavite adeguato. Steve allora rispose: – Posso pensarci io, adesso?

Salì la scaletta e tirò fuori un coltellino svizzero.

– E quello da dove esce? – disse Chivo.

– Regalo dello zio. Trattieni il tuo entusiasmo per quello che arriverà dopo.

Invece di usare il cacciavite, tirò fuori la lametta e con quella iniziò a girare le viti.

Chivo alzò le mani in segno di stupore. Steve continuò a girare finché non tirò fuori il circuito. Dette un occhio ai componenti, e non trovò problemi. Nessun pezzo bruciato. Ricompose il tutto e lo accese. All'apparenza funzionava tutto correttamente.

– Ma qual è il problema? – chiese Steve.

– Teoricamente dovrebbero esserci almeno due stazioni radio. Non funziona nessuna delle due. – disse Chivo.

– Cosa ti fa pensare sia l'apparecchio?

– Sai, il rasoio di Occam.

– Occam non ha sempre ragione.

Steve aspettava almeno da sei anni di poter ripetere questa frase. Gliela disse il suo amico Eduardo quando discutevano di come, secondo Steve, Amanda fosse cotta di lui, ma secondo lui no. Aveva ragione l'amico e Steve si ripromise di usarla quando possibile. Scesero dando a Lisino e Sofia la notizia.

Lisino chiese a Chivo: — Ma il ragazzino sapeva cosa stava facendo? La radio è un pezzo d'epoca.

— Più di me di sicuro. Comunque, mi ha detto che per ora lascia perdere, deve pensarci un attimo.

L'isolamento forzato del primo giorno aveva costretto loro a non sapere nulla di quello che accadeva fuori, se non da idee, speranze anche infondate, come se ci fossero in continuazione pneumatici esplosi, o massi buttati per terra, come se non fosse stata una scarica di mitra ad avere ridotto ad un insieme di bubboni la saracinesca del locale.

Un insieme di bubboni. Lisino rimuginava su questo, e anche per ciò rimaneva confidente nei suoi e nei loro mezzi: — Voglio solo avere la sicurezza, e una volta avuta, potremo uscire e torneremo a casa.

Gli altri non erano così convinti.

— Cosa ti fa essere così sicuro del fatto che fuggiremo e addirittura torneremo a casa? — disse Chivo.

— Ragazzi, tranquilli, vi ricordo che ho fatto la Resistenza! Io ero qui ad appuntarmi tutto, i passaggi dei tedeschi, ed ero pronto all'azione.

— A quanti tedeschi hai fatto un buco in testa? — chiese Sofia, quasi sarcastica.

— Un paio. Però ne ho fatto scappare molti. — rispose Lisino.

— Sì, in ogni caso sono passati più di 25 anni da allora. Io non ero ancora nato. — disse Steve.

— Io ero neonata. — disse Sofia.

— Io ero bimbo... — disse Chivo.

Lisino, però, era insistente: — Questi sono dei dilettanti! Volete vedere? Venite con me.

Salirono tutti insieme e videro passare la solita figura nera.

— Questa sembra la solita figura nera. Ma se facciamo attenzione, vediamo che sono alti diversi. In base alla loro altezza mi sono appuntato una tacca sul quaderno, prendendo come riferimento il casotto qui davanti, prima del mare. Tra poco passerà tacca 2.

Mise il quaderno a lato della casupola e, come se prendesse forma da quella pagina, uscì, al livello della seconda tacca,

– Quindi lui è tacca 2. A partire da lui, l'ordine è 2, 3, 1, 4, 5. La lista dei tedeschi era questa.

Tornò indietro di un paio di pagine e videro, a lato del quaderno stesso, almeno un centinaio di quelle tacche.

Lisino continuò: – Inoltre, anche io che ormai ci vedo poco da lontano, ti so dire che quello non è assolutamente il modo di tenere un mitra.

Chivo vide fuori e disse: – È vero, cazzo, è vero! Non è capace! Ha la mano sul caricatore.

Steve rispose: – Non è detto. Se non metti tutto il carico lì e se non lo fai andare completamente in automatico migliora la stabilità. C'è anche da dire che se dovessero sparare ci metterebbero di più.

– E tu che ne sai? – disse Lisino.

– Se tu hai fatto il militare e tu la resistenza, diciamo che io mi sto preparando. – Steve li guardò con occhi fieri, per la prima volta. – Io sono in contatto con una comune portoghese di Lisbona. Lì stiamo organizzandoci per fare la rivoluzione. Finalmente ci prenderemo la libertà. Ero al convegno in rappresentanza del partito socialista clandestino di cui facevo parte quando ero lì, e di cui faccio tutt'ora parte, anche se in esilio. Dato che studio qui, è anche una questione di comodità. Anche la riparazione delle radio l'ho imparata lì. Sapessi quante volte ci oscuravano il segnale!

Questa notizia lasciò di sale Chivo e Sofia. Lisino, sarcasticamente, rispose: – Ne devi nuotare di mare, ragazzo!

– Va bene, ma qui quando si passa all'azione? – disse Steve.

– Dopo, ora non è ancora il caso. Perderemmo l'effetto sorpresa. Dobbiamo vedere ancora se sarà necessario sparare. – rispose Lisino.

– A proposito di questo, quando ci alleniamo? Sono un po'

arrugginita. – chiese Sofia.

– Ora potrebbe essere un buon momento. – rispose Lisino, che aggiunse: – magari diamo anche qualche dritta al ragazzino.

Steve, quasi rassegnato, disse: – Guarda che io so sparare. Anche bene, dicono.

Lisino rispose rapidamente: – Un po' di allenamento non ti farà male, ragazzo.

Salirono nella mansarda e Lisino tirò fuori un fucile con a lato delle pietre tonde, a mo' di piombini.

– Così si confondono con quelle qui davanti. Detto questo, Lisino stese un panno bucato e annerito dai proiettili. Al centro, un quadrato rosso un po' storto, per segnalare il centro. Diede a Sofia il fucile, dopo averlo accuratamente caricato di polvere da sparo.

Sofia prese la mira e il lenzuolo ballò. Una nuvola di fumo si sparse nella stanza. Il colpo aveva mancato il centro di almeno tre metri, e bucò il lenzuolo dov'era ancora bianco. Sofia alzò le spalle. Lisino chiese a Steve di provare, in segno di sfida.

Steve, con gli occhi fissi, strappò il fucile dalle mani di Sofia, lo caricò, prese la mira e sparò. Il lenzuolo non si mosse. Lisino subito rispose: – Ecco, l'hai mancato del tutto – prima di rendersi conto che non era possibile. Chivo, sbalordito, andò lentamente, con la bocca ancora spalancata, verso il lenzuolo. Indicò il buco all'esatto centro.

– È passato di lì. L'ho visto, mi gioco quello che vuoi.

Steve, ritornato timido, disse: – Beh…sì.

Quasi vergognandosi, si girò verso Sofia, dopo averle caricato il fucile: Hai sbagliato la posizione del corpo. Poggia il fucile sul tavolo, la canna sopra un asciugamano. Poi guarda sopra la canna e spara.

Sofia si mise dietro il tavolo e sparò. Il lenzuolo si mosse, e nel centro del lenzuolo ci fu un nuovo buco. Lisino era furibondo, perché Steve, mentre era in trance agonistica, gli dette uno sguardo di sfida.

Nonostante questo, Chivo chiese di provare prima e fu accontentato.

– Però il fucile me lo dovete caricare voi. Ne capisco poco, ma quanto basta per sapere che con questo trabiccolo, se metto troppa polvere da sparo mi esplode in faccia.

Lisino caricò il fucile e glielo passò.

Chivo, in piedi, prese la mira e sparò. Un buon colpo, verso il centro.

Lisino caricò il fucile per sé stesso e sparò, desideroso di fare anche lui subito centro. Il tiro, però, uscì tendente verso destra e fece il pelo al muro.

– E questo? – disse Steve.

– Ho compensato, non sono mica abituato a sparare al chiuso. Fammi riprovare. – rispose Lisino.

Il secondo colpo andò meglio. Lisino contraccambiò lo sguardo che aveva fatto Steve prima, pensando che, in fondo non era il vecchio bacucco che pensava quel ragazzino.

Ripulì il fucile dalle tracce di polvere da sparo e lo chiuse nell'armadio.

Chivo si accese una sigaretta. Il solo pensiero di averle razionate gli dava enorme fastidio, come agli altri tre.

Il fumo era una delle poche cose che accomunava i quattro, e la divisione delle scorte funzionava in maniera semplice: tre a persona. Una al risveglio, una dopo pranzo e una alla sera. Dato che aveva aspettato, non consumando quella del pranzo, Chivo era lì da solo, al piano di sopra, affacciato alla finestra.

Il tramonto ingialliva le terre arse dal sole davanti al petrolchimico, con i vapori che coloravano le nuvole di rosso.

Dopo le prime due-tre boccate, entrò Steve. Si avvicinò a Chivo, si sedette accanto e gli chiese: – Ma per te, quante possibilità ho con la *ruiva*?

– Ah, così a bruciapelo me lo chiedi? Prendi almeno una sigaretta.

– Ok – disse Steve, accendendosela. Chivo si grattò la testa, si toccò il pizzetto e tirò una profonda boccata, tale da finire la sigaretta, poi continuò la risposta: – Forse se tu fossi stato meno babbeo all'inizio? Sì. Ora? Non credo.

– Ma quanto la conosci?

– Poco. Te l'ho detto. Non la vedo da almeno dieci anni. Ma mi sembra una domanda del cazzo.

Si girò e vide fuori. Senza girarsi, disse: – Steve, tu ci eri mai venuto qui?

Anche Steve si girò.

– No. A malapena sono andato ad Ostia.

– Sei mai tornato a casa dopo che sei venuto qui in Italia?

– No.

– Quando tornerai, immagino che ti aspetti di vedere grandi cambiamenti avvenuti durante la tua assenza, e invece non trovi nulla di diverso. Gli stessi luoghi, gli stessi negozi, e ti sembra quasi di dover rivedere persone che conosci da un momento all'altro.

– Sai che è strano? Io quasi ci spero che il mio paese rimanga in una bolla di vetro, immutabile, anche se dall'altra parte vorrei cambiamenti più profondi del fatto che apre un gelataio dove prima c'era il verduraio. Dico, non è forse che ci speravi che rimanesse tutto così qui?

Poi cambiò tono e disse: – Mia madre dice sempre che non si devono lasciare dei capitoli aperti, ma che bisogna chiudere col passato prima di andare avanti. Tu sei d'accordo?

Chivo alzò le spalle. Subito dopo arrivarono Lisino e Sofia, che disse:

– Pronti per la cena? Pane tostato e carne in scatola.

– Vi ho detto che questo mi fa tornare al '45?

Chivo iniziò a ruotare gli occhi, già annoiato dal possibile aneddoto.

Steve, invece, era curioso, e Lisino, accortosi dell'interesse, iniziò a narrare, impettito.

– Eravamo di sopra. Io, Spilletto, Michele…

– Chi è Michele? – chiese Steve.

– Come? Il padrone di questo luogo. Era qui prima.

– Ma perché non è rimasto anche lui qui?

Chivo aveva inteso il gioco di Steve e gli fece un cenno impercettibile.

– Perché abita qui dietro. – rispose Lisino ignaro di tutto.

Steve, rincarando la dose: – E perché non siamo andati con lui?

– Perché sono in cinque in due stanze.

Steve era sul punto di obiettare di nuovo, ma un'occhiataccia di Lisino condita con un "meh!" lo fece desistere.

– Dicevo: eravamo Io, Spillo, Michele…

– Ma quella storia con De Castri? Chivo sghignazzò a più non posso e Steve lo seguì, rivelando lo scherzo.

Lisino affondò le ganasce nel panino e con la bocca piena disse: – Allora non vi racconto proprio *nu' cazze*.

Anche Sofia si mise a ridere, scuotendo la testa e dicendo: – Siete proprio una manica di stronzi.

I quattro finirono subito la misera cena: i morsi del digiuno del giorno prima si facevano sentire. Steve si staccò un attimo e andò a curiosare nell'angolo dove solitamente si giocava a carte e a lato dei tavolini trovò dei libri impolverati, tra cui riconobbe "Viaggio al termine della notte" di Céline. Incuriosito lo prese e lo aprì, scoprendo che era un libro finto.

– Quello ce lo regalarono per decorazione. Mo' lo teniamo come scherzo per i nuovi arrivati. Chi prova ad aprirlo paga da bere. Ora paga. – disse Lisino.

Steve si girò paonazzo, un po' per la figuraccia, un po' per la rabbia: – Io non pago proprio un bel niente!

– Ok, però io bevo lo stesso.

Lisino prese una bottiglia di amaro Lucano e si versò un bel bicchiere.

– A stomaco pieno fa digerire anche i sassi. Me lo ha consigliato pure un mio amico medico. Volete favorire?

Gli altri declinarono l'offerta.

Sofia gli chiese, incuriosita dalla capacità di trovare tutto: – Ma tu quanto tempo passi qui?

– Tutti i giorni, o quasi.

Steve non perse l'occasione di provocarlo: – E tua moglie non dice nulla? – Ragazzo mio, che ti devo dire? Sono cassintegrato del petrolchimico, se avessi qualcosa a campagna…chessò, un pezzo di terra, magari potrei coltivare qualcosa, le zucchine tipo…infatti è qualcosa che vorrei fare…un giorno…diciamo che o sono in giro, o sono qui.

Evitata la domanda, andò sul retro, tirò fuori un mazzo di carte e iniziò a mescolare.

– Do disturbo se prendo le carte?

Gli altri fecero cenno di no, più perplessi che infastiditi.

Mise sul tavolo quattro carte e il mazzo a lato.

– Cos'è? chiese Chivo.

– Il mio solitario preferito. Ci sono ovvero quattro carte in alto, devi metterle sotto, a scendere a semi alternati, e quando ti escono gli assi, metti le carte a salire a lato, dello stesso seme. Chiaro?

Lo sguardo perso di Chivo non lo rassicurò e quindi, preferì continuare a parlare.

– Non è importante se capisci, lo faccio quando sono un po' nervoso e voglio un po' staccare. Però continuiamo a parlare. – Ma quindi quando potremo uscire? – chiese Steve.

– Domani. Sì, penso che domani possa andare bene. Se i miei calcoli sono corretti, domani alle 20.20 passerà la guardia sul lungomare. Allora conteremo fino a dieci. Apriremo velocemente la saracinesca e usciremo in fretta e furia. Gireremo subito a sinistra, così da fare una strada parallela ai due lungomari. Una volta arrivati al castello gireremo a destra e ci tufferemo. L'acqua lì non è alta, se uno sa nuotare discretamente, ci vogliono circa 10 minuti per raggiungere la città nuova. Tutto chiaro?

Lisino si fermò un attimo, non staccando gli occhi dalle carte, ma aspettandosi comunque una risposta.

– Sì – fecero in coro.

– Inutile che ve lo chiedo, ma…sapete nuotare?

Sofia fu la prima a rispondere immediatamente: – Sì.

Chivo e Steve si videro perplessi. Steve disse sì, ma Chivo era abbastanza titubante.

Lisino lo vide e gli chiese: – Ragazzo, tutto bene? Com'è, sei di Muzzano e non sai nuotare?

– Ma sì che so nuotare, solo che è una cosa che ho fatto da ragazzino l'ultima volta e già allora ero abbastanza scarso. – rispose Chivo.

Lisino, alzò lo sguardo, incrociò quello di Chivo, prese il bicchiere e lo svuotò: – Dai, lungo lungo come sei due bracciate e hai fatto.

Chivo scrollò le spalle e fece un ok molto poco convinto.

Lisino disse: – Allora tutto ok. E con questo sette ho pure finito il solitario!

6 aprile 1971

Chivo si svegliò stranamente prima di tutti. Guardò fuori, verso sinistra.

Sebbene fossero circa le otto, c'erano già dei ragazzini che giocavano a calcio in mezzo ai vicoli. In quel momento il militare di ronda stava passando e, attirato dalle urla li vide. Impauriti, rimasero fermi e zitti. Il pallone gli si avvicinò e per colpirlo gli andò incontro, tanto da permettere a Chivo di vederlo. Non poteva avere più di trent'anni, i capelli lunghi e neri raccolti in una coda, che traballava in maniera buffa mentre si apprestava a calciare.

Colpì la palla e, tradito probabilmente dagli anfibi, spedì la palla in orizzontale, spedendolo quindi anziché verso la porta, lungo la via.

I ragazzini non persero tempo a ridergli in faccia, mentre rincorreva invano il pallone. Un pescatore, appena sceso dalla barca costretta ad essere attraccata, lo recuperò e glielo pose, con una smorfia di disappunto. La guardia armata lo diede ai ragazzini che, appena si girò, lo ringraziarono con una sonora pernacchia, che arrivò anche alle orecchie di Chivo.

– Già di vedetta?

Sofia si avvicinò a Chivo, così da sbadigliargli in faccia.

– Sì, onestamente mi sto rompendo le scatole. Piuttosto, sto notando che per essere una rivoluzione, la situazione è abbastanza tranquilla. Forse potremmo davvero uscire a breve. – rispose Chivo.

– Anche a sentire Lisino.

Sofia gli sorrise.

Chivo pensò a quanto fosse bello quel sorriso, e a quanto fosse bello dieci anni prima, quando la conobbe, quasi diciottenne. Se Steve l'avesse vista allora! Probabilmente avrebbe lasciato perdere tutte quelle stronzate e si sarebbe buttato;

dopotutto anche lui, ai tempi, un pensierino ce l'aveva fatto, ma era stato un momento di debolezza, di confusione, prima di trovare la sua strada.

– Conosco quello sguardo, Chivo. – Sofia lo interruppe. – Pensi al periodo degli Hispanioles.

– Sì, in effetti sì. Tuo fratello come sta?

– Oscar penso stia bene, ma è da un po' che non lo sento. – disse Sofia.

– Sta ancora con Fernando?

– Perché, ci stai facendo un pensierino?

– No, no – Chivo scosse la testa esageratamente.

– E comunque no, si lasciarono circa…saranno sei anni ormai. Poi, ti ripeto, non lo sento da prima di Natale.

Sofia si accese la sigaretta post-colazione e Chivo la seguì immediatamente. Chivo riusciva a vedere il suo sguardo che andava oltre il mare, quello sguardo così simile a quello che fissava il palazzo di fronte a casa Iglesias, che però iniziava ad essere consumato dagli anni; e in un attimo pensò che anche lui doveva essere invecchiato, e in quel momento i primi capelli bianchi, i chili di troppo, i primi accenni di vista che non funzionava più, mentre al militare aveva dieci decimi, gli andarono addosso come un carro armato.

– Tutto bene? – gli fece Sofia.

– Sì, sì. Un po' troppi pensieri di tempi andati.

– Ah, non dirlo a me. Da quando ti ho rivisto non faccio che ripensare ai vecchi tempi. Sai quanti ragazzi mi venivano dietro?

– Ah beh, anche a me. – disse Chivo.

I due risero.

La botola si aprì all'improvviso. Era Steve.

– Scusate. Ma lì sotto è un inferno. Lisino pretende che sappia giocare almeno a tressette. È difficile fargli capire che non a tutti piacciono le carte.

– Dai, vado io. Magari si accontenta di una briscola. – fece Sofia, spegnendo il mozzicone di sigaretta.

Steve prese il suo posto accanto a Chivo che, senza

distogliere un attimo lo sguardo dall'orizzonte, disse a Sofia: —
Ma tu sai giocare?

— No, però mio padre sì. Quindi o qualcosa mi arriva dalla
genetica, o per osmosi.

Sofia scese. Steve, appena si chiuse la botola, chiese a
Chivo: — Allora? Ti ha parlato di me?

— Mi ha detto che ho ragione che ti ritengo un citrullo.

Chivo era impassibile.

— Davvero ti ha detto così?

— No, ma sbaglio a ritenerti tale? — disse Chivo girandosi
verso Steve — Non sono mica venuto qui per essere il tuo ruffiano.

Steve rispose curioso: — Ruffiano? *O que é* ruffiano?

— Tipo *chulo*, ma un po' meno.

— No, ma perché mi dici *chulo*…era così, per curiosità.

Chivo pensò che quella era la sigaretta più "lenta" da
quando aveva ripreso a fumare. Poco dopo, a conferma dell'intuizione, sbucò Lisino dalla botola.

— Completo! — disse Chivo, che continuò, ormai rassegnato
— Allora? Hai asfaltato la pollastrella?

Lisino si limitò a mostrare il bicchiere di amaro.

Steve, in maniera sarcastica, disse: — Non so cosa significhi
questo gesto, ma penso che tu abbia perso.

— Taci, ragazzo. Ha avuto il tipico culo del principiante. Lo
sanno tutti che la briscola è il tipico gioco dove il culo batte la
conoscenza, soprattutto quando si gioca in due.

Chivo e Steve annuirono poco convinti.

— Come ve lo devo spiegare? Se, nonostante che ho avuto
solo due briscole ho perso di due, che ci devo fare?

Ascoltando, Sofia salì e disse: — Allora? Rivincita? Anche se
dai, questa volta lasciami almeno le briscole, almeno io le so
usare.

Ammiccò a Steve e Chivo. Lisino, comprensibilmente, la
mandò a quel paese, però accettò la rivincita.

Scesero entrambi.

Steve si rivolse a Chivo: — Ma sei sicuro che non sappia

giocare?

– La storia del padre credo proprio sia vera. Ma più che all'osmosi, credo al fatto che da piccola ci abbia giocato.

– Sì, ok, in ogni caso questa non me la perdo. Ora scendo a dare un'occhiata.

Steve lasciò solo Chivo, che si riaccese la sigaretta diventata ormai un mozzicone, e tirò una profonda boccata.

Si ricordò di quei giorni in cui era tormentato dal pensiero di Sofia, e del fatto che avesse trovato la sua strada, e aveva evitato a sé stesso e a Sofia inutili sofferenze. Però al pensiero della sua custodia rossa del violoncello sentiva sempre un tuffo al cuore, seppur lieve.

Gli capitò di rivedere un'altra persona con la custodia simile, tempo dopo, e la seguì un po', per vedere se fosse lei. Ovviamente non lo era, si trattava di una ragazzina che aspettava il tram per andare forse al conservatorio.

Riuscì a terminare, finalmente, la sua sigaretta e scese per vedere l'ultima mano.

Lisino giocò l'asso e il tre di briscola, ma non gli bastarono a vincere, perse di 2 a causa dei troppi re lasciati.

Dopo il conteggio, Lisino si alzò lentamente, andò a versarsi un altro bicchiere di amaro e mandò a fare in culo le carte.

Appena scoccarono le 13, dopo che le campane della chiesa finirono il loro lavoro anche quella volta, i quattro riuniti nella sala bar a leggere quotidiani ormai vecchi e inutili, ricominciarono a sentire in lontananza dei rumori.

All'inizio sembrava che dei ragazzini facessero esplodere dei botti, poi dopo iniziarono a diventare sempre più forti, avvicinandosi, fino ad arrivare davanti alla saracinesca già segnata. I suoi bubboni aumentarono sempre più, fino a riempirla quasi tutta.

Lisino e gli altri continuarono a cercare una notizia che non avessero già letto. Più che la paura, l'emozione più forte era il fastidio. Sapevano che non rischiavano nulla, ma il rumore dei proiettili che rimbalzavano contro il ferro, che provocava ilarità nei ribelli al di là della saracinesca, ricordava loro che dopo poche ore il bersaglio sarebbe stato il loro didietro.

Poco dopo, il rumore finì.

– Pare siano passati avanti. – disse Chivo.

– Secondo me è la saracinesca che li attira. – disse Lisino.

Sofia si girò e chiese: – Ce ne sono molte qui?

– No, non molte. In ogni modo, è vera quella storia del ferro. Mia moglie me l'ha fatto mettere *a forza* a casa, e il figlio dei vicini ogni volta che passa e ci tira il pallone fa un casino che non avete idea.

I tre guardarono increduli Lisino, che aveva appena finito di parlare.

– Ma quindi, questa storia che sei sposato? Questa volta non la sfanghi. – disse Chivo, il primo a prendere fiato.

– Sì, ma niente di che. – rispose Lisino sedendosi.

Chivo si alzò. – Come nulla di che? Sono qui da tre giorni, racconti storie su tutto e sul fatto che sei sposato nulla?

– Sì dai, parliamo d'altro.

– Io sono onestamente sconvolto. Eliseo Basile, classe millenovecento e spicci, si rifiuta di parlare di sé stesso?

– Sì, divertente. Ora basta.

Lisino sbatté il bicchiere sul tavolo con tanta forza da romperlo. Si diresse verso l'uscita ma si trovò la saracinesca davanti. Le tirò un pugno a martello e si girò, lentamente, verso gli altri tre.

– Come pretendete che parli di mia moglie se è scappata appena un paio di mesi fa?

I tre si rabbuiarono. Chivo fu il primo a parlare.

– Scusa… non sapevo. Come potevo?

– Già, come potevi? Le prime persone a cui lo dico siete voi.

Ci fu un momento di silenzio. Lisino si sedette. Pulì i cocci del bicchiere che aveva spaccato poco prima e li mise in un tovagliolo. Steve gli portò la bottiglia di amaro e un bicchiere.

– Tu ragazzo. Tu stavolta hai capito tutto.

Steve fece un sottile inchino ironico a Lisino e gli si sedette davanti.

– C'è da dire che, se ho aperto la *capasa*[10], tanto vale continuare.

Lisino fece un sospiro profondo, si versò un po' di amaro e fece un altro sospiro prima di iniziare a parlare: – Partiamo dall'inizio. Avevo appena finito la resistenza, parata di americani, tutti felici, trombette, eccetera. Per andare al lavoro prendevo sempre il filobus due, quello che ora va da via Roma a via Madonna delle Grazie. All'epoca arrivava poco prima dell'angolo con via Tuberose, perché lì c'era l'ultima casa di Muzzano. Questa storia però ve la racconterò un'altra volta. Dicevo che ero sul filobus, anzi non ancora, perché ero in ritardo. Salii su quello dopo, sapendo che una volta arrivato avrei preso come minimo un richiamo. Salgo sul filobus ed era mezzo vuoto. C'era addirittura un posto a sedere, ma era uno di quelli contromano, vicino all'autista.

– Che brutti – disse Steve.

– Perfetto. Da quelli, sui filobus vecchi, riesci a vedere da parte a parte perché sono sopraelevati, come quelli in fondo. Ecco, lì c'erano due ragazze, di cui una bellissima. Io mi avvicinai e iniziai a parlare con l'altra.

– Con la cozza? – disse Chivo, fulminato con lo sguardo da Sofia.

– No, beh. Non era cozza. Semplicemente non era così bella e come Steve potrà confermare, se due ragazze escono insieme, e una è bellissima, l'altra sarà più abbordabile.

– Che discorso del cazzo – disse Sofia.

– Sopravvivenza del più adatto – disse Chivo, quasi ammirato.

– Eh? – disse Lisino confuso.

– Prosegui pure – disse Chivo.

– Poi niente. Ci siamo lasciati così. Non sapevo neppure il suo nome, e non gliel'ho chiesto fino al giorno dopo. Si chiamava Edvige.

Gli occhi gli diventarono umidi, e con un riflesso condizionato si aggiustò il riporto.

---

[10] Vaso

Chivo gli sorrise: – Le delusioni le abbiamo provate tutti. Forse a te brucia perché da come la racconti sembra una delle prime. Fidati che io ho visto cose che mi hanno devastato più di qualsiasi pugno. Quando qualcuno ti lascia perché "sembra brutto" fa male...

Le lacrime iniziarono a gonfiare anche i suoi occhi. Sofia disse: – Che stronzo che era.

– Già. Che io sappia questa persona ora è sposato e ha dei figli, ma frequenta bar che conosco fin troppo bene. Caro Lisino le delusioni sono come il whisky, il primo brucia, poi ci fai l'abitudine.

– Bella questa. Te la rubo. – disse Steve.

– Niente di che. Non è nemmeno mia. Penso di averla sentita in un vecchio film.

Steve si strinse nelle spalle. Avrebbe voluto parlare di Sofia, cercando di nasconderla dietro una storiella, ma non riusciva a creare qualcosa di sensato. Si trovava a vedere da un lato Chivo e Lisino che quasi scoppiavano in un pianto e dall'altro Sofia, che li vedeva e si stava commuovendo.

Si alzò, ma non sapendo cosa fare una volta in piedi, andò verso i tavoli. Sofia gli si avvicinò, e disse: – Lasciamoli un po' da soli.

Steve annuì. Andarono in fondo alla sala, dove c'erano i libri.

– Tu credi che riusciremo ad uscire di qui? – disse Sofia.

– Sì, credo proprio di sì. La storia dei proiettili finti mi ha convinto. Poi mi sembra un buon piano. A te no?

– Non so. Ho una brutta sensazione. Come se in giro si sapesse qualcosa che a noi sfugge.

– Dai, facciamo una scommessa. Se riusciamo a uscire di qui sani e salvi allora usciamo una sera. Cena, dopo cena, quello che vuoi.

– Mi sembra un gioco a perdita. Però accetto. – disse Sofia, quasi sorridendo.

– Ok.

A Steve non sembrava vero di essere riuscito a strappare a

Sofia un invito a cena.

Steve, stremato dalla noia, decise di salire nella mansarda e riprovare ad aggiustare la radio. Per avere più luminosità, la portò giù, liberò un tavolo di plastica verde da posacenere e carte da gioco e rovesciò la radio.

Tolse le batterie e la aprì usando il fidato coltellino. Sollevò il pianale del rivestimento e reinserì le pile. Accese la radio e la luce arancio si illuminò. Dall'altoparlante uscì solo rumore bianco.

Affascinata dalla quantità di fili aggrovigliata, Sofia si avvicinò a Steve.

– Tutto bene? Disinnescata la bomba?

– No – fece Steve un po' goffamente.

Sofia toccò un relè e una luce arancione si accese in mezzo ai componenti elettronici.

– Dimmi che non ho fatto stronzate – gli disse.

– No, dubito. Non era collegato alla presa, va a batterie.

Steve notò che lo statico era sparito e alzò il volume. La voce rassicurante di Corrado che presentava la Corrida lo fece urlare: – Fatto! Bastava uno shock.

Lisino e Chivo si avvicinarono: – Aspetta, calmo! Cosa succede?

La radio continuava ad andare: – Ecco signora Bianchi, lei potrà vincere diecimila lire se indovina…

– Capito adesso? – fece Steve, abbassando il volume.

– Sì, ce l'hai fatta. E ora? – fecero Chivo e Lisino.

– E ora ascoltiamo.

Steve, poco dopo, si era già annoiato dei programmi della radio, con tribune politiche e gente che parlava di teatro nei due canali. Sperava quasi di aver capito che avessero interrotto i programmi con un jammer o qualcosa per disturbare il segnale.

Chivo si sedette al buio e immaginò fuori. Faceva mentalmente il percorso suggerito da Lisino, cercandolo nella sua testa, prendendo i punti di riferimento da vari ricordi, l'alimentari di Pinuccio col panino al salame buono, il brigadiere

Capodimonti che aveva la Lambretta rossa fuori, il lungomare. Fece fatica, però, a distinguere tra la Muzzano dei suoi ricordi e i dintorni di casa sua, a Milano, i cui vialetti, per qualche motivo, si confondevano con quelli del borgo in cui era intrappolato.

Anche Sofia pensava a Milano. Sperava di poter vedere il padre e il fratello. A lei, come a Steve, il percorso tracciato da Lisino non era chiaro, avrebbe pensato solo a seguire gli altri e a non prendere pallottole in corpo. Al resto ci avrebbe pensato poi.

Lisino preparava l'ennesimo solitario. Appena posizionò la terza carta tornò la luce.

Seduto al tavolino davanti a lui, Chivo decise che era giunto il momento di lavorare al pezzo, tanta era la noia. Prese il suo taccuino e iniziò a scrivere: "Il 2 aprile a Muzzano…" però alzò lo sguardo e ricominciò a pensare al passato. Si girò verso Lisino e gli toccò la mano. Lisino la ritirò immediatamente, ma si scusò subito: – Ah sei tu. Scusa, è stato un riflesso.

– Ok. Comunque, volevo dirti che ti capisco. Ti capisco perché nonostante quanto ti ho detto prima lasciasse intendere il contrario, anche quando vieni lasciato per la ventesima volta, fa male come la prima.

– Capisco. Perché lo dici solo ora?

– Perché è roba fresca. È successo una settimana prima che partissi.

– Parlami, senza scendere troppo nei dettagli.

– Non c'è molto da dire. Ci siamo conosciuti un annetto fa, tramite un amico in comune. Siamo stati bene, ma, come al solito, ha deciso che *pareva male*. Non so; il problema sono io e quindi mi dicono sempre stronzate?

– In ogni caso non capisco come mai a Milano ancora sono così indietro. Qui si parla di Milano come di una terra promessa, dove il progresso è ad ogni angolo e non sembra nemmeno di essere in Italia. – disse Lisino quasi martellando le carte al tavolo.

– Non è vero. È sempre Italia. – Sofia si era avvicinata per intervenire, lasciando Steve a sperare di trovare qualcosa di decente alla radio.

– È sempre Italia e troverai sempre motivi per ricordartelo, a parte quanto dice Chivo. Le buche per terra sono le stesse come qui; i pazzi al volante che non rispettano nemmeno i semafori rossi ci sono, anche se non sono come te.

– Ci sono rimasto male. Pensavo ci fosse qualcosa di meglio, là. È così disastrata?

– Come Muzzano? No. Ci sono atmosfere diverse, lì le case non ti cadono in testa anche in tempo di pace. C'è un'aria diversa. Forse tu non avevi tutti i torti quando dicevi che non sembra nemmeno di stare in Italia. Hai mai visto dei paesi francesi? Sembra quasi di stare lì, soprattutto quando c'è la nebbia.

Lisino sgranò gli occhi, come se stesse cercando proprio quello. Chivo e Sofia gli sorrisero.

– Stai pensando di trasferirti?

– Forse, soprattutto se qua si continua a sparare. Se continuerò a stare così male, per dimenticare. Forse.

Quando si parlava del futuro Lisino era sempre meno intelligibile, anche se poco alla volta si apriva un po' di più.

Nel frattempo, il pomeriggio stava per terminare nel tramonto.

Visto l'orario, i quattro decisero che sarebbero saliti a vedere un attimo la situazione prima di partire, per mettere un po' in ordine le idee.

Anche se era arrivata la sera, Chivo non riusciva ancora a scrivere il pezzo. Non trovava abbastanza pensieri per buttare giù tremila parole. Lisino, per prenderlo in giro e distrarlo un po', iniziò a mescolare le carte in maniera sempre più elaborata.

Tagliava il mazzo con una mano, le mescolava facendo scorrere due mazzi tra le dita e le sollevava, disponeva le carte in riga e muoveva il mazzo con una carta, e se lo passava da una mano all'altra.

L'effetto fu quello di sorprendere Sofia e Steve, mentre Chivo si innervosì, dicendo: – Scusa, ma starei cercando di finire questo articolo.

Lisino, beffardo, gli disse: – Pensi davvero di finire prima di essere fuori di qui?

– Non penso, ma così almeno perdo tempo.

Chivo lasciava trasparire sincera paura dai suoi occhi. Il fatto di vedere quel terrore sul volto di qualcuno ricordò a Lisino un altro aneddoto di quando era partigiano: – Mi ricordo di quello sguardo. Ce l'aveva Tonello quando dovevano arrivare i neozelandesi.

– E chi è adesso Tonello – chiese Chivo.

– Antonello di Lippolis, classe 1925. Era partigiano, poi dopo la liberazione divenne prete, però preferiva le gonne alla tonaca, non so se mi spiego. Fuggì con una e si dice che abbiano anche avuto un figlio. Però questa era l'ultima domanda, non mi fregate. Quando stavano per arrivare i neozelandesi a liberarci, tutto il popolo era in fermento, ma noi ci stavamo cacando addosso, Tonello in particolare. Tonello si era preso due pallottole nel fianco una volta, colpa di Spilletto che non lo copriva bene. Comunque ti ripeto la frase che dissi a lui: "Meglio dei turchi".

– Cosa vuol dire? Io conosco parecchi turchi e sono persone a modo. – disse Steve.

– Ma no, è un detto di qua. Vero Civvo?

Chivo iniziò a capire Steve che mal sopportava le gaffe di Lisino, questa volta però dubitava seriamente l'avesse fatto apposta, e gli dette un appoggio: – Sì. Indica quando qualcosa ci sembra brutta, mentre è sempre meglio di quanto ci potrebbe capitare. Nasce nel tardo medioevo quando iniziarono le invasioni di turchi.

Steve rimaneva perplesso: – Capisco. Quindi per te non è così grave?

– No, beh, parliamone. Non significa che non è niente, significa che potrebbe andare peggio. Capito?

– Sì, piuttosto il percorso è chiaro?

– Alle 20.20 passerà la guardia sul lungomare. Conto fino a dieci. Apriamo la saracinesca e usciamo. Subito a sinistra. Al castello a destra e splash.

– Perfetto. È tutto pronto allora? – disse Lisino.

Chivo rispose: – Sì, a parte il buio.

Sofia intervenne: – Sta arrivando.

– Visto? Manca poco. Manca poco.

Alle parole che aveva appena pronunciato, Lisino si ricordò ancora della venuta dei neozelandesi, e di quando giocò l'ultimo tressette con gli altri reduci, sempre in quel bar, nel suo bar. Il fatto che lo sentisse suo era perché era in effetti suo. Da Michele aveva acquistato la metà quando si doveva sposare sua figlia. Chissà che fine aveva fatto lei. Da quel giorno del matrimonio capì di essere invecchiato e proprio in quel giorno iniziò a farsi il riporto. Per riflesso, anche allora si trovò ad aggiustarselo in maniera compulsiva. Tornando alla partita. Mancava poco a chiuderla. Erano rimaste solo due mani. Lui era convinto che Michele avesse il tre e il due, e viceversa.

In realtà era Spilletto che li aveva, cosa che gli fece perdere la partita. A Lisino non andò giù, e ci pensava anche in quel momento in cui doveva caricarsi per portare fuori di lì il culo il più presto possibile. Andò verso l'interno, verso i tavolini di plastica verde, e ci passò la mano sopra, quasi come se volesse accarezzarli. Il bar era la sua salvezza, ma anche lui lo salvò nel momento in cui servivano i soldi a Michele. Nonostante Lisino fosse spiantato, riuscì a fare un terno secco, che gli permise di ricavare quanto basta per prendere metà del bar. Al contrario, adesso che la moglie l'aveva lasciato, l'unico modo per stare con qualcuno era stare lì. A casa aveva avuto troppe volte il desiderio di buttare tutta la camera da letto dalla finestra, tanto da dover chiudere la porta a chiave e dormire sul divano.

Lisino si aggiustò il riporto e chiese: – Orario?

Sofia disse: – 19.50.

– Mezz'ora e andiamo.

Lisino salì, vide che era già buio fuori e prese quattro scatolette e quattro pacchetti di sigarette e scese: – Bonus partenza.

Distribuì le sigarette e le scatolette, ignorate da tutti in favore delle sigarette. Disse: – Allora, ragazzi c'è qualcosa di poco chiaro?

Steve fece: – Qual è il piano b?

– Piano b? Non c'è un piano b. – ripose Lisino.

– Ma se dovessimo trovare una difficoltà qualsiasi?

– Torniamo qui, no?

Gli altri tre guardarono Lisino perplessi.

– Non sarebbe rischioso? – fece Steve.

– Cosa vorresti fare? O continuiamo in qualunque modo, o torniamo qui. Non vedo alternative.

– Perché non ci sono.

Chivo era convinto quanto Lisino del fatto che tornare alla base sarebbe stato l'unica soluzione: – Io e Lisino ci ricordiamo anche la strada del ritorno. Poi dubito che corrano più velocemente di noi.

– Dimentichi che hanno le armi – disse Steve.

– Dimentichi che probabilmente sono finte o al massimo depotenziate – gli rispose Sofia.

– E inoltre non le saprebbero usare – disse Lisino.

– Noi? Ci portiamo il fucile di sopra? – disse Chivo.

– Non penso sia necessario.

Lisino notò che nessuno aveva ancora toccato le scatolette.

– Invece questo sarà necessario.

Preparò quattro bicchierini colmi di sambuca.

– Buttate giù tutto d'un sorso. Questo ci darà più coraggio.

I quattro tracannarono e diedero numerosi colpi di tosse.

– Questa è la sambuca artigianale di Michele.

– Quanti gradi sono? – chiese Steve.

– E chi l'ha mai fatta misurare?

I quattro bevvero un abbondante bicchiere d'acqua. Lisino salì e vide passare la guardia. Appena si furono ripresi un attimo, si avvicinarono alla saracinesca. I quattro la aprirono ed uscirono.

Il primo effetto fu di sentire l'aria sulla pelle e un forte odore di bruciato.

"Sinistra"

Chivo e Lisino si misero a correre al loro ritmo davanti, dando il tragitto a Sofia e Steve che scalpitavano dietro il loro passo lento. Chivo andava lento perché era rapito da quanto era attorno a lui, sebbene sia per il buio, sia per i casini successi, era tutto chiuso, i suoi ricordi ricominciarono a prendere vita, dall'alimentari vicino al duomo, alla casa del brigadiere Capodimonte, davanti alla quale erano appena passati.

Gli sembrava di andare ancora più lento della sua corsa affaticata, gli sembrava di correre in un torrente di melassa, trattenuto dai suoi ricordi.

A Lisino, invece, i pochi passi fatti di corsa gli avevano solo ricordato quanto fosse poco allenato; era tutto un dolore, i polmoni erano in fiamme e pensò di essere paonazzo e ad un passo dall'infarto. Non pensava che il tragitto fosse così lungo.

"Sempre dritto"

I primi spari iniziarono a risuonare nell'aria. Il fatto che con gli spari non ci fossero urla poteva significare che chiunque sparasse fosse così lontano, dato che nel deserto dell'isola di Muzzano non si sentiva la sua voce. Anche girandosi, Steve non riusciva a vedere i bagliori prodotti dalla mitragliatrice. Arrivò anche a fermarsi, per capire da dove arrivassero. Sofia, vedendolo indietro, gli urlò "Steve! Muoviti!". Steve rimase imbambolato per quello che a lui sembrò un'eternità, mentre fu un attimo. Pensò a Sofia che l'aveva chiamato per nome, diede l'impulso alle gambe per tornare a correre dietro alle possenti gambe di Sofia, una pallottola gli fischiò accanto all'orecchio, si girò e si rigirò e le gambe finalmente ricominciarono a mulinare.

"Destra!"

Chivo pensò che avrebbero potuto girare più in là, dove c'era una volta un gratta-gratta fisso. Lui amava quello al limone. Quanto sarà costato? 5 lire?

Sembrava ci fosse anche lui lì, in quell'angolo, al buio, anche se non l'aveva mai visto dopo le 17. O forse lo aveva appena passato, ed era l'angolo prima? Si girò e vide Steve che avanzava ancora terrorizzato dagli spari. Adesso che avevano svoltato, sarebbe stato sempre dritto, fino al mare; avrebbero solo dovuto oltrepassare una collinetta, era tanto vicino che quasi lo vedevano.

Sofia, nel frattempo, fu oltrepassata anche da Steve; dalle retrovie vedeva i tre davanti a lei, portando i suoi ricordi al giorno in cui scoprì le pallottole nei cortei, il primo maggio 1968. Qualche stronzo si imboscò con una pistola all'interno. Lei era tra i primi, con poche persone davanti, proprio come in quel momento, ma con una folla a sostenerla nel momento terribile dei primi spari. Non c'era la folla, era sola con le pallottole. Doveva farsi forza e cercare di farsi trascinare dalla scia anziché dalla spinta.

"STOP!"

Chivo e Lisino arrivarono alla sommità della salita. Videro subito che la via per il mare era bloccata. Dato che le armi non erano potenti come quelle vere, ma comunque abbastanza da creare fastidi non da poco, si fermarono appena prima di un vicolo, aspettarono un attimo affinché arrivassero anche Steve e Sofia, per nascondersi in un vicolo cieco, poco prima della collinetta.

– E adesso? – disse Steve.

– Piano B. Torniamo indietro per questa strada. Tra non poco ci dovrebbe essere un altro sbocco subito sotto il lungomare. – rispose Lisino.

– Proviamo – disse Steve, quasi convinto.

Contarono fino a tre e ripartirono.

Il passo ormai rallentava sempre più, erano tutti stanchi e intimoriti dal fallimento del piano A, dall'improvvisazione del piano B e dal continuo correre.

Arrivarono fino alla fine della strada e non ritrovarono il soldato che sparava, per loro fortuna. Continuarono a correre e si avvicinarono sempre più. Non sembrava ci fossero guardie armate, e questo li faceva andare più veloce.

Poco dopo però, arrivarono fino a vedere il lungomare, e lì videro che avevano sbagliato, c'era anche lì un presidio.

Nel buio Steve poteva vedere una figura in piedi su

un'imbarcazione attraccata, e la sola presenza lo turbava profondamente. Era come affascinato da quella persona, anche se poteva vederne solo la figura nella penombra.

"Sinistra!"

Trovarono un altro vicolo poco più in là e lì si nascosero per riorganizzarsi un attimo.

– Ma non avevi detto che non erano capaci, che non erano furbi, le armi finte, questo e quest'altro?

Chivo era accucciato per non farsi vedere nel buio, ma voleva alzarsi per sollevare quasi Lisino da terra.

– Lo so, lo so. Sto cercando di capire cosa fare. – disse Lisino.

– Ma se provassimo a buttarci dal lungomare? – intervenne Steve.

– Molto probabilmente ti fracasseresti tra gli scogli, soprattutto se provi a buttarti da lì. Il punto sicuro più vicino è dall'altra parte dell'isola. – rispose Lisino.

Lisino si affacciò. Vide che l'accesso al mare era bloccato da una camionetta con quattro soldati. Poteva notare che avevano le mitragliatrici spianate. Dietro di sé gli altri spingevano per capire cosa fare. Era chiaramente sotto stress, incapace di pensare e dire cosa fare. Non era abituato ad essere ascoltato; anche quando era partigiano gli ordini li davano gli altri, lui cercava di obbedire senza fare troppi danni. Tutte le decisioni non prese gli tornarono davanti agli occhi.

– Allora? Qui vorremmo capire cosa fare. – disse Steve.

– Un attimo, un attimo. Un cazzo di attimo. Fatemi capire cosa sta succedendo e magari posso riuscire a parlarvi.

– Chivo, tu cosa pensi di fare? – disse Steve.

Chivo scosse la testa: – Non lo so. Non lo so, e questo mi preoccupa parecchio. In ogni caso, l'idea di Lisino non era male, ci sono anche io dietro. Non penso che si potesse fare molto altro, non dovremmo crocifiggerlo di già.

– Non dovremmo crocifiggerlo? Ma se per colpa sua ci troviamo in questa situazione. Dicci se hai una qualche idea, altrimenti vado per i cazzi miei e basta. – disse Steve.

– Calma!

Lisino urlò in maniera esagerata e si tappò la bocca, con un riflesso tardivo.

Dal fondo arrivò un suono indistinto. Poco dopo sentirono un rumore di stivali.

"ALT!"

Nei quattro balenò la stessa domanda: "E adesso?"

L'unica idea era quella di allontanarsi il più possibile da lì, correndo attaccati alle case, in modo da evitare di essere visti. La prima ad avere questa idea fu Sofia, che fece cenno agli altri di seguire ciò che faceva. Da allora non si guardarono più indietro. Lisino passò davanti a Sofia e ricominciò a fare ampi cenni per riportarli verso il bar.

Fecero attenzione a fare meno rumore possibile, a far rimanere il vicolo nel silenzio, per poter tornare tranquillamente al rifugio. Però correre e fare poco rumore non sono compatibili tra di loro.

Uno sparo, secco. Il lampione a pezzi.

Il terrore congelò le gambe e li fece fermare. Si guardarono per cercare di capire qualcosa. Lisino fece una smorfia per indicare che non aveva idea di cosa fosse successo. Fecero dei respiri profondi e iniziarono ad avanzare più lentamente. Come il gatto gioca crudelmente col topo, ci fu un altro sparo e anche il lampione a sinistra scoppiò. Poi quelli dopo, fino a che fu tutto buio.

I quattro iniziarono a correre, senza farsi più problemi. Lasciarono mulinare le gambe, per scappare via da quei colpi secchi, così diversi da quello che avevano sentito colpire la saracinesca, che risuonavano nel lunghissimo vicolo.

Girarono a sinistra, sperando di essere sfuggiti alle pallottole. Arrivarono nel vicolo del bar, e videro che la saracinesca era aperta e la luce del locale era ancora accesa. Corsero molto rapidamente ed entrarono. Lisino fu il primo, poi Sofia e infine Chivo.

Le espressioni di gioia contenuta per essere sfuggiti a quel mare di pallottole lasciò spazio a preoccupazione e angoscia.

– Dov'è finito Steve? – chiese Sofia.

– Era dietro di me – disse Chivo.

Sofia voleva esplodere dicendo che stavano andando su e giù e in tondo per le strade della loro città e non ci stavano capendo un cazzo.

Lisino, che iniziava a sentirsi in colpa, disse: – Voi provate a chiamarlo, io aspetto un altro po' con la saracinesca aperta. Se non risponde subito tornate dentro che chiudo.

Chivo e Sofia urlarono il nome di Steve ai due lati della strada. In un primo momento ci fu solo del silenzio. Riprovarono, solo per essere raggiunti da una scarica di mitragliate che li sfiorò. Lisino urlò: "Dentro!". Entrarono e chiuse la saracinesca.

Steve si trovava per terra, in un vicolo con i lampioni saltati, in stato di shock, colpito da una pallottola al braccio. Nonostante il buio, la figura che aveva visto prima a bordo di una barca era davanti a lui, con la pistola in mano. Gli occhi di Steve, in fuori per via dello spavento, erano l'unica via di comunicazione rimasta, una delle più immediate, tanto da fargli strabuzzare ancora di più gli occhi quando la vide farsi sempre più vicina a lui.

Lisino chiese a Sofia: – Per te dov'è andato?

Sofia scrollò le spalle e rispose alterata: – Che vuoi che ne sappia io? Che domanda è?

Chivo intervenne per evitare che la situazione degenerasse: – Per me bisogna tornare indietro e trovarlo. Non sappiamo cosa gli sia successo, e l'unico modo per capirlo è vedere dove è finito. Lisino, apri qui che vado.

Lisino lo vide dal basso verso l'alto, capì che non doveva discutere troppo, seguì le indicazioni e aprì quanto bastava affinché Chivo rotolasse sotto e uscisse. La saracinesca fu immediatamente richiusa. Chivo diede un'occhiata e vide tutti i rigonfiamenti che rendevano difficile la chiusura e l'apertura.

Non si azzardava ad urlare e cercava con lo sguardo se c'era qualcuno per terra.

L'ombra degli alberi lo aiutava a mascherarsi nel buio. Girò nel vicolo dove persero di vista Steve e pensò di vedere nell'ombra una figura che si aggirava col mitra, più in là.

La squadrò e la risquadrò. La sua figura enorme gli impediva di passare inosservato alla luce, sperava che il buio lo aiutasse. Pensò di andare avanti, se non per affrontare quella persona, almeno per vedere chi fosse realmente. Poi la ragione e un po' la paura gli fecero cambiare idea e, per evitare guai, decise di tornare al bar.

Percorse la strada sempre accucciato verso le case. Sperò che quella figura non l'avesse visto e continuava a camminare, cercando il più possibile di tenere un passo leggero, per quanto i chili si facessero sentire, e gli sembrava di suonare un enorme tamburo mentre camminava.

Vide un vicolo illuminato a fatica da qualche lampione, e ci girò sperando che fosse quello corretto. Dapprima pensò di avere sbagliato, ma il fatto di trovare una saracinesca da dove passava un po' di luce, vicino al duomo, gli fece supporre che fosse arrivato al bar.

Bussò con forza, e notò i segni delle nocche che aveva appena lasciato colpendo la saracinesca.

Lisino aprì, facendolo entrare, e dicendogli: – E fai piano, che già è tutta *scasciata*[11]!

Appena fu entrato, Lisino iniziò a chiedere: – Allora? Trovato nulla?

– Niente. Penso sia stato catturato.

Chivo fece una smorfia di disappunto dopo aver detto questa frase, e Sofia lo seguì. Vide in lei la stessa espressione di paura e di incertezza che aveva lui, e le poggiò immediatamente una mano sulla spalla.

Lisino, invece era assorto nei suoi pensieri e fissava la saracinesca per cercare di capire cosa fosse andato storto e come potesse aver sbagliato così tanto e aver sottovalutato quelli che

---

[11] Rotta.

continuava a ritenere degli scappati di casa.

Steve si risvegliò a bordo di una barca. Pensò che fosse quella dove aveva visto la figura nera, gli sembrava di vedere anche la stradina con la discesa che avrebbero dovuto fare, ma era ancora troppo confuso.

Cercava di ricordare cosa fosse accaduto all'interno del vicolo e c'era solo quella figura nera che gli si avvicinava. Si girò e vide che erano fermi, come se stessero aspettando ancora qualcuno.

D'impulso chiese: – Ma dove siamo? E voi chi siete?

I due energumeni che aveva accanto, appena sentito questo, gli diedero una botta in testa e Steve perdette i sensi di nuovo, mentre sentiva una voce che diceva, in maniera calma: – A suo tempo, a suo tempo…

Chivo, Lisino e Sofia erano seduti sul tavolo dove avevano passato gli ultimi giorni. Avevano gli occhi umidi e fissi su quella sedia vuota sulla quale, fino a qualche ora prima, c'era Steve. Erano stravolti e spaventati, sia dal rischio che avevano corso, sia per una sensazione più strisciante e subdola, ovvero quella di essere in una trappola. In particolare, era Sofia che lo pensava in un punto ormai non così remoto del suo cervello. Dopotutto chi erano le persone che aveva davanti? Una persona che non vedeva da quasi dieci anni e il suo amico/aiutante. Se lo sentiva che sarebbe dovuta fuggire subito, cercare di raggiungere prima l'acqua per nuotare via. Ma cosa avrebbe trovato? Forse altre guardie armate.

Aveva appena visto che avevano armi sufficienti, e che i punti strategici erano già stati occupati. Ripensava anche a Steve e a dove fosse finito.

Lisino si alzò e andò in bagno.

Sofia chiese a Chivo: – Ma tu non pensi che Steve possa essere fuggito?

– Boh… onestamente non ci avevo pensato. Potrebbe essere che lui abbia visto un'opportunità di fuga che noi non siamo riusciti a vedere, per paura o per altro.

Chivo non poté fare a meno di vedere, nel volto della persona fiera e decisa che li aveva portati fuori dagli impicci solo qualche ora prima, uno sguardo diverso, preoccupato. Anche a lei sembrò strano questo suo pensiero e nascose il tutto con un sorriso imbarazzato. Il momento fu sorpassato con il ritorno di Lisino che arrivò facendo un gran baccano, con le gambe piegate a metà e con i piedi che sbattevano per terra e si sedette al tavolo, non dopo essersi versato dell'amaro nel bicchiere.

Chivo e Sofia si guardarono stupiti, per un attimo.

Sofia chiese a Lisino: – Ma che ti sei fatto? – mentre Chivo si era defilato, immaginando la risposta a questa domanda.

– Avevo un bisogno. Roba da uomini – disse Lisino, cercando di riprendere un briciolo di dignità.

– Beh, ma anche noi signorine facciamo i bisogni – disse Sofia.

– Non quei bisogni, Sofia. – intervenne Chivo, sempre più divertito, che poi gli chiese: – Ma il materiale di supporto?

Lisino sembrò stupito: – Come fai a saperlo?

– Sono pur sempre maschio. Allora? Dove lo tieni?

– Nell'armadietto, dietro la carta igienica.

Sofia si alzò per andare in bagno. Lisino cercò di fermarla, ma Chivo si mise davanti, fermandolo.

– Ma butterà via tutto! – disse Lisino.

– Non la conosci per nulla. Piuttosto, come ti è venuto di fare una cosa del genere appena sfuggiti a quel casino?

– Penso sia un bisogno necessario, come mangiare, bere e dormire. Tu non…?

– No. Cioè boh, sì, ogni tanto, soprattutto in tempi di magra.

– E ora che periodo è? – disse Lisino dandogli un colpo di gomito.

– Lasciamo perdere.

– Non ci pensare. Ora prendi un bicchierino e aspetta la tua amica.

– Poi mi spiegherai la fatica che fai coi nomi. È così difficile Sofia?

Lisino si limitò a sorridere e a chiedergli che amaro preferisse. Chivo chiese un San Marzano, perché, rielaborando la fuga, rivide la pubblicità sui manifesti.

– Ecco qua!

Lisino lasciò anche quella bottiglia sul tavolo. Appena Chivo ebbe finito di bere, tornò Sofia.

– Bella roba hai di là. Ah, sì.

– Ma hai approfittato? – chiese Lisino.

– Come dovevo approfittare? È roba per maschi, non è certo il mio genere. Si girò verso Chivo e gli fece l'occhiolino e scosse la testa per negare quanto detto, cosa che lo fece scoppiare dalle risate.

Si alzò e andò in bagno. Si chiuse a chiave e spostò la carta igienica. Prese il primo giornaletto della pila.

Il tripudio di corpi nudi femminili in copertina lo rimbecillì un attimo, e si trovò a ridere come un bimbo delle elementari che scopriva queste riviste in cantina o in garage. Iniziò a sfogliarla e trovò quanto si aspettava ovvero seni prosperosi e poco altro di interessante per lui. Provò con il successivo.

Vide che aveva pretese più alte, infatti proponeva un'intervista ad Andy Warhol, con accanto la foto di un culo femminile. Lesse l'intervista e la trovò alquanto interessante, per quanto il suo inglese fosse zoppicante.

Prese un altro giornale, in tedesco, molto più esplicito anche per quanto riguardava il corpo maschile e ne fu interessato.

Cercava di focalizzarsi su quello, cercando di non pensare alla popputa signora con la quale il lui stava amoreggiando. Andò avanti come in trance, non pensando più ai pericoli e alla fuga mal riuscita.

Quando ebbe finito, pulì tutto il bagno con cura quasi maniacale ed uscì.

Appena mise il naso nella sala, Sofia gli esclamò: – Piaciuto? Immagino tu abbia usato quello in tedesco… – e Chivo arrossì, chiudendosi quasi come un riccio in difficoltà.

– Dai, scherziamo! Non c'è mica niente di male! – gli disse Lisino.

Sofia gli versò un altro bicchiere di liquore e a Chivo venne in mente che aveva ormai perso il conto di quanti ne avessero bevuti, ma che potevano essere utili per passare la notte senza impazzire.

Lisino fu il primo a trascinarsi stancamente di sopra. Aveva un po' timore nel non riuscire a prendere sonno, nonostante la quantità di amaro bevuta fosse notevole anche per le sue abitudini. Si preparò il divano nella sala da gioco per dormire. Pensò al suo divano a casa e al fatto che, nonostante tutto, sarebbe potuto rimanere lì a dormire ancora un po', dopo che avesse portato gli altri al sicuro. Poi ci ripensò e capì che era il caso di andare a dormire. Poi fu il turno di Chivo. In realtà era già quasi addormentato da quando si era seduto al tavolo. Tutto quello che fece fu alzarsi e andare di sopra dove c'era la brandina, anche se molto a fatica.

Sofia, invece, prima di andare nel mezzanino, salì un attimo sopra per vedere dove dormiva Steve. Sfiorò la brandina e tornò giù, dove si mise a dormire, ripensando a dove potesse essere finito Steve, che si svegliò in quel momento.

Steve si trovava ancora in barca, però vedeva che si avvicinavano alla costa. Dal panorama intuì che si trovavano dall'altro lato dell'isola.

Questa volta si risparmiò le botte e tornò a chiudere gli occhi. Sentì che attraccavano ma non si sentì trascinare via. Si vide coperto completamente da un lenzuolo di lana e si addormentò.

Steve tolse la coperta dal viso e vide il soffitto. Si alzò e andò in bagno. Quando finì si vide allo specchio e non trovò più i suoi denti. Rimase perplesso, poi uscì. Andò in soggiorno, dove lo aspettava la madre.

Il suo caffè ristretto della mattina lo aspettava.

– È il primo giorno di scuola, sei pronto? – gli fece la madre.

– Come? Non ho già finito? Ho il diploma…– disse Steve, con poca convinzione.

Quando alzò la tazzina sentì uno strano dolore al braccio, e la fece cadere. Il brivido si spostò per tutto il corpo, facendolo cadere dalla sedia. Non poteva muoversi, quindi, dopo alcuni tentativi chiuse gli occhi.

Si ritrovò tra le strade di Porto. Le fiamme avvolgevano la maggioranza degli edifici, e l'asfalto della strada era spaccato.

Tutto iniziò a muoversi. I calcinacci piovevano dal cielo, sfiorandolo. Cercava un rifugio sicuro, ma non ci riusciva; ad ogni angolo c'erano travi a metà, mattoni che volavano e calcinacci infiammati.

Steve riuscì a trovare una nicchia dove infilarsi. Dal suo punto poteva vedere tutta la distruzione che stava avvenendo.

Le case accanto a lui sembravano fatte di budino e lo spostavano. Un calcinaccio lo colpì in faccia.

Uno spruzzo d'acqua causato dalle onde lo aveva svegliato. Faceva vento ed era freddo. Dalla sua posizione poteva vedere le guardie armate, ed erano molte più di quanto pensasse.

Una raffica di spari lo svegliò e fu seguita da delle risate. Steve si strinse nella coperta.

Lisino prese il cappotto e uscì dal bar, chiudendo la saracinesca. Da quando era diventato lui il barman, gli affari iniziavano ad andare bene, anche se non faceva pagare gli amari quasi a nessuno.

Si divertiva abbastanza, e Michele era contento di star lì a giocare a carte, come faceva lui. Certo, non così bene. Lisino sorrise e iniziò a camminare verso casa. Sentì una delicata leggerezza nei passi che faceva. Era come se non ci fosse l'asfalto sotto di sé. E in effetti non c'era. Era un buon mezzo metro più in alto del terreno.

Dapprima era timoroso, un po' spaventato. Ebbe la sensazione di cadere almeno un paio di volte, prima di riuscire a capire che non sarebbe successo, non poteva cadere. Ormai era arrivato a tre metri d'altezza ed era tranquillo. Poteva vedere le finestre che scendevano, e quasi riusciva a salire sui terrazzi delle case a cui passava accanto. Continuava a salire, ed era arrivato più in alto del palazzo del governo.

Gli sembrava di avere già volato sopra Muzzano, ma

quando era più ragazzo, verso estate, col sole. Ora faceva fresco, e con un venticello che faceva gli scherzi al riporto.

Non gli piaceva il fatto che stesse continuando a salire sempre più; tra poco sarebbe passato sopra casa sua e non sapeva come scendere per entrare in casa. Fece per scendere ma sbagliò qualcosa e si ritrovò a precipitare. Si sentì rimbalzare sul divano e si svegliò un attimo. Scese e andò in bagno.

– Professoressa Gonzales?

– Sì?

– Ma questa è l'ultima lezione del corso?

– Sì. Domani faremo una veloce ripetizione e poi l'esame sarà a fine novembre.

Sofia alzò gli occhi e vide in faccia chi le aveva fatto quella domanda. La sua professoressa di biologia. Sofia rimase ferma a vederla, e lei disse: – Lei sa che sarà valutata sui contenuti dell'esame, vero?

Sofia era ferma a pensare, immobile.

– Sì.

– E sa anche che da quella valutazione dipende il suo futuro? E quindi da quello potrà andare avanti e fare il lavoro che le piace?

Sofia sapeva che era vero e sapeva che aveva già sentito quelle parole. Era diventata subito nervosa, e uscì di fretta per prendere un caffè.

Andò al bar della facoltà e ordinò un espresso. Il barista glielo pose e Sofia lo ringraziò, prima di riconoscere, di nuovo la prof di biologia.

– Pensi davvero di essere riuscita a soddisfarmi? Avevi la media del 5 e mezzo e pensi di essere una buona professoressa?

Sofia fuggì anche da lì. Uscì dall'università e andò a destra, poi di nuovo a destra. Iniziò a perdersi nei vicoli di Roma, fino a quando vide il suo liceo, alla fine della strada. Girò a sinistra, per evitarlo, ma in fondo vide ancora il suo liceo. Affranta, si decise ad andarci. Trovò alla porta la sua professoressa che le diceva: – Lo sapevi anche tu che dovevi tornare.

Sofia si svegliò col suono di uno scarico del cesso.

Chivo si alzò. Ancora una volta era stato svegliato dai passi del vicino coi suoi stivali rinforzati.

Era il giorno della consegna dei pezzi per il nuovo numero del giornale, e doveva andare per forza alla sede. Era arrivato il nuovo capo, John Wayne. Aveva visto la foto sul giornale del mese prima, cappello, parrucchino e cavallo.

Si preparò ed uscì di casa come tutte le mattine per andare al lavoro. Si ricordò che non aveva fatto colazione, nella fretta di andare fuori di casa per evitare l'ennesimo ritardo. Andò al suo bar di scorta, dove faceva colazione solo quando l'altro era chiuso o non disponibile.

Mentre camminava in strada, vide in terra e si accorse che era uscito in ciabatte.

Era indeciso se tornare a casa o entrare. Decise a fatica di entrare. L'imbarazzo lo aveva fatto diventare letteralmente piccolo, tanto da arrivare ai gomiti degli altri, lui che era abituato a vedere tutti dall'alto in basso si trovava ad essere in ciabatte e nano.

Chivo si svegliò, facendo un rantolo che gli fece portare per riflesso le mani alla bocca. Guardando fuori sperava fosse già arrivata l'alba per evitare di doversi riaddormentare. Purtroppo, era ancora buio, e non aveva altra opzione che tornare a dormire.

Si trovava di nuovo a casa, nel suo letto, e aveva freddo. Vide al di là del lenzuolo e poteva vedere che i piedi erano nel congelatore.

Si svegliò di nuovo, ma questa volta il sole era quasi sorto. Andò giù e accese le luci, aspettando gli altri. Prese le carte lasciate lì e provò a fare un solitario.

7 aprile 1971

La giornata passò relativamente tranquilla, gli unici eventi di nota furono i tentativi di Lisino di insegnare a Chivo il tressette. Sebbene nemmeno Sofia se lo ricordasse, fece finta di niente, puntellando il discorso di Lisino con dei "certo" e dei cenni affermativi della testa, come se la capacità di giocare a briscola si estendesse automaticamente agli altri giochi di carte.

Nessuno dei tre, però, aveva voglia di mangiare, quindi saltarono il pranzo.

Passarono il pomeriggio a dormire nella sala da gioco e una volta svegli decisero di mettere qualcosa sotto i denti, dato che gli stomaci protestavano rumorosamente.

Lisino e Chivo salirono in mansarda.

– Ma stasera che c'è per cena?

– Quello che c'è stato per le altre cene, scatolette. Chivo aprì l'armadietto e vide che il primo scaffale era ormai vuoto. Per curiosità vide nel secondo ed era lì che vide l'orrore.

C'erano scatolette da così tanto tempo che erano ormai corrose. Gli occhi strabuzzati e iniettati di sangue di Chivo ne facevano una figura quasi demoniaca che Lisino non vide. – E queste? – disse Chivo digrignando i denti.

– Eh, residui. Il primo scaffale però ha roba fresca. Lisino non si degnò nemmeno di girarsi per vedere.

Chivo rispose, quasi senza alzare la voce: – Bene. Peccato che sia quasi vuoto.

Lisino iniziò a balbettare: – Ma…io non pensavo…non pensavo nemmeno servisse…era una precauzione, così, per quello che dicono ogni tanto in TV. Chi lo poteva pensare che succedeva davvero?

Chivo disse rassegnato nella voce, ma adirato in volto: – Allora stanotte ci tocca andare a cercare qualcosa. Cosa possiamo scambiare?

– Mah…poco e niente. Le munizioni, forse.

– Quante sigarette abbiamo, invece? Forse potrebbero tornarci più utili.

– Non molte.

Chivo già mal sopportava che fossero razionate, barattarle ancora meno. Scesero e Chivo, cercando di trattenere la collera, si rivolse verso Sofia: – Io e Lisino andiamo a cercare il cibo. Tu, per favore, coprici col fucile.

Lisino annuì, sentendosi colpevole. Sofia andò a prendere il fucile.

Pensò ancora una volta che avrebbe dovuto telefonare a suo fratello Oscar, quando si fosse risolta questa situazione. Come aveva già pensato sul treno, era anche colpa sua se si trovava lì; non ci fosse stato lui, allora non sarebbe entrata in politica, avrebbe continuato solo con la biologia e forse col violoncello.

Prese in mano il fucile scarico e smontato. Lo rimontò lentamente, facendo attenzione a non fare casini, e vide dal mirino.

Il petrolchimico sbuffava senza sosta e pensò che poteva sfruttare quel fumo per provare di nuovo a smettere di fumare, soprattutto se le sigarette dovevano essere razionate. Il suo capo le aveva parlato di questa moda americana, dove doveva lavorare per immagini mentali per aiutarsi a fare qualsiasi cosa.

Visualizzava la sigaretta tra le sue mani, mentre si sovrapponeva alla ciminiera, dalla quale usciva il fumo, il suo fumo. Rimase in quella posizione un po', convincendosi sempre più che fosse la sua sigaretta e il suo fumo, tanto da prendere anche due boccate.

Dopo qualche minuto, era soddisfatta e scese, sperando che non l'avessero vista.

Arrivò giù mentre Lisino chiedeva a Chivo: – Dove andiamo? Decidi tu, per favore.

Chivo ci pensò su, torturando il suo pizzetto.

– Andiamo all'alimentari di vico Bacchetta. Rompiamo il vetro e facciamo razzia.

– E la storia del baratto?

– Ci portiamo dietro le sigarette e le munizioni, nel caso dovessero servire.

Lisino poté vedere che anche Chivo non aveva le idee chiarissime.

Uscirono poco dopo, approfittando del buio appena sceso. L'umidità era insostenibile; i lampioni facevano fatica a fare luce, e Lisino e Chivo si sentivano già fradici dopo due passi.

Vico Bacchetta si trovava poco lontano da loro, dopo aver svoltato a destra, e poi a sinistra da via Duomo. Protetti da nebbia e buio mentre erano accanto alle case, nel momento in cui dovevano attraversare via Duomo erano esposti, ma alzarono la frequenza dei passi senza correre e tornarono al buio.

La porta del negozio era chiusa, di ferro, e non c'erano vetri. Chivo si trovò spiazzato.

Lisino, col suo tono sarcastico, gli fece: – E mo'?

– E mo' vediamo.

Chivo non era tipo da farsi cagare in testa da nessuno, figuriamoci da Lisino. Subito dopo averlo pensato rabbrividì al pensiero della frase in slang milanese che gli aveva attraversato la mente.

Provò ad aprire la porta, ma naturalmente non ebbe risultati. Gli sembrò di sentire dei movimenti oltre la porta. Riprovò a forzare la porta ma sentì bussare dall'altra parte, ed urlare: – Chi va là?

Chivo e Lisino rimasero interdetti un attimo, poi l'ultimo prese la parola: – Sono Lisino Basile, quello del bar Giuliani.

– Che vuoi?

– Siamo rimasti senza provviste. Che ci puoi dare per tre confezioni di proiettili per fucile e cinque pacchetti di sigarette?

– Due bottiglie di latte, e dieci scatolette di carne in scatola.

– Va bene. Come te le passiamo? – disse Lisino.

– In basso c'è uno sportello. Vi mettiamo lì le provviste. Prima di prenderle però dovete lasciare i proiettili e le sigarette, altrimenti sparo.

– Ma come ci possiamo fidare?

– Fidati. Ti ho mai fregato? – disse la voce, evidentemente

rivolta a Lisino che rispose: – Preferisco non ricordare. Dai, metti lì la *rrobb*[12].

Chivo lasciò le sigarette e i proiettili e prese la carne e il latte. Lui e Lisino si riempiono le tasche di carne e portarono il latte a mano.

Attraversarono di nuovo via Duomo e si trovarono nel vicolo che li avrebbe portati al bar.

Chivo e Lisino sentirono un botto forte e una bottiglia di latte andò in frantumi. Lisino incrociò lo sguardo con Chivo, e videro il collo della bottiglia senza il resto.

Tornarono per quanto possibile a nascondersi lungo le case. Non sentirono altri colpi, e rientrarono nel bar.

Sofia arrivò giù, imbracciando il fucile.

– Ma tutto bene? Ho sentito il colpo, ma non sono riuscita a vedere niente. L'angolo era troppo stretto. State bene?

– Sì, sì. Unica vittima una bottiglia di latte. – disse Lisino aggiustandosi il riporto.

– Meglio così, anche se mi girano perché abbiamo sprecato delle sigarette, visto che il latte non c'è più. Spero solo che non ci abbiano visto entrare qui, altrimenti sono cazzi. – fu la versione di Chivo, che si abbandonò sulla sedia di plastica, facendola tremare.

– Speriamo, sì. In ogni caso, ho pensato che se ci dovesse servire un altro scambio, potreste usare il caffè. Quello sì che abbonda qui. – disse Sofia. Chivo e Lisino rimasero in silenzio, visto che aveva decisamente ragione.

Steve si risvegliò. Era ammanettato e si trovava in una stanza abbastanza grande. I muri erano in pietra viva, e con poca luce che arrivava da sotto la porta in ferro. Provò a sentire qualcosa da fuori, per capire dove si trovasse. Appena provò a muoversi, sentì dolori ovunque.

Dal buio dell'angolo in fondo si alzò una voce lieve: – Chi sei?

– Un nuovo compagno di prigionia. Tu? Da quando sei qui?

---

[12] Roba

– rispose Steve.

– Da ieri.

– Riesci a venirmi incontro? Non ti sento.

– Vabbuò.

La poca luce che passava illuminò l'altro prigioniero, poco alla volta. Poteva vedere i lineamenti duri, lievemente solcati dall'aria di mare. Poteva avere 35-40 anni, dei quali almeno 25 passati in mare. Era scuro, di capelli e di carnagione. Non vide ferite di alcun tipo, ma immaginò che anche lui fosse stato picchiato.

Steve gli chiese: – Ti fa male qualcosa?

– Penso di avere due costole rotte.

Aspettò un attimo, per poi riprendere: – Per questo fatico a parlare.

– Capisco.

– Ti hanno già fatto il discorso?

– Quale?

– Ancora no, allora.

Steve voleva sapere, ma l'altro prigioniero rantolò qualcosa e chiuse gli occhi per un momento. Li riaprì e disse: – Tu perché sei qui?

– Ho provato a fuggire, insieme ai miei compagni.

Mi sono attardato a rientrare quando abbiamo capito che non ce l'avremmo fatta. Tu invece?

L'altro prigioniero, sempre ansimando: – Io non sapevo nulla. Mi trovavo sulla mia barca quando è successo il casino…uff, uff…sono sceso al porto, quando due tizi armati di mitra mi hanno detto che la mia barca era sequestrata. Ma ti pare? Quindi …uff…scusa ma è difficile col petto così rovinato…quindi l'ho mandato dove meritava. N'gul!

Fece una risata soffocata, sia per evitare che la sentissero fuori, sia perché non riusciva a fare troppo rumore senza sentire una fitta tremenda.

– Per tutta risposta mi hanno dato una botta di fucile in pancia e due calci, prima di capire che così facendo dopo non molto mi avrebbero fatto la pelle.

Steve lo guardò perplesso: – Perché non ti hanno ucciso?

– Perché non hanno ucciso te. Lo stesso motivo.

– Ovvero?

– E che ne so. Ora troppo ne vuoi. Già è tanto che sono arrivato a capire questo.

Steve dapprima ne fu perplesso, poi concluse che aveva in effetti ragione.

C'era un motivo per il quale non erano morti. Chissà se sarebbe riuscito a scoprirlo.

La porta iniziò a muoversi facendo un baccano assordante. Si sentì una voce: – 'sta porta del cazzo. Ecco la sbobba.

Steve approfittò dello spiraglio di luce per vedere in faccia sia il suo compagno di cella che il suo carceriere. Mentre il primo era come aveva visto, ovvero uscito da un film neorealista, coi tratti duri da lavoratore, l'altro era tipo da stare sulla copertina di un disco rock, coi suoi baffoni e i capelli lunghi. La sbobba di cui parlava era un'improbabile zuppa di pane e acqua.

– E ringraziate, stronzi!

– Grazie – fece il pescatore, mostrando i pochi denti rimasti.

– Fossi in te non riderei troppo, altrimenti ti faccio saltare anche gli altri denti.

La porta strisciò di nuovo sul pavimento, facendo lo stesso rumore di prima. Per concludere, fu anche picchiata con gli stivali.

Steve lasciò la sbobba davanti a sé. L'altro, invece, mangiò, anche se poco convinto.

– Sì, è 'na fetenzia, però se non lo tocchi viene quello e ti mena. Almeno, a me ieri è successo così.

– Il problema principale è che sono ammanettato. Come pensi che possa anche provare a mangiare?

– Ah. Buttaci la faccia dentro. Come pensi che faccia io?

Steve fece come gli disse; buttò la faccia dentro e inclinò la scodella quanto basta per berne qualcosa dell'acqua che ne era dentro. L'altro fece lo stesso, col risultato però di rovesciare la scodella.

– Oh, cazzo. Ora viene quel coglione e mi mena.

– Mi sembri abbastanza abituato per uno che è qui solo da ieri.

– Che ci vuoi fare. È da quando sono alto così che prendo mazzate e lavoro sulla barca. Fa schifo ma ti ci abitui.

– Merda.

Anche la scodella di Steve si ribaltò. Dopo poco arrivò il carceriere di nuovo maledicendo la porta: – Porta di merda! Prima o poi la spacco in testa a uno di voi due. Magari tu che ridi sempre, ti piacerebbe?

– Perché no? In fondo è sempre stato il mio sogno, insieme a fare il gommista.

Gli arrivò un calcio nello stomaco. Il carceriere, avvicinandosi vide le scodelle rovesciate: – Cosa cazzo avete fatto qui, eh? Vi porto dell'ottimo cibo e lo sprecate così?

Sferrò un altro calcio nello stomaco al compagno di Steve, che sbottò: – Perché lo picchi?

Il carceriere si fermò un attimo, poi gli rispose: – Perché non dovrei? A proposito…

Arrivò un calcio anche a Steve. Il respiro se ne andò per un secondo. Dopo due conati rovesciò quanto aveva preso dalla scodella poco prima. Fu preso di peso, e, dopo averlo fatto sfogare, gli arrivò un calcio dietro il ginocchio per farlo cadere di nuovo.

– Fascista del cazzo! – rispose l'altro carcerato.

– Fascista a me?

Al momento di sferrargli un calcio devastante, si mise a ridere in maniera isterica. Uscì dalla cella e sbatté la porta. Le tirò anche due calci e due pugni per fare ancora più rumore.

– Strano. – disse Steve.

– Strano cosa? Che se ne sia andato quando gli ho dato del fascista? – disse l'altro carcerato.

– No, che non ci ha picchiato in faccia.

– In effetti è strano. Chissà perché. Forse non gli piace vedere il sangue. – disse prima di ridere silenziosamente.

– Ma come ti chiami?

– Francesco. Francesco Rozza. Tu?

– Estevão Soares. Ma puoi chiamarmi Steve.

– L'avevo intuito che non eri di qui.

– Già, lunga storia.

Forse gliel'avrebbe spiegata dopo, ora Francesco dormiva rantolando. Steve si appoggiò al muro e si lasciò andare anche lui. Il fracasso che arrivava da fuori dapprima non lo lasciava riposare tranquillamente, ma per la stanchezza si addormentò profondamente.

8 aprile 1971

Chivo iniziava a capire il tressette. Forse spiegarlo di notte, con una bottiglia di S. Marzano davanti lo aiutava a comprendere meglio. Anche la tranquillità relativa di aver racimolato qualche provvista lo rendeva più abile nei giochi di carte, o meglio, gli cambiava la percezione della sua bravura, aumentandola. Pensò anche che avrebbe potuto battere Lisino a briscola.

– Ma se provassimo una briscola io e te, invece?

– L'ultima volta non eri capace e onestamente mi hai spaventato con la reazione che hai avuto.

– Dai.

Chivo aveva capito come convincere Lisino. Bastava alzare la voce fino ad avere il tono corretto e subito diventava accondiscendente. Diede le prime tre carte. Il seme di briscola era segnalato dal tre di bastoni.

– *Jatt mamòn.*

Lisino commentò immediatamente, e a Chivo suonava questa frase; gli faceva ritornare qualcosa in mente, come un ricordo così vecchio da ricordarne solo l'eco. Questo lo faceva sorridere amaramente.

La tattica di un Lisino quanto mai concentrato era la solita; sulla difensiva, prendeva solo se e quando necessario, ovvero se la presa gli dava più di cinque punti. Quella di Chivo era stata definita da Lisino "orologio rotto" perché come l'orologio rotto segna l'ora corretta due volte al giorno, giocando a caso due volte nella vita si poteva vincere a briscola.

Questa era una di quelle volte.

Lisino ci rimase un po' male, e cercò la calma in un bicchierino. Era indeciso se prendersi subito una rivincita per sperare di rifarsi subito, o lasciar stare le cose così, ed evitare di far vincere subito a Chivo anche la seconda partita. Per il momento attendeva.

Sofia leggeva invece dei vecchi mensili trovati in giro.

– È come stare dal medico – disse a Chivo, appena ebbero finito la partita.

Un botto tremendo. Poi un altro, e un altro ancora.

I tre si erano accucciati, subito dopo il primo. Alzarono gli occhi, e videro in alto: la saracinesca aveva tre fori.

Aspettarono ad alzarsi.

Rimasero almeno cinque minuti, in silenzio, comunicando a gesti, e vedendo i fori neri nella saracinesca. Non sentirono altri colpi.

Una volta in piedi poterono vedere, dal calibro, che erano colpi di pistola.

– Quel figlio di puttana ci ha trovato. Potrebbe averci seguito dopo che siamo andati a Vico Bacchetta.

Lisino fu il primo a parlare. Iniziò con il descrivere lo schifo che c'era nella dispensa, e subito dopo aver detto questo scoppiò a piangere, ma continuo: – Basta! Voglio tornare a casa.

Andò verso la saracinesca, ma fu letteralmente placcato da Sofia che lo schiaffeggiò per fargli tornare la ragione.

– Che cazzo fai? – Sofia aveva i capelli dritti e gli occhi spalancati e cerchiati dallo stress, tanto da far credere a Lisino che stesse per ucciderlo.

– Scappo. Vado a casa. – rispose Lisino.

– Sei fuori di te? Lo sai che qui fuori c'è uno di loro con la pistola pronto a farti dei bei buchi addosso, no? Fammi un favore, siediti. – gli disse Sofia. Lisino obbedì, con gli occhi rossi di lacrime.

Chivo era ancora atterrito da quanto aveva appena visto, i colpi e la reazione. Non aveva la forza mentale di processare quanto era appena avvenuto. Era lì, fermo, in piedi con le sue spalle cascanti e il viso inespressivo. Non riusciva a pensare a nulla; si sentiva come se gli avessero rimosso il cervello e l'avessero sostituito con del budino.

In effetti aveva un po' voglia di budino. Cercò di pensare all'ultima volta che l'aveva mangiato, e non riusciva a ricordarselo. La reazione di Lisino l'aveva colpito tanto che si sforzava di pensare ad altro, e il budino era diventato l'unico sostegno a cui credeva di doversi aggrappare per evitare di diventare pazzo e di fare una scenata tipo quella che aveva appena visto.

Sofia, però, lo scosse e lo risvegliò.

– Cosa dovremmo fare? Dobbiamo tentare di nuovo di uscire o restiamo appollaiati qui a capire che diamine fare?

– Io…io non lo so.

Il budino cerebrale si faceva sentire.

– Non hai nemmeno dei dubbi? Dei pensieri?

– No, nulla. – Chivo continuava a fissare nel vuoto.

Sofia era lì e pensava alla baggianata della teoria del sesso forte. Si trovava lì e pensava all'assurdità di trovarsi con due uomini fatti e finiti di cui uno incapace di organizzare un piano di fuga, in una città che a detta sua conosceva come i suoi piedi, col risultato di perdersi e che adesso si lasciava andare alla disperazione, e un altro di due metri e dieci o giù di lì che rimaneva fermo come una statua di sale. Ah, e c'era anche Steve che era stato catturato.

Che situazione di merda.

Lisino, nel frattempo, continuava a singhiozzare e piangere. Sofia si sentì in dovere di spingere Chivo a chiedere la rivincita a Lisino, per provare a calmarlo. Un problema alla volta.

Chivo si avvicinò a Lisino, mettendogli una mano sulla spalla. Si stupì non vedendo alcuna reazione da Lisino. Allora la strinse e gli dette una scrollata tale da sballottolarlo un po'.

– Cosa c'è? – si girò Lisino.

– Rivincita a briscola? – disse Chivo, con aria stanca.

Sofia si sedette su una sedia di plastica, e si mise in maniera da vedere i due che giocavano, come una nonna che controlla i nipoti nell'orto. Questa volta dette le carte Lisino e, nonostante lo sconvolgimento che regnava sovrano nella sua mente, i tre neuroni deputati alla capacità di giocare a carte fecero il loro lavoro e confermarono la bontà della teoria dell'orologio rotto.

– Calmato adesso? – chiese Chivo.

– Sì…diciamo di sì. Ci sono troppi pensieri in testa, e troppo poco tempo per capire che sta succedendo. Di solito qui mi sento a casa, calmo e tranquillo, ma ho la sensazione, sempre più forte, che qui siamo in trappola, che ci stiamo mettendo sempre più in trappola, come l'insetto nella ragnatela, capisci?

– Già, anche io ho questa sensazione, e anche Sofia. Però dobbiamo essere pronti a reagire ad ogni cosa che accade, senza disperarci, altrimenti è finita. Ok?

– Ok.

– Bravi. Come premio un bicchiere di latte.

Sofia prese la bottiglia di vetro e usò i bicchieri lavati, sperando che non avessero già avvelenato le riserve d'acqua dell'isola. Per questo il fondo lo ripassò con mezzo mignolo di vodka, che tanto non beveva nessuno. Riempì i bicchieri e li portò ai due malmessi psicologicamente.

Fecero tintinnare ironicamente i bicchieri, senza dire una parola. Ritornarono immediatamente ai tempi dell'infanzia, quando tutto poteva passare prendendo il latte che passava la mamma, che gli avrebbe potuto dire che era stato solo un brutto sogno.

Bussarono alla saracinesca. Tre colpi decisi.

I tre si guardarono interdetti, non sapendo che fare e chi fosse. Poteva essere infatti chiunque, un qualsiasi ribelle che girava casa per casa per fare rastrellamento di qualcosa, come provviste e armi. O peggio, poteva essere uno psicopatico tipo quelli che avevano appena sforacchiato la saracinesca.

Bussarono di nuovo.

– Allora? Che dobbiamo fare? – bisbigliò Lisino.

Ancora una volta, era evidente come la sua sicurezza fosse andata persa dopo il disastro della prima fuga, pensò Chivo.

– Civitano? Sei lì dentro? Ti ho visto l'altro giorno mentre correvi fuori da casa mia.

Chivo riconobbe la voce e si avvicinò alla saracinesca, dopo aver dato rassicurazioni agli altri due. Cercò di vedere attraverso uno dei fori e vide proprio la persona che si aspettava, il brigadiere Capodimonte. Il proprietario della lambretta rossa che si ricordava parcheggiata mentre cercava di fuggire.

– Dobbiamo aprire.

Chivo si era avvicinato a Lisino, per parlare a volume basso.

– Cosa vuole?

– Non lo so, penso abbia bisogno di qualcosa.

– Hai visto bene se c'era qualcuno con lui?

– Bene? No. Ma non mi sembrava ci fosse nessuno.

– Bah, se sei convinto tu, fai pure.

La sottile arte dello scaricabarile. Chivo non pensava che Lisino fosse così bravo a evitare ulteriori danni. Sollevò la saracinesca, fece cenno a Capodimonte di entrare rapidamente, diede due occhiate a destra e a sinistra, e richiuse.

– Presentaci il tuo amico, Chivo. – fece Sofia.

Il brigadiere pensò bene di presentarsi da solo. Si tolse la coppola, si lisciò i baffi e si pettinò con le mani quello che restava della capigliatura bianca.

– Brigadiere Capodimonte. Di chi ho il piacere di fare la conoscenza?

– Sofia Gonzales Villar. Ma mi può chiamare Sofia.

– Incantato.

Sofia sorrise da smorfiosa; sebbene il brigadiere era vecchio e poco interessante, il suo charme era una boccata d'aria fresca per lei.

Lisino, quasi a voler involontariamente confermare, esclamò: – Ueee! Ecco chi era! Vi avevo visto al bar a farsi il caffè ristretto qualche mattina.

– Sì, e ogni mattina che vengo ti minaccio di farti le multe per il gioco d'azzardo e per le sigarette nel frigo dei gelati.

– E poi? – chiese Sofia.

– E poi…– fece Lisino, poggiando sul bancone del bar il caffè ristretto e un pacchetto di sigarette.

– E poi mi rendo conto di non poter chiudere l'unico bar decente della zona, quando c'è di peggio. Quindi mi faccio offrire il caffè e le sigarette. Così non ci diamo fastidio a vicenda.

Lisino cercò di sviare il discorso: – Che ti manca?

– Proprio quello che hai tirato fuori. Caffè e sigarette. Se poi posso pure farmi un paio di chiacchiere con gente fidata, schifo non mi fa.

Lisino, sempre dietro il bancone del bar, chiese: – Ma un cordiale? So che le piace, anche se non l'ha mai preso qui.

– Perché no? Metta, metta.

Capodimonte era solito aggiustarsi i baffi appena gli entravano nel campo visivo, e questa volta non fece eccezioni a questo suo vezzo.

– Ma tu che puoi, perché non hai chiesto aiuto? – chiese Chivo.

– Questi sono dei maledetti. Prima ancora di far saltare il ponte hanno fatto saltare i pali del telefono. Quindi o mi faccio venire i superpoteri, o niente.

Dopo aver parlato, il brigadiere buttò giù tutto, e si asciugò i baffi.

– Allora, Civitano, che hai combinato negli ultimi vent'anni?

– Tutto e niente. Mi sono trasferito a Milano e faccio il giornalista.

Una smorfia attraversò, per un breve lampo, il volto del brigadiere.

– Qualcosa non va? – chiese preoccupato Chivo.

– Niente, niente. Sei troppo robusto anche per fare il corazziere, tu lo ammazzi il cavallo.

Risero tutti.

– Se è per questo lo ero anche a quattordici anni, se è per questo. Tu invece?

– Io sono invecchiato qua. È da un po' che sono in pensione.

Uno sguardo malinconico gli apparve sul viso.

– Sai che succede nei film quando si va in pensione? – disse Chivo.

– Cività, e non mi far fare certe cose che ci sono delle signore.

Il brigadiere si lasciò andare al più classico dei gesti scaramantici, spazzando via il velo di malinconia.

Sofia, visto che ormai era più tranquillo e dato che era

interessata alle storie che le persone hanno da raccontarsi, gli chiese: – Ma voi due da quanto vi conoscete?

Chivo pensò che in effetti lei avrebbe potuto essere un'ottima giornalista, anche perché si sarebbe dovuta fare i cazzi suoi.

Il brigadiere, con gli occhi grigi pieni di furbizia, gli chiese: – Posso raccontare?

Chivo fece spallucce e disse: – Se proprio devi...

– Allora, dovete sapere che questo qui era un bel mascalzone quando era un ragazzino. Ragazzino, poi, a 14 anni era un metro e novantacinque. Qui a Muzzano non si era mai visto uno così. Ad un certo punto arrivò un ragazzo della zona che iniziò a insultarlo perché lui non è originario di qui, ma di un paese vicino. Questo ragazzo, un totale fesso, iniziò a prenderlo in giro per questo. Gli diceva "*Paesano, paesano*". Ora questo ragazzino era veloce. Tutta fibra rapida e scattante. Civitano iniziò a corrergli dietro, ma questo scappava. Appena si era allontanato abbastanza perché non lo sentisse, si riavvicinava e gli urlava, di nuovo "*Paesano, paesano*". Fino a quando il buon Civitano non prese una pietra da terra e la lanciò, tipo il getto del peso alle olimpiadi. Gli diedero quattro punti e gli andò pure bene. Io dovetti prendere in caserma la denuncia della madre. Vista la situazione che aveva a casa, mi ci affezionai, e lo tenni d'occhio fino a quando non si prese il diploma e si arruolò nei militari. Penso di aver fatto un buon lavoro.

Concluse dandogli una pacca sulla spalla.

– Meh, ragazzi, qui è stato bello. Però devo proprio andare. Allora, le sigarette ci sono?

– Presenti.

– Che mi dai un po' di caffè per la macchinetta di domani?

Lisino prese due manciate di chicchi dal fondo del sacco e le incartò nel giornale.

– Arrivederci ad una situazione migliore.

Chivo gli riaprì la saracinesca e lo fece uscire. Appena richiuse Lisino chiese: – Ma lui non sapeva che... e fece un gesto eloquente a rappresentare la sua omosessualità.

– Ma che sei scemo? Se gliel'avessi detto l'avrei ammazzato.

Il clangore della porta fece sobbalzare sia Steve che Francesco. Il solito carceriere vi era dietro, mitra alla mano, indicò Steve e disse: – Tu. Seguimi.

Steve si girò verso Francesco, con un volto interrogativo.

– È il discorso di cui ti parlavo.

Francesco, dopo aver parlato con una voce flebile, non si alzò. Era steso e indicò la porta. Steve divenne terrorizzato e ci volle una botta di manico di fucile sulla spalla per alzarlo da lì.

Sebbene Steve non fosse propriamente magro, la fisicità del carceriere era imponente quanto basta per metterlo in soggezione. Il mitra non era un punto a sfavore. Anche con i capelli lunghi e folti che si ritrovava, aveva almeno cinque centimetri in meno di altezza.

Iniziò a vedere com'era il posto dove si trovava. Salirono le scale della cantina. Sembrava di trovarsi in un palazzo del Settecento, con i soffitti alti decorati ad affreschi, e i corridoi risuonavano di stivali militari e di armi maneggiate per fare il saluto militare.

Steve sentiva che gli ridevano dietro. Pensò che non c'era nulla da ridere, anche perché erano tutti grossi la metà di quello che lo trascinava in giro.

Dopo l'ennesimo corridoio, entrarono in un salone enorme, dove in fondo, appoggiato ad una scrivania, c'era la figura che vide nel buio. La riconobbe solo dalla postura e dal linguaggio del corpo. Era intento ad ascoltare qualcosa ad una specie di radio, e quando sentì l'arrivo di due persone, sorrise.

Era un sorriso strano, più adatto ad un politico che ad un guerrigliero.

La figura era lunga e snella, diversa dai tipici rivoluzionari d'azione ricordati dalla tradizione. Si ricordava Zapata e non era mica così.

– Prego, Bettini. Lasci qui il signor…

– Soares.

– Grazie.

Il carceriere uscì e Steve rimase in piedi con i polsi legati.

– Scusi per le corde ma sa, è per sicurezza, e poi le manette ci sembrano troppo autoritarie.

– Si figuri.

Steve pensò che era una risposta più adatta al proprio dentista che ad una persona che stava cercando di fare un colpo di stato o chissà cosa del genere.

– Soares…Soares…*Somos portugues? Passei tres anos maravilhosos lá.* Piuttosto, come la sta trattando Bettini, bene? – disse provando a ridere bonariamente.

Steve inclinò la testa e disse: – Per essere un prigioniero, bene.

– E…l'altro?

Steve notò il cambio di linguaggio, sia verbale che non verbale, con lo sguardo che aveva di fronte che si trasformò da falsamente accondiscendente a carico di disprezzo.

– No, lui viene picchiato. E anche spesso.

– Secondo lei perché?

– Perché non ha risposto correttamente alle domande che mi sta per fare.

– Bravo, sei sveglio.

Lo sguardo tornò quello accondiscendente di prima.

– Sai che stiamo facendo qui? – disse il capo dei ribelli.

– No.

Steve era perplesso da questa discussione, e cercava di scavare per capire come rispondere per evitare di finire pestato come Francesco.

– Stiamo facendo qualcosa di grande. Costruiremo la società del futuro a Muzzano, e per fare questo abbiamo bisogno di tutti.

– E allora perché ci avete incarcerato?

– Perché abbiamo dato la possibilità di fuggire a chi non voleva finire qui e non è stata colta. Quindi, ora è o con noi, o contro di noi.

Steve poteva vedere di nuovo la collera negli occhi di chi aveva di fronte.

– Ma chi siete? Fascisti, comunisti?

Questa volta la collera lasciò spazio ad un riso assurdo, quasi isterico.

– Pensi ancora con questi compartimenti stagni?

Steve rimase interdetto da questa non risposta.

– Se vuoi, possiamo parlarne in un secondo momento, senza conseguenze. Almeno, per ora.

Steve annuì.

– Ora torni giù con quell'altro. Quando hai preso una decisione, chiama Bettini che saprà cosa fare. Bettini!

La porta si aprì e si affacciò il carceriere.

– Ma lei come si chiama? – disse Steve, trascinato via.

– Può chiamarmi…Biagio. Ora vada.

Steve fu buttato senza troppe cerimonie nella gattabuia.

– Mi raccomando alla scelta – abbaiò Bettini, prima di far sollevare la porta e di chiuderla senza fare troppo rumore.

Chiuse la porta.

– Allora, com'è andata nel mondo della luce? – fece Francesco nell'ombra.

– Strano. Molto strano. Si è contraddetto spesso, ma penso abbia delle buone idee. Forse conoscendole meglio, potrei addirittura condividerle.

– Sai, mi hanno raccontato di un altro che diceva cose interessanti. Non è finita bene, sia per lui che finì a testa in giù, sia per noi a Muzzano. Ti hanno fatto vedere il palazzo del comune?

– No. In ogni caso, diceva di essere né fascista né comunista.

– Di solito quelli che dicono così sono in un senso. E non mi sembra quello tuo. Senza offesa, eh!

Steve ci rimase un po' male. Chissà quale fosse l'opinione che Francesco aveva di lui.

– Ma quindi? Cosa hai risposto?

– Nulla, per ora nulla. Ho preso tempo.

– Sai che verrà qui a breve a chiederti.

– Lo so. È che io penso davvero che ci sia bisogno di andare oltre. Di trovare qualcuno in cui credere e lottare per la libertà.

– Libertà? La chiami libertà essere picchiato perché non oso seguire il capo?

Steve ammutolì. In quel momento il suo cervello pulsava come un martello pneumatico. Aveva un forte impulso di seguire le idee di Biagio, e pensò che forse poteva anche esportarle a casa sua, una volta che fosse finita questa avventura.

– Ragazzo, pensaci bene, per me stai per fare una colossale stronzata.

– Ci sto pensando. Anzi, onestamente ci avrei già pensato.

Poco più tardi sentirono il solito rumore che preannunciava l'arrivo della sbobba.

– Allora, da chi iniziamo oggi? Dato che poi ti devo interrogare per bene iniziamo da te.

Andò da Francesco, stranamente silenzioso.

– Allora? Oggi non ridi?

– Perché dovrei ridere?

– Perché te lo dico io. Ridi.

Francesco non mosse un muscolo. Bettini gli diede un calcio sulla coscia, schiacciandola.

– Ancora non ridi?

Steve disse: – Basta, basta. Andiamo fuori e parliamo un attimo. Ho preso una decisione.

Steve seguì Bettini fuori, con i polsi ancora legati dalle corde. Francesco non poté vedere né sentire nulla, ma non vedendo più Steve, capì quale fosse stata la sua scelta.

9 aprile 1971

Chivo, Lisino e Sofia erano svegli già da un po', intenti a consumare una colazione essenziale, anche se quella del giorno dopo sarebbe stata ancora più essenziale, dato che i grissini erano ormai finiti.

Potevano sentire sghignazzi e urla, provenienti da fuori. Speravano sempre fossero di qualche ubriaco di passaggio, ma ragionando razionalmente arrivarono alla conclusione che non c'erano più ubriachi in strada da qualche giorno.

– Questo mi ricorda quando c'erano i tedeschi – disse Lisino.

– A te tutto ricorda di quando c'erano i tedeschi. – rispose Chivo, che continuò: – Comunque racconta, non è che abbiamo così tanto da fare.

Lisino si mise nella sua posa del narratore, sempre più simile a quella di un bambino che recita la poesia di Natale: – Era il dicembre 1943. Faceva molto freddo. Addirittura, nevicò qui a Muzzano. Il tuo futuro capo ancora non si vedeva, perché era andato a prendere le provviste. Eravamo nell'entroterra, perché qui era onestamente troppo pericoloso. Pensavamo a cosa fare per provare a convincere gente a ribellarsi ai tedeschi. Il pensiero che confiscassero parte del raccolto forse non era ancora abbastanza, e serviva qualcosa per smuoverli. Ero di sentinella e vedo Spilletto sottobraccio a dei soldati tedeschi. Chiesi a Tonino. Lui disse: "Io ho la pistola pronta. Tu mettiti dietro alla porta. Lisino, vai dietro la tenda col fucile. Quando sentirai casino esci col fucile caricato, pronto a sparare". Appena ebbe finito di parlare bussarono alla porta. Spilletto li fece entrare, Tonino chiuse la porta di colpo e ne fermò uno. L'altro fu fermato da Spilletto. Io uscii subito dopo col fucile spianato, per stabilizzare la situazione.

– Non hai fatto un cazzo, quindi – disse Chivo, secco.

– Non è il contributo, ma il risultato che conta. Il risultato fu che abbiamo avuto prigionieri questi due stronzi che non parlavano nemmeno italiano. Li abbiamo trattati bene, però. Solo che dopo ci accorgemmo che non ce ne saremmo potuti fare nulla, non avevamo nessuno con cui fare un eventuale baratto. Abbiamo dovuto lasciarli andare, e siamo dovuti fuggire anche noi perché sicuramente avrebbero detto dove si trovava il nascondiglio. Prendemmo le tre-quattro cose che ci servivano e uscimmo da lì, per non tornarci più.

Chivo e Sofia lo guardarono inorriditi.

Sofia disse: – Ma non avevi proprio una storia migliore?

– È per essere preparati. Questi cretini qui fuori non promettono nulla di buono… – Lisino si interruppe, perché aveva di nuovo gli occhi lucidi. Chivo, spinto dalla compassione, gli diede una pacca sulla spalla tale da fargli quasi sbattere il volto sul tavolo.

– *Civv, e che cazz' co 'ste mani.*

Per una volta Lisino si lasciò andare al dialetto, che cercava di evitare per educazione nei confronti degli altri presenti. Anzi, solo per rispetto di Sofia, che era decisamente turbata dalle voci provenienti dall'esterno, e la storia di Lisino non aveva fatto che aumentare il suo malessere. Il pensiero andava inevitabilmente anche a Steve, che si trovava chissà dove e chissà in quali condizioni e decisamente non aveva voglia di trovarsi nella stessa situazione. Soprattutto se era successo il peggio.

Chivo rimaneva lì a pensare; era il leitmotiv di quei giorni. In quel momento era la volta dei tempi della scuola, quando quelle urla erano destinate a lui, a quelle ferite ancora aperte che il brigadiere Capodimonte gli aveva rinfrescato il giorno prima. Certo, si fosse trovato di fronte i bulletti delle medie, probabilmente ancora alti la metà di lui, questa volta li avrebbe riempiti di botte, nonostante le sue convinzioni di non violenza e pacifiste, quelle persone gli avevano toccato un nervo che non fu possibile ricoprire.

– Allora ragazzi, che facciamo oggi? – disse elettrico Lisino, cercando di dimenticare quanto stava accadendo fuori, mentre le voci diventavano sempre più forti.

Probabilmente si erano aggiunte altre persone, potevano sentire almeno una o due voci in più rispetto alle due precedenti. Le potevano sentire ridere e urlare, ma non riuscivano a capire cosa stessero dicendo. La stranezza era che non stavano sparando, quindi non avevano munizioni, o non erano ribelli. In ognuno dei due casi, non erano una buona notizia, perché sarebbe arrivata più gente.

– Quello che facciamo ormai tutti i giorni. Resistere.

Sofia era decisa. Almeno, questo era quello che traspariva all'esterno. Dentro, il terrore si stava lentamente impossessando di lei come aveva già fatto con Lisino, con Steve e forse con Chivo. Non era tipa da arrendersi, però questa era la situazione più difficile e pericolosa nella quale si fosse mai trovata.

Si ricordava di quello che le raccontava suo padre del suo passato di dissidente antiperonista, ma si trattava per lo più di pestaggi; non più di quello che aveva visto accadere a suo fratello Oscar. Non l'aveva certo preparata ad affrontare dei combattenti che, per quanto potessero essere impreparati, li sorpassavano di gran lunga in numero ed equipaggiamenti.

Cercò di spingersi più in là con l'immaginazione, cercò di pensare a come avrebbe potuto prendere a ceffoni quei quattro-cinque che urlavano fuori, anche se non sentiva cosa stessero dicendo.

Ad un certo punto le sue elucubrazioni furono interrotte dai primi colpi di mitragliatore esplosi. La mancanza di rumori di eventuali bersagli, metallici e non, lasciarono pensare che fossero stati esplosi in aria. Ciò nonostante, i tre si iniziarono ad avvicinare l'un l'altro strisciando a terra.

– Questi mi sa che oggi non la finiscono più. Vedi che porti sfortuna a raccontare le tue storie? – disse Chivo.

Sofia rispose subito: – Smettila di dire queste stronzate. Piuttosto ragioniamo. Il piano di sopra può essere un buon rifugio?

Non diede il tempo di rispondere e disse: – Vado io a vedere. Aprì la botola e salì sopra. Il vicolo era pulito. Non c'erano altre persone che cercavano di salire o provare qualche cosa di furbo.

Scese e diede la notizia a Chivo e Lisino, e si accucciò anche lei sotto il tavolo. I due ne furono un minimo rincuorati, e speravano di non dover salire, anche se iniziavano a sentirsi dei colpi alla saracinesca, che iniziò a muoversi sempre più.

I tre pensarono davvero che quella sarebbe stata la fine, a meno di non riuscire a fuggire, non sapendo come, dal piano di sopra. Dovevano pensare a qualcosa in fretta. La saracinesca si stava aprendo.

Steve fu portato al piano di sopra. Lì gli vennero tolte le corde dai polsi e dato un mitra. Il caporale, un omaccione tarchiato e con la pancia che faceva capolino dalla vecchia divisa da militare, lo squadrò da capo e piedi e gli disse: – La divisa non te la possiamo dare.

– Fa niente.

Steve venne portato da lui in un'altra stanza adibita a dormitorio.

– Riposa qui un attimo. Nel frattempo, pensiamo a cosa farti fare. –disse il caporale.

Steve provò a riposare ma la luce era troppo forte. Il caporale lo scosse e disse: – Sveglia, ragazzo. Riposato bene in questa oretta?

Steve, che non si era accorto nemmeno del passaggio del tempo: – Sì, abbastanza.

– Cosa vorresti fare?

– Boh. Qui cosa fate? Giri di ronda?

– Certo. Però potresti fare anche sorveglianza detenuti. Bettini non lo vedo molto nei ranghi. Pensa che è uscito senza dire niente. Non vorrei sia andato a fare qualche stronzata.

Steve si sforzò di non fare un sorrisetto da saccente.

– Va benissimo la sorveglianza. Tutto per la causa. Magari riuscirò anche io a convincere qualcuno, come ha fatto Bettini con me.

Il caporale annuì, come se avesse intuito una certa ironia,

per altro presente nelle parole di Steve. I capelli rimasti, pochi, erano perlopiù bianchi anche se dal viso si poteva vedere che non poteva avere più di trentacinque – quarant'anni. Si muoveva lentamente, per spiegare a Steve gli orari dei pasti ai prigionieri.

– Ma non è che Bettini si incazzerà? – chiese Steve.

– Non penso. Dice sempre che gli fa schifo avere a che fare con i prigionieri.

Ecco perché picchiava così tanto, pensò Steve.

– Eccoci arrivati – disse il caporale.

Steve rimase in piedi. Non credeva che il bancone della bidella della sua scuola primaria fosse il luogo fuori dalla cella dove sedevano i carcerieri. Arrivò alla sedia accanto alla porta metallica, e ci si sedette. Appena il caporale trotterellò fuori dal suo campo visivo, entrò nella cella. Fece un po' di fatica per aprire la porta.

Francesco appena lo vide iniziò ad urlare: – Merda che non sei altro! Come hai potuto essere così debole da unirti a loro? Non mi dire che hai creduto alle loro cazzate.

Steve tentò di zittirlo. – Shhh! Ora sono io che ti controllo. Non ti devi più preoccupare di Bettini, non sarà più qui.

– Ora lo chiami anche per cognome, quella carogna.

Steve gli disse: – Stai calmo. Ora esco.

Subito dopo aver chiuso la porta, Steve vide un ragazzo con dei baffoni che accompagnava un vecchietto con le mani legate. Lo salutò e gli fece lasciare il prigioniero aprendo a fatica la porta. Sentì Francesco che lo salutava: – Brigadiere, anche lei qui?

Poi il tizio con i baffoni dovette uscire, e richiuse, prima di poter sentire la risposta.

Steve rimase seduto a pensare. Era sempre combattuto perché gli sembrava che le idee di Biagio fossero giuste, se avesse avuto il tempo di approfondirle ma le esagerazioni che stava vedendo gli stavano facendo venire dei dubbi. Gli ricordavano il Vietnam.

Il caporale gli si avvicinò e gli chiese: – Come l'ha presa il tuo ex collega?

– Non bene. Ma è proprio necessario tutto questo? Prigionieri e quant'altro?

– La rivoluzione non è un pranzo di gala diceva Mao. Tu hai questo? – disse il caporale, tirando fuori il libretto rosso.

– Sì, a casa. Però deve esserci un altro modo, un'altra via.

– C'è. È questo che stiamo facendo. Fidati che ci riusciremo. Come ti chiami, ragazzo?

– Chiamami Steve.

– E tu Niccò.

Il caporale si congedò sorridendo. Steve fece un sorriso di circostanza che sparì appena Niccò fu fuori dal suo campo visivo.

Stava iniziando ad entrare nella mente di Bettini. Lo vedeva seduto dov'era lui, mentre aspettava il comando per entrare, e una volta dentro, sfogare su Francesco la sua rabbia repressa.

– Arriva la sbobba!

Il tizio con i baffoni si ripresentò, lasciando due scodelle sul tavolo con dentro la zuppa da lui ben conosciuta. – Portala dentro. – disse prima di andarsene.

Steve iniziò ad armeggiare con la porta e le due scodelle. Riuscì miracolosamente ad entrare senza fare troppi danni.

– Ecco qua. Fate del vostro meglio. Lei chi è? – disse indicando il nuovo arrivato.

– Brigadiere Capodimonte.

Il viso era stravolto, i capelli arruffati, ma il baffo stranamente curato. Si toccava le gambe, quasi a volersi rendere conto che fossero ancora lì.

– Lascialo stare. Per salvarsi la pelle è andato dalla loro parte – disse Francesco, al che Steve si abbassò a terra, e arrivò a prenderlo per il colletto, dicendo, digrignando i denti: – Ma ancora non hai capito che sto provando a salvare anche il tuo di culo? Fidati, per una volta.

Francesco rimase in silenzio e provò a bere qualcosa. Steve si inginocchiò per imboccare il brigadiere che era in difficoltà, cercando di fare il prima possibile, per paura di controlli.

– Cosa ha fatto alle gambe? – gli chiese Steve.

– Mi hanno picchiato, quei maledetti. Ieri ero andato a trovare un vecchio amico che non vedevo da vent'anni, in un bar, e questa mattina quei maledetti sono venuti a prendermi. Ieri ripensavo ai bei tempi andati, quando ero giovane, e oggi mi ritrovo a pensare a quanto sono vecchio.

Il brigadiere parlava con un filo di voce non tanto per paura di essere ascoltato, quanto perché lo spavento e le botte, lo avevano profondamente segnato. Steve portò via le due scodelle e aspettò qualcuno che le venisse a prendere, fuori dalla cella.

Era sempre più convinto che l'unica maniera per sopravvivere sia ai pestaggi che alla sua coscienza fosse fare quel compito. Non poteva andare in giro a rastrellare cittadini e portarli in cella. Non poteva picchiare vecchi perché si trovavano nel posto sbagliato al momento sbagliato.

Sperava solo di poter evitare di essere visto mentre aiutava i prigionieri. Il tizio con i baffoni passò a prendere le scodelle vuote. – Ci rivediamo spesso – fece Steve.

– Già. Penso sia perché sono deputato al trasporto prigionieri e al servizio mensa.

Rise dopo aver accennato al servizio mensa, come se fosse molto divertente. Steve fece un sorriso di circostanza, di nuovo.

10 aprile 1971

La saracinesca iniziò a ballare sempre di più; sembrava quasi la stessero caricando con un ariete. Chivo e Lisino raggiunsero Sofia, dopo che la sua ricognizione in mansarda aveva confermato che era l'unica via di fuga con una possibilità di riuscita maggiore di zero.

Nel frattempo, erano riusciti a sfondare l'ingresso, ed erano entrati. Potevano sentire a cosa si riferissero i ribelli quando parlavano, ovvero all'alcool che sapevano essere in buone quantità lì dentro. – Dateci da bere! – era forse l'unica frase ripetibile di quelle urla.

Chivo, steso come gli indiani nei film western, decise di aprire la botola e vedere in faccia i ribelli. Tra le varie facce dei tizi che si passavano una bottiglia, era quasi sicuro di aver riconosciuto Steve. Chiuse d'impulso la botola, tanto che Lisino gli disse di fare meno rumore.

– Che hai visto? Quanti sono? – chiese Lisino.

– Una decina.

– E ora cosa facciamo.

– Aspettiamo e vediamo cosa succede.

Sentivano il rumore di bottiglie maneggiate, e poi un urlo: – Fuori!

I tre ne furono sollevati, finalmente sarebbero potuti uscire. Sentirono rompersi una bottiglia e poi più nulla.

Chivo aprì la botola e vide le fiamme che si facevano spazio tra il bancone e i tavolini.

Lisino disse: – Allora? Possiamo scendere?

– Penso proprio di no – disse Chivo.

– Perché? Hanno lasciato qualcuno di guardia?

– No, peggio, hanno lanciato una molotov.

Sofia sgranò gli occhi, ma Lisino continuò imperterrito: – Ma quindi? Per quanto ne abbiamo?

– Lisino, hanno lanciato una molotov, una bomba incendiaria! Sta andando a fuoco tutto!

– Oh, cazzo!

Sofia prese la parola. Aveva un piano.

Lo spiegò rapidamente a Chivo e Lisino e iniziò a legare le lenzuola usate in quella stanza e pensò che potevano essere sufficienti. Chiese a Lisino di alzare il divano per legarci un capo della corda e a Chivo di spostare l'armadio davanti alla finestra, così da evitare che cadesse il divano e per fare da contrappeso. Quando fu pronto, calarono la corda improvvisata e pareva toccare.

Sofia fu la prima a scendere, perché era quella che pesava meno. Si calò, arrivò rapidamente davanti al nodo, lo strinse ancora più forte, e arrivò agevolmente a terra.

Lisino fu il secondo. Appoggiava più i piedi sul muro perché era meno convinto che il contrappeso fosse sufficiente. Arrivato al cornicione della rimessa al piano terra si riposò un attimo, per quanto possibile, sfruttando quei pochi centimetri. Dopo si lasciò andare e fu a terra con Sofia.

– Sei grande! Lisino ormai in lacrime la abbracciò e anche gli occhi grigi di Sofia, di solito seri e profondi, diventarono lucidi.

Mancava ancora Chivo, però. Sofia sperava che i mobili reggessero 140 chili e non si frantumassero al primo strappo. Chivo aveva visto la tecnica di Lisino e la seguì. Arrivato davanti al cornicione della rimessa sentì che scricchiolava qualcosa, quindi afferrò rapidamente il cornicione, e si distese con apparente calma. Poté così toccare terra con un salto di qualche decina di centimetri.

– Non ho mai pensato così in fretta – disse Chivo, quasi incredulo, mentre sorrideva.

– E ora dove andiamo?

– Proviamo a infilarci nel vicolo a sinistra, andiamo dal brigadiere.

Una volta arrivati all'incrocio, potevano vedere i ribelli fermi che vedevano lo spettacolo del bar in fiamme. Tra di loro anche Lisino e Sofia riconobbero Steve.

– Cosa fate? Non vi avvicinate! – disse Chivo.

Si incamminarono parallelamente all'altra via e Lisino pensò a voce alta: – Ecco perché sapevano che c'era un bar! Gliel'ha detto quell'infame.

– Lisino…veramente è scritto fuori, anche bello grande.

– Giusto, giusto.

Lisino era sconsolato, e Chivo non se la sentiva di infierire. Lo strinse a sé e per la prima volta Lisino non fece storie, tanto era stremato dalla situazione.

Sofia non era convinta di quello che aveva visto: – Ma siamo sicuri fosse lui? L'abbiamo visto da lontano…

– Sofia…non lo so. In ogni caso gli somigliava tantissimo, questo è certo. Ora muoviamoci e vediamo un po'.

Arrivati al palazzo dove abitava Capodimonte, capirono che erano passati anche da lì. C'era urina per terra, e le porte erano tutte divelte e chiuse a malapena. Dei sei appartamenti che potevano vedere solo uno era ancora aperto, quello del brigadiere.

Chivo provò ad entrare, ma non trovò nessuno. A terra c'era un forte odore di piscio e merda, e nessuna traccia di Capodimonte. Provò allora ad andare a bussare accanto, per vedere se i vicini avessero sentito qualcosa. Il sole era già sorto in mezzo alle nuvole, e ogni tanto faceva anche capolino.

Bussarono e la porta si aprì perché scardinata. In casa c'erano due signori di mezza età, che si stavano riprendendo da qualcosa di terribile che gli era successo.

– Diteci, cosa vi è successo?

– Sono venuti qui dei maledetti…non sappiamo chi fossero, hanno parlato di rivoluzione e qualcos'altro, ma stavano sfasciando tutto e si prendevano cibo e forse soldi, non lo sappiamo. Hanno picchiato lui e stavano per abusare di lei, quando hanno sentito altri che li chiamavano per andare a prendere da bere in un bar….

– E il brigadiere?

– Non lo sappiamo, ma certamente avrà reagito, se lo

conosce lo sa già.

– Già… grazie lo stesso.

Se ne andarono sconsolati, Lisino in particolare. Non aveva avuto le forze e la voglia di vedere quello che rimaneva del bar, e non avrebbe nemmeno voluto farlo. Camminava senza forze, come se dovesse cadere da un momento all'altro.

Sofia e Chivo lo sostenevano come se fosse stato un Cristo in passione.

– Lisino, hai idee? Sai se possiamo provare ad andare da qualche parte?

– Ci sarebbe casa di Michele. Lui è un amico, ci farà stare. Almeno…lo spero.

Non era troppo lontano; per loro fortuna Lisino conosceva un vicolo che portava praticamente lì, e potevano vedere come i vicoli secondari fossero ignorati dai ribelli.

I tre camminarono ancora per qualche centinaio di metri, tra le ombre delle case e delle nuvole. Arrivarono alla casa di Michele Finucci, il co-proprietario del bar. Fu Lisino a bussare.

– *Uè Mché.* – disse Lisino svuotato, senza la solita energia.

– Quanti te ne sei portati?

– Altri due.

– Fate in fretta ad entrare.

Aprì la porta e dopo averli fatti entrare, controllò che non ci fossero altre persone che li avessero seguiti.

– Scusate l'ingresso brusco, ma sapete che qui è un casino. Mi presento. Sono Michele Finucci, padrone del bar dove avete dormito.

– In comproprietà. – precisò Lisino.

– Essì.

Chivo e Sofia si defilarono, lasciando Lisino solo con Michele, per farli parlare del bar. Andarono in giro per casa. Trovarono la sala da pranzo con dentro la madre e la moglie di Michele. Si sedettero, dopo le solite occhiate di stupore, rivolte all'altezza di Chivo, da parte delle due signore.

Lisino si sedette con Michele nel salotto. Non riusciva a guardarlo in faccia e a parlare, e anche le parole non gli uscivano del tutto. Dovette cercare un giro di parole per spiegare la situazione.

– Sai perché siamo qui?

– Immagino. È successo qualcosa al bar?

Lisino non ce la fece più e iniziò a diventare più crudo: – Eh *Mché*. L'hanno bruciato. Una bomba incendiaria. Una *molotoffa*.

Michele impallidì di fronte a quel crescendo: – Me lo aspettavo…ma speravo di no…ma vedendo quello che combinano qui…ma quindi? Dove pensate di andare?

– Noi siamo venuti qui sperando in una mano. Almeno per questa notte.

– Certo *Lsì*, certo. Però dovete andare via presto domattina.

In cucina Chivo e Sofia erano immobili nelle loro sedie, senza scambiare una parola con le due signore di casa, che facevano dei lavori di sartoria. Michele arrivò e disse: – Lisino te lo ricordi, Adalgisa?

– Certo.

– È qui con due suoi amici che dormivano al bar. Rimarranno qui per la notte, perché gliel'hanno distrutto con una motoloffa, una bomba incendiaria.

– Figli mieeeeei! La madre di Michele si svegliò dal suo stato semi catatonico, dove muoveva solo le mani per cucire, protese le braccia quasi a volerli abbracciare, ma rimanendo sempre seduta.

Prima Sofia e poi Chivo si fecero abbracciare e baciare sulle guance prima dalla madre e dalla moglie.

– Loro sono Adalgisa grande e Adalgisa piccola, mia madre e mia moglie.

– State quanto volete, questa è casa vostra. – fece la moglie e la madre annuì.

– Lisino, poi spiega. – bisbigliò Michele. Lisino fece rapidamente sì con la testa.

Scesero, e Michele faceva ancora gli onori di casa: – Questa è la cantina, potete dormire qui. Fa freddo, ma c'è spazio e ci sono delle coperte nell'armadio.

Si trovarono in mezzo a una batteria e degli amplificatori.

– E questi sono di Franchino? Come sta? Non l'ho visto sopra.

– Lsì, lasciamo perdere. Posso offrirvi qualcosa? Una pastasciutta può andare?

– Eccome!

– Perfetto, allora tra una mezz'oretta è pronto. Voi sistematevi, e poi passate sopra che nel frattempo prepariamo.

Le coperte le trovarono nell'unico armadio. I due divani li presero Sofia e Lisino. Chivo scelse da solo di dormire a terra, anche perché i divani non erano abbastanza grandi, e l'idea di dormire con le gambe sospese nel vuoto non lo entusiasmava.

Salirono e videro un pentolone d'acqua che lentamente iniziava a scaldarsi.

– Ci dispiace che il piatto non sarà il massimo, però questo passa il convento.

La moglie di Michele agitava già il mestolo nella passata di pomodoro messa a scaldare.

Lisino, incuriosito, chiese di nuovo: – Ma quindi Franchino?

Adalgisa piccola iniziò a ruotare il mestolo: – Quel disgraziato! Con tutto quello che abbiamo fatto per lui! Quella fine doveva fare!

Gli ospiti erano interdetti, mentre Michele aveva un'espressione tipica di chi ha visto questo film troppe volte e non riusciva molto a sopportarlo. La madre, invece, annuiva, e seguiva con gli occhi i movimenti del mestolo, quasi a volerla sostenere nella sua filippica.

– Sapete la roba giù? Noi gliel'abbiamo comprata a credito, perché nonostante si stesse facendo crescere i capelli, volevamo sostenerlo. E sopportavamo. Faceva casino giù con il gruppo. E sopportavamo. E si portava altri capelloni a casa. E sopportavamo. Poi però è iniziato a uscire con quei debosciati, qualche giorno fa. E da allora non torna più, se non alla mattina per fregarsi qualcosa dalla dispensa.

Lisino si girò verso Michele, bisbigliando il più possibile: –

Allora ecco perché non volevi che rimanessimo più di una notte.

– Cos'è che gli hai detto? – disse Adalgisa grande.

– Mamma! Ma non eri sorda?!

– Che sorda, ci sento benissimo. Tu invece, filibustiere che non sei altro? Cosa vai a dire in giro?

– Infatti, che vai a dire! Che le mazzate che non si è preso tuo figlio ora te le prendi tu.

Michele alzò le mani e si chiuse nel mutismo.

Adalgisa piccola, dopo aver assaggiato la pasta, disse: – Voi state qui a vostro desiderio, quando non avete più voglia, andate pure. Però non è che vi cacciamo noi.

Chivo, vide ancora una volta la risposta alla domanda sul perché Lisino, Michele e gli altri andassero a passare le giornate al bar. Non era questione di vagabondaggio, ma per lasciare il comando delle operazioni alle signore, senza sentire questioni e delegando tutto.

Adalgisa piccola fece le porzioni. Abbondante per Lisino e Sofia, molto abbondante per Chivo ("*calascione*[13] come sei, bisogna un po' riempirti" disse), misera per lei, Adalgisa grande e Michele, che protestò: – Perché a me piccola?

– Perché nonostante tutto sei a dieta, caro mio. Ti ricordi che ha detto il dottore?

– Mi ricordo, mi ricordo.

Evidentemente Michele sperava di raggranellare qualche maccherone in più per via della presenza degli ospiti.

In questo clima da guerra non molto fredda, si consumò la cena, con la moglie che lanciava occhiate di fuoco a Michele che, rassegnato, consumava molto lentamente il piatto di pasta, sperando che lo saziasse di più.

Dopo, Chivo, Lisino e Sofia si spostarono al piano di sotto.

Chivo aveva improvvisato un materasso con i piumoni più pesanti, sperando che ad aprile non fossero più necessari e, nonostante l'improvvisata, era abbastanza comodo.

---

[13] Strumento musicale con un manico molto lungo.

Steve stava iniziando a farsi capire da Francesco e dal brigadiere. Doveva ancora aiutarli di nascosto ma era sicuro che poteva far cambiare linea di pensiero almeno al caporale, convincerlo che era il caso di trattarli meglio. Aveva appena fatto un sopralluogo in cella e aveva trovato Capodimonte ancora sofferente, ma iniziava ad esprimersi di più. Steve non sapeva bene dire il perché, ma ormai anche lui gli dava del bravo ragazzo, ed era il perché gli parlava.

Tutti gli davano del bravo ragazzo, solo dopo uno sguardo. Lui aveva fatto le ipotesi più svariate, dal fare dimesso, dalla postura leggermente chiusa in sé, dagli occhietti piccoli e pensanti, ai capelli arruffati, ma nessuna spiegava tutto.

Il problema alla base era che avevano ragione. Steve era un bravo ragazzo e lo sapeva. Anche quello che faceva con Francesco e Capodimonte lo dimostrava.

Un rumore lo risvegliò dai pensieri. Dei compagni erano tornati ubriachi marci dal giro di ronda. Il caporale mormorò non stupito: – Ora che li vede il capo ridiamo noi. Steve, che gli era davanti, annuì.

Infatti, sentirono delle sue urla, dovute al rumore, e poi lo videro sentire l'odore dell'alito di quelli tornati, ed avere un conato di vomito.

Appena si riprese andò dal primo, uno che non ricordava bene: – Tu? Cosa hai fatto?

Questo, per tutta risposta, gli cadde addosso, come se fosse stato privo di sensi.

– Tutti quelli di ronda, a rapporto!

In una maniera sghemba come l'armata Brancaleone i sette di ronda andarono nello stanzone dove alloggiava Biagio.

Quando la porta fu chiusa, Steve disse a Niccò: – Devo andare ad ascoltare.

– Io non dico niente, ma se ti beccano sono cazzi tuoi.

Il caporale alzò le mani e fece un passo indietro.

– Peggio di loro non finisco, vero?

– Vero.

Steve si avvicinò e, nemmeno arrivato alla porta, poteva

sentire le urla di Biagio.

– Voi cosa avete fatto? Dove l'avete fatto?

Purtroppo, per sentire anche le risposte si sarebbe dovuto avvicinare di più. Ad un certo punto Biagio disse: – Lasciatemi qui da solo con Bettini.

Steve si allontanò prima che la porta si aprisse, e tornò sullo sgabello, dove l'aspettava il caporale, in mezzo ai rimbombi della sua voce.

– Allora? Che hai sentito?

– Poco e niente. Si è incazzato, comunque.

Devi sapere che è totalmente astemio, e non riesce a sopportare nemmeno l'odore. Inoltre, vuole che anche gli altri lo siano. Hai sentito se ha chiesto di qualcuno in particolare?

– Ha detto a Bettini di rimanere lì.

– Uh-uh. Mi sa che torna qui a sorvegliare la prigione.

A Steve gelò il sangue nelle vene. Sapeva che le vite di Francesco e di Capodimonte dipendevano da lui. Cercò in ogni caso di fare il duro, ma il fatto di essere cristallino giocò a suo sfavore.

– Cosa c'è ragazzo? Vuoi rimanere a sorvegliare detenuti per sempre?

– Perché no? Sto qui tranquillo, sullo sgabello, ogni tanto arriva la sbobba da rifilargli e stanno tranquilli.

– Boh, come vuoi.

Arrivò un altro ragazzo coi baffoni, che provava a nascondere la sbornia, mentre parlava al caporale: – Caporale, il capo la cerca.

Il caporale si alzò e si girò verso Steve prima di andare: – Ok, vado. Tu stai tranquillo che se dovessero spostarti, sarà meglio di qui.

Steve rimase di nuovo da solo con i suoi pensieri. Si sedette e pensò a cosa avessero potuto fare per meritarsi tanta collera. Tornò il ragazzo con i baffoni di poco prima, che portò il cibo da portare dentro.

– Dimmi un po' come ti chiami così evito di confonderti con gli altri baffoni che sono qui.

– Gianni. Gianni va bene.

Steve entrò nella cella, portando la cena.

– In arrivo la cena. Come va?

– Il vecchio sta delirando, credo.

Francesco era sempre ansimante. Capodimonte fece cenno di avvicinarsi a Steve e gli disse: – Tu sei portoghese, vero?

– Sì, sì.

– Mi ricordo una canzone portoghese, me la cantava una signora che conoscevo, qualche anno fa… *"O fado nasceu um dia, quando o vento mal bulia..."*

Steve iniziò a ricordarsela, perché era forse l'unica canzone che sapeva ancora suonare alla chitarra, dopo il corso del professor Fuentes, alla scuola primaria.

– Me la canteresti?

– Guarda, faccio del mio meglio.

Steve attaccò. Capodimonte parve addormentarsi sul fianco. Steve gli mise delicatamente una mano davanti al naso per vedere se fosse ancora vivo, ma il forte russamento gli tolse ogni dubbio.

– Dai a me la sbobba – disse Francesco.

– Tieni pure.

Tra un tentativo di cibarsi e l'altro Francesco disse: – Ma cos'era quella lagna che stavi cantando?

– Una vecchia canzone portoghese. Il fado, conosci?

– Onestamente no.

– Fa niente.

Francesco finì la sbobba e Steve uscì. Appena tornò Gianni a portarsi via il piatto, andò nel dormitorio. Vide una chitarra e chiese se la poteva suonare. Iniziò a ricordarsi gli accordi: "Re minore, ma come diamine si faceva?", poi fece un arpeggio leggermente stonato, ma a lui non importava, e ancor peggio, non se ne accorse. "Poi, Sol minore e qui c'era quel tremendo Sol diesis diminuito. E adesso?". Fece l'altro arpeggio e iniziava a ricordarsi, e partendo da questo fece tutto il giro armonico della canzone, ovviamente semplificato, che gli insegnarono. Un po' di malinconia lo assalì, perché si trovava pur sempre in un posto che non conosceva, e perché gli mancava sempre il calore della sua terra, della sua casa. Sperava di esserselo portato dietro, e un po' ce l'aveva, ma quando si ricordava di quanto tempo avesse passato in esilio, ritornava la *saudade*[14]. Ripose la chitarra e tornò al suo posto, prima di sapere cosa fare per la notte. Arrivò il caporale e gli disse: – Vai a mangiare un boccone in mensa e poi a dormire. Ci vediamo alla sveglia. Ok?

– Ok, a domani.

---

[14] Malinconia.

11 aprile 1971

Sofia aveva il sonno disturbato. Non era abituata a dormire sul divano, perché negli altri giorni al bar dormiva sulla brandina.

Era di nuovo a Buenos Aires, dopo ormai vent'anni. Si ricordava di suo nonno che era tanguero, e ballava in strada quando il suo amico Pepe si degnava di tirare fuori la fisarmonica. Lo chiamavano *"el expreso central"* per un motivo: o non partiva proprio, o andava velocissimo, proprio come il treno che portava fino a Rosario. Lo poteva vedere lì suo nonno, che ballava, alla faccia dell'artrosi, delle ginocchia che non vanno, del fatto anche che non fosse più il 1952, l'anno in cui morì.

Ma lei era lì, e se la gustava, e si dimenava con la nonna, dona Sofia. Li poteva vedere felici, come voleva l'epica peronista. Però i nonni la riprendevano dicendo: – Sofia, balla! Il ballo è l'unico modo per protestare!

Le parole erano solide nell'aria, come le note, che poteva vedere, anche se non le capiva perché ormai erano forse quindici anni che non vedeva un pentagramma. Sofia si disse nel sogno: – Ma brutta cretina, come fai a pensare questo e a non capire che note siano? Sei anche diplomata al conservatorio!

Sofia si svegliò di soprassalto. Scoprì che le molle del divano cigolavano appena si girava su mezza spalla.

Richiuse gli occhi.

Era sempre in Argentina. Era un terreno deserto e abbastanza brullo. Forse era la pampa di don Francisco, quella di cui parlava suo padre quando brontolava, raccontando di quando lui a sedici anni era costretto a lavorare, mentre loro a quell'età dovevano studiare. Infatti, era lì, poteva vederlo portare in giro i cavalli per farli pascolare nelle campagne. Però le si avvicinava minaccioso e le diceva di mangiare, perché aveva altro da fare. Aveva anche una voce strana, con una cadenza fin troppo simile a quella di Lisino, anche se parlava spagnolo.

Anche il fatto che lei parlasse, e gli dicesse che non voleva mangiare la biada, che era sua figlia, non gli fece cambiare idea di un filo. Continuò a ripeterlo, e disse: – Guardati la coda, pensi sia così diversa da quella degli altri cavalli? Sofia si guardò dietro e non vide nessuna coda. Ma anche gli altri che portava a spasso suo padre non erano cavalli, erano esseri umani, senza morso, e vestiti con una semplice maglietta bianca e un paio di pantaloni marroni. Sofia era perplessa da questo, tanto da chiedergli: – Perché pascolano? Sono esseri umani.

– Sono bestie, ecco cosa sono, sono dei maledetti. Vedi che facce che hanno. Le vide e le trovò deformate dalla rabbia, mentre rincorrevano gli altri cavalli con i denti in fuori, come a volerli mordere.

Sofia rimase lì ferma, e vide un cavallo che le correva incontro. Lei si arrese subito, e il cavallo la morse sulla chiappa.

Sofia si svegliò di soprassalto e le pizzicava lì, in effetti. Forse era la coperta poco comoda. Si diede una grattata e si girò dall'altro lato. Il divano cigolò.

Questa volta non le era chiaro dove fosse. Sembrava la stazione centrale di Milano, e sapeva di dover prendere il treno. Poteva vedere solo la nebbia, e quello era l'unico posto nebbioso che conoscesse. Pensò che avrebbe voluto chiedere a suo padre che cosa ci facessero lì, se Buenos Aires era così bella come raccontava lui. Sentì un sussurro che le disse nell'orecchio sinistro: – È perché ogni angolo gli ricordava tua madre, sai?

Si girò da quel lato ma non vide nessuno. Si chiese cosa fosse appena successo. Salì sul treno e si sedette. Dopo poco arrivò un'altra donna che si sedette di fronte a lei. Si tolse il cappotto e il cappello. Aveva un bel vestito, da donna in affari, e un paio di occhiali a punta vagamente retrò. Sofia la osservava, e riconobbe i suoi occhi verdi. Vide il suo riflesso nel finestrino e si vide spettinata e vestita col pigiama rosa che metteva in inverno, quando faceva molto freddo.

Le chiese: – Mi scusi, come si chiama?

– Sofia Gonzales Villar, piacere.

– Ma…anche io.

– Ah, bene.

Le sorrise e tornò a leggere la sua rivista di mobili antichi. Sofia la fissava, e quando chiuse, seccata, il giornale, le chiese: – Ma lei in cosa si è laureata?

L'altra Sofia rimase un po' spiazzata da questa domanda: – In Economia e Commercio. Mi costrinse mio padre, ma posso dire adesso che è stata la scelta più giusta che potessi fare.

Sofia rimase senza fiato. Si alzò per fuggire, e andò nello scompartimento accanto, e trovò suo fratello Oscar riverso in una pozza di sangue. – Di nuovo, Oscar? Sono stati sempre quei bastardi?

Oscar si girò verso di lei e le disse: – Ma questa volta va bene, non ti preoccupare. Mi hai già salvato una volta, di questa me ne occupo io.

Uscì anche da questo scompartimento, sempre più confusa, andò in quello ancora dopo. Lo aprì e trovò sua madre che vedeva fuori dal finestrino. Le fece cenno di sedersi nel posto di fronte al suo.

– Allora, ci rincontriamo, eh? Vedi come ti sei fatta grande.

Sofia scoppiò a piangere incontrollatamente: – Sapessi cosa ho visto di là, c'è Oscar in una pozza di sangue, ci sono io che mi sono laureata in qualcosa che non so se mi piace, e ora tu…tu sei morta! Perché sei ancora qui di fronte a me?

La madre fece un sorriso e le disse: – Perché sì. – prima di alzarsi ed andare in bagno. Sofia si alzò per seguirla, ma era già scomparsa.

Tornò a sedersi, e provò a vedere fuori dalla finestra. Poteva vedere il panorama di Roma, era come la prima volta che ci andò, quando doveva iscriversi all'università. Sapeva in ogni caso quello che doveva fare, nonostante quanto aveva visto.

Il treno prese una buca e sobbalzò. Sofia si risvegliò immediatamente, ma era già caduta a terra. Andò al tavolino e prese un bicchiere d'acqua, prima di tornare sul divano.

Nonostante il sonno disturbato di Sofia, la notte passò tranquilla. Non si ricordavano più la sensazione di andare a dormire con lo stomaco pieno dopo sei giorni a scatolette e grissini.

Si alzarono dopo aver sentito trambusto al piano di sopra. Si misero a spiare dalla porta della cantina. Potevano vedere un ragazzo spettinato e con la barba non fatta da parecchi giorni, che svaligiava la dispensa e metteva il tutto in una busta della spesa.

– Quello è Franchino. – disse Lisino.

– Direi che quello è Franco, visto quanto è grande e grosso. Direi anche che è un bello stronzo. Quanto ha? Vent'anni? – rispose Chivo.

– Eh, sì.

Lisino accompagnò questo "Eh sì" con una smorfia eloquente.

Potevano vedere, dal sotto della porta della cantina che dava sulla sala da pranzo, che Michele si stava avvicinando pacatamente al figlio dicendogli di andare via.

Arrivò la madre di Franchino, Adalgisa, e iniziò il misto di farsa e tragedia popolare che Lisino e in fondo anche Chivo conoscevano bene, perché vista in altre salse.

– Ancora qua stai tu? – iniziò Adalgisa.

– Sì, perché? Questa è pur sempre casa mia.

– Seee, casa tua! Ora pensi che vieni qui e fai quello che ti pare. Non è così. Qua comanda ancora tuo padre. Michele?

Michele si limitò a fare di sì col capo, in silenzio.

– Lo vedi? Anche tuo padre mi dà ragione.

Michele ricamò con uno sguardo inequivocabile, che significava "perché non te ne sei andato in tempo?"

– Basta! Io me ne vado!

– *Ddò vai con la rrobba nossa? Lassa qua!*[15]

Con un movimento da samurai, Adalgisa prese il mattarello da accanto ai fuochi della cucina e lo sollevò sopra la testa. Franchino allora capì che era il caso di non insistere, ma prima di andare, disse: – La prossima volta torno con gli altri.

– E vieni, che ne ho pure per loro.

Franchino uscì sbattendo la porta, ma senza provviste. Solo

---

[15] Dove vai con la roba nostra? Lascia qua.

allora Adalgisa si lasciò andare ad un pianto isterico. Michele provò ad abbracciarla, ma fu respinto col gomito.

– Questa è colpa tua! Sei sempre così *modde*[16]! Appena ti dice qualcosa tu dì sempre di sì. Questi sono i risultati. Ci siamo fatti i debiti per pagare la batteria e questo è il ringraziamento che ci dà. Che stronzo.

Chivo, Lisino e Sofia entrarono e, senza dire una parola, l'abbracciarono. Adalgisa cambiò subito espressione e propose: – Vi preparo la colazione? Un caffè va bene?

– Va benissimo – dissero tutti.

Zoppicando arrivò anche Adalgisa grande, che salutò con una spettinata Sofia, mentre a Lisino mise una mano sulla spalla per non rovinare il riporto sempre impeccabile, e a Chivo la mise sul fianco perché da seduto era alto quanto lei, e non riusciva ad alzare il braccio per l'artrosi. Adalgisa piccola prese la moka più grande, che Sofia pensò fosse addirittura essere per dodici persone: – Se non la uso ora, quando dovrei? – fu il commento agli sguardi perplessi degli ospiti.

Versò delle abbondanti tazze di caffè perché, diceva lei, era il miglior ricostituente dopo una nottataccia o un momento spiacevole. Si strinsero tra le mani le tazze, un po' infreddoliti dal mattino, e dal risveglio brusco. Chivo sentiva un po' la mancanza dell'imbecille alla radio che gli faceva venire voglia di cambiare lavoro, almeno per avere un risveglio più allegro di quelli che si trovava a fare adesso. Voleva tornare a casa, ma la sua non era più a Muzzano come quella di Lisino, che forse la poteva vedere quando si affacciava dalla finestra del bar. La sua ormai era più lontana, un po' più uggiosa e fredda d'autunno, ma lì era riuscito a crearsi una vita, più o meno stabile. Il caffè al bar accanto all'ufficio, di sicuro, non era buono come questo.

Dopo aver bevuto il caffè pensarono al da farsi. Il problema di stare lì era l'imbarazzo di trovarsi in una situazione così dispiacevole per Michele e le Adalgise, inoltre potevano arrivare dei ribelli da un momento all'altro, dato che Franchino sembrava così ingenuo, per non dire stupido, da dare seguito alle

---

[16] Molle.

sue minacce.

Il problema era capire la situazione intorno al palazzo, e dove potevano andare da lì in una breve camminata, possibilmente col buio.

Si guardarono in faccia, ma senza trovare una soluzione, nemmeno sbagliata, perché nessuno parlava, e facevano espressioni poco convinte. Forse sarebbe stato il caso di rimanere lì un'altra notte, e aspettare per vedere l'evoluzione della situazione, se per caso ci fossero stati troppi rischi, allora l'indomani se ne sarebbero andati.

– Hai delle carte? – chiese Lisino.

– A Gesù Cristo chiedi fai piovere? *Nà.* – disse Michele prendendo un pacchetto di sigarette con dentro delle carte dal cassetto. – Briscola o cosa?

– No Mchè, per ora farei un solitario. Poi magari una briscola o un tressette con questi due ragazzi, che li ho *insegnati* bene.

Chivo e Sofia iniziarono a ridere incontrollatamente, senza che gli altri capissero il perché. Dato che spiegarlo sarebbe stato troppo lungo per i loro gusti e forse anche un po' umiliante per gli altri, se la cavarono con un accondiscendente "No, niente".

Lisino alzò le spalle, pensò "Questi non li capisco" e posizionò le carte per il solitario. Ora aveva la concentrazione adatta, nel suo rito sciamanico muzzanese, per confermare che quella trovata era l'unica soluzione attuabile senza rischiare più del dovuto.

Il solitario gli riuscì, barando.

Diede le carte per la briscola.

Lisino disse a Michele: – Vedi che questi sono infernali. Non so come abbiano fatto, ma hanno imparato bene.

Michele si girò verso Chivo e disse: – Sai che abbiamo giocato contro quelli che sarebbero diventati campioni italiani di briscola?

Chivo disse: – Non sapevo ci fossero i campionati italiani di briscola. Comunque, come andò?

– Perdemmo 3-0, ma una solo di due punti.

Chivo evitò di girare il coltello nella piaga e rimase zitto, ridendo dentro di sé.

Steve dormiva più o meno tranquillamente, ripensando a *Fado Portugues*, che stava strimpellando prima. Suonò la sirena che indicava la sveglia, e fu in piedi per un riflesso condizionato. La fila per la doccia arrivava al di fuori del bagno e pensò di evitarsi una lunga attesa usando solo il lavandino per una sciacquata veloce. Si ripromise di lavare il resto in un secondo momento.

Seguì gli altri nel salone adibito a zona mensa per prendere la colazione. Lui la preferiva abbondante, ma si era ormai abituato a ridurre le sue attese. Il problema era semmai abituarsi a quel pessimo caffè. Era come se avessero preso una tazzina di caffè e l'avessero poi versata in una pentola per la pasta piena d'acqua.

Buttò giù quell'intruglio e andò con gli altri a sentire il discorso mattutino di Biagio. Perché si facesse chiamare Biagio lo tormentò per i dieci-quindici minuti che passò lì e fu l'unica cosa che si ricordò, cercando di stare sveglio. Qualcosa di relativo alla chiusura del petrolchimico per far ripartire l'agricoltura locale. Ecco una cosa che si ricordava. Si andò a sedere sullo sgabello del sorvegliante. Quel compito iniziava a stargli un po' stretto. Si era unito ai ribelli soprattutto per interessi personali, soprattutto quello di non essere mantenuto a pane e acqua, ma anche perché una piccola parte di sé credeva alle parole di Biagio, anche se diventare contadino non lo entusiasmava. Sentì una voce dalla stanza accanto: – Trasporto speciale!

Il prigioniero entrò dietro il proprietario della voce che aveva parlato, e a Steve sembrava Francesco, solo un po' più giovane. Appena finì di accompagnarlo dentro, vide chi fosse stato a portargli il nuovo ospite.

Invece del solito ragazzo con la barba poté vedere un ragazzo alto, biondo e con i capelli corti come lui. Gli chiese: – Questo cosa ha fatto?

– Voleva scappare – rispose, con un accento fortemente

romano, che gli ricordava i tizi in università che lo aiutavano quando era indietro con la preparazione di un esame.

Dopo averlo ringraziato, sbucò il caporale Niccò a dare un'occhiata a come andasse tutto e gli fece: – Abbiamo trovato il tuo sosia.

– Ma non mi somiglia per niente.

– In effetti hai ragione, vedendolo meglio. Però è un po' la tua bella copia. Di sicuro somiglia più a te che a tutti quelli con barbona e baffoni.

– Questo te lo concedo.

– Comunque, il tuo somigliante, dato che sosia non si può usare, mi ha detto che questo nuovo è un po' più malleabile, magari riesci a convincerlo ad essere dei nostri. – disse il caporale.

Steve ne fu poco convinto: – Mah, vedremo. Dammi il tempo di parlargli un po', il tempo del primo pasto almeno. Se non me lo tira dietro lo interpreto come un buon segno.

Il caporale lasciò Steve ai suoi pensieri. In effetti se fosse riuscito a convincerlo, allora poteva cambiare assegnazione e magari capire come scappare. Ma allora non avrebbe potuto aiutare Francesco e il brigadiere.

Steve ebbe l'impulso di alzarsi e camminare un attimo, e iniziò a fare un buffo movimento simile a quello che aveva visto fare in foto alle guardie di Buckingham Palace. Rimuginò ancora un po' sul da farsi. Nel frattempo, arrivò Gianni coi suoi piatti.

– Da oggi c'è una bocca in più da sfamare – fece Steve.

Gianni fece commenti poco gradevoli sulla madre di chissà chi, lasciando il vassoio.

Steve, perplesso, lo prese, e sempre più con difficoltà, aprì la porta.

Trovò il brigadiere che si lamentava con un filo di voce, quasi impercettibile. Francesco era seduto in silenzio e il ragazzo nuovo dormiva tranquillamente.

– Ragazzi, è ora.

Mise davanti a loro la propria scodellina e aspettò che

avessero finito, aiutando il brigadiere sempre più in difficoltà. Vide che il ragazzo si rifiutava di mangiare: – Allora? Non ti piace?

– Come cazzo gli può piacere pane e acqua, che domande fai?

Steve fulminò Francesco con lo sguardo, e aspettò una domanda dal ragazzo, che non arrivò.

– Come ti chiami?

– Bartolomeo. E comunque no, mi fa schifo.

Steve pensò, dentro di sé, che a Muzzano nessuno avesse un nome normale. Evitò di esternalizzare questa considerazione, e disse solo: – Hai un bel carattere, Bartolomeo. Mi piaci. Vorresti unirti a noi ribelli?

– Perché?

Francesco sghignazzò. Steve ci pensò un attimo, poi rispose: – Di sicuro non dovresti mangiare questa robaccia.

– Mi sembra un buon punto. Poi?

– Poi? Ti hanno fatto il discorso?

– No.

Steve e Francesco sorrisero. Poi Francesco si ricordò che Steve era passato con i ribelli e smise di ridere. Steve gli fece l'occhiolino, ma venne ignorato. Si girò verso Bartolomeo e disse: – Ecco. Tornerò quando ti farà il discorso. Ora aspetto che finiate.

Steve si mise con le braccia incrociate ad aspettare Francesco, l'unico ancora che provava a mangiare qualcosa. Appena ebbe finito, Steve ritirò le ciotole.

Fuori lo aspettava, oltre al ragazzo coi baffoni che gli disse che non l'avrebbero presa bene che avevano lasciato la sbobba, il caporale che disse: – Biagio vuole vedere il nuovo prigioniero.

Steve sapeva cosa volesse dire.

Prese Bartolomeo e lo condusse per le varie camerate, fino alla stanza dove c'era la porta per la sala di Biagio. Lo portò dentro e aspettò che gli dicesse di andare fuori.

Aspettò dieci minuti circa, risentendo i discorsi pieni di belle parole alle quali anche lui stava iniziando, a poco a poco, a crederci.

Biagio urlò: – Puoi entrare!

Steve entrò e vide Biagio, tutto contento che gli disse: – Lui è stato più sveglio di te. Ha già accettato.

Steve sorrise e disse: – Va bene. Posso liberarlo?

– Certo. Poi chiama Niccò che così gli spiega come funziona e cosa farà.

Steve era contento, dopotutto non doveva più scegliere cosa fare, ormai avevano scelto per lui. Alla fine, Bartolomeo avrebbe preso il suo posto, e sperava che fosse tranquillo come sembrava ad un primo sguardo. Lo portò dal caporale che lo liberò, e Steve si fece da parte, lasciandoli al discorso iniziale.

Steve ora aspettava solo la conferma di farsi da parte, per poi dirlo a Francesco e al brigadiere. Era trepidante, perché sapeva che se fosse diventato finalmente un effettivo, allora avrebbe avuto anche lui un'arma e sarebbe andato a fare sopralluoghi e giri di ronda. Non vedeva l'ora.

La partita di briscola finì 3-1 per Lisino e Michele. Chivo prese questa sconfitta come un riequilibrio delle forze del cosmo, e la volta in cui vinsero era perché riuscì a ritrovarsi all'ultima mano le tre briscole più alte, e quindi non ebbe bisogno dei segni che invece Lisino e Michele si fecero per tutto il tempo.

Appena ebbero finito, Adalgisa piccola si alzò dalla sedia dove lavorava a maglia, per preparare un'altra pastasciutta dopo quella della sera precedente.

L'atmosfera era ancora pesante, nonostante la partita fosse stata tranquilla e ci fossero state anche delle risate per i continui battibecchi tra Lisino e Michele per le carte giocate. Si aspettavano ancora la visita di Franchino, e avevano paura che questa volta non sarebbe venuto da solo ma, come aveva minacciato, con altri ribelli armati fino ai denti.

Michele mangiò in silenzio, ma era convinto che Franchino non sarebbe tornato.

Finirono di mangiare e iniziarono a lavare i piatti.

Ogni tanto si sentivano dei botti, come degli spari. Sofia e Chivo si spaventavano, ma vedevano che gli altri erano tranquilli.

– Quelle della guerra erano peggio. Ci dovevate essere – disse Michele.

– Anche no.

Sofia iniziò a sorridere timidamente e gli altri la seguirono.

– Mché, ti ricordi di quando…

– No, no, per carità. L'ultima volta che Lisino iniziò una storia così, il bar saltò in aria – disse Chivo, che si alzò nervosamente. Il suo cervello si saturò di pensieri, fino a non distinguerne nessuno.

– Tutto bene, Civv? – Dopo che sentì la voce di Adalgisa grande, allora Chivo annuì e si sedette. Fece sorridere tutti con questa mossa. La maniera in cui lo guardava gli ricordò la nonna.

In un momento si ritrovò nel campo assolato dove passava le estati da bambino. Poteva vederla che lavorava a maglia, mentre il nonno era nel campo che zappava.

Fino ai dodici anni era lì, e si sentiva protetto, prima di dover aiutare nelle estati il nonno nella gestione del terreno, prima di crescere e non tornare più indietro.

Chivo provò a resistere e non pensare più a quei ricordi.

Lisino si girò verso di lui e gli disse: – Civv, ma che pensi che porto iella?

– Ti devo proprio rispondere?

– Chivo! E dai. Sofia non credeva alla scaramanzia, e ogni tanto addirittura si innervosiva quando se ne parlava. Sapeva che Lisino ormai si sarebbe rifiutato di raccontare la sua storia. Non poteva immaginare che si sarebbe offeso come invece successe, rimanendo zitto per un attimo, trattenendo le parole prima di sbuffare via parte della sua rabbia.

Si andò a rifugiare nel salone, tanto ampio quanto pieno di tappeti, mobili e fotografie impostate di fine '800-inizio '900. Chivo si alzò, facendo cenno a Sofia che lo guardava, e anche a Adalgisa grande, il cui sguardo dolce di prima si era riempito di disapprovazione, che sapeva già cosa dovesse fare.

Con la sua stazza, Chivo occludeva agli altri la vista di Lisino, e avrebbe potuto fargli di tutto, da dargli un bacio, a picchiarlo selvaggiamente; non l'avrebbero mai saputo.

– Senti, non penso che ci sia bisogno di dire che stessi scherzando.

– Ok.

– Lisino, ma non puoi fare così, grande e grosso come sei…

– Ma ti rendi conto di quello che hai detto? Dire che uno porta iella qui, è come dirgli di andare a farsi scuoiare. – disse Lisino agitandosi e mulinando le braccia.

– Non lo sapevo.

– Stronzo che non sei altro, come non lo sapevi? Se hai detto che hai abitato qui fino ai diciott'anni come dici tu?

– Non mi ricordavo.

– Sé.

Lisino si spostò, e anche gli altri, dall'altra stanza, potevano dargli un'occhiata, e vedevano che non era ancora stato picchiato.

– Dai, torna di là. Dobbiamo pensare a cosa fare.

– Che dobbiamo fare, va bene. – disse Lisino rassegnato.

Tornarono nell'altra stanza.

– Ed è ancora vivo! – disse Michele, prima di essere fulminato con lo sguardo dalla moglie.

Si sedettero e iniziarono a pensare a cosa fare.

– Sai dove si potrebbe andare? A casa del brigadiere. Ormai lì ci sono passati, non penso tornino, sanno di aver già portato via tutto. Dopotutto qui forse è meglio lasciarli da soli. – disse Chivo.

– Non pensi che Franchino possa tornare? – disse Sofia.

– Non penso sia così stupido.

Michele, ovviamente diede ragione a Lisino con un cenno della testa.

– Possiamo andare via stasera.

– Come volete, ma prima vi possiamo offrire una cena di arrivederci. – disse Adalgisa piccola.

– Ma va benissimo! – rispose Lisino.

Fuori era già arrivato il buio. Ormai si erano fatte le cinque e mezza del pomeriggio, e i botti non accennavano a terminare, anzi aumentavano.

– Siete sicuri di uscire con questo delirio? – disse Michele.

– Sì, dopotutto siamo sopravvissuti già due volte. Poi se viene giù la nebbia che sembra, sarà ancora meglio – disse Sofia, spostando la tenda per vedere.

Lisino iniziò nervosamente il suo solitario, mentre si continuava a parlare. Chivo iniziò a pensare che fosse una maniera per fare da indovino, per vedere se fosse andato tutto bene. Si vedeva però dal dirlo a voce alta, vista la sceneggiata precedente. Di sicuro se gli riusciva l'umore migliorava, e anche parecchio.

Questa volta non gli riuscì al primo colpo, e l'umore, già abbastanza nero, peggiorò. La seconda volta gli riuscì e pensò, saggiamente, di mettere le carte a posto, almeno per il momento.

Circa tre dopo, la cena era già stata fatta, tra qualche lacrima di preoccupazione. Chivo, Sofia e Lisino uscirono dalla casa di Michele per fare i circa cinquecento metri che portavano alla casa del brigadiere.

La nebbia rendeva poco visibile tutto, e offriva loro una protezione in più, sempre gradita. La strada era deserta, cosa che permetteva loro di andare a passo spedito, ma sempre verso le pareti. Non incontrarono nessun ribelle, per fortuna.

Arrivarono davanti al portone della casa di Capodimonte ed entrarono senza troppi complimenti. La porta di casa era aperta, proprio come era stata lasciata. La chiusero immediatamente.

– Allora signor…com'è che ti chiami? – disse Biagio.

– Soares…Steve, se preferisce.

– Steve, mi piace.

"Certo, me l'ha già detto ma non si ricordava" pensò Steve tra sé e sé.

– Finalmente, dopo qualche giorno di prova, sei uno dei nostri. Possiamo dire che sei ormai un…tenente?

– Mah, se lo dice lei…

– A breve Soares, a breve. Prendi il tuo mitragliatore. Sai usarlo?

– Veramente no.

– Ti potrà insegnare Niccò. Ho visto che state legando. Ti ha già insegnato qualcosa?

– Qualcosina sì. Spero di poterla sfruttare nel nuovo ruolo.

Ormai a Steve sembrava una replica di quando fu promosso di ruolo nella libreria, più che una conversazione con un generale di truppe ribelli.

– Continua così Soares, sei bravo.

Steve uscì da lì con più dubbi di prima. Davvero era lui il leader che gli aveva fatto cambiare idea così rapidamente? Non se ne capacitava.

Tornò al dormitorio, quando arrivò il caporale. – Tenente Soares? Prrrr.

Steve sapeva che aveva già ascoltato tutto.

– Allora, fammi vedere il mitra e dimmi che devo fare.

Niccò, vedendolo un po' alterato dalla battuta, cambiò discorso e gli fece vedere rapidamente il funzionamento del mitra, come fare il fuoco automatico e come smontarlo.

Non era un caso che non sapessero usarlo, se quella era la preparazione.

– Per quanto riguarda il tuo compito, sarai di ronda stasera. Dovrai fare su e giù per il lungomare e vedere se c'è qualcosa di strano. Mi raccomando, non sparare prima di chiedere chi va là. Ah, e se non vedi l'altro dei nostri alla fine del lungomare, dopo due minuti dai l'allarme. Ok?

– Ok.

– Non c'è bisogno che te lo ripeta. Non sei Bettini dopotutto.

– Giusto.

Chissà che fine aveva fatto Bettini. Da quella volta che era tornato ubriaco Steve non l'aveva più visto.

– Ora riposati un po' prima, stasera sarà lunga.

Steve seguì il consiglio. Si coprì gli occhi dalla luce del sole che entrava dalla finestra, e iniziò a pensare a cose rilassanti, tipo il treno notturno per Portimão, dove poteva vedere il mare dal finestrino, e che aveva preso da bimbo per visitare gli zii.

Col ricordo del lento ciondolare del treno, unito al buio spezzato dalla luna, e dal suo riflesso, sperava di poter trovare riposo. Non fu esattamente così, e il frastuono che c'era negli altri giorni c'era anche in quello. Doveva solo abituarsi a quei rumori.

Steve si risvegliò col buio, quando fu chiamato a prepararsi per uscire. La nebbia e l'umido rendevano ingestibile il tutto, dato che non riusciva a vedere oltre pochi metri, e il suo tratto era perfettamente illuminato.

Iniziò a marciare lentamente, pensando sempre a non scivolare, come rischiava di fare con le scarpe poco adatte. Concentrato su questo come se stesse camminando sulle uova cercando di non farle rompere, poteva anche passargli accanto un elefante in tutù che non se ne sarebbe probabilmente accorto.

Pensò che però gli altri avessero stivali adatti, e si stupì che non si fossero portati altri stivali.

Ogni tanto immaginava di vedere nell'ombra qualcuno. Era già da qualche giorno che non pensava più a Sofia, e non le stava mancando. Era una sensazione che non pensava possibile dopo i pochi giorni passati insieme. Passò anche davanti al bar, e avvicinandosi attraversando la strada poteva vedere la macchia causata dalle fiamme che usciva fuori dalla finestra. Gli venne un tuffo al cuore, e iniziò a temere che gli altri fossero ancora dentro. Fece il giro dell'isolato e andò a vedere quello che rimaneva.

La porta era spalancata e c'erano residui di vetro sciolto.

C'erano i tavoli di plastica sciolti per terra, assieme al pavimento ormai totalmente carbonizzato. Non era saggio inoltrarsi troppo dentro, dato che era tutto pericolante. Non poteva vedere però corpi all'interno, e quindi pensò che si fossero in una qualche maniera salvati. C'era ancora da vedere la mansarda, ma non si fidava, dato che era completamente buio, se non per la luce della torcia. Pensò di posticipare il sopralluogo ad un giro di ronda mattutino. Comunque fosse andata, la situazione non sarebbe cambiata rispetto ad un giorno in più.

Uscì ed evitò la guardia che perlustrava la via centrale, e tornò sul lungomare. L'unica fonte di interesse, in mezzo al mare di nebbia che gli si poneva di fronte, era il saluto con un altro collega di ronda. Si incrociavano più o meno davanti ad una chiesetta e l'unica forma di comunicazione fu un saluto militare.

Ancora nel buio, sentì i rintocchi delle cinque. Finalmente era giunta l'ora di rientrare alla base, dopo quella gran rottura di scatole. Aveva avuto ragione nel pensare che sorvegliare i detenuti sarebbe stato un compito molto più interessante.

Appena rientrò, decise bene di passare da dove c'era la stanza della galera.

Vide la porta spalancata e capì che c'era qualcosa che non andava. Trovò Bartolomeo chinato sul corpo del brigadiere e Francesco che urlava come un ossesso: – È morto! È morto! Che cazzo pensi di fare?

Steve entrò e si avvicinò. Vide che il corpo era parecchio freddo e sentenziò: – Freddo è freddo, ma non mi sembra abbastanza per dire che sia morto.

Bartolomeo era tremante, non riusciva ad articolare bene le parole: – Mah…stava lì…ad un certo punto ha iniziato a strillare delle parole che non capivo…e poi è caduto, ma non sono stato io! Non ho fatto nulla.

– Va bene, va bene, stai tranquillo.

– Io poi l'ho scosso un po' per vedere se fosse ancora vivo, ma niente.

– Quanto l'hai scosso?

– Un po'.

– Fessarie so, vedi che gli ha spaccato la testa a terra per vedere se respirasse ancora. Era entrato nel panico più totale, senti a me.

– Cosa cazzo dici! Stai zitto, altrimenti fai la sua stessa fine.

– Provaci, qua sto.

Steve placcò letteralmente Bartolomeo, che stava per buttarsi alla giugulare di Francesco. – Andiamo fuori e ne parliamo.

12 aprile 1971

Steve era lì, terrorizzato, che almeno riusciva a muoversi, anche se lentamente, mentre Bartolomeo era in panico, e Francesco era riverso, con una mano sulle costole doloranti. Capodimonte sollevò leggermente la testa e lasciò intravedere una piccola macchia di sangue dietro di sé.

Steve si girò verso Bartolomeo: – Penso che anche tu sappia che se esce sangue: primo non è morto, secondo hai scosso troppo forte.

Bartolomeo non fece cenni sensati, nel suo essere tremante e con gli occhi fissi nel vuoto.

– *Lassa stà u' vagnon*[17]. Tutti si girarono verso il brigadiere, la cui voce, già flebile, si era ridotta ad un sospiro.

Steve gli si avvicinò per sentire cosa dicesse: – Questo è il cuore, se n'è andato almeno dieci anni fa. Il medico mi aveva detto di evitare gli stress.

– Ma dobbiamo portare medicine?

– No, stai tranquillo, ragazzo. Basta solo che mi canti la canzone di ieri.

Steve l'aveva anche strimpellata alla chitarra, e la intonò meglio della volta prima, anche se con la voce tremante.

Capodimonte chiuse gli occhi: – Sì, era proprio così quella che mi cantava Lucia. Chissà se la incontrerò di nuovo dove mi troverò tra poco…

Chiuse gli occhi muovendo le labbra al ritmo della canzone che cantava Steve. Appena girò la testa di lato, ricominciò il panico.

– E adesso? Cosa facciamo? – chiese Bartolomeo.

– Stai tranquillo, ci penso io.

Con una tranquillità molto relativa, Steve uscì e chiamò il caporale. Appena arrivò, la scena gli sembrava un misto tra

---

[17] Lascia stare il ragazzo.

Bosch e Caravaggio, tra il buio della stanza illuminata malamente da una lampadina poco potente, e la scena grottesca che gli si presentava davanti.

Bartolomeo era seduto per terra e si abbracciava le gambe, quasi baciandosi le ginocchia. Francesco era steso con la mano destra sul petto, e sembrava morto, non fosse per il rumore di treno a vapore che faceva quando espirava. Il brigadiere al centro che ormai iniziava ad acquisire una certa rigidità, e Steve, davanti, pallido e alquanto tremante, a indicare il tutto.

Il caporale, quindi, chiese a Steve: – Com'è andata?

– Cause naturali.

Niccò si avvicinò e vide la macchia di sangue. Indicandola, disse: – E questa?

– Bartolomeo ha provato a rianimarlo. Troppo intensamente.

– Capisco. È un bel cazzo. Ora vado da Biagio e vediamo che riesco a fare.

Uscì dalla stanza, dopo aver cercato di fare chiarezza nella sua mente, e si precipitò da Biagio, che era ancora intento a parlare alla radio. Niccò gli spiegò brevemente la situazione, e Steve sentì solo: – Ma tutte a noi devono capitare?

Si affacciò alla finestra, per prendere una boccata d'aria, e avere un'ispirazione su cosa fare. Dal secondo piano poteva vedere il mare, e una scritta sul muretto: "Il mare è l'unica alternativa a questa vita di merda".

– Potremmo liberarci del corpo in mare…aspetta. Forse è un po' indelicato. Sappiamo dove abitava?

– Certo, l'abbiamo catturato appena fuori da casa sua. – disse il caporale.

– Bene, allora stanotte prendi un paio di uomini e lo riporti lì.

– Ma perché semplicemente non lo buttiamo a mare? Lo incartiamo in un tappeto o qualcosa del genere e plaf!

– Ti sei dimenticato dell'idea di rivoluzione soft? Dobbiamo uccidere meno gente possibile, anche se scompaiono, se ne potrebbero accorgere. Se si scopre che manca gente, nella fase due saremo ostacolati, invece che osannati. Tu non vuoi essere osannato?

Niccò capì, e una volta di più gli fu chiaro perché non era lui il capo. Pensò a chi portare. Di sicuro non avrebbe portato dietro Steve. Il pivello era un caro ragazzo, ma non era ancora fedele oltre ogni dubbio.

Steve stava preparandosi a riposare, prima di uscire per il giro di ronda. Incrociò Niccò poco fuori dalla stanza di Biagio, appena uscì dal bagno.

– Allora? Che avete deciso?

– Abbiamo un piano. Tu non preoccuparti, vai tranquillo a fare il tuo giro di ronda, è tutto sotto controllo.

Steve, ansioso di uscire per vedere meglio le rovine del bar, annuì senza badare troppo al fatto che non era stato preso in considerazione per il piano.

Andò a riposarsi qualche oretta, e al pomeriggio, addirittura poco prima del necessario, uscì per dare il cambio, seguendo sempre il tragitto della sera prima.

Sul lungomare fece il primo giro, dopodiché deviò per andare al bar. Nonostante in quel momento ci fosse un po' di luce, l'interno era nero come l'aveva già visto.

Dentro di sé contava fino a centoventi, tanti erano i secondi che aveva a disposizione, prima di essere costretto a dare l'allarme, come da istruzioni.

Girò e rigirò il locale al piano terra ma non trovò nulla. Andò alla botola, che era aperta, e provò a mandare un fascio di luce dentro. Poteva vedere solo nero. Ormai era tardi, e non aveva il tempo di salire per controllare anche il mezzanino dove c'era Sofia. Andò alla scala e vide che lì le fiamme non erano arrivate, si erano fermate alla porta davanti alle scale.

Uscì in fretta e tornò al suo giro. Fece un cenno alla guardia che ormai l'aveva raggiunto, e fece un giro a marcia doppia per recuperare. Era ragionevolmente convinto che se la fossero cavata. Anche questa volta, come la sera prima, il giro era pesante e noioso, ma ora si stava abituando a pensare ad altro anche in questa situazione, almeno quando aveva nel campo visivo l'altra guardia.

Dopo quello che a lui sembrò poco, arrivò il cambio. Tornò al palazzo del comune occupato e prese la strada per andare al dormitorio. Vide il caporale che andava con altri due, ma nel buio non riusciva a capire che stessero facendo. Scrollò le spalle e andò a mangiare un boccone.

I tre, dopo un momento di iniziale e necessario ambientamento, iniziarono a farsi comodi. Il brigadiere non era lì, ma speravano di rivederlo presto. La casa era abbastanza grande, tanto da permettere a tutti e tre di dormire in dei letti. Sofia era nel letto della figlia, Chivo in diagonale, in quello degli ospiti, e Lisino in quello matrimoniale del brigadiere. Tutti avevano in alto un bel crocifisso, e sui mobili c'erano varie foto personali. Chivo riconobbe una vecchia foto del brigadiere e della moglie in quella accanto al letto di Lisino e di altre in giro per casa.

Lisino, alla notizia, gli disse: – Ma non è che ce la ritroviamo davanti? Magari è nascosta nello sgabuzzino…

– Non penso proprio. Sua moglie è morta quando abitavo ancora a Collesanto.

Continuarono il loro giro. Nella stanza degli ospiti c'era una scelta di foto più neutra, ovvero innocui quadri di nature morte.

Andando nella sala da pranzo, potevano vedere il risultato del saccheggio che avevano consumato. La dispensa era mezza vuota, i piatti erano perlopiù ridotti ad un ammasso di cocci, le sedie erano capovolte.

Mentre cercavano qualcosa, Lisino, come al solito curioso, più che delicato, tornò al discorso precedente: – Ma com'è stato?

– Come vuoi che sia stato…straziante. Era incurabile, e se la portò via nel giro di pochi mesi, vent'anni fa. Penso sia stato a metà aprile, tra poco è l'anniversario.

Lisino rimase ammutolito.

– Forse è meglio che non continui allora…

Cercarono qualche altra idea per rompere il silenzio, e cambiare discorso. Un'idea qualsiasi. Iniziarono a girare gli occhi per trovare un'ispirazione qualsiasi. Sofia si girò e indicando una foto sulla mensola in salotto: – E quello chi è?

Chivo rispose: – Boh! L'ho già visto da qualche parte, ma non saprei. – Quello è Vituccio Baffone. Lavorava alla ferrovia. Bazzicavo il loro dopolavoro, quando ero giovane. – disse Lisino, che però era più interessato ad altro, e quindi chiese a Chivo: – Ma che rapporto c'è tra te e il brigadiere? Non l'ho mica capito bene quando era venuto…

– Era come un padre.

Chivo non continuò. Lisino e Sofia tornarono ad essere silenziosi, e perplessi. Chivo continuò a raccontare, dopo una lunga pausa: – Sentite questa, aveva anche provato a farmi fare sport. Mi fece provare per la squadra di pallacanestro. Si allenava alla scuola 24 maggio, poco oltre il ponte. Ero chiaramente il più alto di tutti, e anche di un bel po'. Il primo allenamento iniziò bene, ci fece correre su e giù, roba del genere. Poi ci fu la partitella il problema fu alla fine, quando andando alla doccia mi trovai pieno di lividi sull'addome. Erano le gomitate prese.

– È per quello che poi non hai continuato? – chiese Lisino.

– Macché. Fare avanti e indietro per il campo non era certamente una mia aspirazione; mi rompevo le scatole come non mai. Fu però la scusa che diedi al brigadiere, se la bevette, ma non so quanto mi abbia creduto.

– *Sorta d strunz!* – chiuse Lisino.

Ci fu una risata generale. Erano seduti al tavolo della sala da pranzo, e cercavano di sentirsi come al bar, ma non era facile. Nonostante fossero momenti difficili, avevano la sensazione che qualcosa di terribile stesse per accadere. Andarono nelle loro stanze, cercando di dormire, visto che l'ora era abbastanza tarda, almeno a vedere gli orologi in casa.

Chivo e Sofia non riuscivano però a prendere sonno, si giravano e rigiravano entrambi nel letto, ma con scarso successo. Lisino, invece, fu il primo a crollare in un sonno profondo, tanto che, quando entrarono nella sua stanza per vedere come andasse, non lo svegliarono. Si misero alla ricerca di qualcosa da fare. Sofia pensò di prendere un libro e insieme a Chivo cercò la biblioteca.

La trovarono nel salotto, era un mobile non toccato dalla furia; era evidente cercassero solo cibo.

Nonostante la stanza fosse buia riuscirono a vedere i libri e Sofia scelse il Rosso e il Nero, e vedendo gli altri libri pensò fosse la libreria di uno studente del liceo, tanto era piena di classici.

Andarono nelle proprie stanze, e Sofia iniziò a leggere. Non molto tempo dopo, però iniziarono a sentire dei rumori alla porta. Chivo e Sofia non uscirono dalle loro stanze, impauriti e convinti che uscisse qualcun altro a vedere nel caso stesse succedendo qualcosa. Pochi istanti dopo sentirono: – Ma che è? Cosa state facendo?

Era Lisino, che poi urlò.

Chivo e Sofia finalmente uscirono dalle proprie camere. Videro che c'era Lisino seduto nel letto, coperto dalle lenzuola, con accanto qualcuno, e dietro al letto due persone con il mitra in mano.

Provarono ad uscire dalla stanza, ma un colpo sparato a terra li fece desistere.

– Chi siete? Cosa ci fate qui? – disse il più sovrappeso dei tre.

– Potremmo farvi la stessa domanda. – disse Lisino.

– Noi siamo qui per fare un servizio alla comunità.

Chivo vide il cadavere e riconobbe il brigadiere. Iniziò a piangere ed urlare. Uno dei due, gli si avvicinò e lo colpì prima dietro un ginocchio per farlo abbassare, poi in testa. Svenne, e Sofia gli diede due buffetti per farlo riprendere immediatamente, per evitare complicazioni.

Appena Chivo si riprese, Sofia si alzò e disse: – Ma perché l'hai fatto? Potevi ammazzarlo!

Il ribelle le si avvicinò e lo poté vedere meglio in faccia. Somigliava parecchio a Steve, ma non era lui. Pensò che fosse quello che avevano visto fuori dal bar, appena fuggiti.

– Non…non sei tu.

Il ribelle scosse la testa non capendo. Chivo, ancora provato dalla botta in testa, si alzò a fatica.

– Allora signori, direi che ci dovete seguire, cortesemente.

La fuga era finita.

Parte 3

13 aprile 1971

Scortati da mitra piantati nella schiena, i tre uscirono dalla casa del brigadiere e poi dal palazzo. Una fastidiosa pioggerella iniziava a cadere. Non avevano le mani legate, e le tenevano in alto, sopra la testa. Sapevano che per quanto le loro armi potessero non essere letali, prendere una pallottola non doveva fare bene. Potevano provare a fuggire, ma andare nei vicoli li avrebbe ridotti a bersagli del tiro a segno.

Sofia sussurrò a Chivo: – Ma quello che avevi dietro, hai visto quanto somiglia a Steve?

– Si beh…

Chivo diede un'occhiata migliore e disse: – In effetti sì, gli somiglia.

– E se fosse lui la persona che abbiamo visto davanti al bar mentre fuggivamo?

– Potrebbe essere.

Lisino intervenne dicendo, a voce inutilmente alta: – No. Il ragazzo ci ha tradito. Come avrebbero potuto scoprirci altrimenti?

– Non so, tipo col fatto che siamo usciti per prendere da mangiare? Ti ricordo che ti hanno sparato addosso e rotto la bottiglia che avevi in mano. Poi, con il brigadiere… Non riesco a capire.

– Bah. Io rimango della mia posizione.

Lisino era sempre lo stesso, nonostante l'essere rimasto scottato da aver sbagliato il piano di fuga, se lui era di un'idea, allora sarebbe stata la stessa per anni. Probabilmente rifarebbe anche la fuga, con la stessa strada. Arrivò, uno "state zitti" dalle guardie dietro per far finire questa scaramuccia e loro, intelligentemente, obbedirono.

Erano giunti al palazzo del comune. Uno dei ribelli andò dalla guardia e salutò: – Caporale Niccò.

Le porte si aprirono ed entrarono.

– Voi conoscete il palazzo? Vie di fuga? – chiese Sofia, sempre a voce bassa.

– Per niente. Lo conosco, ma dall'esterno. Non ci sono mai entrato. Non sono a conoscenza di uscite segrete o roba simile. – disse Chivo.

– Idem come sopra. – rispose Lisino.

Il ragazzo che somigliava a Steve esclamò: – Carne fresca! Portateci le corde che così li prepariamo per il carcere.

Li legarono, e il ragazzo li portò in una stanza poco illuminata, dove c'erano una macchia per terra, probabilmente di sangue o simili, e un tizio per terra, che sembrava morente, ed era stato appena svegliato dal rumore della porta.

– Francesco hai compagnia! Sei contento?

Li fece entrare, e parlottò con un ragazzo che era lì a sorveglianza, prima di chiudere a fatica la porta.

– Benvenuti, sono Francesco Rozza. Prima che me lo chiediate voi, vi dirò che sono qui perché ero in mare con la barca, mentre è successo questo casino.

Respirò profondamente, poi continuò: – Scusate per la fretta, ma ho dovuto raccontare troppe volte questa storia, prima al portoghese, poi al brigadiere…

– Portoghese? Come si chiama? Dov'è finito? – chiese Sofia.

– *Stiv*, o qualcosa del genere.

– Steve?

– Già. È passato dalla loro.

Silenzio.

– Lo sapevo! – esclamò Lisino, rompendo il silenzio, quasi orgoglioso del fatto di avere ragione, anche in un momento del genere.

– Lisì, non avessi avuto le mani legate, ti avrei già rifilato una botta in testa che iniziavi a vedere la madonna. – disse

Chivo.

– Comunque, era qui perché prima di lui c'era uno stronzo che mi ha ridotto così. Quindi ha ben pensato di passare dalla loro anche per darmi una mano…solo che ora sono due giorni che è stato spostato. Ora c'è Bartolomeo, il ragazzo che sta qui fuori.

– E Steve?

– A quanto ne so ora fa giri di ronda. Ma quando è successo un casino col brigadiere, era qui a dare una mano…per quanto possibile s'intende.

Chivo avrebbe preferito non ricordare quanto successo al brigadiere. Avrebbe preferito ricevere un telegramma a casa che lo informava del fatto avvenuto, non che fosse lì presente, a vederlo immobile nella penombra, per di più portato per motivi incomprensibili lì dentro. Era un'altra conferma che avrebbe fatto meglio a stare a casa, e non avere più iniziative o altre idee.

– Forse non è il caso di parlarne… – disse Sofia.

– Perché? Piuttosto, fate attenzione, perché quella macchia di sangue è sua. Il ragazzino qui fuori provando a rianimarlo gli ha sbattuto la testa…non era capace.

– Basta. – disse Chivo.

– Uh, *frate mije*[18], stai zitto, che quando fa così sono cazzi. Mi ha quasi rotto un tavolo con un pugno, qualche giorno fa. – disse Lisino

Francesco pensò che in effetti era abbastanza grosso da fargli decidere per il suo bene di stare zitto, e rimase a tastarsi il petto.

Chivo, invece, era lì, sempre immobile, fissando il muro spoglio che aveva di fronte. Sofia, per quanto le fosse possibile, si avvicinò e gli disse: – Devi abituarti, caro Chivo. Sono quei momenti ai quali uno, per quanto si sia allenato tutta una vita, non è mai pronto ad affrontare.

Chivo, singhiozzando: – Sì, ma non volevo andasse così. Non doveva andare così.

Iniziò a piangere a dirotto e poteva asciugarsi gli occhi solo

---

[18] Fratello mio.

con le ginocchia. Nessuno riusciva a parlare, anche perché non riuscivano a capire cosa stesse succedendo nella testa di Chivo. Un momento era in lacrime, e l'altro invece urlava. Sofia avrebbe tanto voluto abbracciarlo un momento e rifilargli un ceffone l'altro, per fargli ritornare un po' di buon senso. L'unica possibilità che aveva di aiutarlo realmente era avvicinandosi il più possibile e carezzandogli la mano.

Potevano sentire dei discorsi relativi a quanto era successo provenienti da fuori, con Bartolomeo che si lamentava che non era per niente pronto, e che non aveva mai visto una persona morta prima d'allora.

L'unica risposta che ebbe fu un laconico: — Ragazzo, è meglio che tu ti faccia il callo. Tra pochi giorni sarà peggio.

Dentro la stanza tutti si chiesero cosa avesse voluto dire con quelle parole, e chi fosse stato a dirle.

— Arriva la sbobba!

Nonostante la pesante porta in metallo distorcesse voci e rendesse difficile capire chi stesse parlando, nei nuovi arrivati ci fu un fremito d'attesa, più per curiosità che per reale fame, anche perché Francesco aveva spiegato loro quale fosse il menu della cena.

Arrivarono le scodelle con dentro la sbobba di cui sopra. Chivo, Sofia e Lisino si videro tra di loro, perplessi.

— Che dobbiamo fare, come i maiali? — disse Lisino.

— Esatto.

Francesco iniziò a ridere rumorosamente. Poi, dopo due colpi di tosse, continuò: — Ci fosse stato l'altro carceriere, vi avrei detto di fare attenzione.

I tre iniziarono a fare il possibile per bere almeno qualcosa della zuppa, ma presto si resero conto che non era possibile inclinare la ciotola più di tanto, prima di farla rovesciare. Aspettarono che fosse tornato Bartolomeo a raccogliere e pulire.

Appena uscì, chiesero a Francesco: — Ma pulisce anche i rifiuti umani?

— Sì, perché dicono che così non si infettano loro, che ci sorvegliano e ci portano da mangiare. Però dicono anche che stare un po' nel nostro sterco non può che farci bene. A proposito, se riuscite fatela in quell'angolo.

Indicò l'angolo opposto al suo, dove era seduto Lisino, che a queste parole scattò in piedi e andò a sedersi accanto a Sofia, rovinando la loro perfetta disposizione a quadrato.

Francesco rise ancora, sempre con un grosso affanno e mostrando la dentatura a scacchi di cui disponeva. Sofia, però, mal sopportava la vicinanza di Lisino: – Scusa, ma proprio qui devi sederti? Puoi spostarti più in là?

– Perché? Sono almeno due metri più in là.

– Perché… lasciamo perdere.

– No, *mo'* parli. Parli in faccia.

– C'è che mi trovo in questa situazione solo per colpe non mie. Ditemi un po' perché.

Chivo, fermo dopo il tentativo di cena e zitto da ancora prima, alzò gli occhi ed urlò: – Non puoi dire così! Noi abbiamo provato solo a salvare le chiappe a te. Anche a noi, certo, ma anche a te.

– Bel lavoro avete fatto, complimenti.

Bartolomeo, terrorizzato dall'idea di trovare un altro cadavere, aprì la porta, e chiese con voce tremante: – C'è qualche problema?

Chivo era sull'orlo di una crisi di pianto, Sofia e Lisino erano paonazzi e Francesco irremovibile, era steso con le mani sull'addome a gustarsi lo spettacolo.

– Sì, tutto bene.

Bartolomeo si bevve volontariamente l'evidente panzana e richiuse immediatamente, sollevato.

Pensò che se avessero avuto dei problemi, avrebbero potuto risolverli da soli. Dentro, invece, infuriò la discussione: – Ti è sembrata una buona idea quella di tornare al bar? – chiese Sofia.

– Onestamente? Sì, la rifarei adesso. Sono convinto al cento per cento.

– Bah. Chivo? Tu non dici nulla?

– No.

Chivo per educazione personale era stato abituato a non avere opinioni particolari quando due persone discutevano. Diceva no, e si faceva i fatti suoi. "Si campa cent'anni" amava ripetere. Questo però non voleva dire che non ce l'avesse, ed era in forte disaccordo con Sofia. Ma il magone che si portava dentro era troppo per discutere. Pensava ancora a cosa avesse visto in quella casa, in quella camera da letto. Aveva avuto la conferma della fine della sua giovinezza, davanti ai suoi occhi.

Come se fosse di nuovo il 1961, l'anno in cui partì per il militare. Se lo ricordava, quando alla stazione c'era solo il brigadiere, mentre suo padre era in campagna a coltivare e la madre se n'era già andata. Allora si aprirono i rubinetti e il brigadiere si stupì che anche i giganti barbuti potessero piangere come dei neonati.

Sofia gli si avvicinò e gli prese la mano: – Ma non credere che non sia ancora incazzata nera per la situazione di merda in cui mi hai cacciato.

Chivo cominciò a ridere e piangere contemporaneamente, fino a quando il corpo non smise di fare entrambe. Chivo fece un grosso sospiro e si riprese definitivamente.

– Hai finito? Posso ricominciare ad urlarti addosso? – disse Sofia.

– Sì.

– Ora non lo faccio. Non riesco a farlo. Mi hai fatto passare il momento di follia, ma stai attento che tornerà presto.

Sofia avrebbe avuto bisogno di una finestra, per pensare un attimo. Sperava sempre di chiudere gli occhi e di trovarsi a Roma, dopo averli riaperti.

Chiuse gli occhi, si mise accucciata e, fingendo di dormire, iniziò a pensare. Come sarebbero potuti uscire da quella prigione? L'unico punto di uscita da quella stanza era la porta. Si ricordava un po' la strada che avevano fatto per arrivare lì, dall'ingresso a lì. L'unico problema era che non potevano certo fuggire dalla porta principale.

Doveva e poteva esserci un ingresso secondario. La soluzione più facile era aspettare qualcuno armato che arrivasse lì dentro, stordirlo in una qualche maniera, rubargli l'arma e portarlo in giro come ostaggio.

Forse era troppo cinematografico, ma era l'unica soluzione che le fosse venuta in mente in quel momento. Lasciò perdere questi ragionamenti e tornò nella sua isola felice. Verde a vista d'occhio, tagliato corto, in cui poteva sedersi e, ritornare anche lei bambina in un posto che però non aveva mai visto.

Silenzio, verde e una collinetta.

Un colpo di tosse di Francesco però la disturbò, e la costrinse a riaprire immediatamente gli occhi.

– Allora non stavi dormendo.

– No, facevo la morta, come se fossi stata in un film di John Wayne. E…

Stava per dire "non ridere i tuoi denti mi fanno schifo", però si morse le labbra ed evitò.

– E…?

– Niente, niente. Troppi pensieri tutti insieme.

Sofia ritornò nel verde. In lontananza poteva però vedere una persona. Era un fatto strano, non le era mai accaduto.

La riconobbe due passi più tardi. Un sorriso le attraversò il viso.

La notte si riflette nel mare. Steve pensò potesse essere un buon titolo per una canzone. Magari avrebbe strimpellato gli accordi di *Fado Portugues*, e ci avrebbe messo su queste parole nel ritornello. Forse si sarebbe abbinato meglio a un boogie, tipo *Summertime Blues*. *A noite se reflete no mar*[19]. Si ricordava gli accordi di *Summertime Blues* perché era la prima canzone che aveva imparato più o meno a suonare.

Salutò il collega di rivoluzione che pattugliava, poi tornò ai suoi pensieri di rock and roll. Tornare a suonare poteva essere una buona idea. Il nome del gruppo avrebbe potuto essere qualcosa del tipo *"Steve Soaring and the Underscores"*. Come nome aveva un senso, soprattutto se il loro successo suonava come *Summertime Blues*.

---

[19] La notte si riflette nel mare

Quando arrivò alla fine del lungomare e si dovette girare, qualcosa gli colpì lo sguardo, in lontananza. Forte dello sparapernacchie che aveva in mano, andò a perlustrare. Iniziò infilandosi in un vicolo, poi svoltò a destra. Il qualcosa che seguiva fu illuminato dalla torcia di Steve, si girò e si mostrò essere un gatto, che poi si rigirò e fuggì. Mentre tornava al giro di ronda, vide una porta aprirsi, a poca distanza.

– Chi va là? – disse, come gli avevano insegnato.

In risposta ebbe solo silenzio.

– Chi va là? Rispondete o sparo.

Alla stessa non-risposta di prima, si infilò la torcia in bocca e vedeva dei polpacci correre verso la fine del corso, questi indiscutibilmente umani. Si liberò per parlare e disse: – Per l'ultima volta, rispondi o sparo. Ancora silenzio. Steve quindi fece una sventagliata di colpi, allorché la figura si fermò. Steve lo illuminava dal busto in giù.

– Mani in alto.

Steve vide un movimento sospetto della mano e fece fuoco verso le gambe, colpendolo e facendolo cadere.

– Però questo sparapernacchie. – pensò a voce alta, poi continuò – e tu che cacchio volevi fare?

Si avvicinò, assicurandosi che non fosse uscito sangue. Non vedendone tracce, pensò di avergli fatto lo stesso effetto di uno calcio ben assestato negli stinchi. Lo perquisì, approfittando della caduta, e trovò un coltello nella tasca.

– E con questo che volevi fare?

Girò la testa dall'altro lato, invece di rispondere.

– Allora, brutto stronzo, o mi dici chi sei, o chiamo l'altra guardia a supporto. Lui insisterà a volerti portare nelle galere. Fidati, non è bello.

– Va bene, parlo.

– Oh, magia. – disse Steve sarcastico, e continuò: – Dimmi un po' chi sei?

– Un padre di famiglia.

– E figurati, siamo tutti padri di famiglia qua. Che ci facevi lì?

– Consegnavo la spesa.

Mostrò una ricevuta scritta in un corsivo un po' troppo elaborato, con sopra "Alimentari di vico Bacchetta."

– Dove si trova questo negozio?

– Dietro il duomo.

– Ok. Ora vai, e non farti beccare, altrimenti sono nella merda anche io.

Lo sconosciuto rimase interdetto, stupito dalla frase di Steve. Rimase fermo, senza fare nulla.

– Hai capito? Mi sono spiegato? Vai, smamma!

– Grazie.

Tornò nell'oscurità da cui era apparso, mentre Steve camminava per andare al lungomare. L'altra guardia l'aveva raggiunto e stava aspettando.

– Falso allarme. – disse Steve con un sorriso.

– Sai che sarei già dovuto venire da un po' a vedere che stava succedendo?

– Eh, sì. Però tranquillo, era solo un gatto. Sicuramente, aveva l'aria sospetta.

– Non è nemmeno la tua zona. – L'altro fece cenno di andare e si girò. Dopo che Steve prese il passo per ripartire.

Come prima, dopo qualche passo tornò a perdersi nei suoi pensieri. Era indeciso se andare dove aveva detto il tipo. Sperava di ritrovarci Sofia. Anche Chivo e Lisino, ovviamente. Forse avrebbe potuto utilizzare il giorno di riposo. Era convinto ci sarebbe stato, anche se non ne aveva parlato col caporale.

Parlare della canzone gli aveva fatto tornare in mente i vecchi amici della scuola. Chissà che fine avevano fatto Francisco e gli altri. Forse poteva rimettersi in contatto, scrivendogli una lettera. Telefonare era fuori questione, costava un rene e in più in casa non aveva più il telefono da quando gli era arrivata una bolletta milionaria. Tanto non lo chiamava nessuno.

Steve si avvicinò al mare. Forse era il caso di trovare altre parole oltre a quelle di prima, però non gli venivano in mente. Aveva sentito da suo zio la storia che i grandi della musica per ricordarsi una melodia, la mettevano giù con delle parole a caso, o fischiettando come Otis Redding. Forse avrebbe potuto fare così anche lui, una volta che avesse avuto in mano la chitarra nel dormitorio.

Il mare gli ricordava anche di quelle volte che aveva saltato la scuola andando con gli amici sul lungomare di Porto. Aveva davanti agli occhi il Douro che andava a finire nell'oceano, e l'acqua verdastra mescolarsi con il blu profondo. Spesso capitava la storia horror di qualche cugino o qualche conoscente che diceva che in quelle acque ci era morto annegato. Chissà quante di queste erano vere, pensò.

E chissà quanti chilometri stava percorrendo facendo avanti e indietro, su quella striscia di asfalto, con a lato il mare. Per quanto potesse avergli salvato il didietro, era la cosa più noiosa che avesse mai fatto. Era convinto, però, che un giorno o l'altro gli sarebbe stato d'aiuto; era stato abituato ad avere pazienza, con i mezzi pubblici che prendeva per muoversi praticamente in ogni luogo, dalla scuola, alle feste con gli amici. Doveva solo tornare a praticare quella sottile e antica arte dell'attesa.

Arrivarono i cambi, e con loro i primissimi raggi di luce. Steve tornò alla base abbastanza rapidamente, sia per provare a buttare giù la canzone, sia per dormire un attimo. Si chiedeva se avrebbe resistito una quindicina di minuti. Davanti alla brandina ebbe la risposta. No.

Il sonno era venuto meno un po' a tutti. Si giravano per chiudere ancora gli occhi e provare ad addormentarsi di nuovo. Dalla luce naturale che potevano intuire sotto la porta di lamiera sembrava essere ormai giorno.

Sofia pensò alle mattine fredde di Roma. Era strano per una che aveva abitato anche a Milano, ma lì aveva il riscaldamento centralizzato e faceva solitamente un caldo da stare in maglietta anche il 12 gennaio, mentre a Roma erano più le volte che la caldaia non funzionava. Avrebbe preferito sicuramente quello a stare ancora lì.

Bartolomeo aveva appena bussato portando una tinozza

d'acqua fredda, con la quale i quattro catturati si sciacquarono, per quanto fosse possibile farlo in quella situazione. Quando poi uscì portandosi via l'acqua sporca, Sofia disse: – Vi devo raccontare una storia che riguarda me e mio fratello Oscar. Mi sembra di portarmi un peso enorme da anni.

– Io la so già questa, si potrebbe evitare? – disse Chivo.

– Poca ironia, io la racconto in ogni caso. Non la dico per te, la dico per me. E comunque, quando te l'avrei raccontata?

– Tempo fa, ora non ricordo bene.

– Vabbè. Iniziamo col dire che ho un fratello.

– Questo l'avevamo già capito. Lisino cercò di fare ironia come quella che erano soliti fare a lui quando raccontava una storia, ma cascò male.

– Per favore. Non è facile raccontare questa storia, fai poco spirito. – disse Chivo.

– Tempo fa ero in giro con un'amica, nel nostro quartiere a Milano. Dovevamo andare a trovare un'amica reciproca a casa sua per una festa. Mentre camminavamo, ebbi una strana sensazione. Mi girai e vidi una figura in fondo al viale, appoggiato ad un albero. Dapprima pensai che si trattasse di un ubriaco che somigliava a qualcuno che conoscevo, ma poi vidi che si trattava di mio fratello, che provava a stare in piedi, completamente insanguinato. Dissi alla mia amica di andare nel bar lì vicino e chiamare un'ambulanza. Per fortuna arrivò abbastanza in fretta, e così mio fratello si salvò per il rotto della cuffia.

– Che fortuna…ma si è capito chi fu a ridurlo così? – chiese Lisino.

– Prima di portarlo via, mentre lo pregavo di rimanere vigile e cosciente, diceva solo "Fasci, fasci" …mi sarebbe piaciuto averli sottomano per conciarli a dovere.

– Anche a me, solo che correvano troppo forte.

Sofia si zittì e chiese con aria sbalordita: – Come?

– Già. Ero anche io con tuo fratello. Se l'ambulanza arrivò in tempo fu perché entrai nel bar appena successe e chiesi di chiamare perché era successo quanto hai raccontato.

– E perché non ricordo di averti visto?

– Perché dopo aver dato l'allarme sono scappato dietro agli assalitori, ma correvano troppo forte. – disse Chivo.

– Dimmi che non mi stai prendendo per il culo. Questo è uno dei momenti più importanti della mia vita. Perché non me l'hai mai detto?

– Non ti sto prendendo per il culo. Eravamo tutti e due molto soli, e provammo a stare insieme. Non funzionò. Eravamo troppo amici. Non te l'ho mai detto perché te ne andasti poco dopo.

– Ok, per favore, pochi dettagli. – Lisino non si smentiva mai.

– Guarda che non è che l'unico amore della storia del mondo è quello tra te e tua moglie.

– Non parlarmene, per favore. Sai che mi fa stare ancora male.

– Uh, come mai? – disse Francesco risvegliandosi improvvisamente, e Lisino volle metterlo di nuovo a dormire con un diretto, ma si trattenne; fece un respiro profondo e disse: – Mia moglie ha abbandonato il tetto coniugale.

– Ma come parli bene! Potevi dire che se n'ha *scennuta*[20].

Lisino si alzò improvvisamente, col viso in fiamme, mentre Francesco rimaneva a terra come un pugile contato.

– Lisì, cuccia – disse Chivo che molto lentamente si alzò. Vedendolo torreggiare davanti a lui, Lisino, allora, si calmò, e si poterono sedere entrambi.

Sofia era sconvolta. Appena la situazione si calmò un attimo, disse: – Mi stai dicendo che sono arrivata fino a qui per un malinteso? Perché volevo fare giustizia in un modo o nell'altro per mio fratello mi sono impegnata in politica col risultato che mi trovo qui, tutto perché mio fratello che delirava per il dolore mi sapeva solo dire fasci?

– No, non è stato un malinteso. Solo la tua storia epica non è andata esattamente come pensavi. Se avessi percorso questa strada per un malinteso, allora avresti smesso tempo fa. Non saresti durata un anno.

---

[20] Letteralmente: scesa. Colloquialmente: se ne è scappata.

– Tu hai fratelli, Chivo? – disse Sofia, retorica.

– No. – disse Chivo, cogliendo fin troppo che la risposta fosse inutile.

– Allora non puoi sapere che si prova. Non puoi sapere cosa si prova quando tuo fratello è in una pozza di sangue e tu non puoi avere giustizia, non puoi sapere chi è stato a ridurlo così, perché dopo non si ricordava più nulla, perché forse non l'aveva nemmeno visto in faccia. Tu cosa hai fatto per evitare tutto questo?

Chivo si alzò, senza tradire alcuna emozione, e si tirò su la maglia, ormai sudicia. Indicò il fianco sinistro, dove c'era una profonda cicatrice.

– Cosa mi hanno fatto, vorrai dire. Inoltre, dato che sono un cretino e mi sono allontanato, l'ambulanza mi trovò solo per caso quattro isolati più in là.

– Ma non capisco perché Oscar non mi abbia mai detto nulla.

– Eravamo d'accordo che fino a quando la nostra storia non fosse diventata ufficiale, non avremmo detto nulla a nessuno. Poi mi dicevi non si ricordava più nulla, forse non ricordava nemmeno che fossimo insieme.

Chivo si intristì un po' a dire queste parole. Oscar era stato un buon amico e il fatto che fossero stati insieme anche come amanti un po' lo aveva segnato. Cercò di far andare avanti l'amicizia, ma Oscar era cambiato troppo da quella terribile esperienza.

– Non esce più di casa ancora adesso? – disse Chivo.

– Già. Sofia scoppiò finalmente a piangere. Sperava ancora che tornasse quello di prima, e sperava che alla stazione, quando sarebbe tutto finito, avrebbe visto lui che l'aspettava.

14 aprile 1971

La sirena della sveglia suonò dopo mezz'ora, almeno così parve a Steve. Andò nella sala così appisolato da sembrare in trance. Si sedette ed iniziò ad aspettare che arrivasse Biagio a fare il suo sermone. Poco alla volta arrivava gente che dormiva nelle altre camerate, e la sala iniziava a riempirsi.

Steve, però, notava qualcosa di molto strano. Mancava la gente in piedi del giorno prima. Si sforzò di cercare un volto familiare che non fosse più presente lì. Fu più semplice del previsto.

Mancava Bettini.

Non vedeva i suoi occhi infiammati di rabbia, il suo incedere pesante e i suoi muscoli da pitbull addestrato a combattere. Era poco sicuro sul non averlo visto anche il giorno prima, ma di sicuro non lo vedeva allora.

Biagio iniziò a parlare, ma la domanda che frullava in testa a Steve era di nuovo "Che fine ha fatto Bettini?". Rimase fermo a pensare, fino a quando uno scroscio di applausi non lo svegliò. Anche questa volta si era perso il discorso mattutino.

Si trascinò fino alla brandina per dormire e così fece, dopo però aver preso un attimo in prestito la chitarra e aver strimpellato i tre accordi di Summertime Blues. Non si ricordava già più la frase che gli era venuta in mente prima, ma non era preoccupato; gli sarebbe tornata in mente.

Chiuse gli occhi e li riaprì solo quando si sentiva di aver riposato a sufficienza. Andò a lavarsi con calma e successivamente si mise alla ricerca di Niccò. Sperava di trovarlo relativamente in fretta perché dopo un paio d'ore sarebbe dovuto tornare a fare il giro di ronda. Lo trovò mentre usciva dalla stanza di Biagio, visibilmente preoccupato.

– Avrei una domanda: Ma mi sai dire dov'è finito Bettini?

– Non lo so.

– Sicuro?

– Sì. Dovunque sia, è in un posto migliore di questo; in ogni caso potresti uscire tra quindici minuti? Stiamo avendo difficoltà a fare i turni.

– Ok.

Steve non voleva tirarla troppo per le lunghe, perché vedeva Niccò quasi sconvolto, e perché pensava che quando qualcuno ti ripeteva una bugia, allora non aveva senso continuare a parlare con lui, a meno che non fosse detta da un poliziotto. Anche la storia dell'anticipo del giro di ronda gli puzzava. Chissà che cacchio voleva dire. Sarebbe tornato all'attacco più tardi, forse quando sarebbe tornato dal giro di ronda.

Guardò l'orologio che segnava le dieci del mattino. Da un lato era contento perché si sarebbe potuto gustare il sole, dall'altro gli giravano un po' perché era tornato appena sette ore prima.

Camminò fino al suo posto di pensiero, sempre sul lungomare.

Il compagno che gli diede il cambio gli disse: – I colleghi ti hanno detto che il giro è cambiato?

– No, veramente non ne so nulla. Chi te l'ha detto?

– Quello prima di me.

– Ah, bene. Chissà da chi l'avrà saputo. Fin dove devo arrivare?

– Quando finisce il lungomare, allora procedi verso la piazza che vedi sulla sinistra. Vedrai quello che rimane del ponte, allora ti giri, vedi il collega che più o meno è dall'altra parte della piazza quando arrivi tu, allora ti puoi girare e tornare.

– Ok.

Steve era poco convinto, però il fatto che l'altro era ancora a metà lungomare mentre finivano di parlare lo convinse un po' di più.

Si mise in posizione. Grugno convinto, mitra sulla spalla, e passo lento.

Quello che gli aveva appena detto lo riportava ai pensieri che faceva in camerata.

Che fosse forse possibile fuggire? Doveva indagare. Dopotutto le possibilità erano due: o Bettini era stato ammazzato e portato chissà dove, magari buttato in mare, o era fuggito. Dato che probabilmente aveva compiti simili ai suoi, gli conveniva decisamente che l'ipotesi corretta fosse la seconda.

L'abitudine presa nei primi giorni di ronda lo fece sbagliare, portandolo a girarsi immediatamente arrivato alla fine del lungomare, invece di proseguire fino al ponte. Tornò sui suoi passi e vide il compagno che lo aspettava. Fece un cenno di saluto e lo vide tornare indietro.

Chissà se si sarebbe abituato alle rigide regole che vigevano lì. Chissà anche se avrebbe potuto fare tesoro di queste regole quando sarebbe tornato in Portogallo.

Il pensiero tornò inevitabilmente a Sofia, ma anche al fatto che sarebbe stato difficile, dato che il suo esilio più o meno volontario sarebbe durato un paio di annetti al massimo e poi sarebbe dovuto tornare in Portogallo.

I suoi compagni lo aspettavano a braccia aperte per renderlo una faccia spendibile per la rivoluzione. Messa così gli sembrava terrificante, quasi da agnello sacrificale; in realtà parlavano del fatto che avendo una cultura del mondo esterno maggiore, allora sarebbe potuto diventare un esponente politico di spicco. Purtroppo, il corso di scienze politiche era troppo noioso per lui e richiedeva una conoscenza dell'italiano troppo elevata e si trovò a fare Biologia e Chimica e scelse Chimica.

Già, come avrebbe potuto dividersi tra Sofia e il Portogallo? Era un bel dilemma, anche perché significava che *in primis* era riuscito finalmente a conquistare Sofia, *in secundis* era sopravvissuto a tutto quello che stava succedendo. Pensò anche che iniziò ad usare espressioni come *"in primis"*, per colpa di quel maledetto professore di Chimica Organica.

Arrivò in fondo all'altro lato e si girò. Il sole iniziava a scendere sempre più verso le ciminiere del petrolchimico che imperterrito continuava a sbuffare mentre loro stavano facendo una rivoluzione. Anche questo gli sembrò strano. Si ricordò di un amico patito di libri di fantascienza e pensò che forse stava succedendo qualcosa a livello interdimensionale. Oppure più semplicemente, come si ricordò da Scienze dei Materiali, una volta che si accende un impianto di quel tipo non bisogna spegnerlo, altrimenti si farebbe prima a smantellarlo, tanto sarebbe da buttare. O forse si stava confondendo con un altoforno.

Doveva essere fiero di quanto si ricordasse di un corso inutile di un paio di anni prima. Gli sarebbe stato più utile ricordarlo all'esame, dato che si trovò ad accettare un diciotto.

Si immaginò Bettini andato oltre il ponte saltato, per andare a maciullare qualche poveretto al di là dell'isola e portare anche a loro la notizia della rivoluzione.

Sì, era fuggito, e doveva sapere come diavolo aveva fatto.

Steve entrò nel dormitorio, stravolto dal doppio turno di ronda. Fischiettava l'Internazionale, ma smise quando un po' di gente iniziò a guardarlo storto. Iniziò a canticchiarla tra sé e sé. *De pé, o vitimas da fome*[21]...

Si mise a dormire, pensando che fosse meglio fare in fretta, vista l'aria che tirava. L'obiettivo per il giorno era di non farsi trovare in giro per almeno otto ore.

Il sonno andò bene, con i problemi sonori a cui ormai si era abituato. Andò a lavarsi, e prima guardò l'orologio nel salone di passaggio. Erano già le venti, quindi quattro ore le aveva dormite. Vide il tizio baffuto che andava verso il carcere. Lui proseguì per il bagno. Mentre si faceva la doccia, pensò un po' a come si chiamasse. Si ricordò. Gianni. Si ricordò anche che portava quattro ciotole.

Si vestì e lo incrociò verso la cucina. Gli chiese: – Gianni, ma sono aumentati giù?

– Già. Volevo tenerne un po' per me, ma ormai non si può più. – disse sarcastico.

– Sai descrivermeli?

– No, non li ho mai visti.

Fece la strada verso il carcere, e trovò Bartolomeo che

---

[21] In piedi, vittime della fame.

armeggiava ancora con la porta. Gli si avvicinò e gli chiese: – Chi sono i nuovi arrivati?

– C'è un vecchio col riporto, una ragazza e un altro tizio. Dovresti vederlo, è il tizio più grosso che abbia mai visto.

Steve cercò di trattenere le emozioni, ma come al solito gli si lesse in faccia che era rimasto colpito da quanto era stato detto.

– Cosa ti succede? Sembra che tu abbia visto un fantasma.

– Niente, niente. Mi fai dare un'occhiata ai detenuti?

– Non saprei.

– Ragazzo. – Steve cercò di fare la voce grossa, ma non era molto credibile.

– Non mi impressioni.

– Dai me lo devi. – Il cambio di tono fu repentino anche per Bartolomeo; si aspettava che Steve tenesse per più tempo la parte del duro.

– Io non ti devo proprio un cazzo.

– Facciamo che mi fai un favore e io lo faccio a te. Potrei raccogliere io le ciotole sporche.

– Pulirai anche?

– Sì, brutto stronzetto. Ora aprimi.

– Non dovresti dirmi brutto stronzetto se vuoi un favore.

– Ah, è uscito? Caspita, non volevo. – Il sarcasmo di Steve non impressionò Bartolomeo, che gli aprì la porta senza fare troppe cerimonie.

– Avete visite.

Steve apparve ai detenuti come un apostolo di Gesù, avvolto di luce e con le mani alzate. In più era anche in lacrime, ma se ne accorsero dentro la cella.

Chivo fu il primo ad alzarsi. Si avvicinò e lo abbracciò. Forte. Sempre più forte, fino a quando Steve non gli chiese di smettere e Chivo, per tutta risposta, lo prese come un bimbo prende un pupazzone vinto alla fiera, stringendo sempre fortissimo. Dopo che ebbe contato fino a dieci lo fece cadere. Steve rimase gattoni a terra, senza fiato, prima di potersi rialzare e dire: – È bello rivedervi anche per me.

Da terra anche Francesco disse: – Lo stringi un altro po'
anche da parte mia?

Tutti lo guardarono in cagnesco e lui, per tutta risposta
disse: – Oh, ma che cazzo volete. – e si girò su un fianco.

– Sono senza parole…avevo pensato foste…

– Morti? No. Tu? Cosa fai qui? – Sofia esordì con queste
parole, certamente non quelle che avrebbe voluto sentire da lei.
L'osso della mandibola sporgeva in maniera quasi innaturale,
per via dei denti serrati.

– Niente, sono arruolato, ma tranquilli…ci siamo capiti?

– No. – rispose lei.

– Non ne posso parlare. Comunque sappiate che ci sono.

– Io non sto capendo. Voi?

Lisino disse: – Ah, non guardare me, sai come la penso.

Chivo era in piedi, con la testa leggermente piegata per via
del soffitto basso. Era in silenzio, ma si poteva capire che ribol-
liva di rabbia. Il problema più grande era che non capiva. Non
capiva cosa avesse spinto Steve ad unirsi a loro. Fece un grosso
respiro e gli disse: – Spiegati. Dì cosa è successo la sera della
fuga. Ti ho visto a terra in quella strada. E poi?

– Io non ricordo nulla. Sono passato dall'essere per strada
al trovarmi qui.

Chivo si sedette, anche perché iniziava a fargli male il collo
a tenerlo piegato.

– Immagino. Io non capisco però perché ti sei unito a loro.

– Non è il luogo né il momento. Vi spiegherò.

Non convinse nessuno con questa frase. Uscì dalla stanza
con le ciotole in mano, e Bartolomeo subito gli disse: – Eccoti
mazza e straccio. Buon lavoro.

Rientrò in silenzio, e in silenzio venne accolto. Passò lo
straccio rapidamente, mentre tutti lo ignoravano, e uscì dalla
stanza.

Fuggì nel dormitorio, quasi buttando addosso a Bartolomeo lo straccio e la mazza. Aveva le lacrime in gola ma si sentì
di doverle lasciare dentro. Era solo, nel dormitorio enorme e
ormai quasi vuoto. Seduto, pensava a cosa avesse fatto. Era

convinto di aver fatto il giusto, per molti motivi che non poteva spiegare, ma non poteva sopportare che fosse creduto un traditore. Però il fatto che potesse parlare di nuovo con Sofia lo rallegrava.

Riprese la chitarra e iniziò a strimpellare molto piano. Cercava di ricordarsi altre canzoni, ma non gli venivano in mente. Lo zio che gli insegnò l'internazionale, gli insegnò anche Bandiera rossa, ma andando ad orecchio non ci riusciva, a causa del ricordo offuscato. Provò anche a suonare qualcosa di Elvis, ma niente. Allora fece quello che lui chiamava un mulinello, tenendo l'accordo di La e ruotando il braccio, come faceva quello degli Who di cui non sapeva dire il nome.

Controllò a destra e a sinistra che non l'avesse visto nessuno e ripose la chitarra. Iniziò a girare un po' cercando il caporale, e lo trovò nella stanza accanto a quella del carcere.

– Quando devo attaccare?

– Il tuo turno è tra due ore o sbaglio?

– Non sbaglia.

– Allora a questo giro sei fortunato, ci vediamo tra due ore.

Anche quando Steve era ormai tornato nella stanza-dormitorio, dentro alla stanza-carcere l'atmosfera era tesa e pesante. Francesco era l'unico steso, sempre con le mani sul costato, mentre gli altri tre erano seduti, chi con le mani incrociate davanti alle ginocchia; chi conserte al petto, chi spalmato sul muro come un fucilato.

Sofia fu la prima a parlare: – Non me l'aspettavo. Sembrava un ragazzo a posto, anche quando lo vedevo all'università, sembrava uno dei nostri.

Chivo disse: – Per me l'hanno ipnotizzato.

Francesco rise in maniera sempre più soffocata, quasi grottesca. Lisino disse: – *Ma ce è llucchite? Sì scimunite?*[22]

– No. Io c'ero. È successo qualcosa di strano, non so spiegarmelo.

Lisino era poco convinto.

Chivo continuò: – Anche il fatto che non ricordi niente…

---

[22] Ma ti sei rimbambito? Sei scimunito?

Sofia intervenne: – Non penso che c'entri molto. Al massimo, si potrebbe difendere dicendo che lo volevano far fuori. Invece tutto quel farfugliare di stare con noi, onestamente mi ha fatto innervosire.

– Quello è facile da capire, Sofia. Il ragazzo ha una cotta per te.

Rimase di sale, e Chivo disse: – Non l'avevi capito? Mi sembrava abbastanza evidente.

– Lisino, racconta una storia. – disse Sofia.

– Va bene.

Chivo non capiva, ma Sofia fece un gesto eloquente di stare zitto.

Lisino si mise nella sua posizione da narratore consumato, e iniziò: – Eravamo io e Michele…ah, a proposito, questa è quella storia che non mi avete fatto dire a casa sua.

Chivo disse: – *Meh*, sbrigati.

– Eravamo io e lui, e ci trovavamo circondati dai tedeschi. Eravamo tornati in città, c'era Tonino, e c'era anche Spilletto, il capo tuo, per intenderci. Era una situazione tremenda, botti come non ne ho mai visti. Erano le due di notte e sembrava giorno. Ad un certo punto Michele ci aveva detto che aveva seguito un'intuizione geniale, quella di contare i tedeschi di ronda. Dovevamo scappare immediatamente, approfittando del fatto che li potevamo vedere, e dopo trenta secondi sarebbero andati l'uno di spalle all'altro, lasciando libero il percorso che andava da dove eravamo al mare. Così facemmo. Portammo in salvo il culo tuffandoci nel mare.

Chivo era molto perplesso: – Mi ricorda qualcosa. Ma quel quaderno dove ti eri appuntato tutto e che ci avevi fatto vedere prima di fuggire, era tuo?

– Sì.

– E questa storia forse si ambientava al bar dove eravamo prima?

Lisino non rispose. Chivo si alzò di scatto, ignorando la testata al soffitto, e gli si avvicinò: – Lisino, rispondi.

Silenzio. – Rispondi, cazzo!

Era ancora ammutolito. Chivo prese Lisino sotto le braccia e lo portò all'altezza dei suoi occhi. La faccia era trasfigurata, la smorfia che aveva al posto del volto lo rendeva irriconoscibile. Era come un prestigiatore bambino che aveva visto fuggire le sue colombe.

Chivo urlò: – Rispondi!

Bartolomeo, allarmato, entrò.

Chivo si girò: – Chiudi quella cazzo di porta!

Bartolomeo ubbidì. Chivo teneva sempre sollevato Lisino che continuava a piangere come un vitello. Sofia si avvicinò a Chivo, e gli chiese: – Fammi vedere se ho capito. Lui ha messo a rischio la nostra pellaccia perché voleva emulare il suo amico?

Lisino cercò di spiegarsi: – No, veramente...

Sofia si girò verso di lui e disse: – Tu zitto.

Lisino, cercando di divincolarsi, disse: – Fatemi parlare! Ho fatto così solo perché pensavo che potesse funzionare, visto che Michele ci riuscì. Poi è ovvio che avrei voluto essere eroe anche io. Invece ho fatto la parte del coglione.

Chivo lo sollevò quanto basta per fargli dare una testata, poi lo spedì dall'altra parte della stanza, come un sacco di patate. Vide che Lisino si muoveva ancora, e quindi si sedette.

– Non sopporto quando mi usano. Sia quando si parla di amore che di altro. Sai che ho frequentato gente del genere? Sono stati gli stronzi che mi hanno fatto soffrire di più. Non mi interessa perché tu l'abbia fatto. So solo che ci hai usato per provare a rinforzare il tuo ego. Non ci sei riuscito perché non siamo contro i tedeschi del cazzo. Siamo contro non so chi, ma sicuramente non usano le stesse tattiche, come abbiamo potuto vedere.

Lisino, ancora capovolto dopo il lancio di prima, cercò di rialzarsi.

Ci riuscì solo dopo qualche minuto in cui sembrava una tartaruga ubriaca. Appena fu in piedi era ancora provato, ma parlò: – Io non volevo mettere a rischio niente e nessuno. Io volevo solo uscire di lì vivo. E in ogni caso è una fortuna che non usino le stesse tattiche e modi di fare, altrimenti saremmo già belli che morti.

– Sì, vabbè. Non volevi catturare il tempo perduto? Rivivere l'esperienza nel ruolo del salvatore invece che del salvato? Non mi importa che saremmo morti se fossero stati i tedeschi, so solo che siamo in un carcere e non vedo vie di uscita semplici. – disse Sofia

Lisino capì, e rimase in silenzio. Si chiuse in sé stesso e ricominciò a piangere: – Ho sbagliato, ho sbagliato tutto. Come posso farmi perdonare?

Francesco si alzò un attimo e disse: – Complimenti, stai seguendo il manuale del perdono alla lettera.

Lo guardavano tutti negli occhi, non capendo a cosa si stesse riferendo. Si alzò sui gomiti.

– Quando si fa qualche stronzata, bisogna sempre per primo chiedere scusa, e per secondo dire cosa posso fare per farmi perdonare. Sembra quasi che anche tu conosca Francuzzo della marina.

Lisino scosse la testa a voler indicare che quel nome non l'aveva mai sentito prima di allora.

Sofia si avvicinò: – Ma come va la ferita?

– Va…che dirti. Piuttosto è il mal di testa che mi crea qualche problema. Mi sa che non vi rendete conto di quanto cazzo urlate. La prossima volta provate ad urlare in silenzio.

Rise, da solo. Sofia fece un passo indietro, quasi come se si fosse dimenticata dei denti che Francesco si ritrovava in bocca. Poi si riavvicinò. Poteva vedere una strana luce nei suoi occhi azzurri, quando si stese per riposare.

Bartolomeo riaprì la porta, per controllare come andasse: – Morto nessuno?

– Per ora no – disse Francesco.

– Non fa ridere. – disse Bartolomeo chiudendo la porta, rassicurato.

Steve pensò che il giro di ronda era capitato nel momento migliore. Aveva bisogno di riprendersi un attimo. Il ribollire di pensieri che aveva in testa era troppo intenso. Era partito dall'idea che Chivo, Lisino e Sofia fossero morti nell'incendio di cui aveva visto i danni, poi, dopo non averli trovati cadaveri lì dentro, li vide nelle carceri, e poi quasi lo ammazzavano dicendo che era un traditore...

Meglio andare in giro, meglio pensare un attimo al fatto che era convinto di aver fatto la scelta giusta.

Arrivò al molo, e vide arrivare la guardia a cui fare il cambio.

– Tu non sei uno dei soliti – gli disse Steve.

– Già. Mi hanno cambiato il giro. Prima tagliavo tutto il centro, ora dicono che hanno più bisogno di copertura sui due lungomari...

– E adesso chi perlustra il centro?

– Mi hanno detto di tenerlo d'occhio e se qualcosa non va, intervenire.

Si salutarono, e Steve vide la guardia camminare lentamente verso il dormitorio. Era certo che ci fosse un modo per fuggire, ma gli sembrava particolarmente difficile, dato che il suo lato era sorvegliato dalla base. Forse dall'altro lato dell'isola, dove c'era meno attenzione, o forse oltre quella piazza dove non era mai andato.

Pensò anche che non aveva ancora visto la guardia con la quale si incrociava, ma mentre formulava questo pensiero sbucò in fondo alla strada, mentre lui era ancora a metà.

Arrivò fino lì, aspettò il saluto dell'altra guardia, e si girò.

Ricominciò a cercare il minimo sbuffo di spuma, in mezzo alle onde. Non trovò nulla. Sbirciò per vedere la minima traccia di bianco in mezzo al blu che aveva davanti. Di sfuggita vide l'altra guardia che sopraggiungeva, e si girò immediatamente verso il centro. Si salutarono, e si girò di nuovo verso il mare.

In quel momento vide, sempre di sfuggita, che anche l'altro spiava il mare. Steve capì, allora, che la maggioranza dei combattenti era simile a lui, piuttosto che a John Wayne o a Bettini. Arrivò davanti al bar, e vide la macchia di bruciato sul muro esterno. Per un momento gli sembrò più piccola di come l'avesse vista il giorno precedente.

Come potevano anche solo pensare che lui era passato dalla

parte delle persone che avevano fatto quella cosa? Lui non era così, lui era diverso. Non era come gli altri, che si lasciavano ancora incantare dalle frasi di Biagio. Lui sarebbe fuggito appena ne avesse avuto l'occasione. Non per questo era uguale a Bettini. Anzi, faceva davvero fatica a pensare ad un motivo valido per il quale fosse fuggito.

Doveva capire come avesse fatto quel maledetto a scappare. Biagio parlava sempre nei suoi discorsi di patto di sangue, di eternità, per quanto poco li avesse seguiti.

Con il venire della sera una leggera foschia iniziava a farsi spazio. Non aveva visto la pioggia da quando era lì. Quanti giorni fossero non se lo ricordava, però non si ricordava di essere stato sotto la pioggia. Ricordava il vento, l'umido, ma non la pioggia.

Un grido lacerò i suoi pensieri: – Rinforzo! Seconda parallela!

Nonostante non fosse sicuro, pensò che quella fosse la parola d'ordine per intervenire. Andò alla seconda parallela al lungomare e poteva vedere una figura che si infilava in un vicolo un paio di traverse davanti a lui, sulla sinistra.

Steve era sicuro si trattasse del contrabbandiere che aveva pizzicato qualche giorno prima.

Correva a perdifiato dietro al contrabbandiere e alla guardia, col mitra impugnato, pronto a sparare.

Si trovavano davanti al vicolo. L'altro gli urlò: – Tu copri a destra, io provo a placcarlo.

Steve sparò una raffica di colpi sulla sua destra, mentre l'altro fece uno sprint e bloccò il contrabbandiere. Per risposta, quest'ultimo colpì con una testata l'altro e andò in un vicolo a destra. Steve si assicurò delle condizioni dell'altra guardia, che gli rispose, rimanendo a terra: – Spara, ma non ucciderlo.

Chissà se sapeva che quelle armi difficilmente avrebbero ucciso qualcosa di più grande di un uccellino.

Steve corse dietro all'altro e gli urlò: – Brutto imbecille, ti avevo detto di non farti beccare!

– Ve l'ho detto che tengo famiglia.

– Se tieni davvero famiglia, allora ti conviene rimanere vivo, per stare vicino a loro.

Scaricò una decina di colpi a terra e il contrabbandiere si fermò. Steve lo prese sottobraccio e lo portò dall'altro che si toccava ancora il naso.

– Questo chi lo porta al palazzo? – fece l'altra guardia.

– Potrei portarlo io. Tu comunque vai a farti vedere per il naso.

– A quel punto vado io.

Strappò un fazzoletto a metà e se le infilò nelle narici. Così combinato prese lui sottobraccio il contrabbandiere, a cui vennero legate le mani con il solito legaccio. Appena si allontanarono, il contrabbandiere calpestò il piede della guardia, gli diede una ginocchiata nei testicoli e corse in un vicolo.

Steve ricominciò a corrergli dietro, ma era già sparito.

– Porca puttana – fece l'altra guardia, ancora stesa a terra.

– Ti ripeto che è il caso tu vada a farti vedere per il naso. – disse Steve.

– Già.

Steve lo aiutò ad alzarsi, e lo vide allontanarsi zoppicando e tenendosi il naso. Tornò sul lungomare. Sperava che arrivasse qualcuno di capace a fare la perlustrazione con lui.

Aspettò guardando al di là del mare. Poteva vedere il petrolchimico che continuava a sbuffare fumo. Come gli altri giorni, incurante di qualsivoglia casino stesse succedendo su quell'isola.

Continuava a passeggiare, vedendo con un occhio il mare e con l'altro l'interno, per vedere se quello stronzo di contrabbandiere usciva di nuovo. Dopo un po' vide chi fosse stato mandato di guardia. Era Bartolomeo.

Francesco si alzò di soprassalto e iniziò a tossire, in maniera profonda e preoccupante. Chivo, infatti, gli si avvicinò per dargli due colpi dietro la schiena, per provare a farlo smettere. Dopo Francesco iniziò a respirare come prima. Chivo, però, aveva sentito che era bollente.

– Sofia, va' a vedere anche tu se ha la febbre.

– Io? Ma perché?

– Hai studiato biologia, qualcosa di medicina saprai.

– Mah, non mi hai convinto. Per me volevi sparare qualche cazzata sull'istinto materno; nonostante questo gli do un occhio. – Chivo la guardò un po' stupito da questa uscita brusca.

Si avvicinò e gli mise una guancia sulla fronte. A Francesco vennero gli occhi lucidi, ancor più di quanto già li avesse, e Sofia se ne accorse: – Cos'è, ti stai emozionando?

Francesco riuscì a rimanere serio, per una volta: – Me lo faceva sempre mia madre quando ero malato…mettere la guancia sulla fronte. Anche quando fingevo di essere malato, per non andare a scuola. Poi me le dava col battipanni…

Sorrise anche a bocca chiusa, quasi vergognandosi della sua dentatura, come se il solo parlare della madre gli avesse ricordato le buone maniere.

Sofia lo fissava e lo vide diverso, senza la patina di piglianculo che si era costruito per sopravvivere a quella situazione. Una persona fragile e tremendamente consapevole di quello che aveva.

– Per quel poco che ne so, visto l'addome rigido, penso abbia la peritonite. Non so quanto reggerà.

Lisino e Chivo erano sconvolti, mentre Francesco non era particolarmente impressionato: – Tanto ho già il *fet'c*[23] malato. – tornando a fare il sorriso a scacchi, prima di stendersi gloriosamente per terra.

I tre iniziarono a chiamare fuori per avere un po' di aiuto, ma non arrivava nessuno.

– Non ci dovrebbe essere qualcuno fuori? Tipo quel ragazzo…come si chiama? – disse Lisino.

– Bartolomeo dici? Sarà a mangiare, o a prendere un po' d'aria. Aspettiamo la cena. – rispose Chivo.

I tre alzarono la voce per attirare l'attenzione. Chivo provò anche a forzare la porta con delle spallate, ma con scarso successo.

---

[23] Fegato

– 'sti stronzi l'hanno pensata bene questa porta. – disse Chivo quasi a scusarsi di non essere riuscito a tirar giù una porta di lamiera.

Tornò a sedersi e nella stanza scese il silenzio dei momenti peggiori, quando non si ha la minima idea di cosa fare. L'avevano già provato molte volte in quell'avventura, ma era sempre peggio; i timori si ammassavano di volta in volta ed erano amplificati dal silenzio.

L'unico che ne sembrava immune era Francesco, nonostante fosse quello messo peggio. Nei suoi momenti di lucidità era sempre steso con un sorriso beffardo.

– Ma come fai a ridere ancora? – disse Chivo.

– E che devo fare, piangere? Mi ricordo un po' di storielle divertenti, e mi metto a ridere da solo, per passare il tempo. Quando sei tanto tempo in mare, è l'unico modo per rimanere sani di mente. Più o meno. – Ma tipo che storielle?

– Barzellette vecchie. Sono sempre le migliori. Se hanno fatto ridere già un sacco di persone, un motivo ci sarà, no?

– Ok, ma diccene una.

– Tipo: Un cane dice alla papera: dove abiti? La papera: qua.

La reazione non fu delle migliori. I tre ascoltatori rimasero con le braccia conserte, quasi a voler chiedere dove fosse il punto in cui si rideva.

Lisino fu il più veloce a parlare: – No, era carina, devi capire questi, non hanno il nostro senso dell'umorismo.

Chivo gli rispose a muso duro: – Ma che cazzo dici! Un momento fa eri anche tu con noi a non ridere.

– Che c'entra? Io ridevo dentro.

– Dai non fa niente, tanto lo so che siete una manica di stronzi. E inoltre, se è vecchia, non fa più ridere, dopo un po'. – disse Francesco in posizione fetale.

Sofia pensò che nonostante non l'avesse mai sentita, non è che gli sembrasse questo granché. Evitò però di dirlo, e si appoggiò al muro, godendosi Chivo e Lisino che si guardavano di traverso, come due cani sul punto di attaccarsi da un momento all'altro.

Francesco si rialzò un attimo e disse: – Ma stasera non ci portano la sbobba? Mi sembra sia già tempo.

Lisino disse: – Mah, a me sembra quasi sia passata solo un'ora.

– Lo dici sempre, poi in realtà è passato un giorno. – continuò a battibeccare Chivo.

– Che vuoi, è difficile senza orologio. Sono abituato a quello del bar, bello grande e con i numeri ben visibili, anche dalla sala. – Lisino si commosse di nuovo, ma lo nascose, rimanendo in silenzio.

Chivo continuò: – Per me Francesco ha ragione. Saranno passate almeno sette ore dall'ultima volta che è venuto il ragazzino.

Si alzò e andò a spiare sotto la porta. Non poteva vedere piedi che si muovevano.

– Per me ci hanno abbandonato qui. Non vedo nessuno.

– Magari! Così usciamo! – disse Lisino d'impulso.

Appena Chivo si girò minaccioso, Lisino capì di aver detto una stronzata, e gli fece cenno di aver capito e di stare lì a tenere d'occhio la situazione.

Poteva vedere le gambe del tavolo, sforzandosi poteva vedere il fondo del corridoio, ma aveva la sensazione che non ci fosse più nessuno.

Distolse lo sguardo, e alzò le spalle, quasi a voler dire "Che volete da me?"

Sentirono dei rumori al di là. Lisino e Sofia gli dissero di continuare a vedere.

– A parte dei piedi che si muovono, non so dire molto di più.

– Ti sembrano i piedi di Bartolomeo? – disse Lisino.

– Ma chi cazzo ha mai visto i piedi di Bartolomeo? Tu li hai visti? Vedi un po' tu.

– Se mi metto in quella posizione, non mi alzo più.

– Sta arrivando. Meglio che mi sposti, altrimenti mi arriva una botta in testa dalla porta.

La porta iniziò a fare il solito rumore di ferraglia, poi

finalmente si aprì. Era Steve con la sbobba in mano.

Steve toccò la fronte di Francesco, poi passò all'addome, e disse anche lui che era peritonite.

– Che ne sai tu? – disse Lisino.

– Non hai idea in quanti libri sia descritta. Si potrebbe definirlo un caso scolastico, lo ricordo dalla scuola secondaria.

Sofia annuì. Lisino si girò verso Steve e disse: – Fai poco lo *sgarzillo*[24], non sei mica un dottore. Piuttosto, che dobbiamo fare?

– Innanzitutto, trovare un medico. – disse Steve, amaramente ironico.

– Me la sono cercata. In ogni caso, non hai idea di come si potrebbe risolvere? Nei tuoi libri come facevano?

– Morivano tutti.

Francesco fece ritorno dalla sobrietà di prima e si toccò scaramanticamente.

Steve alzò le spalle.

– Ma come mai sei tornato, tu? – disse Sofia.

– Sono contento tu me l'abbia chiesto. Siamo un po' a corto di rotazioni per la sorveglianza. Quindi hanno fatto andare Bartolomeo a controllare che succede per strada, e io sono passato a vedere qui com'è la situazione. Non fossi arrivato avreste aspettato chissà quanto. – rispose Steve orgoglioso.

– Ma con questo casino non possiamo scappare? – disse Lisino.

– Boh, forse. Per ora, lo eviterei. Solo nel palazzo ci sono una cinquantina di guardie.

– Azz.

Lisino incrociò le braccia e si appoggiò al muro.

– Prima erano anche di più.

– Questo non ti giustifica per quello che hai fatto. – disse Sofia.

– Cosa dovevo fare? Farmi uccidere come un cane?

– Beh... – Steve diede un'occhiataccia a Lisino, che non

---

[24] Brillante.

fece in tempo a continuare.

Chivo ricordò: – Penso e ripenso a cosa è successo in quel vicolo, ma non riesco a capire nulla.

– Tranquillo, nemmeno io. Ora devo andare.

Steve uscì velocemente dalla cella, girandosi per vedere eventuali guardie che avrebbero potuto fare domande. Prima che i quattro in cella potessero parlare si trovava già fuori dal palazzo e andava verso l'altro lungomare.

Iniziò a camminare e vide Bartolomeo in fondo alla strada, verso il centro dell'isola. Si mise a camminare. In cella cercavano di capire come fare per salvare la pelle a Francesco. Chivo iniziò a bussare e la porta si aprì.

– Steve maledetto… – pensò Chivo.

– Si scappa!

Lisino scattò in piedi come una molla ma Chivo, che con la sua corporatura occupava più o meno l'intera porta, lo rispedì indietro.

– Aspetta. Prima pensiamo a Francesco.

Chivo iniziò a farsi vedere nei corridoi, girando con le mani alzate per non farsi impallinare. Trovò una guardia alla fine del secondo corridoio sulla destra.

– Chi va là?

– Amico.

Chivo pensò bene di non avvicinarsi troppo, e anche la guardia non sembrava troppo interessata a un contatto ravvicinato.

– Chi sei?

– Sono Ch…un collega.

– Perché non ti ho visto alle riunioni del mattino?

– Sono nuovo qui. Serve un medico alla cella, c'è un detenuto che sta male.

– Cos'ha?

– Peritonite.

– Auguri. Vedrò di fare il possibile.

Chivo tornò in cella e richiuse.

– Ma che stai facendo? – disse Lisino.

– Dato che ora si fa a modo nostro, aspetto. Fidati, il tizio che ho visto quasi subito è armato, e con la pistola. Non so, ma non penso sia inutile come il mitra.

– Ah. Allora direi anche io di aspettare.

Francesco iniziò a rantolare più forte.

Lisino si avvicinò: – Ragazzo, stai calmo. Stiamo facendo il possibile per trovarti un medico. Soffri con contegno.

Chivo rimase perplesso, mentre Sofia gli disse: – Ma sei scemo? Che cazzo gli dici?

– Mio padre diceva sempre così quando avevo la febbre. Magari anche il suo.

Francesco gli fece un gesto eloquente di andare a quel paese, dicendogli anche esplicitamente il significato del segno: – *Ngul tu e tan't*[25].

– Cosa ha detto? – disse Sofia a Chivo, che rispose: – Quello che immagini.

Sofia annuì.

Dopo un po' di tempo, che a loro sembrò un paio d'ore, arrivò un signore allampanato che camminava di fretta.

– Chi è lei? – disse Chivo.

– Sono il medico.

– Sicuro che è il medico? – disse Lisino.

– Perché dovrei dire il contrario?

Lisino squadrò il sedicente dottore. Era alto, ma non altissimo, degli occhiali tondi e uno sguardo annoiato, ma pensò fosse così a prescindere dal suo grado d'interesse. In fondo, l'aspetto del medico l'aveva. Più strano era il fatto che non avesse l'accento di Muzzano.

– Ma non è di qui. – gli disse.

– Già. – rispose il medico, facendosi spazio. Si avvicinò a Francesco. Gli vide le pupille, toccò l'addome e misurò la temperatura e disse: – Appendicite degenerata in peritonite, anche avanzata. Direi che se passa la notte è tanto di guadagnato.

Ormai nell'aria della cella c'era più rassegnazione che shock, per la notizia. Francesco ormai si contorceva in preda a

---

[25] In culo a te e a tuo padre.

probabili deliri, più che fare qualcos'altro di più comprensibile.

Lisino fece notare a Chivo che ora la porta era chiusa.

Chivo, piccato: – Ma vuoi farmi fare? Ho un'idea, sfruttiamo il fatto che Steve sia fuori di qui. Se non ci ha detto di fuggire un motivo ci sarà.

Lisino incrociò di nuovo le braccia: – Fossi stato in te sarei fuggito.

– Saresti morto, lo sai, no? – disse Sofia.

– Non credo.

Francesco rimase più calmo, per un attimo. Lisino gli si avvicinò, e gli disse: – Come va?

– Ma scusa, a me non frega di voi, perché vi preoccupate tanto? Lasciatemi andare in pace.

Chiuse gli occhi e sorrise. Iniziò ad avere convulsioni di nuovo, e si fermò. Una volta che la testa gli cadde di lato, Chivo iniziò a bussare alla porta. Il dottore rientrò.

– Sapevo che sarei dovuto rientrare. Tu che sei più grosso, aiutami a portarlo fuori. – disse rivolto a Chivo.

Chivo ubbidì e portò fuori Francesco come un sacco di patate, e rientrò. Fuori sentirono rumori e il dottore, sulla soglia della porta, gli disse: – Certo che tu sei davvero un bel figlio di puttana. Nascondi qualcosa. Un'altra persona sarebbe fuggita.

Lisino disse: – Lo vedi che anche lui te lo dice?

Chivo minimizzò, accennando un sorriso. La porta si richiuse, e Chivo esplose: – Ma ti vuoi fare i cazzi tuoi una benedetta volta? Fidati di me, non avrò un piano ma due o tre idee le ho. Fammi fare.

Appena detto così, Chivo cadde sul fianco destro.

Chivo si risvegliò quasi subito, e si ritrovò con Lisino seduto sulla sua pancia, che gli tirava ceffoni.

– Ragazzo, non fare scherzi anche tu.

– Oh, no niente. Un po' di debolezza.

– Già, con tutto quello che abbiamo fatto oggi…

Chivo abbozzò un sorriso e si alzò di scatto, per dimostrare di essere a posto. Si dimenticò però di essere troppo alto, e tirò una testata notevole. Sofia era seduta con lo sguardo perso nel vuoto, ma dopo il rumore rise.

Lisino disse: – *Auànd*[26]…fai attenzione, ancora ti ritroviamo a terra di nuovo.

Chivo si toccò la testa e disse: – Tutto a posto, tutto ok. – e si sedette con la testa appoggiata al muro: – Lasciatemi qui un attimo. Mi sento un po' debole. Penso sia per il fatto che stiamo mangiando poco e niente da almeno dieci giorni…

– Cosa mangerai fuori di qui? – disse Lisino, per tirarlo un po' su, vedendolo parecchio stanco.

– Doppia pizza.

– Come si fa una doppia pizza? – chiese Lisino, incuriosito.

– Semplice. Sono due pizze.

Lisino e Sofia risero, spiazzati. Poco dopo arrivò quello che si era presentato come il dottore con la cena.

– Ecco le cibarie, ragazzi.

– Chiamale cibarie, è sempre pane e acqua. – disse Lisino.

– Piuttosto, lei non era dottore? – chiese Sofia.

– Siamo a corto di personale.

Il dubbio se fosse un dottore improvvisato rimase.

– Può portare doppia razione al mio amico? – gli chiese Lisino.

– Ora non ti allargare. Già ce n'è poco per noi.

Finirono la sbobba dopo che il dottore uscì.

– Ora sei proprio *rrivisciuto*[27].

Chivo annuì con la testa, ma ci credeva ancora poco. Sofia, dal suo angolo, iniziava a fare smorfie, e Lisino le chiese: – Che c'è? Qualcosa non va?

– Mi stai davvero chiedendo se qualcosa non va? Sono bloccata qui da non so quanti giorni.

– Innanzitutto, siamo bloccati tutti e tre, poi…beh? Qual è il punto?

– Ti sembra normale?

– Eh, figlia mia, che domani viene sempre di lunedì.

---

[26] Attenzione.
[27] Rinato

194

– Come, scusa?

– Chivo traduci – disse Lisino per coinvolgerlo un po', vedendolo spegnersi di nuovo.

– Questo non lo conosco nemmeno io – disse Chivo, più simile a una persona con molto sonno che a una sofferente.

Lisino abbandonò, per una volta, la posa da narratore e spiegò: – Scusa, ma tu quando inizi una dieta, quando la inizi? Lunedì. Quando ti stai riposando dal lavoro, che giorno è domani? Lunedì. La morale è che quando non ti sembra che possa peggiorare, può eccome.

– L'hai inventato tu questo, di la verità. – disse Chivo, aprendo gli occhi.

– Sì.

Chivo e Sofia risero fino alle lacrime.

– Ma la vuoi smettere di dire stronzate?

Lisino rise, un po' forzatamente, perché ci rimase un po' male. Avrebbe tanto voluto inventare un detto o un proverbio suo, qualcosa di originale.

– Me lo segno, nel caso mi serva – disse Chivo, appoggiando la testa al muro.

Lisino gli si avvicinò di corsa per svegliarlo.

– Ora non è che non posso nemmeno fare un pisolino – bofonchiò Chivo. Lisino alzò le mani per scusarsi, e tornò al suo angolo. – In ogni caso, Sofia, – disse Chivo, con gli occhi chiusi – non devi preoccuparti. Abbiamo un piano, e questa volta è più probabile che funzioni.

– Io mi segno questa, invece.

Lisino ormai era diventato un mimo di varietà, tutto mossette e gesti. Questa volta fece un gesto con la mano per dire "Tosta, la ragazza".

Sofia avrebbe visto fuori da una finestra, se solo ci fosse stata. Il pensiero le andava alle fughe precedenti, finite abbastanza male. Questa volta però faceva fatica a non credere a Chivo, sebbene condividesse anche l'idea di Lisino di fuggire subito. Forse però era meglio aspettare, come quando giocava a scacchi. Per essere sicura di vincere Sofia non intrappolava il re tra le pedine, ma si mangiava tutti, occupando la scacchiera e andando incontro al rischio di uno stallo.

Ora toccava aspettare, ed era il motivo per il quale non giocava spesso agli scacchi, la troppa attesa. Quando si trovava con qualcuno bravo, che attendeva troppo avrebbe avuto voglia di rovesciare il tavolo e andarsene. L'avrebbe fatto ancora, in quel momento. Però lei era in mezzo alla scacchiera, era il re che fuggiva dallo stallo. Forse *verso* lo stallo.

Lisino, nel frattempo, era iperattivo come un cane di piccola taglia. Cercava ogni minima distrazione per poter fuggire.

– Dai, fuggiamo. Non c'è nessuno.

– La porta è chiusa, Lisì, quante volte te lo devo dire?

Lisino si avvicinò alla porta pesante e iniziò a girare la maniglia che, nonostante il rumore di ferraglia, non si mosse di mezzo centimetro.

– Visto? – disse Chivo, aprendo mezzo occhio.

– Prova tu.

– Ma sei serio? È chiusa, dovrei sfondarla. Hai visto che non ci riesco.

– Prova.

Chivo si alzò controvoglia, si ricordò di essere troppo alto per quella stanza e rimase ingobbito. Girò la maniglia e la porta si aprì.

Urlò per la sorpresa, ma vide che dietro c'era Steve, con la chiave in mano.

– Non avevamo detto che avremmo aspettato fino a quando ve l'avrei detto io?

– Colpa sua – disse Chivo, indicando Lisino e tornando seduto.

– Lisino…non ti fidi? Io…noi ci siamo fidati di te.

Lisino divenne imbronciato, più per la colpa che sentiva che per l'appunto di Steve, che disse a Sofia: – Come va la situazione?

– Eh…va. Chivo inizia a perdere colpi, Lisino continua a rompere. Io invece mi sono rotta di questa situazione che mi sta uccidendo i nervi.

– Stai tranquilla, ci penso io.

Sofia rise in faccia a Steve in una maniera sguaiata quanto finta: – Fammi il piacere.

Steve sgranò gli occhi e si allontanò: – Resistete ragazzi. Qui sta andando tutto a puttane, per quello non vi faranno niente. Si aspettano che passiate anche voi dalla loro parte.

Lisino rispose con una pernacchia, poi specificò: – Non era a te, ragazzo.

– Ci mancherebbe. Ora vado ad attaccare il turno.

– Ma non sei appena tornato?

– Vi ho detto che qui sta andando tutto a puttane.

Steve arrivò poco dopo al lungomare e vide la guardia che lo aspettava, un po' impaziente.

– Cosa c'è? Ci sono stati problemi?

– Niente, sarei solo un po' stanco.

– Immagino.

– Penso che tu non sappia che ora il giro è cambiato. In pratica, arrivi fino a piazza San Francesco, ti saluti con l'altro, poi ti fai l'altro lungomare, arrivi dove c'era il ponte e torni indietro.

In pratica ti fai tutto il lato destro.

– Bello. Ma non capisco perché non ci dicano queste cose all'incontro mattutino.

– Questo demoralizzerebbe i compagni.

Steve era sul punto di spedire il compagno anonimo in un posto buio, e di aggiungere che ormai di compagni non ne vedeva più, comunque soprassedette e salutò sorridendo con un cenno del capo, anche perché si ricordò che dormiva sempre agli incontri. Mentre andava, però, gli chiese urlando: – Ma va bene se lo faccio al contrario?

– Fa' un po' come ti pare.

Steve voleva vedere l'altro lungomare. Iniziò ad andare dritto, convinto che una via valesse l'altra, fin quando la direzione era quella corretta. Si sforzava anche di rivedere la strada che fecero quando provarono a fuggire. Si trovò quasi immediatamente in un vicolo cieco. Tornò indietro, e capì che doveva prendere la strada che costeggiava il ponte. Dandosi del rimbambito, arrivò ad un lungomare.

Vide le barche ormeggiate sotto il lungomare che ha sorvegliato per giorni. e immediatamente si ricordò di esserci già stato.

Si ricordò della coperta e della guardia armata. Aveva il pensiero di scendere e togliere una coperta da una delle barche, per vedere se c'erano ancora dei fermati. Avvicinandosi con la torcia, però, vide che le coperte erano senza nulla sotto. Pensò per un attimo di poter prendere le barche per fuggire, però notò che erano semi-affondate. Avrebbe voluto ricordarsi se fossero state di più, ma pensando che non fosse il caso di rimanere fermo, andò a passo spedito verso la piazza, dove lo aspettava l'altra guardia che lo guardava in cagnesco, mentre spegneva il mozzicone di sigaretta. Fece un cenno del capo e proseguì.

Tornò sul lungomare che sorvegliava già da un po' di giorni. Ma da quanti di preciso non lo ricordava più. Provò a fare dei conti, ma gli risultava difficile. Forse avrebbe dovuto farsi dare una sigaretta dal collega, anche se, da come lo squadrava, probabilmente non avrebbe fatto un gesto gentile nei suoi confronti.

Pensò che avrebbe dovuto fare dei segni sul letto, come aveva visto fare ai carcerati. Gli sembrò che anche Francesco lo facesse, però non era sicuro che Sofia e gli altri l'avessero tenuto. Già, Sofia. Chissà se gli avrebbe parlato di nuovo. Di sicuro avrebbe dovuto tirarla fuori lui da quella situazione. Poteva farlo anche lì, anche ora. L'unico vero problema era fuggire dal palazzo di governo, per il resto aveva abbondantemente visto che dall'isola si poteva uscire, e attraversare a nuoto quello che un tempo era il ponte retrattile.

Aveva un piano! Anche se pieno di buchi e di mancanze, poteva essere un ottimo piano b. Si meritava un bicchiere di coca, anche se non aveva idea di dove trovarlo. I negozi erano ancora chiusi, memori dei compagni che si erano ubriacati e avevano dato fuoco a mezz'isola.

Il sale lasciato sul lungomare dagli spruzzi delle onde lo

riportò a Milano. La volta che ci andò fu un viaggio lunghissimo, col treno che fece un ritardo di quasi due ore, e il suo primo ricordo furono quelle macchie per terra, sulla banchina, che solo dopo aver chiesto ad un tizio capì che erano i residui del ghiaccio sciolto col sale. Quando gli disse che era di un posto di mare e non aveva mai visto la neve, gli diede del *terrone*. Non capì mai cosa gli avesse voluto dire.

Arrivò al ponte e salutò.

Ogni tanto dava un'occhiata verso il dedalo di vicoli al centro dell'isola, e ogni volta si chiedeva come fosse possibile sorvegliare un'intera isola così. Poi ripensò alle parole del compagno a cui aveva dato il cambio. Non volevano demoralizzare i compagni. L'unico problema col dire del giro più lungo era dover specificare il perché.

Non doveva sorvegliare se c'erano traffici strani all'interno. Doveva vedere solo se qualcuno avesse tentato la fuga.

Quindi anche i capi erano a conoscenza del fatto che c'era un'emorragia di persone, c'era una fuga costante di compagni, e toccava a lui fermarla? Proprio lui che era il primo a voler fuggire. Chissà quanti altri dei sorveglianti erano fuggiti, proprio mentre dovevano tenere tutto d'occhio.

Se le sue conoscenze erano corrette, però, la sparapernacchie che si ritrovava doveva funzionare meglio sott'acqua di una pistola normale. Avrebbe in ogni caso fatto più male la cerbottana che si faceva alla scuola primaria, ovvero una penna sventrata con il pezzo di carta bagnato all'interno. Alzò le spalle e proseguì il giro. Era già arrivato dove c'era il ponte.

Poteva vedere i moncherini del ponte che cercavano di uscire, come potevano fare fino a qualche tempo prima. Camminò rapidamente, aiutato dalla discesa.

Ricominciò ad interrogarsi sull'utilità del continuare la sorveglianza. Ormai era tutto finito, potevano sbaraccare e tornare a casa. La mattina dopo avrebbe detto queste parole a Biagio, cercando di convincerlo che era il caso di smettere questa pantomima. Si diede delle metaforiche pacche sulla spalla, per complimentarsi con sé stesso.

Era stanco morto, ma con la convinzione di avere ragione.

Arrivò al ponte, ma non vide nessuno. Per una volta non era lui a ritardare, si rassicurò.

L'altro tizio, però, non arrivava ancora. La procedura prevedeva che dovesse tornare a dare l'allarme, ma come gli avevano detto prima, non c'era nessuno che li potesse aiutare.

Iniziò a camminare, titubante sul da farsi. Un primo passo, poi un secondo. Poi si ritrovò a metà lungomare, ma non c'era traccia di persona viva. Allora vide nel mare se c'era qualcosa. Una barca, una persona che nuotava, qualcosa.

Nulla.

Tornò indietro e si girò. Vide in lontananza un ragazzo che stava per buttarsi dall'ultimo granello di asfalto nel mare.

Bartolomeo vide qualcuno in lontananza e si fermò un attimo. Poi corse gli ultimi venti metri che lo separavano dal ponte e si tuffò. Mentre era in aria ebbe l'attimo per ripensare a cosa avesse fatto per trovarsi a saltare da un ponte, peraltro incompleto.

Il giorno prima aveva origliato nella camerata che stavano organizzandosi per fuggire. Era interessato, ma nemmeno troppo. Poveraccio era prima, e poveraccio sarebbe tornato ad essere, una volta fuori da quella situazione. Continuò a marciare fino a quello che fu il ponte Cosma e Damiano, e ne vide le macerie. Poteva vedere che mancavano circa una decina di metri, ad occhio. Un po' troppo per un salto, non pensava potessero fuggire di lì; però più si avvicinava, più gli sembrava di poter fare un salto e passare dall'altro lato.

L'ostacolo maggiore che si trovava ad affrontare era la mancanza di alternative. Andare in giro con un mitra dava un senso alle giornate. Non era il massimo, ma non era così differente da quando era nel mare con la barca. Passare le ore della notte nel mare, e le ore della mattina a vendere le tre alici che erano riusciti a prendere lui e il *padrone di barca*. Se le avessero vendute, avrebbero preso una focaccia al panettiere, altrimenti avrebbero ripiegato su quei pesciolini, senza pane. Dov'era lo stare meglio in tutto ciò? Ripassò più tardi davanti al ponte, e ricominciò a pensare a come avessero fatto a fuggire da lì.

Di sicuro l'avevano pensata bene. Se uno si fosse buttato dal ponte, le correnti l'avrebbero sputato all'interno dal golfo, e poi sbattuto verso i muraglioni. Scrollò le spalle e pensò che ci avrebbe ragionato un altro po', mentre continuava il giro.

Dopo un po' vide del movimento e dei rumori provenire da una strada interna, e si avvicinò. La luce del tabacchino era aperta e andò in quella direzione. La stanza era piccola, più un corridoietto che una sala, con il bancone in fondo, e le sigarette dietro. Lì, però, trovò pochi pacchetti rimasti e, soprattutto, nessuno davanti a distribuirli. Scavalcò e vide a terra una pozza di sangue, che gli fece tornare in mente quella lasciata a terra da Francesco. Immediatamente si irrigidì, prese un paio di pacchetti e andò. Subito dopo tornò al lungomare e le gettò, resosi conto che non poteva fare una cosa del genere.

Inoltre, aveva trovato il perché fuggire. Poteva capitare anche a lui, che lo mettessero davanti ad un muro e lo fucilassero, senza troppe cerimonie. Doveva individuare quando sarebbero passati gli eventuali fuggitivi e seguirli.

Fu molto più cauto del solito, e faceva i passi molto più lenti del solito, tanto che l'altra guardia lo aveva aspettato già un paio di volte, un po' stufo. La terza volta anche lui arrivò tardi. Bartolomeo lo salutò con un cenno e sorrise.

Forse si sarebbero fatti vivi al cambio della guardia. Quello era un ottimo momento, soprattutto se avessero saputo cosa stessero facendo.

Bartolomeo sapeva che il cambio sarebbe arrivato abbastanza rapidamente, e aspettò, rimanendo attentissimo ad ogni possibile avvisaglia di un inizio delle operazioni precedente. Alle undici in punto vide la pila di un compagno. Salutò, ma invece di tornare indietro, si nascose dietro la fontana e aspettò che l'altro fosse di spalle per correre verso viale De Angelis, che tagliava esattamente a metà quella sezione di isola. Dapprima era in lieve salita e arrivati al punto più alto poteva vedere cosa avvenisse sotto al ponte. Una figura scura, che sembrava un gommone, iniziava a muoversi. Ecco come avevano fatto, pensò. Un gommone li avrebbe portati al largo, poi avrebbe svoltato verso un qualsiasi porto. Poteva andare bene anche quello del petrolchimico che utilizzavano per l'arrivo delle materie prime.

Si vide alle spalle, per controllare di non essere seguito. Vide una figura in fondo alla strada, si girò di nuovo ed iniziò a correre a perdifiato. Saltò nell'acqua e mancò il gommone di cinque metri circa. Si avvicinò e disse: – Fatemi salire, sono un fuggitivo come voi!

Per tutta risposta puntarono una pistola nella sua direzione e dissero: – Butta via il mitra e ne parliamo.

Fece così e quindi poté salire.

– Bravo, ragazzo. Tu chi sei? Non mi ricordo il tuo nome.

– Bartolomeo. Bravo, bravo. Ora però aiuti a vogare, io viaggio gratis.

Sentì allora una voce che disse: – Alla buon'ora. Non riuscì a riconoscerla nel buio.

Erano sette, e i remi erano sei. Bartolomeo ubbidì. Andarono avanti, costeggiando i muraglioni. Ad un certo punto disse: – Quelli a tribordo fermi.

Il gommone iniziò a svoltare a sinistra.

– Ora verso il muraglione.

Videro una fioca luce che si muoveva, mentre la guardia finiva il lungomare e costeggiava le macerie del ponte. Ora la voce diceva: – A babordo fermi…e ora a tutta!

Vogarono al massimo, anche Bartolomeo, stremato. Si trovarono dopo qualche minuto, che a Bartolomeo sembrarono ore, a vedere l'ingresso del porto del petrolchimico. La voce disse: – Babordo fermi. Girate, e poi piano.

Si trovarono in un minuscolo canneto, e la voce disse: – Tuffatevi.

Obbedirono tutti.

– Trascinate il gommone fino a riva, attenzione a non bucarlo con le canne.

Bartolomeo aiutò per quanto poteva. La voce parlò, alla

luce delle lampadine a pila: – Ragazzi, grazie. Anche voi avete capito che non sarebbe potuta andare avanti per troppo tempo. Tornate alle vostre vite, e io tornerò alla mia. Ci avevo creduto, profondamente. Ero forse quello che, dopo Biagio, ci credeva di più. Ma è finita, e penso che presto lo capirà anche lui.

Ci fu un breve applauso, e iniziarono a camminare; più o meno sapevano dove andare.

Bartolomeo si avvicinò alla persona che aveva finito di parlare: – Bello, bello. Ora dove andate?

– Torniamo a casa. Io a Genova, non so come onestamente, ma ci proverò. Tu, ragazzo?

– Andrò da un mio amico in campagna. Ma lei? Come si chiama?

– Niccò. Caporale Andrea Niccò. Va bene il buio, ma non mi hai riconosciuto?

15 aprile 1971

Chivo arrivò. Vide il padre che lavorava nei campi, e lo salutò, mentre percorreva il vialetto sterrato che portava a casa. Il padre rispose al saluto: – Ci hai messo un po' ad arrivare.

– Non ricordavo più la strada. Poi sai che non avevo molta voglia di tornare.

– La corriera ha fatto tardi come al solito?

Chivo rimase un po' perplesso della frase. Entrò, seguito dal padre.

– Siediti. Vuoi qualcosa?

– Uno zabaione andrà più che bene.

Mentre il padre glielo preparava, la sedia sulla quale era seduto era un po' più alta di come se la ricordasse. Bevve lo zabaione, ma anche lì c'era qualcosa che non andava.

– Ma non ci hai messo il marsala?

– Per me hai ancora dodici anni, lo sai.

Ecco confermata la sensazione di prima.

– Questo non ti ha impedito di darmi una vanga in mano due anni fa.

– Il fatto è che eri già così…grande e grosso, non potevo non chiederti una mano. Stai tranquillo che ora però non servi più. Ho un altro aiutante: Gianni Morandi.

Arrivò una persona grassoccia con una pelata importante. Chivo osservò immediatamente: – Ma questo è zio Osvaldo!

– No, è Gianni Morandi.

Alzò le spalle, impossibilitato a replicare: – Ok.

Un momento di buio, poi Chivo si trovò fuori con sua madre, che gli disse: – Caro figlio, io ora sto andando, ma tu vieni con me. Questa volta non sbaglio di nuovo.

Chivo rimase senza fiato e immobile per un attimo. Sapeva che la madre era morta in un incidente tempo fa, e fu proprio il padre a dirglielo, inventando la storia che fosse partita.

Salirono sulla Topolino del nonno e partirono.

Chivo si girava per vedere che fosse in effetti la madre. Era proprio com'era nelle foto, non come se la ricordava lui, anche perché quel ricordo era sfocato dal tempo, sommerso da altri. Prima che potesse parlare, però, la madre fece una brusca sterzata. Chivo si trovò catapultato fuori dall'auto.

Un altro momento di buio, poi Chivo si trovò sul vialetto di casa. La costruzione bianca di due piani, che emergeva dalla campagna circostante, era più nuova, senza crepe esterne. Si ricordò che era già la terza volta che era lì e pensò che fosse il momento di fare a modo suo.

Entrò deciso in casa e trovò il padre lì.

– Cosa ti porto?

– Un caffè. Corretto.

Il padre rimase interdetto dalla richiesta: – Come? Non sei un po' troppo piccolo?

– Papà? Ho trent'anni. Direi che posso bere tranquillamente.

La casa era di dimensioni più simili a quelle che si ricordava, e anche il padre, per quanto fosse enorme per gli altri, era almeno venti centimetri più basso di lui.

– Siediti figlio, è pronto il caffè. Che ci vuoi dentro? Sambuca?

– Niente. Volevo solo vedere come avresti reagito. Piuttosto volevo dirti che ora so come andò tra te e la mamma, e cosa è successo a lei. Tu hai voluto proteggermi, ma avresti dovuto dirmi la verità.

La stanza iniziò a farsi più piccola, sempre più rapidamente, finché Chivo non fu costretto ad uscire.

Il padre gli disse solo: – Vienimi a trovare più spesso, ora che sei grande.

Uscì appena in tempo. La casa era diventata alta un metro e mezzo circa, e poi si rimpicciolì sempre più fino a sparire.

Chivo fu allora che si svegliò e urlò: – Devo uscire!

– Ragazzo, e ora te ne accorgi? Ormai ci hai convinto a rimanere qui fino a quando tu e quest'altro non ci direte che è il momento. – disse Lisino indicando Steve.

– Infatti. Non parlavo di ora. Parlavo che ho capito il motivo di perché sono qui. Devo andare a parlare con mio padre.

– Va bene ragazzo. Che gli devi dire?

– Gli devo dire che so tutto di lui e mia madre, di cosa è successo.

– Ovvero?

Sofia diede un buffetto sul braccio a Lisino per farlo stare zitto, ma non capì, o non volle capire.

– Dimmi, ragazzo, che è successo?

– I miei avevano litigato, e mia madre era partita con l'auto di mio nonno per andare dai suoi. Il terreno era un po' viscido perché era passato un carro con del terreno. Perse aderenza in curva e cadde in un fosso. Mio padre mi ha sempre detto che era partita e che l'avrei ritrovata.

– Forse anche lui non sa la verità.

– Invece la sa. Ci sono tante piccole incongruenze venute a galla negli anni che messe insieme fanno una prova.

– Tipo?

– Dai, basta. Non ne voglio parlare più.

– E va bene, sto zitto. – Lisino incrociò le braccia.

Chivo si alzò lentamente, e iniziò a girare in tondo, nei pochi metri quadri della stanza, dove, peraltro, anche Steve gli rubava spazio per i passi. In mente gli tornavano le parole di Lisino, però era ancora convinto che avrebbero dovuto aspettare, ed era anche sicuro che sarebbe stato per poco. Era però ancora sconvolto dal sogno, e dal significato che gli aveva dato.

Sofia gli disse: – Chivo, siediti. Penso anche tu sappia che l'importante è uscire qui tutti in un pezzo. Il fatto che lo possiamo fare oggi o tra due giorni non importa. Sai anche tu cosa abbiamo rischiato per non aver aspettato.

Chivo annuì e si risedette. Sofia incrociò le gambe e nascose la faccia dietro esse. Non voleva far vedere che non era convinta di quanto avesse appena detto. Appoggiò anche la testa brevemente, per poi non far trasparire nulla e fare un sorriso di circostanza.

Lisino disse a Steve: – Ragazzo, ma non è ora di mangiare qualcosa? Questa volta, se puoi parlare, fai portare acqua e pane separati.

Steve si alzò e disse: – Vedrò cosa posso fare.

Andò a prendere da mangiare, però chiese di non ridurre tutto ad una sbobba, e la portò nella cella. A questa vista Lisino fu finalmente contento di vedere del pane vero e dell'acqua vera. La risposta al perché facessero una sbobba immangiabile ci fu quando tentarono di addentare il pane. Era parecchio raffermo e Lisino fu costretto a inzupparlo.

Steve gli disse: – Visto che era stato fatto con una logica?

– Vaffanculo. Un altro po' e mi rompevo un dente. – disse Lisino.

Finirono relativamente presto. Steve portò tutto fuori, e vide sulla sedia una busta che sembrava fatta con un foglio di carta. Sopra c'era scritto: "Aspetta due giorni prima di aprire". La prese e la lasciò in un cassetto della scrivania lì accanto. Cercò di pensare se fosse realmente indirizzata a lui o a qualcun altro, e chi l'avesse scritta. Portò i piatti nella stanza adibita a cucina, e tornò subito lì, per riprendere la busta e analizzarla meglio. L'unica cosa che trovò, senza aprirla, era la scritta, e non era sufficiente.

Continuando a rimuginare su chi fosse il mittente e chi il destinatario, tornò nella cella, e si sedette.

– Stasera non sei di ronda?

– No, ho già dato abbondantemente stamattina. Ci andrò domattina, dopo l'adunata.

Il pensiero di Steve non si spostava molto dalla lettera. Gli altri lo vedevano pensieroso, e fu Lisino, come al solito, a rompere il ghiaccio.

– A che pensi, ragazzo?

– Niente, niente. – Meh! Cosa c'è? – Lisino si faceva insistente.

– Ho trovato una lettera, fuori.

– Uh! Interessante. Di che tratta?

– Non lo so, non l'ho ancora aperta. Non sono nemmeno

sicuro sia indirizzata a me. – disse Steve scrollando le spalle.

– Ma hai sentito se profuma?

– Cosa dici, mi metto a odorare le lettere a caso?

– Non a caso, è una maniera scientifica di capire se è d'amore e indirizzata ad un uomo o una donna.

– Sì, ok. Ma in questa situazione dubito seriamente si tratti di una situazione di quel tipo.

– La tecnica delle lettere con due gocce d'acqua di colonia è carina. Me la raccontava mio padre, lo fece anche lui ai suoi tempi. – disse Sofia.

– Cosa vorresti dire? – disse Lisino, piccato.

– Ma niente, era così per dire. – Sofia si chiuse in sé, mentre Chivo approfittò per fare un affondo: – Significa che sei vecchio!

Lisino si alzò, quasi a voler far sfidare Chivo, che si alzò molto lentamente, facendo smorfie di sufficienza. Lisino si rese quindi conto che gli arrivava più o meno al petto. Fece uno scatto quasi a volerlo attaccare, ma Chivo dapprima gli fermò la testa a mano aperta, poi lo deviò verso il muro. Sofia evitò una pedata in faccia scartando a destra e Lisino poté solo piantare le mani in avanti per evitare di finire con la faccia sul muro.

– Che cazzo state facendo? – disse Sofia, pensando che essendo in piedi, avrebbe fatto bene ad intervenire.

Chivo, come prima, si difese: – Mi ha attaccato, ho parato, tutto qui. Lisino, per tutta risposta, emise un grugnito. Sofia lo dovette fermare di nuovo. – State calmi. Steve fai qualcosa!

Steve si alzò e diede un buffetto col mitra ad entrambi. Si ripresero e si sedettero, facendo un mezzo sorriso, per di più finto. Steve uscì dalla stanza e tornò alla scrivania, per farsi vedere un po' fuori.

Arrivò quasi subito una persona che non aveva mai visto e gli disse, senza presentarsi o chiedere se fosse lui il deputato alla sorveglianza: – Domani porta i prigionieri alla riunione.

Steve rimase un attimo zitto, per capire se stesse scherzando o meno. Quando non ebbe alcun tipo di risposta disse: – Ma è proprio sicuro che dobbiamo portare i prigionieri?

– Sì.

Un'altra pausa. Steve non capiva, ma poteva intuire che non avrebbe avuto molte risposte. Annuì e disse: – Va bene, domani mattina ci saranno anche loro.

La persona fece un saluto militare e si congedò. Steve rientrò perplesso. – Ragazzi, siete ufficialmente invitati all'adunata di domani mattina.

– Dobbiamo vestirci eleganti? – disse Lisino. Chivo gli diede una pacca sulla spalla ridendo, ma Lisino non la prese bene. Si stava per alzare e affrontarlo di nuovo a muso duro, quando Sofia gli mandò un'occhiataccia.

– No. In effetti fatico a capire perché dobbiate venire anche voi.

– Probabilmente vogliono farci vedere la bella vita che fate.

Chivo sghignazzava mentre lo diceva, ma Steve disse: – È una possibilità. Sono così fuori dal mondo che non sarebbe da escludere. Domani vengo a prendervi alle otto.

– Un po' più presto no?

Chivo non finiva di scherzare.

– Dai, smettetela di prendermi per il culo.

– Non sarai permaloso anche tu? Non stiamo prendendo in giro te, ma questi gonzi qui. Ti pare che potremmo cambiare idea? Dopo tutto quello che è successo?

– Ma che ne so! Però possiamo farci un'idea di com'è la situazione. Vi ricordo che dobbiamo ancora organizzare per la fuga, e non ho molta voglia di aspettare oltre.

– Nemmeno noi. Hai avuto la nostra fiducia, e sta finendo. Qui c'è gente che sta iniziando a impazzire. – disse Chivo.

– Non vi preoccupate. Domani sarà il giorno della svolta.

Steve si congedò con queste parole. Chiuse la porta e li lasciò, mentre pensava al fatto che le stranezze stessero diventando un po' troppe.

Tornò in branda e pensò di strimpellare un po' la chitarra per stemperare la tensione. Si specchiò nella finitura lucida in finto legno bruciato e si vide. I capelli erano diventati lunghi come mai, ormai saranno stati quattro dita; avendoli molto crespi, erano inguardabili. Gli occhi erano pesanti dalle tante notti insonni. Pensò che forse avrebbe fatto giusto qualche accordo per sentirne il suono. Re minore, Sol minore, Sol diesis diminuito.

Lasciò la chitarra, continuando a fare i restanti accordi di *Fado Portugues* nella sua testa.

16 aprile 1971

La campana informò tutti del fatto che fosse mattina. Tutti era una parola quanto mai impegnativa, pensò Steve. La camerata si era ridotta della metà, se non di più. Andò in bagno, dette una sciacquata a sé e all'uniforme e si mise addosso i vestiti che portava indosso il giorno che fu catturato. Arrivò a metà corridoio e si ricordò di andare a prendere Chivo, Sofia e Lisino.

Aprì la porta e disse: – Orario. Levatevi, o masse, e seguitemi.

Accese la luce. Si svegliarono stropicciandosi gli occhi e brontolando non poco, e uscirono, con Steve in testa.

Arrivati all'ingresso della sala, furono fermati dalla guardia con cui Steve parlò il giorno prima, e proprio a lui disse: – Perché non hai l'uniforme?

– Puzzava di morte.

– Non fa niente. I mezzi sono quelli che sono e la tintoria costa. Non pensare che quelli lì dentro siano tutti con uniformi linde e pulite.

– Mi sono cacato addosso, ok? Penso proprio avrei dovuto lavarla.

– Perché non hai pensato di fare la stessa cosa coi tuoi amici? Tenete queste uniformi e andate a lavarvi.

La guardia lanciò delle uniformi prese da un mucchietto che aveva a lato. Le raccolsero e Steve li condusse ai bagni.

– Senza ciabatte? – chiese Chivo.

– Siete da almeno quattro giorni nella vostra merda e vi preoccupate dei funghi ai piedi? – rispose Steve.

Chivo, convinto da queste parole di Steve, fu il primo ad entrare nella doccia, e fare una doccia dopo due giorni non era una cattiva sensazione, anzi.

Si asciugò con un rotolo di carta igienica, e uscendo, passò la saponetta a Lisino, che gli disse che aveva l'armamentario in bella mostra. Chivo si scusò dicendo che quella situazione gli ricordava troppo la naja. Lisino, per tutta risposta, si raccomandò di non fare scherzi.

Dentro la doccia, Lisino ebbe le stesse sensazioni positive di Chivo, ma una volta fuori ebbe la decenza di uscire coprendosi con il rotolo di carta igienica.

Quando fu il turno di Sofia, Steve, che era rimasto di spalle per le docce degli altri, si girò interessato.

Chivo gli lanciò un'occhiata e gli bisbigliò: – Ti interessa questa puntata?

– Beh, sì, non che le vostre fossero poco interessanti, ma questa ha degli argomenti migliori.

Steve parlò il più basso possibile, e Sofia non lo sentì.

Dietro la porta in vetro smerigliato poteva vedere la sagoma di Sofia che si muoveva, e poteva intuire che si insaponasse prima i seni, poi le gambe. Lisino lo risvegliò dall'incanto: – Giovane!

Steve si risvegliò proprio prima che Sofia lasciasse aprire uno spiraglio e chiedesse l'uniforme. Quando uscì Steve rimase di nuovo imbambolato a fissare il petto di Sofia, e desiderò di essere un bottone in quella camicia. – Forse mi sta un po' stretta qui davanti e sui fianchi. – disse lei.

– A me va più o meno bene, magari un po' lunghi i pantaloni e le maniche della camicia. – Lisino mostrò il fisico compatto, da lattina di birra, esagerato dalle maniche un po' penzoloni. Si fece un risvolto e così andava meglio.

– Anche a me va stretto, ma solo un pelino.

Chivo mostrò che la giacca e la camicia arrivavano a metà ombelico e i pantaloni, aperti sulla pancia, gli arrivavano a metà polpaccio. Steve disse: – Prova a camminare.

I pantaloni, nonostante nemmeno uno dei cinque bottoni volesse chiudersi, erano ben saldi ai fianchi, non scendevano.

– Perfetto. Cinque stelle. Dieci su dieci. Possiamo andare.

Steve e Sofia si misero davanti a Chivo e quando arrivarono alla porta la guardia non si accorse o non fece troppo caso al pessimo spettacolo offerto dalla sua pancia che sbucava letteralmente da sotto la camicia. Fece un cenno della testa a indicare l'interno. Entrarono e si misero verso il fondo della sala. Appena seduti, Lisino disse: – Ho un senso di *deggia viù*.

– Come l'hai detto bene. – Chivo si fermò un attimo, per poi riprendere: – Non penso di avere molta voce in capitolo, vestito così.

– È stata proprio un'idea del cazzo vestirsi così. Mi sento tutti gli occhi addosso. – disse Sofia. – C'è uno dall'altra parte della riga di sedie che continua a fissarmi.

Si girò e gli disse: – Che cazzo guardi? Vuoi che ti prenda a ceffoni? O preferisci a calci nel culo? E comunque ho i vermi lì sotto, se provi a fare qualsiasi cosa, ti viene una malattia fulminante che ti farà pisciare fuoco per il resto della tua vita.

Il milite ignoto si spostò più avanti, e le urla di Sofia arrivarono distintamente anche nel resto della sala, dato che tutti la fissarono un attimo stupiti da tanta violenza verbale e poi guardarono altrove.

Steve in quei momenti non riusciva a capire perché gli piacesse Sofia. Certo, si era fatto venire l'idea fissa quando era in università e la vedeva dietro una scrivania nell'ufficio del prof, o dietro la cattedra quando faceva qualche ora di laboratorio. Di sicuro non l'aveva mai sentita minacciare degli sconosciuti con malattie veneree. Chivo e Lisino, semplicemente, guardarono altrove.

La sala faticava a riempirsi.

– Ma siamo venuti molto in anticipo? – chiese Lisino.

– No. Siamo diventati pochi col tempo. I primi giorni qui era sovraffollato. Secondo te perché vi hanno fatto venire? Voi fate numero. – rispose Steve.

– Sì, l'avevamo capito. Dobbiamo fare contento il capo o cosa?

– Non lo so. A me hanno detto di fare così. Anzi, me l'ha detto il tizio lì – disse Steve indicando la guardia alla porta.

– Vedi se ci sono altre facce che non ricordi.

Steve si alzò un attimo, facendo finta di sgranchirsi le gambe in maniera poco credibile. Si sedette quasi immediatamente: – Vedete il gruppetto, fila centrale al centro, sulla destra?

– Sì.

– Dietro di loro c'è uno con cui faccio la ronda. L'ho visto darmi il cambio una volta. Li tiene sotto tiro con il mitra.

– Non dovresti fare lo stesso anche tu?

– Lo sto già facendo.

Steve si spostò dietro Chivo, che era al centro, e mise una mano sul calcio del mitra.

– Non mi fate fare brutte figure.

In quel momento entrò Biagio.

Biagio rimase in piedi dietro il tavolo dei relatori. Era lì, a testa alta, ed era dietro un paio di occhiali da sole da aviatore. Lisino disse: – Me lo ricordavo più alto.

Steve rispose, agitato: – Per favore, se devi dire queste stronzate, dille a voce più bassa, così non ti sentono e non devo mettere in piedi una pantomima che non ho voglia di dire, figurati di fare.

Lisino gli disse, facendo ampi gesti: – Ok, ma stai calmo, non c'è bisogno di alterarsi così.

Si mise quindi con le mani giunte, come uno scolaretto. Chivo gli mormorò: – Certo che sei stronzo. Stai calmo altrimenti ci metti nei casini.

Biagio aspettò il silenzio più assoluto, che non proveniva solo dalla zona dov'era Steve. Era sempre impassibile, con le braccia rilassate lungo i fianchi. Sofia notò rispetto a quando lo vide il giorno del "discorso", un volto più scavato, più sofferente, come se fosse stato anche lui costretto a mangiare pane e acqua. Appena ci fu un momento di pausa da parte del brusio, prese la parola.

– Compagni...

A quella parola, pronunciata da Biagio, Steve aveva di solito un pavloviano colpo di sonno, ma questa volta si accese un'altra area del suo cervello, quella che gli fece realizzare un particolare, forse insignificante, forse fondamentale.

C'era una parte dei ribelli che si riferiva agli altri come "compagni" mentre il resto usava la parola "colleghi". Steve non pensava di sapere bene l'italiano, ma sapeva di sicuro che colleghi si usava in un ambito lavorativo, e una delle rare eccezioni era l'ambiente universitario, in cui non gli sembrava di essere.

Quindi gli altri se ne andarono perché, mercenari non pagati, si sarebbero rotti il cazzo. Questo avrebbe spiegato l'aula semi vuota e l'assenza di altri casini dopo quelli al bar. E anche che fine avesse fatto Bettini.

Steve cercò di ritornare al discorso di Biagio: — La lotta è ancora lunga, ma penso che l'obiettivo sia quello di andare oltre Muzzano.

Dopo quella frase iniziò a trattenere a fatica le risate, mentre gli applausi scrosciavano. Uscì, per non farsi vedere e per far passare la crisi di riso, dicendo alla guardia di tenere d'occhio la situazione. Al suo rientro, Lisino disse: — Mi sto rompendo le scatole. Chivo disse: — Anche io. Tienimi il gioco.

Steve non fece in tempo a pregarli di non fare casino che Chivo si alzò urlando: — Ma mi hai toccato il culo?

Lisino, da seduto, urlò anche lui: — Che dici, non sono mica un *recchione*!

— Ah, no? E chi me l'avrebbe toccato? Questo frocetto qui dietro?

Steve si alzò e puntò il mitra verso Chivo che, con una sola mossa gli sfilò il mitra e gli diede un colpo alla tempia che lo stese. Nonostante questo, Biagio continuò, come un disco che non poteva essere fermato una volta partito. Chivo si diresse quindi all'uscita, puntando il mitra verso Lisino: — Io e te ce la sbrighiamo fuori. E questo non mi serve.

Buttò il mitra verso Steve che si riprese. La guardia all'ingresso rimase ferma, forse divertita dalla situazione, forse per rispetto a Biagio. Sofia, approfittò della situazione per dare anche lei un ceffone a Steve e uscire, dando una leggera spallata alla guardia. Steve uscì seguendola, e trovò gli altri due che ridevano come pazzi, davanti alla porta del carcere.

– Bella idea Civv, bella idea. – disse Lisino.

Steve intervenne, ancora col fiatone: – Meno male che era lui a non dover fare lo stronzo.

– Senti, quel tipo è insopportabile. Ma come ha fatto a convincere tutti quelli che c'erano? – disse Chivo.

– Io posso parlare per me. Per gli altri non so, ma ho un'idea, e per me, la risposta è qui dentro.

Mostrò loro la lettera.

– Domani la aprirò e vedrò cosa c'è qui dentro.

Chiuse il cassetto a chiave e riportò i tre nella cella. Prima di chiudere disse: – Chivo, penso che la botta di mitra sia stata realistica. Mi hai mancato di trenta centimetri ma per fortuna sono caduto subito.

– In effetti ci ho creduto – disse Sofia.

– Io ho creduto al tuo ceffone, invece. Ho ancora il tatuaggio delle tue cinque dita in faccia. Ora state qui buoni. Vediamo in che maniera mi romperanno le scatole le guardie.

Nemmeno il tempo di chiudere la porta che si presentò la guardia di prima.

– Caro Soares, i tuoi sorvegliati non sono stati molto bravi.

– Sì, ma non si preoccupi. Gli darò una regolata.

– Mi raccomando, sia duro. Biagio non ha battuto ciglio, ma sono certo sia molto amareggiato. Ora torni dentro, e mi faccia sentire le urla.

"Questo è peggio di Bettini", pensò Steve. Tornò dentro, e disse con un tono di voce molto basso: – Ragazzi, devo fare finta di picchiarvi.

– Eeeh? – rispose Lisino, nel suo tono di voce esagerato.

– Sssh! Ora fate un po' di urla.

I tre, iniziarono a urlare, ma non era il massimo. Steve li incitava come un regista: – Più convinti, più convinti. – mentre si schiaffeggiava le gambe come per tenere il tempo in una canzone country.

Le urla furono più convincenti, tanto che ci fu un bussare alla porta. Steve sentì a malapena e li chiamò, toccandoli sulle spalle: – Ora state giù a lamentarvi.

Era, ovviamente, la guardia. I tre erano stesi, che si lamentavano, la guardia disse: – Bel lavoro. Nemmeno una goccia di sangue.

Prima che Steve potesse parlare, Sofia disse: – La gamba, brutto stronzo, mi hai rotto la gamba!

Chivo si toccava il braccio e disse: – A me questo è rotto!

Lisino, invece: – A me hai rotto il costato! Ora mi verrà la peritonite e morirò come Francesco.

Chivo era tentato di rompergli davvero il costato, dopo questa inutile sparata. La guardia, invece, rimase sbalordita, e si complimentò di nuovo con Steve: – Ora però vai di ronda. È il tuo turno.

– Ma mi spiega lei chi è?

– Sono il caporale maggiore Franceschini. Ora supervisiono io questa zona.

– Capisco.

Steve a quella risposta intuì anche di chi fosse quella lettera. Chiuse la porta e uscì per andare di guardia. Sentì le risa degli altri provenire da dentro.

Come si fa a non impazzire dopo quattro giorni di prigionia e otto di fuga continua? Chivo tirava verso il muro una palla improvvisata con i calzini dell'uniforme che gli avevano dato prima, mentre Lisino fissava il muro, pensando chissà cosa. Sofia, invece, fissava gli altri due, ponendosi quella domanda, e cercando dei motivi per i quali non stavano dando tutti delle testate al muro. In quel momento avrebbe desiderato aver studiato qualcos'altro, tipo psicologia, così da poter fare un profilo dei due che aveva di fronte, e soprattutto di Biagio.

Da come l'aveva visto sul palco, le sembrava di aver assistito alla personificazione del leader delle masse caduto in disgrazia. Anche l'ultima sparata sul fatto che avrebbero potuto conquistare "Muzzano e anche altrove" rientrava in questa categoria. Chissà in quanti gli avranno creduto, e in quanti invece battevano le mani per circostanza o per rendiconto personale.

Lo sguardo era sempre fisso su quei due. Chivo iniziava a palleggiare la pallina prima di lanciarla verso il muro con un semi-gancio, cercando anche angoli strani e maniere bizzarre di farla rimbalzare sul muro per poi recuperarla. Lisino, invece, tracciava dei segni col dito per terra. Somigliavano ad un uno, un due e una x, che si ripetevano senza soluzione di continuità. Dopo che ne ebbe fatto qualcuno, si girò verso Chivo: – Chissà poi la schedina com'è andata...

– A me lo chiedi? Che cazzo ne posso sapere? Piuttosto, non dovresti avere anche la schedina?

– L'ho lasciata da Michele, dopo tutto il casino che è successo.

– Sei sicuro che sia ancora lì?

– È più sicuro lì che qua. In ogni caso dobbiamo sapere come è andata.

– Ma tanto sai che probabilità ci sono che tu abbia vinto? Sono minime, roba dello zero virgola qualcosa.

– No, finché non vedo i risultati, ho il cinquanta per cento di possibilità di aver vinto.

Chivo inorridì: – Ma scusa, il cinquanta per cento?

– Eccerto. O abbiamo vinto, o non abbiamo vinto.

Chivo schiumava dalla rabbia. Sofia, ignorandolo, disse: – In effetti, da un punto di vista prettamente atomico, ha ragione. Non si può sapere il risultato di qualcosa prima di un'osservazione. Nel caso di due possibili casi, hai il cinquanta per cento di possibilità che qualcosa accada. Hai presente il gatto di Schrödinger?

Chivo alzò le braccia e si lasciò cadere all'indietro, verso il muro.

– Hai visto? Anche *Schnellinger* mi dà ragione.

Dopo questa uscita di Lisino, Chivo si girò, si mise una mano davanti alla bocca per soffocare il rumore, e iniziò a urlare. Dopo un po', si girò e disse, quasi sorridendo: – Avete finito di prendermi per il culo?

Sofia sorrise, Lisino no, e disse, un po' confuso: – Veramente...

Chivo lo interruppe con un grugnito e Lisino rinunciò a finire la frase, alzando le mani in segno di scusa.

– In un qualsiasi bancolotto penso abbiano i risultati dell'ultimo anno, figuriamoci dell'altra settimana.

– Questo deve interessare anche te, in caso abbiamo vinto, allora tre tredicesimi sono tuoi. Tre risultati me l'hai detto tu.

– Sono stupefatto sia per quello che hai detto, sia per come sei riuscito a rompere quasi tutte le regole della sintassi italiana. – disse Chivo.

– Ancora rompi le palle con questa storia dell'italiano? Ma con i tuoi genitori come facevi? Scassavi anche a loro?

– Non ci parlavo molto.

Il gelo tornò. Fissarono tutti terra, in un punto indefinito, verso l'angolo della latrina.

Lisino fu il primo a intervenire: – Scusa *Civv*.

– Scusa tu, hai ragione. Dovrei smetterla di parlare sempre ad ogni errore grammaticale che fai.

– No, fai pure…però con più calma.

Lisino sorrise, e Chivo rispose sorridendo anch'egli.

Quel sorriso era un debole tentativo di nascondere il desiderio impellente di parlare con suo padre. Aveva letto abbastanza libri per capire che il problema risiedeva nel fatto che quando, col treno, aveva visto il nuovo ponte San Michele che tagliava il golfo a metà, i ricordi di quando era un ragazzino iniziavano ad affiorare nella sua mente. Poi quando vide Capodimonte, capì il senso delle frasi di Steve sul destino, alle quali in un primo momento aveva sorriso ritenendole poco più che superstizioni. Il suo doveva passare da dei chiarimenti col padre.

In quel momento dovette alzarsi per recuperare la pallina.

– Oh, ragazzo, record mondiale di palleggi contro il muro. Era vera la storia del passato nella pallacanestro. – gli disse Sofia, con un nemmeno troppo vago tono ironico.

Chivo sorrise, di nuovo: – Non hai visto niente.

Pensò di alzarsi, ma si ricordò delle botte in testa prese, e decise di stare seduto: – Poi fuori di qui ricordami di trovare un canestro, vi faccio vedere un paio di trucchi.

Sofia gli sorrise, e poi si girò verso Lisino, che, avendo

notato l'irrequietezza di Chivo, non poteva non approfittarne per dimostrare che aveva ragione nel voler accelerare le operazioni di fuga: – Vedo che anche tu vuoi andare. Stai facendo come i cani quando sognano, che muovono i piedi senza camminare.

Chivo gli disse: – Sì, lo so, però bisogna aspettare. Steve ha detto che domani ci darà una risposta, e io mi fido di lui. Tu? Sei rimasto ancora a quando pensavi che ci avesse tradito?

– Bah. Certe idee sono dure a morire. Io ero dell'idea che doveva aprire subito la lettera, invece di seguire le istruzioni di quella pantomima.

– Domani sapremo. – disse Sofia, secca.

Chivo si mise a braccia conserte, appoggiato al muro. Decise che era il caso di farsi un pisolino, e lo annunciò agli altri, dicendo di non rompere troppo le scatole.

Steve camminava in maniera stanca, come se il tarlo che aveva in testa e che continuava a scavare gli appesantisse anche il passo. Continuava a confabulare tra sé e sé del fatto che c'era gente che era in quella rivoluzione solo per i soldi. Certo, anche lui c'era finito in mezzo per uno scopo, ma pensò che salvare la propria pellaccia fosse più nobile di qualche quattrino. Inoltre, il fatto che anche loro fossero a pane e carne in scatola mentre prendevano uno stipendio un po' lo disturbava.

Arrivò al ponte, ma non vide nessuno che gli venisse incontro. Aspettò un po', ma niente. Cercava un qualsiasi appiglio visivo che gli dicesse di andare, di non preoccuparsi, e di continuare a pensare ai fatti suoi, ma non ne trovò nessuno. Il sole era abbacinante, e riverberava sul mare come se fosse riflesso su uno specchio, tanto che da lontano non riusciva nemmeno a vedere il ponte, stretto com'era da due punti di luce. Quando si avvicinò, vedeva questi punti spezzarsi negli incastri delle onde.

Mentre era lì fuori mandava a fare in culo l'altra guardia, pensando che si fosse addormentata, ripensò a come doveva essere la gioventù di Chivo, mentre passeggiava forse per quelle vie, quando usciva da scuola, quando non c'era un professore, o quando faceva *gazeta,* non andando a scuola. Lo poteva immaginare mentre passeggiava sentendo il fresco del mare, in una giornata d'aprile come quella. Ad un tratto corrucciò le labbra e pensò che forse era il caso di tornare indietro. Lasciò perdere quell'idea, dato che non voleva mettersi nei guai proprio in quel momento che era arrivata una luce in fondo al tunnel.

Non poteva fare a meno di pensare anche alla lettera. Tarlo numero due. Dal lungomare, in quella zona, il mare era poco movimentato, era torbido, quasi plumbeo. Fissandolo, vedendo le onde scure e basse che viaggiavano senza spuma bianca, cercava di scacciare i tarli dalla testa, senza successo.

I "colleghi". La lettera. Sofia. Tarlo numero troppo.

Steve non poteva farci nulla e lo sapeva. Sofia era un tarlo di tipo diverso, era uno di quelli che se anche fosse riuscito a scacciare, avrebbe lasciato un bel buco come ricordo. Faceva parte della stessa famiglia di tarli di prendere la laurea, tornare in Portogallo, rivedersi con gli altri, e riuscire finalmente a realizzare qualcosa, come il vecchio progetto della rivoluzione.

Ecco un altro buon motivo per essere lì, che pensò di non aver mai affrontato nelle sue elucubrazioni solitarie. Imparare come non si fa una rivoluzione. Avrebbe provato con i suoi vecchi amici, ma di certo non avrebbe preso mercenari, per poi tenerli a pane e carne in scatola o forse addirittura non pagarli. Non pensava fosse il caso.

Dell'altra guardia non c'era nessuna traccia. Decise di andare a vedere, dopo aver aspettato un po'. Fischiettava St. Louis Blues, di cui non si ricordava il testo e anzi, era relativamente sicuro di non averlo mai saputo. Andò sul lungomare di cui non sapeva il nome, ma la cui simmetria con l'altro che aveva perlustrato per tante volte gli riempì il cuore in una maniera bizzarra. Non trattava quel momento come sorveglianza. Si sentiva, a suo modo, un turista. Se poi avesse sentito una richiesta d'aiuto, o visto qualcosa di strano, sarebbe intervenuto. Forse.

Arrivò all'altro lungomare, diede un'occhiata alle rovine del ponte fatto saltare anch'esso, ma nessuna traccia dell'altra guardia. In un trionfo d'intelligenza, pensò che lo stesse aspettando alla piazza centrale. Ci andò sempre con relativa calma, come se non potesse in effetti esserci un'emergenza.

La sua autostima crollò quando alla piazza non trovò nessuno. Le alternative all'emergenza non c'erano. Le parole dell'altra guardia del giorno prima gli rimbombavano nella testa. Era inutile tornare alla base a chiedere aiuto. Rifece il giro, ma molto lentamente. Iniziò a vedere nelle viuzze che intersecavano i due lungomari, e notò che a differenza dell'altra parte dell'isola, tutte le vie erano parallele l'una all'altra e c'era almeno un punto in cui poteva vedere chiaramente il mare anche girandosi a sinistra. Dopo il secondo giro di quella sezione dell'isola, decise di tagliare per il centro, dove vide quella figura saltare giù dal ponte.

Dava un'occhiata da lì, e trovò una guardia che prendeva il caffè al bar. Gli sembrò di essere tornato indietro di qualche giorno, a prima della rivolta.

– Ma cosa ci fai qui? Non dovresti essere nel bel mezzo del tuo giro di ronda? – gli chiese Steve.

– Ma sì, stai tranquillo. Vuoi sederti? Gianni, un caffè per il ragazzo. – rispose la guardia.

– Ma…

– Stai tranquillo.

Steve lo guardò e rimase lì. Non sapeva a che pensare, se non che la tattica della pazienza stava funzionando.

– Come mai sei così tranquillo? – chiese Steve.

– Anche se mi agito che succede? Io ho visto che in questo lato non succede nulla, si vive tranquillamente, come se non fosse successo mai niente.

– Ma il bar dove stavo io è bruciato tutto.

– Lo so, lo so. Colpa di qualche testa calda. La sfortuna tua è stata la vicinanza alla base. Qui sono quindici minuti a piedi, uno già si calma, se è facinoroso.

– E le fughe?

– Stai tranquillo.

Steve era poco convinto. Per un momento si convinse di

essere passato davvero in un varco spazio-temporale o qualcosa del genere, tratto dai libri di fantascienza. Voleva fare così tante domande che rimase zitto. Ringraziò per il caffè e si rimise a camminare. Andò sul lungomare, sulla panchina più vicina e si sedette. Era decisamente arrivato il momento di aprire quella lettera.

Lisino ricominciò ad armeggiare con la serratura: – Tanto qui fuori non c'è nessuno. Secondo te, il fatto che il manico sia *tosto* [28] vuol dire qualcosa?

Chivo rispose: – Penso che sia chiusa male, forse si è incastrata.

Lisino allora provò ad aprire la porta anche saltando con le mani sulla maniglia, ma senza cambiare nulla.

Sofia era molto seccata da quello che stava facendo Lisino, soprattutto dal fatto che non riusciva a fare progressi, aumentando il rumore: – Ancora smanetti lì? Non ti avevamo già detto di lasciar perdere?

– Boh. Forse sì. Ma non ho molto altro da fare. Poi, io voglio aprire questa porta. Non per scappare, sia chiaro.

– Sì, come no. Stai qui e spieghi tutto alla guardia che è qui fuori.

– Che ne sai. Non penso ci sia nessuno, e al massimo è il ragazzo.

– Steve, dici? Non credo. Divertiti, comunque.

Sofia ritornò a pensare, ma si era dimenticata a cosa stesse pensando prima che fosse interrotta dai tentativi di scassinamento di Lisino. Dopo vari tentativi, si ricordò cosa fosse, ovvero che se anche la tattica di Steve fosse fallita allora probabilmente sarebbe toccato a lei organizzare un altro piano, se pure fossero sopravvissuti.

Lo fece in due secondi netti. Avrebbe convinto Steve a lasciare aperto e sarebbero fuggiti dalla porta principale. Però se il piano fosse fallito, allora Steve sarebbe potuto rimanere in carcere con loro. Idea fatta e smontata in dieci secondi,

---

[28] Duro

probabilmente era il record mondiale. Forse era meglio, quindi, che il piano di Steve andasse a fondo. Dopotutto, perché sarebbe dovuto fallire? Non riusciva a trovare un motivo valido. Dopotutto era certamente più intelligente di corri fuori e spera di non essere impallinato.

Sofia contrasse i muscoli come in uno spasmo, come se avesse appena frenato alla fine di una corsa. Poteva quasi sentire il vento tra i capelli come quando finiva la corsa campestre al liceo.

Si fermò nel nulla mentale. Le mancava il passo successivo del suo ragionamento e rimase ferma, con gli occhi un po' più aperti del solito, prima di ritornare nel mondo reale, quando sentì il rumore insieme metallico e ovattato di Lisino che prendeva a pugni la porta. Disse: – Ti sei convinto ora?

– Sì, beh sì. In ogni caso io avrei fame.

– Ah, come mai, pane e acqua non ti bastano?

– La tua ironia è superflua, cara Sofia. – Chivo, preso un tono da sermone, continuò: – Quando è stata l'ultima volta che ce l'hanno portato?

– Boh, penso stamattina, prima che Steve andasse a fare la guardia.

– Appunto. Di sicuro un po' di tempo è passato, dato che sotto la porta non vedi luce naturale, ma quella della lampadina.

Sofia rimase stupita dell'analisi di Chivo. Anche Lisino, che ci era arrivato avendo preso come riferimento il suo stomaco.

– Ho avuto un'idea geniale. Possiamo andare noi a prendere il cibo. – disse Lisino.

– Come? No, no, è troppo rischioso. – disse Sofia.

– Sofia, dimentichi quelle. Lisino si potrebbe vestire con quelli e andare a prendere lui il mangiare. – disse Chivo indicando le divise ammassate in un angolo.

Sofia, scimmiottando Chivo, disse: – Chivo, se non la smetti di parlare come un prete, ti riduco come un cristallo di Boemia in mano a un bimbo. Comunque, Lisino, te la senti?

Lisino, dopo un momento di pausa, disse: – Io non ho parlato di me.

Chivo disse: – Ragiona. Io ero ridicolo con la divisa addosso, sembravo con i vestiti di un poppante. Se ci andasse lei ne farebbero carne da porco, chiedendosi perché non l'avessero già fatto prima. Se vuoi che qualcuno vada lì, devi essere tu.

– Ma la porta?

Chivo abbandonò il tono da predicatore, e prese un accento simile a quello di Lisino: – Meh, vuoi o no? Alla porta ci penso io.

– Va bene. Però chiudete un attimo gli occhi.

Lisino si cambiò. Fece i risvolti alle maniche di camicia e pantaloni, ed era pronto. Chivo si alzò molto lentamente, e sempre ingobbito, iniziò a tastare la maniglia: – Ho capito. Basta fare una pressione decisa e costante su questi due punti. –

Spinse due punti a metà strada tra la maniglia e gli stipiti. Iniziò in maniera delicata, poi spinse sempre più forte, fino a farla aprire.

– Prego.

Lisino uscì. Cercò un salone che potesse essere la cucina, e incontrò la figura allampanata che parlò alla mattina.

– Buongiorno dottò. Ma voi non mi sapete dire dove sono le cucine?

– Uh, domanda bizzarra. Non ricordo di averle fatto il discorso, lei è...

– No, sono nuovo. Grande discorso questa mattina.

Biagio lo guardò compiaciuto, e disse: – Grazie. Le cucine sono in fondo al corridoio, a sinistra. La aspetto per il discorso domattina.

– Va bene.

Lisino tirò un sospiro di sollievo, pensando di non aver mai pensato così in fretta, e andò in fondo al corridoio, a sinistra, per prendere le razioni. Provò a ricordare come fosse ai tempi del militare, quando poteva essere toccato a lui. In realtà non riuscì a trovare nulla, probabilmente non l'aveva mai fatto. Provò a chiederle come in pizzeria: – Tre razioni per la cella.

– Quale cella?

– Quella vicino al salone delle conferenze.

Dopo un grugnito di risposta, gli arrivò un vassoietto marrone con sopra tre ciotole che conosceva fin troppo bene. Si era inoltre dimenticato di chiedere l'acqua a parte, per poi ricordarsi che era meglio quel pastone unico, data la durezza del pane.

Fece una fatica immonda per portare il vassoio senza rovesciare tutto. Rimpianse quando mandò a quel paese suo cugino Pasquale, omonimo di quello che faceva il cascatore al cinema, quando gli chiese di aiutarlo col suo bar quando aveva tredici anni. Almeno in questo caso se la sarebbe cavata in meno tempo e con minori possibilità di far danno.

Davanti alla porta della cella, trovò Steve che, a vederlo, divenne improvvisamente paonazzo.

– *Vagliò*, non potevamo aspettare te, avevamo fame. – disse Lisino.

Steve fece gesti ampi, da vigile in ora di punta. Entrò insieme a Lisino e vide la porta aperta, però con la toppa della serratura che sporgeva.

Una volta dentro si sedette insieme agli altri. Dalla velocità astronomica con la quale trangugiavano quella sbobba, capì che non ci sarebbe voluto molto per uscire. A lui interessava perché aveva in mente che, doveva aprire quella lettera.

Infatti, poco dopo poté già riportare i vassoi alla cucina, dove gli fecero notare che non era lui quello che aveva preso i vassoi per la cella. Steve fece spallucce, mormorò qualcosa di incomprensibile e si girò senza dare altre spiegazioni.

Tornando, vide la porta: – Ma ora questa?

Chivo gli disse, alzandosi: – Ora giri la chiave come per aprirla, poi chiudila ed è tornata a posto. Non l'ho sfondata, l'avevi chiusa male tu, era incastrata.

Steve arrossì e chiuse la porta sorridendo. Si girò verso la scrivania, e, nonostante ce l'avesse sotto gli occhi già da qualche giorno, si accorse che era stata di un bidello, o qualcosa del genere. Probabilmente se avesse cercato bene nei cassetti, avrebbe trovato un berretto come quello del tipo che puliva in università. Provò a vedere per curiosità e trovò solo dei fogli bianchi con sopra dei calcoli a colonna verso il fondo di un foglio e su un altro dei disegnini fatti da qualcuno molto annoiato.

Prese la lettera. Notò che era stata chiusa ripiegando il lembo, invece di chiuderlo leccandolo.

La aprì e vide che era stato messo un foglio per non far vedere all'interno; inoltre si accorse che i fogli erano simili come qualità e colore a quelli nel cassetto visti prima. Spiegò il foglio e lesse: "Caro Bartolomeo". Steve lo richiuse immediatamente. Non poteva andare oltre a leggere qualcosa chiaramente non indirizzato a lui. Poi pensò che non vedeva Bartolomeo da due giorni. Decise quindi di riaprirla e leggerla comunque:

"Caro Bartolomeo,

ho visto come stai soffrendo in questa situazione. Ti posso dire che se volessi fuggire c'è un modo. Se vai nell'altra metà dell'isola c'è un bar, verso metà della via centrale. Bar Rossi. Lì chiedi di Peppino Cocco Bello. Lui poi ti dirà cosa fare. Niccò.".

Dopo aver letto quella lettera, a Steve tornò in mente quella figura che vide saltare due giorni prima, dalle rovine del ponte.

Poteva in effetti essere Bartolomeo, ma se avesse letto la lettera che aveva in mano, allora non si sarebbe buttato così, ma avrebbe fatto come indicato nella lettera. Vide che poco sotto la firma c'era un post-scriptum:

"P.S.: Avvisa anche Steve, ma digli di aspettare un altro paio di giorni, altrimenti non entreremmo nel gommone."

Steve avendo letto così, si sentì rassicurato. Non si sforzò ulteriormente per capire tutto, per capire perché non tornassero i conti. A lui interessava solo che non li avessero fatti saltare dal ponte.

Gli pulsava la testa ed arrivò alla conclusione che fosse il fatto che non avesse anche lui usufruito della sbobba. Andò alla cucina e prese una sbobba per sé. Si sedette in camerata a pensare. Vedeva i letti sfatti e vuoti degli altri, già fuggiti. Uno stanzone che poteva contenere quaranta persone coi letti, ne conteneva quattro. Si sarebbero potuti prendere dieci letti a testa e nessuno si sarebbe lamentato. Chissà a cosa erano deputate quelle altre persone, visto che faceva dei turni massacranti. Finì il pastone e lo andò a riportare. Chiese altra acqua e gliela diedero, malvolentieri.

Se ormai anche l'acqua era razionata c'era un problema, pensò. Fortunatamente era solo questione di tempo prima di uscire da quella situazione. Passò dalla cella a spegnere la luce e tornò in branda. Andò a prendere la chitarra, e pensò che il tizio che se l'era portata non c'era più già da un po'.

Iniziò a fare gli accordi di *St. Louis Blues* ma dopo le prime sei battute tornava sempre a *Fado Portugues*. Forse era il caso di dormirci su. Era tentato dal tornare alla cella per parlare un po' con gli altri. Probabilmente l'avrebbe consolato in quel momento sapere che dopo che le luci furono spente, nella cella erano già tutti addormentati dopo un paio di minuti.

Steve si alzò nel buio e andò nel corridoio, dove le luci rimanevano accese. In canottiera e mutande andò in bagno. Si vide allo specchio, e si accarezzò la faccia. Forse sembrava più lui un carcerato di Lisino, o di Chivo, con quella barba e quella faccia.

Scrollò le spalle e si ripromise di mettersi a posto il giorno dopo. Gli tornò in mente la frase di Lisino "domani viene sempre di lunedì". Non faceva più caso a che giorno fosse il successivo già da un po', quindi nessun problema. Iniziò a passeggiare lentamente per i corridoi deserti. Si chiese se, durante il giorno, ci fosse più vita di quanta ce ne fosse adesso. I muri una volta bianchi erano ormai con delle scritte sopra, e alcune lampadine non andavano più. Pensò che ormai chi fuggisse da lì non era *un topo che lascia la nave che affonda*, quanto un passeggero che va nelle scialuppe di salvataggio. Il minimo impulso di continuare era ormai svanito, come quelle lampadine.

17 aprile 1971

Steve sperò che oltre alle lampadine del corridoio, si fossero portati via anche la sirena usata per la sveglia. Pochi istanti dopo ebbe la risposta, e fu negativa. A quel suono, che penetrava a fondo nel suo cervello, ebbe l'impulso di alzarsi. Si sentì come il cane di Pavlov, e non era una bella sensazione.

Si vestì e andò alla sala congressi, sempre con il pilota automatico inserito. La guardia all'ingresso non lo fece entrare: – E i tuoi prigionieri?

Steve all'inizio non capì. Per cinque lunghissimi secondi rimase in silenzio, pensando poi di avere un'espressione da contadino del Kentucky che ha trovato un alieno atterrato nel suo campo. Nel frattempo che ebbe finito di elaborare l'intero pensiero, l'espressione sparì dal suo volto e capì, tutto ciò senza un ordine preciso.

– Ah, sì. La mattina sono poco sveglio. Ora vado a chiamarli.

Steve accese le luci della cella e aprì: – Ragazzi, sveglia. Tutti all'adunata.

– Anche noi? Anche oggi? – bofonchiò Chivo, con la bocca ancora impastata dal sonno.

– Sì, dai. Fate presto. Vi aspetto fuori.

Seguirono lo stesso rituale del giorno precedente, uno alla volta si cambiarono, questa volta però nella cella.

Uscirono uno alla volta e, come il giorno precedente, Chivo era sempre ridicolo, Sofia sempre troppo prorompente, e Lisino l'unico credibile, anche se con i risvolti a camicia e pantaloni.

Si mossero tutti insieme e Steve li presentò alla guardia che, ovviamente, fece il sorriso più ampio a Sofia, che una volta seduta disse: – Quello lì è un porco, ma fa bene alla mia autostima.

– Se quello era un porco, "*t'avesse frisciuto comm nu vurpp*".

Lisino poi si mise a ridere bonariamente, aspettandosi una richiesta di chiarimenti, che arrivò con un "Eh?" quasi immediato da parte di Sofia.

– Tradotto, ti avrebbe fritto come un polpo. Immagina in che senso. – Chivo prese le funzioni di un traduttore, ancora una volta.

– Ok.

Biagio era già nella sua posa che significava la sua attesa del silenzio per poter iniziare. Una volta ottenuto, disse: – Innanzitutto, volevo ringraziare l'unico tra i presenti che mi abbia fatto i complimenti per il discorso di ieri. Prego.

Indicò con la mano aperta Lisino che scattò in piedi, fece qualcosa di simile ad un saluto militare e si sedette. Nella sala scese il gelo, poi ci fu un timido applauso. Appena tornò il silenzio, Chivo e Sofia smisero di nascondersi, e Steve bisbigliò: – Cos'è che hai fatto tu?

Lisino si girò e lo vide paonazzo. Cercò di rimanere sul vago: – Potrei averlo incontrato mentre andavo a prendere la sbobba.

– Cosa? Ma sai cosa hai rischiato?

– No, in realtà mi ha solo fatto notare che non mi ha fatto il "discorso".

Steve fu poco convinto. Nel frattempo, Biagio continuava a parlare, e nella sala l'attenzione era la stessa del giorno prima, al netto di qualcuno che russava un po' più forte.

– Sì, ma avrebbe potuto riconoscerti.

– E quindi? Non penso che essere stato un prigioniero ti abbia creato tutti questi problemi.

Steve rimase in silenzio un attimo. Si girò verso Chivo e lo trovò, con i suoi vestiti di parecchie misure più stretti, che torreggiava anche da seduto, con gli occhi chiusi e le braccia incrociate, come un genio della lampada. Cercò di toccarlo per attirare la sua attenzione, ma lo scacciò come si fa con una zanzara e gli disse: – Sono concentrato sul discorso.

– Sì, ma Lisino…

– E lascialo perdere! – Anche Sofia si sentì di intervenire. Steve, a quel punto, si lasciò andare sulla sedia e anche lui chiuse gli occhi e incrociò le braccia, sperando che questa volta non facessero un altro casino.

Dopo quello che a lui sembrò un attimo, fu svegliato da degli applausi. Chivo, Lisino e Sofia erano in piedi, che battevano il piede, facendo immaginare che avessero gradito molto il discorso. Steve aprì gli occhi e disse: – Siete una manica di stronzi. –. Fece uno sbadiglio, e si alzò.

Steve li riportò alla cella, ed entrò anche lui. Disse: – Grazie per non aver fatto altri casini. Immaginavo che ci avreste riprovato, ma questa volta, senza l'effetto sorpresa, potevano esserci delle conseguenze.

– Ma prego. Piuttosto, quali sono i piani per la fuga? Conclusioni dalla lettera? – disse Lisino.

– Niente, devo andare in un bar stasera e poi vediamo un po'. Penso che comunque tra un paio di giorni al massimo riusciremo a fuggire.

Lisino sembrava ancora poco convinto: – Ma da qui come riusciremo a fuggire?

– Come sei riuscito a fregare Biagio? – disse Steve prendendogli energicamente la divisa, poi continuò: – usciremo di qui come se andassimo a fare la guardia.

– Ma non troveranno strano che usciamo tutti insieme?

– Quante domande fai! Allora, sentimi. L'unico problema è la guardia che fa l'ingresso alla sala, che sa che voi siete i prigionieri.

– Mi stai dicendo che gli altri non hanno idea del fatto che siamo prigionieri?

– Voi non siete prigionieri, siete soldati. Solo per domani o per quando sarà. Ok?

Anche Lisino si rassegnò. L'inizio del piano aveva un senso; il resto doveva essere al suo livello, se avessero voluto tornare a casa con le penne tutte attaccate, come diceva suo cugino che scriveva sceneggiati.

Steve uscì e chiuse la porta. Si assicurò che fosse chiusa

bene, per poi tirare un grosso respiro. Non era per niente sicuro del fatto che quel piano sarebbe riuscito, ma a vedere le facce degli altri, era certamente più convinto di prima. Scrocchiò il collo e andò in dormitorio. Pensò che avrebbe potuto fare un pisolino. Rimase seduto sul lato del letto.

Per forse la prima volta, era solo in camerata. Si chiese dove fossero finiti gli altri. Noncurante dell'eventuale risposta, si mise su un fianco, e iniziò a russare.

Steve iniziò il turno camminando al doppio della solita velocità. Forse si illuse che così potesse finire prima, ma presto si rese conto di stancarsi troppo e che facendo così non avrebbe accelerato il tempo.

Cercò di calmarsi un attimo.

Il sole ormai stava tramontando e si specchiava e moltiplicava tra le increspature del mare. Era un paesaggio perfetto per i quadri che era solito fare un lontano parente e che aveva appesi a casa. Steve pensò che se e quando fosse riuscito a tornare a Roma, si sarebbe fatto delle lunghe passeggiate sul lungotevere. Forse con Sofia. Ecco che gli tornava prepotentemente in mente lei. Il solo pensiero di poter provare a stare con lei lo metteva di buonumore; pensò che una volta che il buio fosse diventato totale, sarebbe potuto andare al bar indicato sulla lettera: camminò quindi lentamente cercando di pensare a qualsiasi altra cosa.

Era però inutile. L'unico pensiero era di andare lì e incontrare Cocco Bello, o come diamine si chiamasse. Pensò che fosse il caso, quindi, di andarci subito.

Salutò l'altra guardia alla piazza e, appena fu fuori dal suo campo visivo, fece il giro intorno alla fontana. Si trovò sul vialone che l'avrebbe dovuto portare al bar. Iniziò a correre, approfittando del fatto che ormai fosse diventato buio e la maggioranza dei lampioni non funzionava.

Dopo un po', si trovò davanti al bar che stava chiudendo.

– Mi scusi, è qui il bar Rossi?

– Sì.

Rispose un uomo con una calvizie incipiente, lo sguardo

diffidente e la barba incolta.

– Cercavo...cercavo…

– Ho capito. Chi lo cerca?

– Uno che vuole parlare di affari.

– Con quel mitra?

– Non si preoccupi del mitra. Non voglio sparargli. Vorrei solo scappare.

– Oh, finalmente parli. Il problema è che ora non c'è, è tornato a casa. Lo puoi trovare lì.

– Ovvero?

– Vai nell'altra metà di isola, in vico Loyola.

Steve lo guardò inespressivo.

– Vai al duomo, tienilo a destra, poi prendi la prima a sinistra. La casa al numero 17.

Steve annuì e sorrise. L'uomo, sempre con l'espressione corrucciata, chiuse la saracinesca e andò. Steve, nel frattempo, era già arrivato dall'altra parte della piazza e aspettava l'altra guardia, che arrivò immediatamente dopo.

Lo salutò e si girò. Iniziò il giro normale, e tornò immediatamente indietro. Prese la via in mezzo, e tenne il duomo a destra. In quel vicolo c'erano tre case, e l'ultima fu il 17. Bussò e aspettò che qualcuno aprisse. Una voce si sentì, e proveniva dall'interno.

– Vai via.

Steve rimase un attimo interdetto da quella risposta. L'unica risposta a cui pensò fu: – Perché?

– Non penso di poterti aiutare.

Steve pensò che quella voce gli era familiare, ma non capì del tutto. Provò a immaginare che il problema fosse causato dall'armamentario, e disse: – È per il mitra? Lo posso lasciare fuori.

– No. Vuoi andare via?

Steve, livido di rabbia, iniziò a provare a girare la maniglia. Quando vide che non era possibile, iniziò a prenderla a spallate.

– Va bene, va bene, esco. Ricordati che sono un padre di famiglia.

A quelle parole Steve capì, e si mise una mano sul volto per la disperazione. Il contrabbandiere che aveva ferito era davanti ai suoi occhi, nella gloria del suo metro e sessanta scarso. Sembrava vestito quasi per andare a dormire, in canottiera e mutande.

– Sai che sto ancora zoppicando per la pistolettata?

– Ah, fai silenzio. Fosse stata vera sarebbe stato un problema. E comunque, era un mitra.

Steve glielo mostrò. Il contrabbandiere fu rapido nel dire: – Ok, ora che ce l'hai bello in mostra, appoggialo a terra. Altrimenti ti mando a cacare prima di subito.

Steve ubbidì.

– Bravo. Ora dimmi, anche se penso di immaginare cosa tu voglia.

– Sto organizzando una gita. Mi hanno detto che come agenzia viaggi non sei male, anzi, che sei l'unica rimasta in zona.

– Sei simpatico. Quando vorresti farla?

– Domani sera.

– Ok, un posto te lo trovo.

– Non un posto. Quattro. – disse Steve, gesticolando.

– Quattro? Siete un po' troppi per un così breve preavviso.

– Andiamo, non dire cazzate. Caga fuori un gommone, una barca a vela, un tappeto volante. L'importante è che ci porti fuori di qui.

Il tizio iniziò a toccarsi la barba, come se stesse ragionando su un dilemma esistenziale e dopo un po' sentenziò: – Ok, ok. Forse ho qualcosa di meglio della tua barca a vela. Per il pagamento come ci organizziamo?

– Pagamento?

– Eh già, che pensavi, che avessi fatto tutto questo per beneficenza? – disse sghignazzando.

– No, però non ci avevo pensato. Quanto ci costerà?

– Due e cinquanta. A testa.

– Quanto?

– Duecentocinquantamila lire a testa.

– Tu sai che non abbiamo soldi dietro, vero? O ti aspetti

che ci siamo nascosti dei soldi nelle mutande?

– Non ti preoccupare. Accetto cambiali. – Ufff. Va bene.

Il contrabbandiere prese quattro fogli che diede a Steve: – Questi me li riporti poi domani sera. Ci vediamo alla fine del lungomare di via Umberto I, dove ci sono le scale. Dalla faccia che fai, credo che non hai idea di dove stia.

Steve sapeva benissimo dove fosse. Era alla fine dell'altra isola, vicino a dove aveva visto saltare quella figura.

– Tu stai tranquillo. A che ora dobbiamo trovarci lì?

– Alle dieci. Mi raccomando la puntualità. Io a quell'ora parto, anche se sono da solo.

– Ti ho detto di stare tranquillo. A domani.

Steve riprese il mitra e iniziò a camminare. Aveva in mano quelli che poteva considerare i biglietti per poter finalmente uscire da quell'incubo. Marciava più leggero, e anche evitare le buche sul lungomare non gli dava poi così fastidio, anche se doveva saltellare come se stesse giocando a campana, ma al buio.

Mancava poco. Sarebbe andato tutto bene. Appena pensò queste parole, Steve si bloccò. Non avrebbe dovuto pensarlo. Non che fosse scaramantico, ma certamente non voleva tirarsi addosso sfortuna. Era il momento meno adatto. Ricominciò a camminare e iniziò a sentire un leggero fastidio alla testa. Stava iniziando a piovere.

18 aprile 1971

Steve si svegliò completamente sudato. Era appena suonata la sirena per dare la sveglia e lui si era appena reso conto di non essere già sveglio nel suo letto a Lisbona.

Iniziò lentamente a svegliarsi, e a pensare alla possibilità che fosse tutto un incubo e che il momento di lucidità fosse poco prima, quando pensava di essere già sveglio. Pensò che poteva benissimo essere nel suo letto, a Lisbona, o anche a Roma. Poteva anche essere il risultato della sua immaginazione da sedicenne, mentre era a casa sua, con sua madre che lo stava per svegliare perché la colazione era pronta, e lo zio che avrebbe visto al pomeriggio con i suoi nuovi dischi, appena acquistati.

Toccò il letto con un dito, e dopo un po' iniziò a sentire la resistenza del materasso. Ci spinse dentro entrambe le mani fino a toccare la rete in ferro. Se fosse stato un sogno non avrebbe avuto quella sensazione; ne era convinto da quella volta che riuscì a trovarsi in un sogno lucido e una volta sveglio doveva capire se avesse immaginato tutto o meno. Appena ripresosi scattò per toccare la tasca dei pantaloni. Le cambiali da firmare e da riconsegnare erano ancora lì.

Si alzò e andò a vedere la sala conferenze. Era ancora vuota. Andò al bagno e si diede una sciacquata al viso. Tornò a dare un occhio e la sala era con solo cinque persone, inoltre non c'era traccia della guardia all'ingresso. Steve, perplesso, andò alla cella. Trovò Chivo, Sofia e Lisino vestiti e pronti per andare alla riunione.

– Forse non è il caso. Ci sono solo cinque persone. Non dev'essere un bello spettacolo, dev'essere tipo gli ultimi giorni di Hitler.

I tre sembravano dispiaciuti, come dei bambini che volevano andare al cinema, ma il papà non aveva voglia di accompagnarli. Rimasero in piedi, fermi, fino a quando Steve non diede un buon motivo per non andare: – Dobbiamo parlare della fuga di stasera.

I tre si sedettero immediatamente.

– Stasera? E quando ce lo dovevi dire? – disse Lisino.

– Ieri notte ho concluso l'organizzazione. Anche se immagino che saremo gli ultimi a lasciare, qui.

– Ah, sì? Abbiamo aspettato così tanto? – Lisino non evitava di fare dell'ironia, alla quale Steve rispondeva ignorandola.

– Più o meno. Alle nove e mezza ci muoviamo da qui, apro e vi vengo a prendere.

Steve, dopo questo, aveva immaginato una fuga stile film d'azione, con lui che arrivava saltando dal ponte, come aveva visto fare a quella figura qualche giorno prima. Mentre faceva questo pensiero capì perché l'aveva fatto, e tornò a pensare che poteva tranquillamente essere Bartolomeo. Invece di quella fuga ad alto contenuto di adrenalina, avrebbe fatto una passeggiata come se dovesse prendere un traghetto.

– Ma le uniformi? – chiese Chivo.

– Direi di lasciarle qui, tanto non ci servono.

Chiuse la cella. Gli echeggiò in mente l'ultima frase che aveva detto. Il piccolo tarlo della scaramanzia tornò a fargli visita. Pensò che invece qualsiasi cosa sarebbe potuta andare male. Inoltre, pensò che era inutile andare a fare la guardia. Riaprì la cella e fu accolto da Lisino sghignazzante: – Ti sei reso conto che è inutile andare a sorvegliare?

– Guarda, mi sarei aspettato di essere preso per il culo da chiunque nella vita, ma da te…

Risate, come quando erano nel bar.

– Scusa, ma potremmo uscire? C'è ancora la puzza di quell'angolo.

– Potremmo andare in camerata. Tanto è vuota.

Steve pensò rapidamente che gli altri cinque erano il soldato che sorvegliava gli altri quattro, altri prigionieri, e il soldato non dormiva lì.

Andarono in camerata e Steve si ricordò delle cambiali.

– Bisogna firmare queste. Se non paghiamo non ci porta.

Duecentocinquanta mila a testa.

– Per essere gli ultimi? Mi sembra un po' troppo. – osservò Chivo.

– Non esiste. Piuttosto me la faccio a nuoto. – disse Lisino.

– Dai. E se ci fosse una guardia? Poi non mi sembra pochissima la distanza da fare a nuoto. – disse Steve.

Sofia firmò e diede il foglio a Steve e gli disse ridendo: – Per me la maniera per non pagare la troviamo.

– Fortunati come siamo, non penso proprio. – rispose Steve, prima di fare l'occhiolino e ridere.

Anche gli altri firmarono, con la promessa di provare a recuperare i soldi, anche picchiando il traghettatore.

Decisero di riposarsi un attimo. La camerata era decisamente migliore della cella. Chivo spostò quattro brandine in modo da poterci stare tutto e si mise steso, a riposare.

– Finalmente posso tornare a dormire comodo.

– Dal rumore che facevi, non mi sembra dormissi così male, Ciccio – disse Sofia.

– Ti sembra il momento di tirare fuori quell'altro soprannome? – rispose Chivo, con la faccia affossata nel cuscino.

A Lisino si illuminarono gli occhi: – Allora hai un soprannome che riesco a dire.

– Azzardati a usarlo e non rispondo delle mie azioni. – Chivo non mosse un muscolo in più di quelli usati per parlare. Dopo poco iniziò a russare profondamente, rimanendo sempre con la faccia schiacciata.

– Direi di lasciarlo dormire. – disse Sofia, guardandolo con tenerezza. Le sembrava quasi un enorme pupazzo di peluche spiaggiato sul letto, o meglio sui quattro letti, nei quali ci stava come se ne fosse uno solo.

– In ogni caso, Ciccio non è un brutto soprannome. Ne conosco tanti di Ciccio io. *Ciccio u' gnure, Ciccio u' curt, Ciccio u'nzvus*[29]...

– Forse è proprio per quello allora.

– Certo che questo ragazzo proprio non ama la sua terra, le

---

[29] Ciccio il nero, Ciccio il corto, Ciccio lo sporco...

238

sue origini, come fa? – disse Steve.

– Dopotutto cosa mi hanno dato le mie radici? Dolore e povertà.

Chivo evidentemente non dormiva del tutto, ma rimase sempre immobile.

Steve rimase in silenzio. Voleva rispondere del suo esilio, ma non pensava fosse il caso lì, in quel momento. Si stese anche lui sulla sua branda e fece un pisolino, seguito poco dopo da Lisino e da Sofia.

Erano già le nove. La stanchezza pregressa si faceva sentire. Steve prese quattro bicchieroni d'acqua e li portò in camerata. – Prima di andare, è il caso di bere un bicchierone d'acqua per tranquillizzarsi.

Fecero così e Steve lasciò i bicchieri e si alzò, come per andare. Chivo lo fermò e gli disse: – E i bicchieri?

– Cosa? – rispose Steve.

– Non li rimetti a posto? Mi danno fastidio lasciati così, in giro.

Steve ubbidì senza rispondere oltre. Non era quello il momento di fare discussioni. Tornato in camerata, li trovò già pronti, e l'impressione che davano in uniforme non cambiò di una virgola rispetto alle volte precedenti. Infatti, le prime parole che gli uscirono furono per Chivo: – Ti prego, rimettiti in abiti civili. Sei davvero...

Steve si interruppe e iniziò a ridere. Appena riprese fiato, finì la frase: – Al massimo ti concedo di metterti la camicia dell'uniforme sopra la tua. Inoltre, non vi avevo detto di non mettervi in divisa? – Non si sa mai – disse Lisino.

Chivo, nel frattempo, aveva seguito l'idea di Steve. Nemmeno quello era un buon momento per fare discussioni.

– Va bene, direi che possiamo andare.

Steve salutò con gli occhi la camerata. Pensò che, tutto sommato, non era stato così male. Di sicuro era un posto più tranquillo della mansarda del bar.

Lisino lo seguiva, con Sofia subito dietro. Chivo era per

ultimo nella speranza di essere nascosto un minimo dagli altri tre.

Uscirono e videro che non c'erano più guardie. Il palazzo sembrava deserto, almeno dando una prima occhiata, ma stanza dopo stanza la situazione non cambiava, anzi. Continuarono a girare, nella folle speranza che ci fosse ancora qualcun altro, che non fossero davvero gli ultimi ad andare via. Avevano quasi le facce deluse dal fatto di aver aspettato troppo. Vagavano tra le stanze lasciate dai ribelli, o mercenari, nella maggior parte dei casi. Trovarono solo vetri rotti, sia di bottiglia che di lampadine.

In una camerata trovarono i chiari segni di qualcosa dato alle fiamme, probabilmente un materasso. Nelle loro teste il collegamento fu immediato, e il primo a esternarlo fu Lisino: – State pensando anche voi che di qui è passato l'amico che ha dato fuoco al bar?

Annuirono. Steve, inoltre, pensò che poteva benissimo esserci Bettini lì, dato che non era in camerata con lui. Continuarono nella perlustrazione senza trovare nessuno, fino a quando arrivarono nella terza e ultima camerata, quella che dava direttamente sulla stanza di Biagio. Potevano vedere la porta di fronte a loro, con una figura seduta dietro la porta a vetri smerigliata.

Era Biagio ed era da solo.

I quattro rimasero fermi. Il primo a muoversi ed andare a bussare alla porta fu Lisino, che affacciandosi, disse solo: – Volevo solo dirle che ora sa cosa si prova a vivere qui. Buona continuazione.

Biagio sorrise, e alzò la mano in un cenno di saluto. Si capirono entrambi, quindi Lisino chiuse la porta. Gli altri, invece, rimasero in attesa di spiegazioni, che però non arrivarono.

I quattro, finalmente, uscirono.

Steve notò che qualcosa stava già iniziando a tornare alla normalità. Facendo il giro lungo, passarono dal ponte retrattile. Le camionette di polizia bloccavano il passaggio, evitando che le auto finissero in acqua. Fu la prima volta che vide una qualsiasi forza di ordine pubblico da quando era lì.

– Chivo, tu pensi di fare un pezzo su questa storia?

– Sì, penso proprio di sì, scherzi? È la migliore che mi sia capitata.

– Allora guarda oltre il ponte.

Gli fece notare le camionette e il fatto che non ci fossero state fino ad allora.

– Strano, molto strano. Chissà perché.

Questo tarlo entrò nella testa di Chivo. Si chiese perché Polizia e Carabinieri non intervennero, e non riusciva a trovare una soluzione che lo soddisfacesse. Ci avrebbe pensato in un secondo momento, certamente quando sarebbe stato più tranquillo, forse a Milano.

Girarono per arrivare al lungomare. Passeggiarono relativamente con calma, anche perché mancava un'ora circa all'appuntamento. Ad ogni passo ragionavano sul costo eccessivo dell'operazione.

– Voi avete messo la cifra sulla cambiale? – chiese Steve.

– Sì. Penso l'abbiamo fatto tutti. Perché? Pensi anche tu che sia un furto? – rispose Lisino.

– Alla luce di quello che sta succedendo, sì.

– Direi che le alternative non sono molte. Io proverei a dargliene solo una. Al massimo due. Diamogli la mia, tanto ve la devo.

– È un gesto molto nobile da parte tua, ma sei sicuro? Con il bar da rifare e tutto il resto?

– Non fatemi pensare anche a quello. Un problema alla volta.

Iniziò a piovere leggermente. A Chivo, come sempre, gli faceva ricordare la pioggia delle sere umide di Milano, e si stupì di trovarla anche a Muzzano. Sorrise e si girò a sinistra. Si fermò, e gli altri seguirono. Erano davanti al bar. Lisino sembrava ancora che non avesse capito del tutto, o che non volesse capire razionalmente cosa avrebbe dovuto fare per riavere il suo bar com'era prima. Fu il primo a ricominciare a camminare, e lo fece anche con un passo relativamente veloce, tanto che

Steve gli disse di rallentare, perché non c'era bisogno di correre. Lisino lo ascoltò e andò più piano.

– Ma sei sicuro della storia della cambiale? Ti vedo abbastanza preoccupato per la storia del bar. – disse Sofia.

– Sì, sì, tranquilli.

L'abbigliamento che avevano non era indicato per una giornata di pioggia, ma nemmeno per una traversata che, per quanto breve, sarebbe stata resa più difficile dal vento che si stava facendo più forte. Il fumo lontano del petrolchimico sembrava sempre più piegato dai venti, e questo preoccupava tutti.

Arrivarono in Piazza Fontana e guardarono all'orizzonte. Vedevano le macerie del ponte SS. Medici, ma non riuscivano a capire se ci fossero anche al di là di quello pattuglie di polizia o carabinieri. Mancava ancora un quarto d'ora all'appuntamento, erano in orario.

Se nella parte dell'isola dove si erano trovati per tutti quei giorni, la normalità era qualcosa che stava cominciando ad arrivare poco alla volta, e che non era ancora lì del tutto, dall'altra parte della piazza si poteva vedere che era qualcosa che era presente già da qualche giorno.

Steve raccontò di come avrebbe dovuto incontrare il traghettatore in un bar la sera precedente, per prendere accordi per la traversata, e solo il fatto che avesse chiuso per l'ora tarda lo costrinse ad andare a casa sua.

– Se non è sintomo di tranquillità questo... – concluse Steve. Gli altri annuirono. Camminando sul lungomare Umberto I, iniziarono a vedere una figura che fumava in maniera tale da competere quasi con il petrolchimico dietro di lui.

Steve lo riconobbe e disse: – Eccolo.

Gli occhi azzurri di Lisino si fecero dapprima liquidi, poi si chiusero in una risata.

– Ah, quello è?

Steve si girò e gli disse: – Lo conosci?

– Com'è, Peppino Coccobello non lo conosco? Viene spesso all'ufficio.

– Compare Lisino, buonasera!

Il ricordo era evidentemente reciproco. Lisino bisbigliò all'orecchio di Steve: – È uno stronzo, ma me lo cucino io. Si avvicinò a quella figura alzando un braccio in segno di saluto e abbassandolo per stringergli la mano. Gli occhi si incrociarono e Lisino fu bravo a non essere il primo ad abbassare lo sguardo, e disse: – Come va? Ti sei messo in un nuovo *bisniss*?

– Certo, certo. Se c'è domanda, c'è offerta.

– Ma sai che la domanda sta per finire? Noi siamo gli ultimi clienti. Sono finiti i soldati.

– Perché, anche tu hai partecipato alla rivoluzione?

– In un certo senso, diciamo che ho dato un sostegno esterno.

Lisino, dopo aver detto ciò, lo fissò di nuovo, per cercare un segno di debolezza, e ne trovò molti. Per questo, si leccò le labbra e si aggiustò il riporto.

– Capisco – disse Peppino Coccobello dando due boccate rapide ma profonde.

Lisino capì che era un buon momento per piazzare il colpo: – Mi ha detto il ragazzo che gli hai chiesto 'nu milione. Mi sembra un po' troppo. Facciamo due e cinquanta per tutti e quattro? Sai che poi quando passi al bar avrai il caffè pagato.

– In realtà gira voce che il tuo bar è saltato in aria.

– Appunto!

Lisino si fece diventare gli occhi umidi e fece rompere il tono della voce facendolo diventare simile ad una litania, nemmeno fosse un attore consumato.

– Dammi una mano, *cumpà*.

A queste parole il traghettatore fece cadere la cicca per terra, la schiacciò e disse: – No.

Lisino si girò verso Steve, alzando le braccia in segno di sconfitta. Dietro, però, anche Chivo aveva visto quel gesto. Mormorò a voce bassa: – Piano B – cosa che fece girare Sofia con uno sguardo interrogativo, e andò verso il contrabbandiere, che fece un passo indietro, come se avesse calcolato male la sua stazza.

Chivo esordì: – Fossi in lei accetterei la richiesta del mio amico, inoltre gli chiederei scusa per come lo ha trattato, e ci darai il migliore di quei gommoni. Magari uno con un bel motore potente.

Il contrabbandiere fece cennò di sì con la testa rimanendo a bocca aperta, e Chivo si girò verso Sofia, che gli era andata dietro: – A questo punto potrei tirare su due lire andando in un circo, non credi?

Sofia sorrise. Chivo si girò di nuovo verso il contrabbandiere e disse: – Non ho ancora sentito le scuse.

– Scusate, compare Lisino.

– Gli dia anche una sigaretta.

– Prego.

Gli porse una sigaretta, che accettò. Mostrò il pacchetto agli altri affinché ne prendessero una, ma nessuno approfittò.

– Bene, ora possiamo andare. – disse Chivo.

– Certo, certo – fece il traghettatore indicando la passerella che portava al gommone.

Salirono sul gommone e scoprirono di starci anche relativamente comodi.

– Questo è l'unico col motore. Siete contenti? Sarebbe per otto, ma il vostro amico occupa tre posti. – disse il contrabbandiere.

Chivo avrebbe voluto replicare, facendo finta di essere arrabbiato per il commento sul suo ingombro, ma fu così contento del fatto di essere vicino a tornare libero che lasciò perdere.

Proprio il contrabbandiere era seduto dietro, a controllare il motore. Lisino gli era seduto accanto. Steve e Sofia erano nella fila centrale e Chivo era davanti, a fare da contrappeso.

Il contrabbandiere accese il motore. C'era ancora più vento che in strada, e questo li fece bagnare tutti, facendo anche spegnere la sigaretta tra le labbra di Lisino. Il gommone partì sobbalzando tra le onde. Costeggiarono il lungomare, e vedevano le macerie del ponte che si avvicinavano.

Steve pensò a quel salto dal ponte che aveva visto fare, e a come fosse stato possibile che avesse beccato il gommone. La risposta la ebbe quando furono quasi sbalzati in mare dalla corrente entrante, tanto che arrivarono quasi sotto il ponte e a Steve sembrò fattibile da lì, anzi, pensò quasi che qualcuno potesse saltare in quel momento sul gommone.

Con qualche fatica passarono a lato del ponte, ma Chivo era stato sbattuto oltre la prua ed era in mare.

– Tutto bene? – chiese Steve, affacciandosi in acqua.

– Sì, sì, avevo la mano bloccata da questa corda.

Il contrabbandiere rallentò, per far risalire Chivo, che riuscì solo a rimanere in bilico, come se fosse una sirena sulla prua di una nave pirata. La pioggia iniziò a farsi più forte, e con essa il vento.

– Stringete un attimo le chiappe, siamo quasi arrivati. – disse Peppino Coccobello.

Videro una prima insenatura e passarono oltre. Il contrabbandiere disse di rimanere tranquilli, perché sapeva cosa stesse facendo. Però vide anche che il gommone iniziava a sgonfiarsi parecchio, e accelerò, tanto che Chivo si trovò dentro il gommone all'improvviso. Ebbe perfino paura di essersi slogato il polso.

Ormai viaggiavano solo sulla plastica, ma il porticciolo d'arrivo era lì, con gli altri gommoni a vista.

Iniziarono a imbarcare acqua, ma erano troppo vicini per affondare. Arrivarono completamente zuppi, ma arrivarono.

– Allora, la strada è lì, andando a nord siete fuori da Muzzano e sulla statale, andando a est fate il giro per tornare al quartiere Capitano. Il difficile è fatto. Buona fortuna ragazzi.

Andarono ad est.

Quanti passi ci sarebbero voluti per arrivare al quartiere Capitano? Chivo pensò di contarli, per tenersi occupato durante il tragitto.

– Secondo voi quanto ci vorrà? – disse Steve.

– Mah. Io a piedi non l'ho mai fatta questa strada. In macchina ci vogliono circa dieci-quindici minuti.

– Quindi almeno mezz'ora – disse Chivo.

– Io penso più un'ora. – ribatté Steve.

– Mah, io direi camminiamo e diamo un occhio se troviamo orologi in giro. – chiuse il discorso Lisino.

– Come sei pragmatico – gli disse Chivo, pensando bene di stuzzicarlo un po'.

– Non mi è sembrato di essere drammatico.

Chivo urlò: – Missione compiuta! – compiendo anche un passo di danza.

– È arrivato l'orso del circo! – rispose rapido Lisino.

Chivo non si aspettava una frecciata così immediata e disse piccato: – Se non fossimo in uscita da quell'incubo, ti avrei già preso a pugni.

Sofia sgranò gli occhi e si fermò. Steve le si avvicinò e le disse: – Tutto bene?

– Sì. – gli rispose.

Si guardarono profondamente negli occhi. Steve pensò una volta di più che quelli fossero gli occhi più belli che avesse mai visto. Grandi, verdi, e in quel momento particolare, così pieni di fragilità. Le si avvicinò e la baciò sulle labbra.

Sofia, come risvegliata da un incantesimo, gli diede una spintarella e disse: – Cammina, ché siamo indietro.

Steve, che dava le spalle alla strada, si girò e iniziò a camminare. Sofia ebbe un attacco di riso, come se fosse tornata sedicenne. Diede un'altra spinta a Steve, sulla spalla.

Erano alle prime case. Passarono accanto ad un orologio che segnava le undici e trenta. Lisino era davanti, dato che era l'unico che avrebbe dovuto sapere la strada. Chivo gli era accanto per supporto e per sorvegliarlo in caso facesse errori troppo marchiani, ancora sotto shock dal viaggio.

Steve continuava a lanciare occhiate a Sofia che però continuava a trattarlo con un relativo distacco, continuando a sorridere ai suoi sguardi. I due, nel mentre di quella pantomima, si erano avvicinati ai due di testa.

Dopo essere usciti dal quartiere, la strada si restringeva. Chivo chiese a Lisino: – Sei sicuro che la strada sia questa?

– Se vuoi possiamo andare sulla statale, ma onestamente te lo sconsiglio. Poi ti voglio vedere sul ponte. Se andiamo su questa stradina, siamo protetti.

Chivo alzò le mani in segno di resa e disse: – Ok, era solo per essere sicuro.

– Sono sicuro, sono sicuro, cammina.

Il tono poco accondiscendente dell'ultima risposta di Lisino fece star zitto Chivo, anche se avrebbe voluto fargli notare il cambio di soggetto. Steve e Sofia, invece, se la risero.

Steve si girò verso Sofia, e prima che lui potesse dire qualcosa, lei si girò e disse: – E smettila!

Nonostante ridesse, gli diede una pacca sulla spalla che lo fece quasi cadere, e dopo rincarò la dose: – Ogni tanto mi dimentico di quanto tu sia fragilino.

Steve sorrise. Sapeva che non lo faceva con cattiveria, ma il fatto che lei fosse più forte di lui, e lo dimostrasse in quella maniera, lo metteva in soggezione.

La stradina arrivò a costeggiare il ponte Vecino. Lisino disse: – L'hai mai visto da questa angolazione?

Chivo era abbastanza indifferente, a parte una certa fascinazione utilitaristica per il traffico che evitava, ma non ci trovò nulla di strano. Lo disse a Lisino, che controbatté: – Si narra che almeno in tre di quei piloni ci siano dei nemici della mafia.

La reazione fu quella di stupore, poi inorridì. La stradina andò sotto il ponte. Passarono davanti a due donne poco raccomandabili, che salutarono Lisino, che rispose: – Buonasera signore!

Chivo fu ancora una volta stupito: – Ma conosci quelle donnacce?

Lisino lo squadrò. Non gli disse niente a riguardo, ma quel tono eccessivamente femminile lo irritò parecchio: – Sono clienti del bar. E non parlarne in quel modo, sono persone perbene, a parte il mestiere. Proseguirono ancora per qualche minuto, poi Lisino si fermò e disse: – Qui a destra. Passarono sotto il ponte e pochi metri dopo la stradina si allargava e finiva dopo una svolta a destra. La presero e Lisino disse: – Benvenuti al quartiere Capitano. Bentornati alla civiltà. Tra cinque minuti arriveremo al quartiere Verano.

Seguirono la strada e Steve disse: – Sì, me la ricordo! Tra poco dovremmo arrivare al mio albergo!

Poco alla volta si resero conto di essere tornati alla normalità, come se fossero stati in un tunnel delle giostre e ne fossero usciti solo poco alla volta, dopo che il cervello si era abituato e considerava quella la normalità.

Steve era davanti all'albergo. Si avvicinò a Sofia e le diede un altro bacio, questa volta sulla guancia. Sofia gli rispose con un bacio sulle labbra. Steve pensò che quando rideva, gli occhi diventavano come le biglie con le quali giocava sulla spiaggia.

I tre continuarono il cammino, mentre Steve spiegò la situazione e trovò un'altra stanza per la notte. I suoi bagagli erano stati tenuti come cauzione dalla direzione.

Dopo altri dieci minuti fu la volta di Sofia. Anche a lei la direzione aveva trattenuto gli effetti personali, ma anche loro sapevano del delirio successo, e furono abbastanza comprensivi.

Quando fu la volta di Chivo, diede uno sguardo a Lisino. Pensò che non fosse il caso di lasciarlo da solo. Infatti, prese i bagagli e scese. Si inventò una storia basata sulla verità: – Mi hanno detto che non hanno stanze disponibili.

Lisino sembrò quasi felice di questo: – Allora vieni da me!

– Sì, ma come ci arriviamo da te?

– Dai, abito abbastanza vicino. Da qui saranno venti minuti a piedi. E se lo dico io, fidati che sono venti minuti, non come le vostre stime del cazzo.

– Perché dici questo?

– Perché sono le due di notte. Ci abbiamo messo quasi tre ore.

Chivo fu stupito di questo, anche perché non gli facevano male le gambe, almeno non fino a quel momento esatto in cui quasi gli cedettero.

– Resisti, maledetto. – si disse a denti stretti, grattandosi il pizzetto.

Nonostante la stanchezza, Chivo riuscì ad arrivare in piedi a casa di Lisino. Si accomodò sul divano e dormì.

Parte 4

19 aprile 1971

Lisino probabilmente sarebbe rimasto ancora un po' in piedi a parlare, ma vedendo quel gigante addormentato con la bocca aperta e la lingua leggermente di fuori come un neonato, il suo unico impulso fu quello di dargli un'altra coperta, per coprirlo meglio.

Poco dopo, però Chivo fu svegliato da un rumore. Prima cercò di ignorarlo, ma il fastidio continuò. Si mise seduto sul divano per cercare di capire da dove arrivasse. Vide una luce accesa, e ci si avvicinò. Trovò Lisino che aveva messo su l'acqua per la pasta. Fu stupito di vedere Chivo abbassarsi sotto lo stipite della porta e sedersi a tavola.

– Spero che tu avessi l'idea di chiamarmi quando sarebbe stata pronta.

– Sicuro… – disse Lisino, molto poco convinto.

– Come la fai?

– Tenendo conto della dispensa, aglio olio e peperoncino.

– Per me va bene.

Lisino, sapendo chi avesse di fronte, mise l'intera busta di pasta nella pentola. Chivo gli disse bravo, e si mise diligentemente in attesa del piatto, anche se, data la porzione, si ritrovò a mangiare direttamente dalla pentola. La pasta non era male in assoluto, ma Chivo pensò che fosse ottima, dati tutti quei giorni a pane e acqua. Chivo finì abbastanza rapidamente e tornò soddisfatto sul divano, asciugandosi il pizzetto. Lisino, impegnato dalla pasta, si dimenticò di cosa volesse parlare. L'unico suono che facevano i due era il grufolare.

La mattina dopo, Lisino fu quasi stupito dallo svegliarsi con la luce naturale nel suo letto. Andò a chiamare Chivo e gli disse che dovevano scendere per fare colazione. Chivo, con gli occhi semichiusi disse: – Forse dovremmo farci prima una doccia. Lisino approvò l'idea e dopo la tappa in bagno, scesero.

Anche farsi una doccia e la barba furono fonte di gioia per Lisino.

Era una splendida giornata di primavera a Muzzano.

Lisino iniziò a marciare come se fosse stato nel pacchetto degli inseguitori alle Olimpiadi. Chivo iniziò a faticare a stargli dietro, finché non gli urlò di godersi la giornata di sole. A quelle parole Lisino si fermò e gli si mise accanto. Dopo un quarto d'ora circa arrivarono in viale Europa ed entrarono al bar Delfino. Dato che la giornata era splendida e il sole caldo, si misero ai tavolini fuori. Presero un caffè e un cornetto a testa. Poco dopo videro passare Sofia e Steve sottobraccio.

– E bravi a questi due – fece Lisino.

– Volete farci compagnia? – intervenne più educato Chivo.

Sofia ebbe un istante di esitazione, dato che si aspettava di passare diversamente la prima giornata da libera, piuttosto che con le stesse persone con le quali aveva passato gli ultimi giorni, poi disse: – No grazie, vorrei disintossicarmi un attimo.

Poi rise, però fu l'unica. Chivo e Lisino si limitarono ad annuire. Steve rimase più con una paresi facciale, sorpreso dal fatto che lei avesse avuto la stessa idea. Si allontanarono.

Lisino e Chivo rimasero al tavolo, e li videro allontanarsi.

– Forte la *uagnedda*[30] – disse Lisino.

– Mah, è carattere. Ogni tanto fa queste uscite un po' avventate, ma è una brava ragazza. Poi già è tanto che non ti abbia tirato un pugno in carcere per averla messa lì e costretta a farla cacare in un angolo.

– Sì, però ho rischiato, quando non mi sono girato mentre lei faceva i suoi servizi.

Chivo rise: – Ti è andata decisamente bene, allora.

Lisino divenne però pensieroso: – Io ho ancora la macchina parcheggiata lì. All'isola.

– Cavolo, è vero!

---

[30] Ragazza

– Potremmo chiedere al piantone lì se hanno novità.

– Giusto. Prima, però, finiamo il caffè.

Chivo, ovviamente, ritornò a quando aveva parecchi anni in meno, e quel bar era gestito da un omaccione pelato, e non era nemmeno troppo raccomandabile. La tendenza a rendere il tutto più raffinato e meno rustico era quello che stava uccidendo l'identità di Muzzano, anche se non voleva ammetterlo.

– Ma quando rifarai il bar, non è che lo farai tipo questo? – disse Chivo.

– Non penso, ci vogliono troppi *trris*…troppi soldi.

– Capito. L'importante è che non diventi forzatamente elegante.

– Io penso che certi bar o nascono eleganti, o niente. Certamente non lo diventano così. – disse Lisino a voce bassa.

– La predestinazione dei bar. Bella teoria.

Lisino lo guardò con occhi interrogativi. Chivo ripensò a Guglielmetti. Si rese conto che avrebbe dovuto telefonare per avvisare.

– Facciamo così, io mi avvio verso casa tua, devo fare un paio di telefonate. Tu inizia ad andare, e vedi un po' se ci sono novità riguardanti il ponte.

– Vabbuono. L'importante è che le telefonate siano urbane.

– No.

– Allora per piacere non farle, altrimenti la bolletta poi si gonfia assai.

– E va bene. Dammi le chiavi.

Lisino gli diede le chiavi. Chivo iniziò a camminare a passo relativamente svelto, come se potesse recuperare una settimana di tempo correndo. Arrivò a casa di Lisino dopo cinque minuti, ma completamente sudato. Trovò la rubrichetta con i numeri nello zaino. Uscì prendendo dei gettoni telefonici e, pensando un attimo, riuscì a trovare una via più breve per raggiungere il ponte da casa di Lisino rispetto a quella che avrebbe dovuto fare passando al bar.

Il sole continuava a scaldare sempre più e rendeva la giornata particolarmente dolce. Una parte di sé voleva rallentare per godersi la giornata, come aveva detto a Lisino poco prima. Però doveva telefonare, voleva sapere com'era la situazione in ufficio.

Nei pressi del ponte c'era la sede della SIP, quindi pensò che una volta lì potesse telefonare. Dopo una svolta a destra se la trovò davanti, proprio dove se la ricordava ed entrò. Nel frattempo, Lisino stava già arrivando al ponte. Si avvicinò alla camionetta. Fece un tentativo di saluto militare, che provocò un'alzata di sopracciglio dei poliziotti, che sfociò quasi nell'ilarità, se non avessero dovuto mantenere un certo contegno.

– Buongiorno – salutò Lisino.

– Salve – risposero professionalmente.

– Tutto bene sull'isola?

– Non lo sappiamo, veramente siamo qui per assicurarci che nessuno vada giù in acqua con l'auto.

Lisino iniziò a gesticolare per sottolineare l'importanza di quello che diceva: – Va bene, ma senta. Io sono stato bloccato lì non so per quanti giorni, forse dieci. La mia auto è ferma sulla piazza del comune. Come posso recuperarla?

– Sa, è ancora presto. Hanno messo su un ponte pedonale, ma è ancora presto perché possa uscire dall'isola con l'auto, non è sicuro col ponte così ridotto.

– Va bene, e dall'altra parte?

– Ah, non sappiamo niente. Forse ci hanno messo i carabinieri.

– Grazie mille. Faccio un giro, così controllo che sia tutto a posto.

– Un attimo, lei è giornalista?

– No.

– Per sicurezza, controlliamo.

Gli tastarono le tasche e non trovarono nulla.

– Prego – dissero, prima di congedarsi con un saluto militare.

Chivo, al terzo tentativo riuscì a prendere la linea.

– Pronto?

– Pronto, Lupo? Sono Chivo.

– Porca troia, Chivo! Allora non sei morto! Mi costi duemila lire.

– Ah, bella roba. Non so se sono più indignato del fatto che mi davate già per morto, o se scommettevate già sulla mia morte.

– Dai, pensa anche al fatto che sono due settimane che non ti fai vedere qui.

– Ho capito, però hai saputo qualcosa di quanto successo qui a Muzzano?

– La storia del ponte? Sì, insomma, sei andato lì per quello.

Chivo rimase in silenzio, e sentì Lupo che bisbigliava con gli altri, poi disse: – No, la storia della rivoluzione? Le sparatorie? Le fughe?

– Ma di che stai parlando? Hai visto qualche film di guerra di troppo come fai di solito?

– No, senti, c'ero io di mezzo. Non hai sentito nulla a proposito?

– Nulla.

Chivo rimase in silenzio di nuovo, poi si rese conto del tempo che passava perché partì il cicalino che segnalava il credito in esaurimento. Mise altre quattro gettoni telefonici.

– Come nulla?

– Chivo, le rassegne stampa non ne hanno parlato. Se vuoi puoi dare un'occhiata quando torni. Ma qual è il problema? Non ti piace avere uno scoop?

– Sì, certo.

– Piuttosto, quando pensi di tornare?

– Sto qui ancora un paio di giorni.

– Ah, te la prendi proprio comoda.

– Già.

Chivo fece qualcosa che voleva essere una risata, ma fu troppo soffocata da poter essere qualcosa più di un lamento.

Lupo chiuse: – Stammi bene.

La seconda persona da chiamare per Chivo fu De Castri.

– Pronto.

– Pronto, De Castri?

– Civitano! Allora non è…

– Morto? E sono due… Perché avrei dovuto esserlo?

– Sa, girano voci in ufficio, poi stanno scommettendo.

– Le scommesse sono arrivate fino a lei, allora.

– Già. Non ho scommesso, ma ero ovviamente interessato.

– È proprio il caso di dire che sono sopravvissuto. Piuttosto, lei sa cosa è successo qui?

– Mah, no.

– Hanno provato a fare la rivoluzione. Preparo il pezzo al più presto. Roba da prima pagina.

– Va bene, ma puoi farlo qui con calma. Lo metteremo nel prossimo numero, tranquillo.

Chivo salutò e appese la cornetta.

Lisino, tornato da Michele, dove aveva lasciato le chiavi, arrivò al parcheggio. Aprì l'auto. Controllò gli interni e gli sembravano a posto, a parte qualche detrito. Fuori erano a pezzi i due fanali e un finestrino. Gli era anche andata bene, l'auto accanto non aveva un vetro a posto.

Provò a metterla in moto e funzionò al primo colpo. Si fece un giro tra i lungomari deserti. Passò anche la piazza e andò all'altro ponte. Uscì dall'auto per vedere meglio e vide che non c'era la camionetta, ma un posto di blocco. Un'idea iniziò a passargli in testa. Saltare il ponte era possibile, però a costo di far saltare probabilmente le sospensioni davanti, sebbene le avesse fatte rinforzare qualche anno prima. Pensò, però, che era il caso di testarle. Eventualmente, due sospensioni rotte non sarebbero state più importanti di riavere la macchina.

Passò davanti al ponte e pensò che saltando ad una velocità di più di cento chilometri orari ce l'avrebbe fatta. Arrivò alla piazza, fece il giro andando quasi su due ruote per mantenere velocità.

Fece il viale centrale, anche quello deserto per ovvi motivi.

Settanta all'ora. Un paio di persone che passavano di lì si spostarono.

Ottantacinque. Novantacinque.

Centodieci.

Lisino pensò di essere stato in volo per almeno trenta secondi, quando invece il volo stesso durò poco più di due secondi. Quando atterrò sentì uno scoppio. Non c'era tempo da perdere, scartò a destra e colpì un'auto per forzare il posto di blocco, e girò a destra. Sentiva un baccano infernale, ma voleva spostarsi il più lontano possibile da lì. Quando non ne poté più del rumore, accostò e scese dall'auto. Erano esplosi gli pneumatici, ma le sospensioni, a prima vista, erano ok. Andò dal gommista poco più in là.

– Ma che hai fatto qua?

– Non ti preoccupare. Le hai le due gomme davanti da cambiarmi?

– Sì, sì. Dammi un'ora e faccio tutto.

Lisino si fermò a leggere il Corriere della Sera. Rimase tutta l'ora a fare quello, ma di quanto successo a loro nessuna traccia. Gli sembrò strano, ma mantenne la cosa per sé. Non ne fece parola con il gommista. Pagò e uscì. In effetti le sospensioni le sentiva un po' strane, le avrebbe fatte controllare. In un secondo momento, però.

La sua 850 sfrecciava sul ponte Vecino, e in poco tempo arrivò al centro. Ripassò davanti a quello che fu il ponte retrattile e vide Chivo un po' spaesato.

– Salta su, *paesà*[31].

– Dove cazzo eri finito? E comunque *paesà* era dal liceo che non me lo dicevano. – disse Chivo un po' alterato.

– Preferisci *poppito*[32]? Piuttosto, qui succede roba strana.

– Vero. Andiamo al bar più vicino.

Steve e Sofia discutevano ancora su dei personaggi che avevano visto all'università, quando l'850 spider di Lisino si lamentò prima di fermarsi di fronte al bar.

– Avete letto i giornali? – disse Chivo, precipitandosi fuori dall'auto.

– Mah, no. – dissero Steve e Sofia.

---

[31] Abitante dei paesi vicini.
[32] Campagnolo.

– Dovreste. Non c'è traccia di quanto è successo a Muzzano.

– Ne avranno parlato qualche giorno fa. Stai tranquillo. – replicò Steve.

Lisino andò dal barista a chiedere se avesse ancora un giornale di due lunedì prima. Il barista lo guardò un po' strano, poi tirò fuori una pila di giornali vecchi, e gli disse: – Sei fortunato che devo tinteggiare casa. Vedi se c'è quello che cerchi.

Lisino tirò fuori un foglietto di tasca e aprì il giornale in fondo. Lo videro alzare le braccia e abbassarle colpendosi i fianchi. Tornò al tavolo col giornale sottobraccio – Questo è il giornale di lunedì. Vedi un po' se trovi qualcosa. Ah, comunque ho fatto nove. Onestamente non ricordo quali partite ti ho chiesto, ma una, penso che l'hai azzeccata. Uno su tre, quindi su tre partite è sicuro tu l'abbia azzeccata, no? – disse a Chivo.

Chivo ignorò le dubbie statistiche di Lisino e si lanciò sul giornale come un cane a cui viene lanciato un osso. Steve e Sofia erano poco interessati.

– Onestamente non voglio che un giornale mi ricordi cosa è successo. Già faccio fatica a dimenticare da sola.

Steve, mentre parlava Sofia, si limitò ad annuire, per poi dare una chiosa: – Stasera partiamo, così sarà più facile ripartire.

– Fate bene. Bisogna tornare al più presto alla normalità. – disse Lisino.

– Chivo, tu quando riparti? – disse Sofia.

– Ho ancora una cosa da fare. Tra un paio di giorni riparto.

Lisino aveva l'aria un po' triste. Quel discorso non gli stava piacendo. Si era abituato in fretta ad avere compagnia diversa dai suoi soliti amici con i quali giocava a briscola, e ora se ne stava già andando.

Chivo gli diede una pacca sulla spalla e cambiò discorso: – Sul giornale non c'è nulla.

– Molto strano. Va bene che siamo in un buco di culo di città ma mi sembra un fatto di cronaca abbastanza interessante.

Lisino nel mentre del suo discorso ebbe un'illuminazione: – Prima, al posto di blocco, mi hanno perquisito per vedere che non fossi un giornalista.

– E all'altro posto di blocco?

– Diciamo che sono passato.

– Questo è un pezzo della spiegazione del perché non ci siano pezzi. Mettici anche che a pochi interessa la situazione qui, e abbiamo il quadro completo.

– E i giornali locali?

– Vero! Giovane!

Lisino si girò verso il cameriere e gli chiese: – Avete il Bollettino di Muzzano?

– Certo. Ora lo sta leggendo il signore.

Lo indicò molto discretamente, girandosi verso di lui. Potevano vedere che il primo titolo era: "Ponte provvisorio costruito." E sotto, in piccolo "A breve si potrà tornare nell'isola".

Si avvicinarono e lessero. Il testo parlava chiaramente di incidente per quanto riguarda i ponti saltati.

– Incidente? Ma sono seri? – disse Chivo. A Lisino venne un po' da ridere: – Incidente è il nome in codice per un fatto di mafia. Non ti ricordi i giornali di qui, ragazzo? Si vede che pensano che sono stati loro.

Tornarono al tavolo. Chivo disse: – Mi sa che devo scriverlo io un pezzo che spieghi tutto per bene.

– Già, Chivo! Vai Chivo! Difensore degli oppressi! – Lisino, che parlò, e gli altri ridevano. Chivo rispose abbastanza piccato: – Beh, se non volete che si sappia la verità…

– Ma tanto, cosa cambierebbe? Quei quattro banditi sono tornati a casa, magari fanno qualche malefatta in qualche posto un po' più grande e lì sì che sarà interessante per tutti. Sai che risponderebbe uno di Milano o di Roma a quanto successo qui? Embè. Se vuoi fare un pezzo che ti faccia dire embè, vai pure. – disse Lisino.

Chivo scosse la testa: – Non sono ancora convinto. Io quel pezzo lo scriverò.

– Fai pure. Però ho cattive sensazioni a riguardo. – disse Lisino.

– Sai qualcosa?

– No, però...è una sensazione, ecco. Non voglio dire niente.

Chivo rimase perplesso. Steve e Sofia si alzarono: – Noi andiamo in albergo. Ci prepariamo per la partenza. È tra quattro ore, ma siamo ancora sul rincoglionito, non so se mi spiego. – disse Steve.

– Capiamo perfettamente. Però aspettate.

Chivo tirò fuori da una borsa una macchina fotografica. Chiesero al cameriere di fare loro una foto, poi uscirono tutti e quattro. La giornata era bella, con un sole fantastico, ma c'era un vento leggermente freddo. Questo, però, rendeva il cielo terso e azzurro.

Chivo si trovò a ragionare su quanto aveva detto Lisino, e ciò lo fece stare un po' a disagio. Forse parlava del capo. Se veramente il capo avesse saputo qualcosa, perché lo avrebbe fatto andare lì? Ancora peggio, perché avrebbe rischiato la pelle di Guglielmetti, che era la sua prima scelta? Non gli tornava nulla della sensazione che aveva avuto Lisino, ma sembrava quasi che quella sensazione gliel'avesse trasmessa ad un livello non verbale, ma tale che gli avrebbe dato da pensare un bel po'.

– Ragazzi, ma lo volete un passaggio alla stazione?

– Ma no, stai tranquillo Lisino.

– Insisto, dovreste passare di nuovo dall'isola, per andarci a piedi.

Sofia ci pensò un attimo, quanto bastò a Steve per accettare: – Se insisti allora va bene.

Entrarono in auto e Lisino li accompagnò ai loro rispettivi alberghi.

Passarono un paio d'ore e arrivò Lisino, sempre con Chivo come secondo.

Arrivarono relativamente in fretta alla stazione, e il treno era lì che aspettava Steve e Sofia. Lisino li abbracciò entrambi con le lacrime agli occhi, mentre Chivo fu più discreto: una stretta di mano per Steve e un bacio sulla guancia a Sofia.

– Fate buon viaggio… – disse Lisino con la voce strozzata

dalle lacrime.

– Il numero te l'abbiamo lasciato, se vuoi chiamare, o mandare una lettera sai dove trovarci.

Lisino si limitò ad annuire con la testa. Gli occhi erano diventati rossi e fece un sorriso consapevole del fatto che, forse, non era il caso di piangere lì.

Steve e Sofia salirono sul treno. Si affacciarono dalla loro carrozza, e salutarono. Lisino e Chivo uscirono dalla stazione.

Chivo si girò verso Lisino e disse: – Ora però devi fare un favore a me. Dobbiamo andare a fare visita a mio padre.

Lisino batté le mani e disse: – Bene. È almeno la terza volta che mi dici che dobbiamo andare da tuo padre, ma dove abita?

– Abita a Mezzarìa, sulla parallela alla litoranea, più o meno. Appena fuori Collesanto, per intenderci.

– Ho capito. Vuoi andarci adesso?

– Sì…penso.

– Giovane, prima ti togli questo pensiero, meglio è.

– Vero. Andiamo.

Erano le tre e mezzo del pomeriggio. Il cielo era ancora per lo più terso, ma c'era qualche minuscola nuvoletta che non impediva ai due di godersi il sole. Usciti da Muzzano, la litoranea era più o meno come se la ricordava lui, a parte qualche casa, probabilmente abusiva, sbucata tra la strada e il mare.

– Poi dimmi tu a che altezza girare. Visto che è una bella giornata mi sembra più piacevole stare qui.

– Va bene, la strada me la sto ricordando poco alla volta, quindi potrei accorgermene dopo.

– Non ti preoccupare, in caso torno indietro, che dobbiamo fare?

Chivo si sforzava di trovare dei punti di riferimento nella sua mente, se avesse già visto quell'insenatura o quella curva molti anni prima.

Poi tutto divenne chiaro. Vide un negozietto, uno di quelli che si trovano in tutti i paesini di mare, che vende qualsiasi cosa, da sdraio a panini, con l'insegna scolorita che recitava "Da Gianni", che sembrava chiuso da più di dieci anni. Era quello il segnale che aspettava.

– Gira alla prossima. E poi alla prima a destra.

– Ok, boss.

Si trovarono sulla strada interna. Non mancava molto a casa di suo padre, a quella che un tempo fu anche casa sua. Arrivarono ad un casolare abbandonato con su scritto con la vernice *"Diverdidi finché potiti"*. Rimase affascinato da quella scritta, e non riusciva a distogliere lo sguardo da essa, ritornando a quando ci passava davanti per andare a scuola. C'era qualcosa di meravigliosamente potente in quella frase, soprattutto con quell'italiano così sbagliato. Pensò che ci fosse qualcosa di così involontariamente profondo che non riusciva a cogliere. Disse a Lisino, sempre con lo sguardo fisso sul graffito: – Al prossimo incrocio fermati pure sul piazzale.

Lisino accostò. Chivo girò lo sguardo davanti a sé. Vedeva la casa dove era cresciuto.

Il padre era ancora nel campo poco fuori. Chivo, sul vialetto, si girò verso di lui. Voleva controllare se l'avesse riconosciuto dopo tutti questi anni, poi si ricordò del fatto che chiunque lo conoscesse l'avrebbe riconosciuto anche a due chilometri di distanza.

Vide il padre fermarsi dallo zappare. Vedeva che stringeva gli occhi per mettere meglio a fuoco, e con quell'espressione dire: – Franchino?

Chivo ebbe un conato di vomito a sentire di nuovo quel nome, e disse: – Sì.

Vide il padre mettersi a ridere e cadere per un attimo nel campo. Si riprese subito e disse: – Vieni dentro, tanto è troppo caldo per me.

Il rapporto con i propri genitori può diventare molto più profondo, addirittura quasi simbiotico, quando rivelano un punto in comune tra la loro vita e la propria, soprattutto se avvenuto in un periodo passato, e in maniera non spiegabile con la genetica. Può essere un apprezzamento per un gruppo rock, per un particolare libro, per il fatto di dire troppe parolacce, scoperto quando si era già grandi, o per il fatto di avere avuto la stessa, mediocre carriera scolastica. Per Chivo e suo padre fu qualcosa di ancora più elementare, ma, proprio per questo ancora più potente.

Chivo sentì il tintinnare del cucchiaio della caffettiera. Capì immediatamente che quello era un tentativo di far uscire la cremina sul caffè fatto dalla moka. Non l'aveva visto fare a casa, nemmeno da qualcuno che non fosse suo padre, glielo insegnò un suo commilitone quando era sotto le armi. Una volta finito, vide lo stesso scadente risultato che aveva lui le mattine in cui aveva voglia di provare e di fallire, di nuovo.

Il padre gli presentò infatti la tazzina dicendo: – Ci ho provato a farlo venire bello.

Lisino, rimasto in auto a sentire la radio, vide Chivo uscire quando ormai il sole stava tramontando, illuminato da un lampione legato con un filo appeso tra le staccionate.

– Tutto bene? – disse Lisino.

– Sì – disse Chivo, visibilmente commosso.

– Tirato tutto fuori?

– Più o meno. Servirebbe molto più di qualche ora. Diciamo che abbiamo parlato di mia madre e poco più.

– Capito. Ora si torna a casa?

– Va bene.

Lisino ingranò la prima e partirono. La litoranea, dopo il tramonto, acquisiva un fascino particolare per Chivo, che se la ricordava solo per averla vista quando era piccolo, e andava, molto raramente, con i genitori al mare dal mattino per tutto il giorno. Quando ebbe quattordici anni perse ogni interesse nel mare, e si ritrovò a vedere i suoi coetanei che si sfidavano sfrecciando davanti al campo dove zappava al mattino e un paio d'ore al pomeriggio, dopo un buon pisolino.

Chivo, dopo un po', si accorse che stavano proseguendo per la litoranea, invece di rientrare sulla strada per Muzzano.

– Sbagliato strada? – disse Chivo.

– Già. Forza dell'abitudine. Ora faccio inversione e torniamo indietro. – rispose Lisino.

Lisino era in modalità pilota automatico e pensava ancora al bar, a sua moglie, ovvero tutto quello a cui non avrebbe dovuto pensare, col risultato che si era perso: – Scusa, accosto un attimo.

Uscì dalla macchina e respirò profondamente. Cercò di vedere il mare per riprendersi un po', e risvegliarsi.

– Forse è il caso di prendere un caffè – disse Lisino.

– Fai pure, io rimango in auto. – rispose Chivo.

Lisino si fece dare un ristretto e tornò presto in auto. Ormai era sera. Lisino chiese: – Ma se andassimo in pizzeria?

– Perché no? Ce n'è qualcuna vicina a casa tua?

Prima che Lisino potesse aprire bocca Chivo precisò: – Possibilmente, non gestita da cugini, fratelli e parentame vario.

Lisino annuì e riaccese l'auto.

Il viaggio per Roma andò normalmente. Sofia lesse per un paio d'ore, prima di addormentarsi, e ogni tanto, quando apriva gli occhi alle fermate, vedeva Steve, di fronte a lei, che la guardava con un'espressione da perfetto babbeo.

In quel mentre, Steve pensava che lei avesse gli occhi più belli che avesse mai visto. Inoltre, vederla di nuovo con la treccia, come l'aveva vista le prime volte in università, l'aveva fatto tornare anche mentalmente a Roma, tanto da pensare che il giorno dopo sarebbe anche potuto andare a lezione. Ci ripensò immediatamente.

Il treno stava entrando a Roma e, vista l'ora, decise che si sarebbe fatto due spaghetti, una volta tornato a casa. Poteva farsi una gricia, come gli insegnò il suo coinquilino qualche anno prima, prima di andarsene perché laureato, lasciandolo con le bollette da pagare. Da allora riusciva a trovare gente che però spariva dopo tre o quattro mesi. Una volta una persona prese l'appartamento perché serviva per lavoro, firmò il contratto e lasciò la caparra. Avrebbe ancora dovuto fare il colloquio per l'assunzione, che non andò bene e meno di ventiquattro ore dopo era già andato via. Nessuno avrebbe tolto a Steve la convinzione che fosse un killer della mafia, anche perché non lo vide più in città, anche se quello poteva essere causato dal fatto che Roma fosse abbastanza grande…

Sofia risvegliò Steve con un bacio: – È tempo di scendere. Ah, lo sai che hai una faccia strana quando pensi intensamente?

– Sì, me lo dicono spesso.

– Beh, campione, da che parte vai?

– Verso l'università. Come te del resto, no?

– Beh, sì. Che ne diresti se ci dividessimo un taxi?

– Perché no?

Fuori dalla stazione c'erano praticamente solo loro, dato che era passata mezzanotte.

Diedero le indicazioni al tassista, che portò prima Sofia, e poi Steve, a casa; che arrivato lì la chiamò subito per controllare che il numero fosse giusto. Fece il numero con il cappotto ancora addosso, e se lo tolse solo quando Sofia rispose.

Steve gli disse la scusa del numero, appena pensato, ma a quella giustificazione, Sofia rispose: – Certo che ti ho dato il numero giusto! E comunque complimenti per aver svegliato l'intero palazzo.

– Ciao anche a te…

Steve rise, ma subito si accorse di ridere un po' troppo alle uscite da stronza di Sofia. Forse in fondo gli piacevano anche.

– Ora che ne dici se andassimo a dormire e ci sentissimo domani, o magari venissi in università?

– Vediamo se ce la faccio…anche perché io adesso mi farei volentieri una gricia.

– Fai bene, fai bene. Io invece mi infilerò subito a letto. Notte, ciccio.

– Notte.

Steve andò nella cucina deserta e mise sul fuoco la pentola piena d'acqua. La gricia di mezzanotte era un ottimo rimedio per le sbronze. L'unico problema era trovare la voglia di farla la sera quando si era in condizioni poco presentabili.

Prese una lattina di birra, per fare qualcosa in attesa che l'acqua iniziasse a bollire. Il giorno dopo non sarebbe andato certamente a lezione. Fino a quando l'acqua non bollì, trovò anche il tempo di finirla. Appena buttata la lattina, prese il sale e lo mise nell'acqua. Prese la pancetta e la fece soffriggere.

La stanchezza si faceva sentire, ma ormai era arrivato ad un punto in cui non poteva andare indietro. Aspettò la cottura della pasta, la mescolò alla pancetta, e se la servì dopo una abbondante grattugiata di pecorino. Gli mancava essere lì, con la luce di quella lampadina gialla, che illuminava a malapena il tavolo. In realtà gli mancava la sua gricia, dopo aver mangiato poco e nulla a Muzzano, tanto che la finì dopo pochi minuti.

Una volta finita, lasciò i piatti e la pentola nel lavandino, e rimase seduto per un po'. Pensò anche di uscire a fare due passi, ma accantonò l'idea, dato che era l'una di notte. Si accontentò di andare sul balcone.

Poteva vedere le foglie trascinate via dal vento sul piazzale che aveva di fronte. Si accese una sigaretta, dato che era più che tardi per un caffè, data l'insonnia latente che si faceva sentire ogni tanto. Il pensiero che era solito spazzare gli altri pensieri, e che si era tenuto nascosto per un po' tornò a galla, ovvero che a breve sarebbe scaduta la condanna di esilio dal Portogallo, quindi sarebbe potuto tornare dalla madre che gli faceva la colazione, dallo zio che gli portava i dischi e dagli amici con i quali provava a fare la rivoluzione, che ora sapeva bene come non fare.

Ora la felicità con Sofia era diventata un problema, quindi l'impulso che aveva di evidenziarne tutti i difetti gli veniva utile, anzi avrebbe dovuto cavalcarlo un po', magari convincendosi che erano insormontabili.

Avrebbe dovuto provare a fare come un aruspice o un indovino. Cosa fosse un aruspice glielo spiegò una volta un ragazzo ubriaco, forse studiava storia, o forse si inventava un sacco di stronzate per fare il brillante durante le feste. Fatto sta che la storia di sbudellare degli uccelli e poi bruciarli per prevedere il futuro gli provocava un intervallo di emozioni che andava dallo schifato all'affascinato, passando per il terrorizzato, perché se una persona davanti a lui era capace di sventrare un volatile per sacrificarlo agli dei, probabilmente il coltellaccio l'avrebbe usato anche su chi aveva vicino. Steve ebbe un brivido e si riprese da quel pensiero.

Uno dei pochi vantaggi dei viaggi mentali che si faceva era quello di far durare tanto le sigarette, infatti si era addirittura dimenticato di accenderla. La accese e vide il fumo che volgeva a destra. Poteva dire qualsiasi cosa, ma la più probabile era che quella sera era maestrale.

Assaporò la sigaretta. Mise un gomito sul balcone e fece la tipica posa del pensatore, con una mano sulla fronte. Ma in realtà non pensava a niente. Non riusciva a pensare a niente. Era troppo tardi, e non aveva più voglia di pensare. Voleva solo finire la sigaretta, lavarsi i denti e andare a dormire, e così fece.

20 aprile 1971

Chivo aprì gli occhi e si alzò per primo. Si trascinò in cucina e preparò il caffè. Provò anche lui il trucco per ottenere la cremina, ed ebbe lo stesso risultato delle altre volte. Lisino, sbadigliando ampiamente, gli disse: – Ma è sbagliato! Non si fa così! Devi fare così.

Prese il cucchiaino e glielo mostrò.

Chivo reagì male: – Era l'unica cosa che mi legava a mio padre e me l'hai rovinata così.

– Non essere capace a fare la cremina? Andiamo bene…

– Perché cosa vorresti dire?

– Forse avreste dovuto parlare del rapporto tra voi due e tua madre più che di come fare la cremina della moka.

– Che ne sai tu di quello che ci siamo detti?

– Niente, e per di più non sono fatti miei. Per me si può chiudere qui.

Chivo era praticamente in lacrime, ma iniziò a ridere: – Tu…Lisino…non saprai fare un piano di fuga, ma sei un grande figlio di puttana. Decisamente.

– Mi aspettavo dei complimenti per essere un fine *pissicologo*, invece mi insulti così…

Chivo rimase con le lacrime in gola, ancora incapace di piangere, così da liberarsi. Lisino, quindi, gli disse: – Se devi piangere, piangi, non star qui a farmi perdere tempo. Chivo, finalmente, pianse.

Presero le tazzine e si misero alla finestra. Tra le varie case potevano intuire il mare.

– Quindi è stasera che parti? – chiese Lisino.

– Già.

– Quindi prendi il carro bestiame.

Chivo, ancora rosso per il pianto, sorrise: – No…il carro bestiame penso sia solo in periodo estivo, non sono nemmeno sicuro riescano a riempire il treno da dodici carrozze. Lisino annuì con un leggero sorriso. Chivo ricominciò a martellare: – Ma quindi quel sospetto su de Castri?

– Niente, è una scemata, vai tranquillo. È una suggestione.

– Dimmi un po', sono curioso.

– Me la porterò nel *taùto*[33]. Niente da fare.

Chivo tirò a bersaglio: – È per la storia che non ci raccontasti? Quella di Spilletto che vi vendette ai nazisti? Lisino scosse la testa, poi ammise: – L'hai capito…lo so che è brutto avere questa opinione delle persone. Però non si fa sentire per anni, poi mi chiama per badare a te e succede tutto questo casino.

– Badare a me? In che senso?

– Nel senso che non dovevo farti perdere. Muzzano ha zone non particolarmente belle, lo sai meglio di me.

– Lo sai che hai fatto *la pezza peggio del pirtuso*[34]? – disse Chivo.

– Sì, in effetti sì. Però fidati.

– Mi fido.

Chivo non si fidava, e Lisino lo sapeva. Però lui era grande e grosso e poteva spaccargli la testa se avesse continuato a rompergli le scatole. Lisino si sedette al tavolo e iniziò a prepararsi un solitario. Chivo lo interruppe e gli disse: – Dai, dammi le carte. Facciamoci un giro.

– A cosa?

– A scopa. Non ci abbiamo mai giocato, e sono sicuro di poterti tranquillamente battere.

– Tranquillamente? Non sai di cosa stai parlando, *panarìdd*[35].

– Allora *muevt*[36].

Gli occhi di Chivo, prima rossi per le lacrime, erano fiammeggianti di orgoglio. Lisino pensò che quello stronzo sapesse giocare a scopa, ma non gliel'avesse mai detto. Prima di tagliare il mazzo, Lisino chiese a quanto si dovesse arrivare per vincere

---

[33] Nella tomba.
[34] La toppa peggio del buco.
[35] Ragazzo.
[36] Muoviti.

la partita. Il classico ventuno fu un punteggio sul quale erano d'accordo.

Dato che l'unico tratto in comune tra lui e suo padre gli era stato estirpato dalla spiegazione precedente di Lisino, doveva trovare un'altra capacità in comune. Forse era anche lui un buon giocatore di scopa; si ricordava di un articolo uscito accanto ad uno che aveva scritto lui dove si parlava della possibilità che le capacità potessero essere ereditarie e salvate nei geni. Inoltre, un vago ricordo su cosa si dovesse fare ce l'aveva. Si trattava di fare delle somme.

Appena si trovò le tre carte in mano sapeva cosa dovesse fare. Prendere tutto il prendibile. L'eventualità che Lisino potesse fare scopa non la prese in considerazione, sebbene già dopo le prime due mani fosse già a tre. Quelle tre rimasero fino alla fine del mazzo. Quando contarono i punti, Chivo fu il più sorpreso di essere avanti quattro a tre. Lisino, invece, si era limitato a contare le carte e vedere la sua sconfitta palesarsi presa dopo presa da parte di Chivo.

La seconda mano finì cinque a tre per Chivo. Allora Lisino vide gli occhi fiammeggianti di Chivo e capì che era inutile continuare a pensare di vincere. Aveva capito tutto. Avrebbe dovuto specificare ancora meglio che il punto da cui partire per costruire un rapporto con il padre era il ricordo della madre, non certo un gioco a carte. Ma non c'era nulla da fare. Diede lui le carte.

La terza mano finì quattro a zero per Chivo, così come la quarta. La quinta finì cinque a tre, con Chivo che urlò: – Perché cazzo non abbiamo giocato a questo al bar invece che a briscola?

Lisino, per quanto era demotivato, rimase con un tono di voce basso: – Perché per primo a quattro giochiamo solo a dieci carte. Per secondo giocare così diventa meno una questione di culo e più di strategia. Per terzo che ne sapevo che eri così capra a briscola e così...diciamo passabile a scopa?

Chivo pensò che non era il caso di rispondere. Sorrise, e andò in bagno. Si vide allo specchio e vide il suo volto tondo ancora a metà tra il sorriso e il pianto, con gli occhi rossi e una strana smorfia tra le guance. Si sciacquò la faccia e usò il bagno per altri motivi, poi uscì per preparare la valigia.

– Oh, quando sei pronto dimmelo. – disse Lisino, che assisteva mentre piegava le tre maglie che aveva utilizzato in quei pochi giorni di libertà.

– Mancano ancora dieci ore. Stai tranquillo, non potrà andare peggio del periodo passato qui.

– Fossi in te non l'avrei detto così forte.

21 aprile 1971

Sofia era in università già dalla mattinata, ma il professor Robertetti arrivò solo nel primo pomeriggio.

Quando la vide le disse, farfugliando tra i baffoni: – Oh Sofia! Finalmente ti rivedo. Come mai questa assenza?

– Ma professore, non si ricorda che dovevo andare a quella conferenza a Muzzano? Quella a cui non volevo andare ma alla quale lei mi consigliò caldamente di andare altrimenti avrei avuto problemi?

– Ah, sì, la conferenza. Ma non doveva durare un weekend? Lei si è assentata due settimane, e risultava irreperibile! Pensi che ho dovuto fare io le esercitazioni per coprirla.

Sofia, provò, con molta difficoltà a spiegare bene, anche se trovava incredibile anche lei quello che stava per dire: – So che non ci crederà, ma siamo stati bloccati da un gruppo di rivoluzionari.

– Il Corriere non ne parlava…

– Il Corriere non ne parlava perché è successo a Muzzano. Chi vuole che si interessi di quanto successo in quel buco di culo di città dove la gente nasce per andarsene via!

Il docente rimase in silenzio, e si toccò i baffi. Poi rispose: – In effetti ha ragione. Però potrebbe venire il rettore e non penso che a lui basterebbe una giustificazione del genere.

Sofia annuì. Il professore si mise a sedere, dopo aver svuotato la valigetta, fischiettando, poi alzò gli occhi verso Sofia: – Io ci sono anche stato a Muzzano. Dovevo andare con dei colleghi a Palermo, una decina d'anni fa, e facemmo una fermata tecnica lì. Non mi sembrava così un buco di culo di città, anzi, la trovai particolarmente carina.

Sofia continuò ad annuire, e il docente continuò: – Poi mi dissero anche che era pieno di signorine allettanti, ma quando provai ad approcciarle non capii nulla di quello che stessero dicendo.

Si mise a ridere, facendo vibrare i baffi. Sofia fece un sorrisetto di circostanza, pensando a Lisino, e ai suoi fuori pista con il dialetto. Poi chiese al professore se, nonostante tutto, le esercitazioni fossero confermate. Il professore annuì e disse che sarebbe dovuta andare in aula in mezz'ora. Sofia uscì quindi dall'ufficio e andò al telefono.

– Pronto, Steve?

– Già.

– Ma stavi dormendo?

– No.

Steve mentiva consapevolmente, e Sofia se ne accorse, ma cambiò argomento.

– Sai che il professore non ci ha creduto alla storia di Muzzano?

– Lo biasimi per questo?

– No, onestamente no. Ma ci vediamo in università?

– Mmmh. – Steve non si era mai sentito loquace prima del caffè, e quella volta non faceva eccezione.

– Ho capito. Non ne hai nessuna voglia. E stasera?

– Sì. Stasera sì.

– Sei di molte parole, vedo.

– Anche tu, cara. Dai, a stasera.

Steve continuò a vagare per casa, pensando a cosa fare per passare la giornata, invece di studiare o andare in università. Si accese l'ennesima sigaretta delle quali aveva perso completamente traccia. Quanti pacchetti si era già fumato? Uno? Due? Nessuno, e quello che aveva in mano con le ultime due sigarette del primo pacchetto?

Steve si era sorpreso, ancora una volta, a fare elucubrazioni basate sul nulla più assoluto. Infatti, il totale di sigarette fumato era cinque, come i mozziconi lasciati nel posacenere, quindi era ancora lo stesso pacchetto della sera prima. Si mise a ridere da solo come un babbeo e vide l'ora. Era l'una. Decise di scendere a fare due passi, e prendere un caffè al bar.

La giornata era primaverile, calda ma non caldissima, e

infatti non poteva girare solo con una camicia come faceva a Muzzano, ma si dovette mettere una giacca di jeans. C'era anche qualche refolo di vento di troppo che faceva cadere foglie ancora verdi. Steve pensò che avrebbe potuto scrivere una canzone anche su quello, sempre con il giro di *Summertime blues*, ma un po' più lento. Un verso poteva essere proprio "Le foglie cadono, ancora verdi". Continuando a pensare agli accordi, si trovò a pochi passi dall'università. Decise di entrare, non avendo di meglio da fare. Andò in biblioteca, prese un libro totalmente a caso e si mise a leggere, in attesa che finisse la lezione di laboratorio di Sofia, che si ricordava durare fino alle 15,30.

Vide bene il libro che aveva di fronte a sé e si rese conto di aver preso una guida al diritto penale romano. Tenendo conto che stava provando a laurearsi in chimica, non era strano non capisse nulla. Rimase a fissare l'orologio per un minuto intero, invece di provare ad interpretare quelle parole in latino buttate lì a caso; dopo un altro minuto buttato così, decise di cambiare e si buttò sulla botanica, con un libro illustrato, che rendeva più interessanti le parole in latino, il significato delle quali lo tennero occupato per il tempo necessario per aspettare Sofia.

La aspettò all'uscita da lezione come fosse un liceale, e la vedeva dispensare consigli per l'esame, che lui non aveva mai seguito, con il risultato di essere stato bocciato per due appelli di fila.

– Oh, Soares, questa volta vediamo un po' di passarlo l'esame.

In un primo momento, a queste parole Steve reagì rimanendo impassibile, come se dovesse metabolizzare il fatto che dovesse passare l'esame, ma successivamente divenne quello a cui pensò anche lui. Si trovò a dissezionare la frase in mille pezzi per trovare dentro elementi di distacco, come per esempio l'uso del cognome, e anche a leggere una frase nel suo contesto più intero, come invece il tono generale della frase. Nel mentre si trovava fermo, con un'espressione del volto tendente allo schifato. Sofia se ne accorse e disse, quando erano ormai già soli: – Tutto ok, Steve? Non volevo che si sapesse già di noi due.

Steve si limitò ad annuire e a fare un piccolo sorrisetto. Forse aveva esagerato con l'analisi basata sui suoi pensieri, come sempre.

Chivo era arrivato a casa intorno all'una e mezza, dopo aver preso l'ultima metro dalla stazione centrale per avvicinarsi ed aver percorso circa venti minuti a piedi. Quando ci entrò, ebbe un sussulto e si mise quasi a piangere. In alcuni momenti, in quella cella col soffitto troppo basso per lui, aveva seriamente pensato di non potercela fare, e invece era lì e poteva prepararsi un decaffeinato, prima di andare a dormire. Preparò la caffettiera e la mise sul fuoco. Nel frattempo, andò in bagno e si vide allo specchio.

Pensò che sarebbe stato il caso di accorciare il pizzetto e uniformarlo alla barba cresciuta nelle tre settimane, come aveva visto in giro su parecchia gente, e su di loro stava bene. Forse era il caso di provare a cambiare aspetto, dopo quindici anni, sempre con il pizzetto. Nessuno sapeva del perché del nome Chivo, tranne Sofia e gli altri del gruppo degli Hispanioles che avrebbe rivisto forse anni dopo, di nuovo. Ci avrebbe pensato dopo. La caffettiera segnalava che ormai era tempo che andasse a spegnerla.

Si versò il caffè in una tazza che gli avevano regalato, con su disegnati dei baffi. Decise che il pomeriggio dopo sarebbe tornato in ufficio, per parlare con De Castri e chiarirsi un po' le idee. Pensò che il sospetto fosse il peggiore sentimento possibile.

Però era inevitabile, dopo che Lisino aveva fatto tutti quegli ammiccamenti, probabilmente sapeva più di quanto gli avesse detto.

Quello, però avrebbe dovuto scoprirlo dopo una dormita. Si infilò nel letto e il domani arrivò in un attimo, segnalato dagli stivali rinforzati che sbattevano sulle scale. Chivo, però, si limitò a girarsi dall'altro lato.

Si risvegliò cinque ore dopo, quando ormai era mezzogiorno. Andò in bagno e si pesò. Invece di essere vicino al fondo scala, come era di solito, era intorno ai 125 chili. Si accorse di avere perso più di dieci chili. Alzò gli occhi e fece un sorriso. Sentiva un rumore strano, ma non riusciva a trovarne la fonte, e decise di vedere successivamente la causa. Si avvicinò alla cucina, buttò il decaffeinato rimasto nella caffettiera, e si preparò un caffè triplo, quello delle occasioni speciali. Poi fece colazione con pane e crema al cioccolato bianco. Tanto pane e tanto cioccolato bianco, infatti pensò per un attimo di poter saltare il pranzo. Poi pensò che avrebbe potuto sfruttare il fatto che aveva perso tutto quel peso per mangiare qualcosa in più.

Trovò la fonte del rumore, tornando in camera, trovò la radiosveglia, e sentì del rumore bianco, a un volume basso, proveniente da lì. Probabilmente avevano chiuso quella radio abusiva che ascoltava alla sera. Alzò le spalle e cambiò la stazione al secondo programma. Un po' gli dispiaceva perché l'annunciatore era un malato di mente, ma metteva buona musica.

Andò in bagno, rivide la barba e decise di toglierla, e di lasciare, come al solito, il pizzetto. Il cambio di look era rinviato ad un'altra data. Si diede una rinfrescata ed uscì di casa.

La giornata era un po' uggiosa, con una foschia fastidiosa che era rimasta dalla notte precedente, e si trovò ad essere già sudato dopo pochi passi, nonostante non facesse così caldo. Decise di muoversi in metropolitana per andare in ufficio. Non trovò un'atmosfera più fresca, infatti, quando uscì dal vagone traboccante gente, era sudatissimo, e pensava che avrebbe pagato il leggero vento con un raffreddore.

Arrivò in ufficio e una persona, davanti al palazzo lo fermò.

– Prego?

– Dovrei entrare. Lavoro per Omnia. Civitano. C'è qualche problema?

La persona entrò nel gabbiotto, rovistò in un registro, e tornò davanti a Chivo.

– Nessun problema. Solo che mi sembrava strano, sono qui da dieci giorni e non l'ho mai vista.

– Sono troppo alto per le scrivanie, e mi fanno lavorare da casa.

– Ahah, simpatico. Prego.

Chivo rimase un po' stupito della risata a quella che non poteva nemmeno essere definita una battuta, quanto un appunto ironico, seppure basato sulla realtà. Salì al secondo piano e trovò tutti alle scrivanie. Si avvicinò a quella di Lupo, che era intento nella correzione di una bozza del suo articolo.

– Ti hanno finalmente messo a fare quello che meriti!

– Brutto stronzo, eccoti qua! Dobbiamo parlare.

Andarono al bar sotto l'ufficio. Ripassarono davanti alla guardiola e il portiere gli sorrise.

– Ma chi è quello? Dove è finito Bruno? – chiese Chivo.

– È in vacanza due settimane, è andato a Roma, così porta la suocera a messa dal Papa. Torna lunedì prossimo, non ti preoccupare. – rispose Lupo.

– Ho capito. Ma cos'altro mi volevi dire?

– Che mi sa che c'è qualcosa di grosso sotto. La storia che mi hai raccontato ha troppi buchi. Perché la polizia o i carabinieri non sono intervenuti? Perché i ribelli se ne sono andati dopo pochi giorni? – Lupo si stava interessando, a modo suo.

– Quello lo so, perché non sono stati pagati.

– Ok, va bene, ma se chiami dei mercenari, poi li devi pagare per un po'. Mi sembra strano che abbia fatto tutto così, alla buona.

– In effetti la prima volta che l'ho visto sembrava uno che sapeva il fatto suo…

– E hai dimenticato l'ultimo problema, quello più grande: perché una persona si mette a fare quel casino?

– Soprattutto se non è di Muzzano…

– Ah, no? Questo è ancora più strano. Direi che hai parecchia carne al fuoco per tirare giù un articolo da prima pagina, anzi da annuario. – disse Lupo sbattendo la mano sul tavolo.

– Sì, se non ci fosse De Castri che al telefono mi ha detto di fare con calma. Non so, ho una brutta sensazione.

– E allora vacci a parlare!

– Boh, non so, vorrei aspettare un po'. Non ho molta voglia di mettermi in un altro casino.

– E c'hai anche ragione. A questo punto fai così, lavora ad una bozza dell'articolo, e poi ne parli con de Castri.

– Ok, penso proprio farò così.

Chivo lasciò cento lire e disse: – Il resto mancia. – Era piacevolmente stupito del supporto ricevuto.

Lisino uscì dal carrozziere con annesso gommista con una diagnosi terrificante, che aveva evitato due giorni prima, chiedendo di cambiare solo le gomme. Tre sospensioni da sostituire, nonostante il lavoro di rinforzo fatto da uno che conosceva suo cugino stuntman, pastiglie dei freni scoppiate, c'erano anche i vetri rotti dall'esplosione e il parafango tenuto su dallo spirito santo; in pratica l'unica cosa rimasta sana era il pianale, gli disse il meccanico. Era lì ad annuire ma si era perso parecchi punti del suo discorso. C'era certamente altro da sostituire, ma al momento non gli veniva in mente.

Passò il ponte pedonale, e quando si trovò davanti al posto di blocco, salutò facendo un sorriso che nelle intenzioni voleva essere beffardo, poiché pensava a cosa lo avesse costretto a portare l'auto a riparare, ma agli occhi dei militari risultò quasi gentile, abituati forse ad insulti o improperi del genere. La giornata volgeva al termine, e dall'altra parte della strada poteva vedere il tramonto, cosa che gli ricordava che, prima o poi, sarebbe dovuto andare a pescare. Camminare, però, lo faceva sudare troppo, quindi si tolse la giacca e rimase in camicia, della quale, peraltro, arrotolò le maniche e sbottonò i primi due bottoni, per essere più fresco.

In circa venti minuti arrivò davanti al bar, e vedere a mente fredda come era stato ridotto, dopo che le fiamme ebbero finito il loro mestiere, lo intristì parecchio. Immaginò la stima dei danni, e poteva essere un terno al lotto; poteva significare una tinteggiata, come dover buttare tutto giù.

Entrò. La saracinesca era rimasta socchiusa, ma non si apriva né chiudeva del tutto, essendo crivellata dai colpi dei mitra finti che però tanto finti non erano, se erano riusciti a fare quei danni lì. Poteva vedere, con le ultime luci del giorno, la plastica delle sedie liquefatte, i vetri rotti, e poi dovette distogliere lo sguardo, tanto era opprimente il pensiero di dover rifare tutto, e spendere chissà quanto, oltre al meccanico per l'auto, ovviamente. Avrebbe dovuto chiedere aiuto a Michele, o addirittura a qualcun altro. Voleva sedersi su qualcosa, tutto quello che gli era successo iniziava a presentare il conto. Attorno a sé vedeva solo bruciato.

Salì al mezzanino e vide che sia nella stanzetta, sia nel bagno le fiamme non si erano propagate. Da quello rimase stupito positivamente, almeno qualcosa si era salvato. Tornò giù e vide che la scala che portava alla mansarda si era disintegrata e la botola penzolava con un paio di mozziconi di legno attaccati. Uscì andò a vedere il retro dalla strada, e vide che la macchia nera lasciata fuori non lasciava spazio ad ipotesi: il fuoco si era propagato anche a quel piano.

Facendo due conti, si era salvata solo una brandina e un mobiletto con all'interno della carta igienica e dei giornaletti pornografici. Pensò se dovesse interpretare questo come un segno del destino.

Tornò davanti alla saracinesca e la chiuse per tre quarti, più per forma che per sostanza. Ricominciò a camminare verso casa. Vedere il deserto nella parte vecchia di Muzzano, non lo faceva stare bene, anche se sapeva che sarebbe più o meno ritornata com'era. Passò l'altro ponte pedonale, e vedeva degli operai al lavoro, che probabilmente facevano dei controlli strutturali sul ponte retrattile.

Rimase un po' fermo ad osservarli direttamente dal ponte, ma pensando che potessero arrivare altre persone dietro di lui, arrivò alla fine del ponte e rimase seduto sul lungomare a fissarli. Anche quando il buio era totale erano tutti lì, sia Lisino illuminato da un lampione, sia gli operai che iniziavano però a spegnere le luci sui loro elmetti notturni. Lisino rimase come ipnotizzato per un po', poi, quando anche l'ultimo elmetto si fu spento, si alzò e se ne andò. Si rese improvvisamente conto di stare diventando vecchio, se era rimasto così attratto da un cantiere. Gli scappò anche un po' da ridere, mentre passava per viale Europa, dove quasi tutti i negozi erano ormai chiusi, e le vetrine buie, a parte qualche paio di bar che sarebbero rimasti aperti ancora per pochi minuti.

Arrivò a casa, e ripensò di nuovo alle parole del carrozziere. Avrebbe dovuto trovare un metodo per muoversi, che non fosse farsi scarpinate. Ebbe un'illuminazione e andò a rovistare nello sgabuzzino per tirarne fuori una bicicletta da donna. Era quella di sua moglie che, però, non gli risultava avesse compiuto più di cinque chilometri, almeno sei anni prima.

Decise di modificarla per poterla utilizzare lui. Tolse il cestino davanti e si fermò a guardarla. Rimaneva una bici da donna, senza il cestino. Rovistò ancora nello sgabuzzino e trovò una bomboletta di vernice rosso bordeaux che aveva usato una volta per aggiustare un mobile che aveva su delle macchie. Quel mobile poi iniziò ad avere i tarli, quindi lo dovette buttare non molto tempo dopo averlo ricolorato. La vernice rimase lì per il non si sa mai, quindi era anche il caso di farci qualcosa prima che fosse inutilizzabile.

Fece spazio in salotto, prese due giornali vecchi, li aprì, ci mise sopra la bici e la dipinse da un lato. La lasciò lì, quanto basta perché la vernice si asciugasse e potesse far diventare di suo gradimento anche l'altro. Trovò anche un sistema per lasciare in bilico la bici su due sedie e lasciarla ad asciugare la notte. Non era il massimo, ma almeno era una *pezza a colore*[37].

Decise di prepararsi una pasta, mentre accese la televisione per tenerla come compagnia. Ovviamente non parlavano di quanto successo. Chissà, forse ci avrebbe visto Chivo, dopo il pezzo che voleva scrivere. Andò a salare l'acqua e a buttare la pasta e tornò. I tizi in televisione continuavano a blaterare di qualcosa alla quale non dava troppa importanza. Spense la televisione e tornò in cucina. Tirò fuori le carte e si preparò un solitario, mentre la pasta continuava la cottura.

---

[37] Letteralmente: toppa dello stesso colore. Figurativamente: una correzione che si nota poco.

22 aprile 1971

Nella confusione della notte, Steve sentì un rumore di telefono, come se qualcuno volesse telefonargli a quell'ora. Cercò di uscire dal sonno e si accorse che innanzitutto non era notte, ma erano le undici del mattino, e non era il telefono, ma era il campanello.

Andò alla porta e appoggio l'occhio allo spioncino. Vide un tizio in uniforme con una lettera in mano. Aprì.

– Estevão Soares Da Silva?

– In carne e ossa.

– Ho una comunicazione ufficiale per lei. Dovrebbe presentarmi un documento di riconoscimento.

Steve annuì e tornò nella camera, per prendere il passaporto. Lo mostrò all'ufficiale che gli porse la lettera, congedandosi con un saluto militare. Appoggiò la lettera al tavolo della cucina. Mise il caffè sul fuoco e si sedette. Lesse che la lettera era stata inoltrata a lui dal consolato portoghese, che l'aveva ricevuta dal tribunale di Oporto. Prima che l'aprisse sapeva cosa ci fosse dentro. Era la lettera di notifica della fine dell'esilio. Pensò che fosse stata una fortuna il fatto che fosse arrivata quel giorno, dato che fino ad un paio di giorni prima era a Muzzano, e se non fosse risultato in casa sarebbe andato nei casini, e quindi *adeus Portugal*.

Il caffè era pronto, e se lo versò immediatamente. Lesse la lettera per avere conferma di quanto già avesse intuito. Il tribunale di Oporto nella figura…bla bla bla…notifica il signor Estevão Soares da Silva della fine della pena. Questa deve…"

Squillò il telefono.

– Ohè, dormiglione!

Era Sofia. Steve si girò verso la lettera e capì che, forse, gliene avrebbe dovuto parlare lì, subito. Poi capì che era al telefono, in silenzio, e non aveva ancora risposto.

– Steve? Sei lì?

– Sì, sì. mi sono svegliato da poco.

– Oggi vieni in facoltà?

– No, no. Non c'è bisogno che tu me lo chieda sempre. Quando verrò, busserò alla porta del tuo ufficio, e se non sarai lì, saprò dove trovarti. Stai calma.

Steve sentì chiaramente il silenzio di Sofia. Rimase zitto, pensando che forse avesse esagerato, poi sentì: – Allora ciao, buona giornata.

– Ciao.

Steve, appena finita la telefonata, fu triste di non averle potuto spiegare perché fosse nervoso, ma pensò che fosse il caso di aspettare. Doveva ancora capire se lei potesse essere più importante del tornare dalla sua famiglia. Pensò di fare una telefonata a casa.

– Pronto?

– Pronto, mamma? Sono io.

– Estevão! Come stai? Stai mangiando? Hai bisogno di soldi? – Le mamme non cambiano mai, pensò.

– No, stai tranquilla. I ragazzi mi passano ancora qualcosa. E per quanto riguarda il mangiare, sto messo meglio ora di quando sono andato via di casa la prima volta. Piuttosto, volevo avvisarti che ho finito l'esilio.

– Oh, bravo! Ma quindi che fai, torni subito?

Steve rimase in silenzio. Avrebbe dovuto immaginare che quella sarebbe stata la domanda cardine della telefonata.

– Estevão? Sei ancora lì?

– Sì, sì.

Era la seconda volta in un giorno che rimaneva in silenzio con la cornetta in mano. Forse avrebbe dovuto trovare una maniera migliore per tenere in piedi la conversazione senza cadere in domande scomode. Facendo finta di niente chiese: – Come sta lo zio?

– Oh, lui sta bene. Ogni tanto mi chiede quando torni così ascolti le nuove uscite che ti ha spedito.

– Eh, eh. – Steve era sempre più in difficoltà. La madre lo

tolse dall'impiccio.

– Dai, vado a preparare il pranzo. Poi fammi sapere quando torni a trovare i tuoi.

– Va bene. Saluta papà.

– Ciao, Estevão.

Steve si andò a sedere sul divanetto per pensare cosa avrebbe dovuto fare. Andò a vedere in dispensa e concluse che di sicuro avrebbe dovuto fare la spesa. Andò al supermercato più vicino e nel giro tra gli scaffali cercava di analizzare le varie sfaccettature del problema. Nel reparto ortofrutta era convinto di rimanere a Roma con Sofia, ma quando arrivò nello scaffale dove prese la pasta, era convinto di tornare dai suoi compagni. Quella, in pratica, era la più grossa margherita che avesse mai sfogliato. Era anche tentato di chiedere consiglio al cassiere, ma lasciò perdere.

Tornò a casa, mise a posto quanto comprato e andò a fumare fuori, rimanendo sul lato soleggiato del balcone. Era sicuro che non sarebbe andato a trovare Sofia. O meglio, in facoltà. La foglia di fico dell'università come passatempo era ormai quasi seccata, anche se avrebbe potuto utilizzarla per tamponare le richieste della madre. Una volta laureato sarebbe tornato a casa. Dopotutto aveva dato fondo ai soldi ricevuti tra comunione e cresima. Tanto valeva finire.

Tornò dentro, e mise l'acqua per la pasta. Non poté fare a meno di notare che con la nuova routine presa in Italia, la quantità di pasta che aveva mangiato in due anni era dieci volte quella che aveva mangiato nei suoi diciotto precedenti. Fortunatamente sapeva limitarsi, altrimenti sarebbe diventato come Eduardo, un metro e settanta per centoventi chili. In pratica un cubo con le gambe. Gli mancava un po' Eduardo, così come gli mancavano gli altri del gruppo.

La consapevolezza del fatto che sarebbe potuto tornare a casa quando avrebbe voluto doveva farsi ancora tutto lo spazio cerebrale che avrebbe meritato. C'erano già dei momenti in cui era tentato dall'andare in un'agenzia di viaggi per chiedere un biglietto per casa, ma il momento dopo faceva già progetti a medio termine con Sofia. Già. Forse avrebbe dovuto chiamarla e dirle cosa era appena successo e cosa avrebbe fatto. Il problema più grande era che non sapeva nemmeno lui cosa fare.

Il suo orologio interno gli disse che la pasta aveva già completato la sua cottura. La assaggiò e si convinse di essere diventato ancora un po' più italiano. La cottura era al dente, come gli avevano insegnato. Fece anche un sughetto di pomodori appena scottati con un po' di basilico. La assaggiò e la trovò ottima.

Un piatto di pasta e un caffè dopo, andò in stanza e cercò la chitarra, per ricordarsi che non l'aveva lì, era a casa, a Oporto. Ricominciò a canticchiare tra sé e sé *O fado nasceu um dia*[38]... e a mimare gli accordi con le dita.

Appena si svegliò, Lisino ebbe come prima idea quella di andare nel salone a controllare se la vernice della bici si fosse asciugata correttamente. Ad un'occhiata veloce gli sembrò che fosse a posto. Andò in cucina per preparare la colazione, poi si fermò. Uscì di casa portando la bicicletta a braccio.

Quando la mise a terra, fuori dal portone, gli tornò in mente ciò che gli dissero, ovvero che "una volta imparato ad andare in bicicletta, non si dimentica". La versione edulcorata di quello che gli venne alla prima pedalata fu "non proprio", quella letterale uscita a metà voce dalle sue labbra comprendeva un'associazione poco elegante tra un'animale da fattoria e un sinonimo di divinità; il risultato, al netto della reazione di Lisino, fu una caviglia ammaccata per non cadere.

Quando risalì in sella, fu allora che gli si riattivò la memoria muscolare, e fu come nel '35, quando andò per la prima volta su una bici, quella del futuro *Pipp u' cartare*[39]. Il sorriso che aveva sul volto si spense leggermente, al pensiero che, *giovane giovane*, se ne andò sotto le bombe. Così va la vita.

Andò sul lungomare, puntando a fare un giro fino alla litoranea, e la bella giornata gli si aprì davanti come un fiore davanti

---

[38] Il fado nacque un giorno
[39] Pippo il giornalaio.

ai suoi occhi: con i riflessi del sole sull'acqua del mare; con la gente che passeggiava in camicia, che però lo costringeva ad un dribbling degno di un'ala sinistra per evitare un incidente; e con il sudore che iniziava a sentirsi sulla pelle per la fatica.

Lisino lasciò perdere l'idea di andare in qualche paesino del mare, e tornò indietro. Il vento gli solleticava la testa, tramite il riporto che si impennava per via del vento contrario. Quando fu davanti casa, invece di entrare, proseguì fino al bar di fronte. Legò la bici con un bel catenaccio *doppio* ed entrò.

Il barista, che lo conosceva bene, non mancò di ironizzare:
– Buongiorno, bellezza in bicicletta! Come mai senza 850 rosso bordò?

– Prendi poco per il culo, per scappare dal centro ho dovuto sfasciarla. Non l'hai vista ieri?

– Essì Lisino, come stai. Stai tranquillo che *mo'* ti preparo *nu' bellu cafè.*

– Bravo.

Lisino si sedette al banco ad aspettare. Con la coda dell'occhio teneva sotto controllo la bici attaccata fuori.

– Ma quella dove l'hai presa? – fece Catavete d'a zoca, alzando il sopracciglio cicatrizzato.

– Uè! Chi si rivede! Diciamo che mia moglie se l'è dimenticata a casa.

– Ma quindi? A che ora apre l'ufficio?

– Eh, a saperlo. Ci sei passato davanti? Hai visto come è ridotto?

– Veramente no, magari ci passavo oggi che la situazione era più tranquilla...

– Statti a casa. Adesso è tutto annerito, ci è scoppiata una *molotoffa* dentro. A proposito, conosci un ingegnere, o anche un geometra, per dargli un'occhiata e vedere cosa ci sarebbe da rifare? – disse Lisino ringraziando per il caffè.

– Com'è, con tutti i parenti che hai tu, nessun geometra?

– Nella famiglia nessuno voleva studiare...

– In ogni caso, posso chiedere a mio fratello che è nel campo.

– Quello muratore?

– Già. Ti lascio il numero.

Catavete scrisse il numero su un tovagliolino e vide gli occhi blu di Lisino illuminarsi. Gli lasciò il biglietto e disse: – Allora mi costringi ad andare a lavorare. Oggi passo da mio fratello e vedo se ha bisogno di uno che faccia la giornata...

Lisino annuì.

– Tu, sempre in cassa integrazione?

– Già. Sempre, fino a quando non impazzisco e mi licenzio.

Catavete rimase allibito, anche se solo per poco, poi iniziò ad annuire: – Beh, avresti più tempo di organizzarti per rimettere su il bar.

Lisino si limitò a fare un sorriso mentre l'altro usciva. Finì il caffè e anche lui prese la porta. Andò alla bicicletta e tolse il lucchetto. Il cielo si era leggermente velato e il vento iniziava ad alzarsi. Pensò che sarebbe riuscito ad arrivare fino al ponte, senza bagnarsi per un eventuale temporale.

Aveva delle sensazioni diverse in bicicletta, quasi strane per lui che era così abituato all'auto, e anche al vento in faccia, perché si stupiva di quanto potesse controllare la velocità con qualche pedalata. Si sentiva felice, probabilmente perché gli ricordava di tempi passati, e avere anche solo una briciola di un tempo migliore non poteva che fargli piacere.

Dopo qualche pedalata arrivò al ponte. Vide che c'era un cantiere aperto e che il passaggio era di nuovo bloccato. Si avvicinò ai poliziotti e disse: – Quanto ci vorrà per riaprire il ponte?

– Il passaggio a piedi è già possibile. Per quanto riguarda invece la fine dei lavori, quella è prevista per almeno sei mesi.

Lisino annuì e continuò a pedalare. Percorse almeno duecento metri e fece una curva un po' troppo veloce e rischiò di essere sbalzato in mare, ma riuscì con una scodata degna di un motociclista a rimanere sul sellino. Nonostante il fresco che stava arrivando, ricominciò a sudare, ma fu solo un attimo. Continuò ad andare e vide palazzi in stile Liberty, poi quelli ancora più vecchi del quartiere Mulinello, e decise di andare ancora più in là, andare nella periferia, dove iniziavano a costruire dei palazzi, ma ci andò con molta calma, iniziando a godersi ogni pedalata. Iniziò a vedere le persone sul marciapiede e ne salutava parecchie, che non potevano fare a meno di vederlo divertito. La sensazione di essere forse l'unico ciclista adulto in tutta Muzzano lo faceva divertire.

Passò davanti ad un palazzo in costruzione, e vide accanto al nome dell'azienda un nome che lo colpì. Rimase un attimo fermo a leggere almeno due o tre volte per essere sicuro che non fosse la fatica a fargli leggere male e iniziò a pedalare verso casa.

Doveva chiamare Chivo. Era comunque convinto che dire ai quattro venti la verità non fosse necessario, ma questa gliela doveva raccontare.

Chivo appese la cornetta. Rimase un po' perplesso, con la fronte aggrottata e le sopracciglia all'insù. Pensò, come spesso gli accadeva, di avere su un'espressione un po' da babbeo, ma questa volta era più che giustificata da quello che aveva scoperto Lisino. Qualche pezzo del puzzle che era stato aperto a Muzzano iniziava ad incastrarsi in una maniera quantomeno convincente.

Vide fuori dalla finestra l'uggia che pervadeva il cielo di Milano. Il cielo di quando la natura in aprile decideva di non collaborare. Chivo aspettava che calasse il buio per andare in palestra. Nel frattempo, sorseggiava tè e lavorava alla prima stesura dell'articolo, rigorosamente sul bloc-notes. La macchina da scrivere sarebbe arrivata dopo. Ogni tanto fissava a lungo le pagine gialle a righe ed era tentato di riempirle scrivendo parole a caso, solo per riempire le tremila parole necessarie.

Aveva una voglia matta di terminare quel pezzo in tempo per l'uscita del numero successivo. Aveva ancora un giorno per sbatterlo in faccia a De Castri e vedere cosa avrebbe avuto il coraggio di dire. Certamente avrebbe buttato i fogli nel cesso. Probabilmente lo avrebbe anche licenziato. Chivo pensò che in fondo ci era già passato, quindi diede una scrollata di spalle ed alzò lo sguardo. Era ormai buio ed era tempo di andare a far male ad un sacco.

Uscì di casa e andò con passo svelto fino alla palestra. Aveva ancora negli occhi la pagina gialla, piena solo di righe che aspettavano di essere completate. Entrò in palestra e iniziò il riscaldamento. Fece quattro giri dell'isolato senza fiatare e senza fiatone, tanto da sorprendere l'allenatore. In un unico flusso di movimenti, come se fosse l'unica cosa che avesse fatto fino a quel momento, tornò dentro e iniziò a mulinare pugni e fare ballare la *pera veloce*.

– Ragazzo, cosa ti succede? Sugar Ray Robinson ti è venuto in sogno stanotte? – chiese l'allenatore.

– Boh. So solo che sono incazzato e ho perso dieci chili per una disavventura. La stessa che non mi ha fatto venire qui le ultime due settimane. Diciamo che questo potrebbe aver contribuito.

– Si vede che sei più in forma.

L'allenatore, dopo queste parole, gli toccò la pancetta, notevolmente diminuita. Chivo, come un cane risvegliato, si girò quasi ringhiando.

– Forse è meglio che andiamo a lavorare al sacco. – disse l'allenatore, quasi temendo un diretto al volto.

Chivo rispose solo con un cenno della testa. L'allenatore si mise dietro il sacco, e gli chiamava il cambio di guardia.

Nel mezzo dei pugni Chivo ebbe un'illuminazione e capì perché non riusciva a scrivere quel pezzo come avrebbe voluto. Non doveva scriverlo con in mente De Castri, sia che fosse il deus ex machina, sia che fosse un personaggio secondario. Almeno, non la prima bozza. Alla fine del pensiero, tirò un destro terrificante che sollevò da terra sacco con allenatore incluso. Quando toccò terra gli urlò: – Ragazzo, ricordati che sono un peso gallo! Piuttosto, sei proprio certo che non vuoi combattere? Hai un destro che la metà basta a tirare giù le vacche!

Chivo sorrise e indicò vagamente il naso con il guantone: – Questo voglio che rimanga sano. Non ho ancora cambiato idea.

L'allenatore alzò le mani quasi a volersi scusare, per

rimetterle subito sul sacco: — Mi devi fare una promessa, però. Se cambierai idea, devi continuare a farti allenare da me. Altrimenti guarda bene questa, perché a furia di calci in culo diventerà la tua nuova lingua!

Chivo vide le scarpe e poi gli occhi grigi e vispi di quel vecchietto, e gli disse: — Va bene. Dopo questa minaccia poi…

— Lavora, scorta invernale di letame!

Chivo non la finiva più di ridere e, anche in quelle condizioni limitanti, faceva traballare l'allenatore con i suoi ganci, diretti e uppercut. Dopo una pausa, e l'ennesima richiesta dell'allenatore di fare una sessione di sparring, ovviamente declinata, andò a fare la doccia.

Uscito dalla palestra, trovò l'allenatore fuori a fumare.

— A te lo sconsiglio, ora. Ma se vuoi morire più in fretta, ho da accendere.

Chivo, questa volta, accettò.

— Allora non dici sempre no.

— No, è che se dico di no rischio di trovarmi con il naso dipinto da Picasso, allora sono sempre contro.

L'allenatore rise: — Hai un bello spirito, ragazzo.

— Se non ce l'avessi, sarei già due metri sottoterra. Ci vediamo lunedì.

— Ciao, ragazzo. E dai meno risposte da testa di cazzo la prossima volta. — concluse l'allenatore prima di ridere e poi di tossire.

Chivo salutò e si incamminò verso casa. Nemmeno troppo in fondo era contento di essere ancora chiamato ragazzo dall'allenatore. Dopotutto, essendo un settantenne, non poteva dargli del vecchio. Era ancora esaltato dall'allenamento, ma sapeva che c'era qualcosa che doveva essere completato.

Ritornò al blocco e ricominciò a fare lo schema del pezzo. Dopo cinque minuti, era già pronto a macinare parole. Arrivò rapidamente alle dieci facciate di partenza che gli servivano per costruire l'articolo. Cominciò a pestare i tasti della macchina da scrivere e alle dieci di sera ebbe finito il pezzo. Lo rilesse e lo buttò. Mancava ancora qualcosa. Tornò al bloc-notes.

Ricominciò a darci dentro, ma dopo una o due pagine era sempre più sicuro che mancasse un qualcosa che potesse renderlo come avrebbe dovuto essere. Decise di mettersi in ogni caso alla macchina da scrivere per preparare una bozza da portare il giorno dopo. Sapeva che de Castri era il primo ad entrare, quindi avrebbe avuto abbastanza tempo di affrontarlo a muso duro da solo, senza che gli altri dovessero sentire, soprattutto in caso fosse dovuto arrivare ad un punto morto.

Scrisse la prima bozza, diede un punto di spillatrice all'angolo dei fogli, e li chiuse in una copertina di cartoncino. Si accese una sigaretta ed uscì sul balcone a fumarla. Nonostante l'umido, provava un certo piacere a star lì a guardare i lampioni sotto casa che illuminavano la foschia.

Sofia si girò ed accarezzò il petto di Steve, che fissava il soffitto con gli occhi sbarrati. Se ne accorse e gli disse: – Cosa c'è? Non ti è piaciuto?

– No, no. Anzi…

– C'è qualcosa che mi devi dire?

– Forse.

In una teorica classifica delle risposte da una parola possibili, quella sarebbe stata certamente la peggiore. "Sì", seguito da un silenzio, avrebbe fatto dire a Sofia un "e cosa allora?". "No", avrebbe potuto farle dire un "ok" poco convinto, spostando il problema in avanti nel piano temporale. "Forse", invece, è la risposta del bambino di cinque anni che si è mangiato gli ultimi biscotti al cioccolato. Sofia si ritrasse, incrociò le braccia e gli diede le spalle. Steve rimase un attimo fermo, cercando di mettere insieme un pensiero coerente e delle frasi che avessero senso. Non riuscendoci, Steve decise di rompere il ghiaccio che si era creato; la girò verso di lui e disse: – Sai cosa c'è. O meglio, puoi immaginarlo. Anzi, credo tu già l'abbia capito.

– Ti è arrivata la notifica di fine esilio…

– Sì.

Steve cercò di accucciarsi su Sofia, che lo abbracciò teneramente, accarezzandogli i ricci. Rimasero in silenzio per un

tempo che sembrò loro infinito, ma in realtà si trattò di pochi
secondi.

– Tu vuoi andare? – gli disse, parecchio amareggiata.

– Sì. Ma vorrei tu venissi con me.

– Lo sai che non è possibile.

Sofia si girò per fissare il soffitto. Steve si alzò leggermente,
la girò di nuovo e la vide negli occhi, che da attorno al verde
che tanto amava, si erano riempiti di rosso, e pieni di lacrime
trattenute a fatica, dove Steve lesse la consapevolezza che aveva
di loro due, qualcosa a cui lui sapeva di non esserci ancora arrivato. La sollevò leggermente e la abbracciò forte, tanto da sentire i loro battiti che andavano leggermente fuori fase. La baciò
e andò in bagno.

Mentre faceva la doccia, Steve pensò di provare a raziona-
lizzare quello sguardo e quelle lacrime, col risultato di trovarsi
con un groppo in gola tale da pensare di mettersi a piangere
anche lui da un momento all'altro. Spostò la leva dell'acqua
verso il blu e fece dieci secondi così, tanto da riprendersi. Si
asciugò e si rivestì. Uscì dal bagno e abbracciò Sofia, che si coprì con il lenzuolo e disse che sarebbe andata a rinfrescarsi un
po'.

Anche se si era ripromesso di non tornarci su, i pensieri di
Steve andavano sempre nella stessa direzione, ovvero cosa fare
ora che aveva quel foglio tra le mani.

– In effetti perché non vai adesso a casa, poi torni e finisci
almeno l'anno accademico?

Sentì, tra lo scroscio d'acqua, Sofia che parlava a voce alta
per farsi sentire. Le rispose: – È un'idea. Anzi, è un'ottima idea.

Sofia, uscita dalla doccia con un asciugamano in testa, gli
sorrise e gli disse: – Ora mi vesto e vado. Tu informati. Magari
pensa un po' come partire, potresti andare in treno, se costa
meno.

Si rivestì e uscì, lasciando Steve da solo. Lui si accese una
sigaretta e uscì sul balcone. Aveva deciso che sarebbe andato a
vedere all'agenzia di viaggi se gli convenisse andare via treno o
via aereo. Di sicuro con l'aereo ci avrebbe messo di meno, però

non aveva molta voglia di spendere tutti quei soldi. Ci sarebbe andato col treno.

Prese il calendario e iniziò a vedere le date possibili. Due settimane dopo sarebbe stata un'ottima data, avrebbe avuto tutto il tempo di organizzarsi e di parlarne con Sofia. Un po' più allegro, spense il mozzicone di sigaretta e tornò in casa, e non fermandosi, uscì.

L'aria era abbastanza frizzante da rendere la passeggiata piacevole anche con su una maglietta in cotone. Questa volta, Steve aveva dato un'occhiata alla mappa e aveva visto come arrivare al lungotevere, infatti nel giro di venti minuti era lì. Il sole faceva capolino tra gli alberi e gli dava fastidio agli occhi.

Il problema principale era che avrebbe voluto altro. Avrebbe voluto vedere l'orizzonte, una parte della città in lontananza, ad esempio la zona industriale con i fumi che si coloravano di rosso al tramonto, come a Muzzano, oppure una linea che divideva l'azzurro dal blu, mentre accanto il fiume cercava inutilmente di tinteggiare di marrone il mare. Voleva solo tornare a casa.

Steve continuò a camminare mentre accanto a lui coppiette andavano mano nella mano, e anziani portavano il cane in giro che approfittava per fare qualche bisogno. Un altro problema era che si sentiva solo, nonostante Sofia. Sperava che lei potesse essere quella giusta, anche perché in fondo ne era convinto, ma sapeva anche che era il momento sbagliato.

Fece un buon pezzo a piedi, tanto da dover iniziare a tornare indietro perché era un po' stanco. Nella testa gli rimbalzavano ancora le immagini del mare di Oporto. Poi gli tornò in mente Sofia. Si sedette un attimo per riposarsi, sia per via della camminata che per via delle riflessioni. Scacciò tutti i pensieri e rimase lì, a vedere le foglie verdi spazzate via dal vento inclemente, il Tevere che borbottava, la panchina fredda.

Si ricordò di quella storia degli aruspici che gli avevano detto, e di come potevano prevedere il futuro mediante il vento. In effetti erano gli oracoli a fare ciò. Nonostante l'indecisione, si alzò, raccolse delle foglie dall'albero, diede un'occhiata al sole e le lanciò. Vide che la direzione era inequivocabile.

Si sedette di nuovo, un po' più calmo, per riprendersi un attimo. Aprì gli occhi, e pensò che fosse passato un po' più di un solo attimo. Si stiracchiò e ricominciò a camminare, andando verso casa. Nel frattempo, però, cercò un'agenzia di viaggi.

Lisino tornò a casa dopo un giorno intero passato tra pedalate e fermate strategiche ai bar presenti in strada, dove giocò a briscola. Tornò indietro dopo aver visto il tramonto sul lungomare, e rimase più di quanto avrebbe pensato, fumando un paio di sigarette e vedendo il sole che si specchiava tingendo di rosso il mare. L'unico pensiero che quella scena gli aveva piantato in testa era che da quando era fidanzato non si fermava a vedere il tramonto.

Nel pomeriggio si era anche fermato dal muratore che gli aveva consigliato Catavete, e gli aveva fatto capire che, se la situazione era come gli aveva raccontato, la risoluzione dei danni tendeva più alla tinteggiatura che alla ricostruzione totale. Doveva solo controllare con il geometra, eventuali problemi ai pilastri, ed eventuali danni non detti o non visti. Di sicuro, dopo un paio di giorni, il geometra sarebbe passato ed avrebbe detto cosa si sarebbe dovuto fare, e quindi Lisino avrebbe fatto il primo passo verso la riapertura del suo bar.

Gli tornò in mente Michele, che odiava quando lo definiva il suo bar, dato che erano soci al cinquanta per cento. Gli telefonò e lo avvisò di tenersi libero perché doveva esserci anche lui alla perizia del geometra. Appena abbassò la cornetta, Lisino si girò e gli sembro quasi che la bicicletta, appoggiata solo per il manico, gli chiedesse di essere messa a posto. La sistemò meglio sul fermo, e tamburellò sul sellino. In quel momento iniziò a pensare di dover chiamare sua moglie, anche se forse avrebbe dovuto farlo lei, se non per una superiorità al sesso maschile che Lisino aveva come convinzione latente, per il semplice fatto che era lei ad essersene andata.

Rimase seduto un po' come se aspettasse, dopo quasi due

mesi, che sua moglie chiamasse da un momento all'altro. Poteva immaginare con chi fosse in quel momento, ma sapeva che poteva raggiungerla in due telefonate, anche se era ancora indeciso se avrebbe poi fatto la seconda.

Compose il numero e sentì il primo squillo. Gli salì come una specie di ansia, anche perché sentì il secondo, e il terzo, e ancora non rispondeva nessuno. Poco dopo il quarto, quando era già pronto ad abbassare il ricevitore, rispose qualcuno.

– Pronto?

– Pronto, Betta? Sono Lisino.

– Ah, tu sei? Con che coraggio mi chiami?

– Non parlerei di coraggio…volevo solo sapere…sai cosa. – disse Lisino, pentendosi un po' di aver chiamato.

– Lo sai che sono la sua migliore amica, e non è che vado in giro a dire dove si trovi adesso.

– Non lo devi dire in giro, lo devi dire a me.

– Ah, *devo* dirtelo? – calcando l'accento su quel *devo* tanto da infastidire Lisino.

– Non girarla così…sono solo un po' nervoso perché…lo sai. – Lisino era imbarazzato come non mai.

– E comunque, se vorrà chiamarti, lo farà lei. Anzi, prima o poi ti darà sue notizie. Magari una lettera. Ciao *Lsì*.

Lisino sbatté il ricevitore, senza nemmeno salutare. Pensò che non era un mistero che Betta fosse ancora zitella, dato che era così stronza e lui, invece, avrebbe dovuto usare meglio quella telefonata. Fu così nervoso da ricordarsi immediatamente di avere fame. Mise la pentola piena d'acqua sul fuoco. Poi ci ripensò subito. Buttò l'acqua nel lavandino e decise di scendere a prendersi una pizza.

Si mise la giacca ed era pronto a *uscire* la bicicletta, quando squillò il telefono.

– Pronto?

– Pronto Lisino? Sono Edvige.

Lisino rimase fermo e zitto. L'unico segno di vita che usciva dalle sue labbra era un rantolo dovuto alle troppe sigarette.

– Lisino?

– Sì.

Dopo ci fu ancora silenzio.

– Lisino, ci sei? Volevo…volevo solo dirti che sto bene.

– Quello è l'importante. – disse Lisino sorridendo.

– Tu come stai?

– Tutto normale.

– Va bene. – anche dall'altra parte del ricevitore c'era decisamente imbarazzo, che Lisino percepiva.

– Sicura che tu stai bene?

– Sì, sì…Forse dovrei andare. Ciao.

Lisino rimase in silenzio, a fargli compagnia il segnale di linea libera che proveniva dal telefono. Non aveva avuto il tempo di salutarla. In effetti avrebbe potuto pensare tranquillamente che in realtà fosse prigioniera di qualcuno. Avrebbe voluto dirle di scrivergli, anche se dubitava che potesse dirgli di più di quello che gli aveva urlato uscendo di casa con una valigia. Si sedette alla tavola spoglia, e si ricordò del fatto che stava andando a prendersi una pizza, prima di quella telefonata.

Era rimasto così, senza dire niente, come *una cima di rapa*.

Improvvisamente lo stomaco gli si era chiuso completamente. Non riusciva a pensarsi seduto nella pizzeria con la faccia sconvolta che pensava di avere, e un breve viaggio in bagno gli confermò che in effetti era proprio impresentabile. Tornato nel salone, vide la bici appoggiata. Accarezzò il telaio e il sellino. In quel momento decise che sarebbe potuto andare in una pizzeria che lui amava parecchio dall'altra parte della città.

L'unica paura che potesse avere era quella di ripetere il suo sogno ricorrente. Nell'ultima volta, quella che gli era più fresca in mente, si trovava in un ufficio che somigliava in maniera inquietante alla scuola dove aveva fatto le elementari. Nonostante sapesse guidare, e anche bene, era incapace di farlo nel sogno, e arrivò guidando molto lentamente, sbagliando anche le marce. Poi era costretto a lasciare l'auto aperta, perché non aveva le chiavi. Entrò in questo ufficio e nella stanza dove doveva lavorare, e non c'erano sedie. Uscì per cercarle, e nella stanza a lato, dietro ad una porta che somigliava più ad una vetrina, c'era sua moglie, che ripassava quello che sembrava un discorso. In quel momento, di solito, provava ad entrare, ma non trovava la maniglia. Sua moglie continuava a dargli le spalle e di solito si svegliava.

Si trovò quasi a dormire sul tavolo della cucina, con gli occhi pieni di lacrime per lo sbadiglio. Portò la bicicletta fuori, si accese una sigaretta, e iniziò a pedalare.

23 aprile 1971

La notte di Chivo fu caratterizzata dal caldo dovuto al piumone che aveva ancora su. Forse avrebbe dovuto decidersi a mettere una trapunta più leggera. Andò in cucina e vide il plico con all'interno la copia dell'articolo che doveva consegnare a de Castri per la revisione. Si preparò il caffè e si sedette al tavolo.

Rilesse l'articolo e lo reputò pessimo, soprattutto perché c'erano degli errori voluti, in punti strategici, per capire se de Castri l'avrebbe letto e soprattutto c'erano delle illazioni che voleva capire se fossero vere o meno.

Alzò gli occhi e vide che il sole doveva ancora sorgere. La supponenza di non aver puntato la sveglia, per una volta, non gli aveva creato problemi. Sarebbe uscito da casa abbondantemente in tempo per affrontare de Castri da solo. Sapeva bene che era il primo ad entrare alle 8, e pensò che abitare sopra la redazione potesse aiutare nella puntualità. Ma lui non voleva solo essere puntuale, voleva tenere tutto sotto controllo. Gli avevano anche detto che il secondo impiegato non sarebbe arrivato prima delle 9.

Uscì di casa, pensando che se fosse arrivato per le 8.15 sarebbe stato l'ideale. Per fare ancora prima, prese la metro, e funzionò. Era davanti alla sede, plico sotto il braccio, alle 8.12.

Entrò nella sede e non vide il portinaio. Pensò che fosse ancora in casa, sentendo l'odore di caffè che proveniva dalla porta accanto alla guardiola. Per arrivare al piano, prese le scale, una concessione alla fretta che aveva avuto fino a quel momento. La porta dell'ufficio era chiusa a chiave. Rimase lì a pensare, per poi ricordarsi che poteva tranquillamente entrare.

Provò a girare quella chiave nel mazzo di casa di cui non ricordava cosa aprisse, e fu dentro. Le luci dell'azienda erano ancora tutte spente e le tende erano chiuse. Potevano anche essere le tre di notte. Chivo si muoveva come se fosse stato nelle fogne, con gli occhi che perlustravano gli uffici vuoti e bui, senza trovare nulla. Arrivò al corridoio in fondo al quale c'era l'ufficio di de Castri. Dietro la porta a vetri illuminata poteva vederlo mentre scriveva a penna probabilmente correggendo delle bozze.

Chivo bussò alla porta, e de Castri sobbalzò, come se si fosse svegliato.

– Chi è? Civitano! Non l'aspettavo così presto.

– In effetti...volevo consegnarle il pezzo pronto, così può vederlo.

– Ok, ok. Quello su Muzzano? Lo lasci qui, poi le faccio sapere.

La sbrigatività del capo già iniziava ad irritare Chivo: – Poi...quando sarebbe questo poi?

– Poi sarebbe al più presto. Come mai tutta questa fretta, Civitano?

Chivo si sentì come quei giocatori di poker scoperti mentre tentano un bluff, e rimase zitto per qualche secondo. Vide de Castri che iniziava ad aprire molto lentamente il plico e a leggere la prima pagina. Iniziò a ridere come non l'aveva mai visto fare. Gli occhi gli divennero di fuoco e chiuse il plico.

– Mi sta prendendo per il culo, Civitano? – disse alzando il volume della voce ad ogni parola, partendo da un tono leggermente alterato all'urlo alla fine.

– In che senso, scusi?

– Io vedo due maniere nelle quali mi può prendere per il culo. Primo questo articolo è pieno di errori ed imprecisioni, anche solo nella prima pagina.

Chivo iniziò a ghignare.

– La seconda è che lei non sa un cazzo e vuole farmi cacare sotto. A me questo dà molto fastidio.

Tirò fuori una pistola dal cassetto. Chivo rimase un po' stupito. Si rese conto per la prima volta di aver pestato una cacca troppo grossa a questo giro. Iniziò a ricollegare tutto e si rese conto di avere sottovalutato enormemente tutta la situazione.

Se de Castri aveva avuto un ruolo nell'organizzare quel casino a Muzzano, probabilmente non era così coglione da farsi fregare da uno che è stato fottuto più volte. Forse la tensione aveva messo in pausa il suo filtro anti-volgarità.

– Ma posso fare qualche domanda?

– No. Chivo pensò che stesse per sparargli. Poi però lo vide posare la pistola sul tavolo. Svuotò tutto il caricatore, tranne che per una pallottola.

– Le farò io le domande. E se la risposta dovesse essere sbagliata, allora le sparerò. Se non uscirà la pallottola, ne aggiungerò un'altra al tamburo. Aumenta le probabilità, sa?

Chivo voleva alzarsi per scappare, ma un misto tra terrore e curiosità lo teneva incollato alla sedia.

– Iniziamo da quella facile. Perché ho acconsentito a mandarla a Muzzano?

– Per togliermi di mezzo?

Clic. Chivo riaprì gli occhi che aveva chiuso per la paura.

– La prima volta è semplice farla franca. L'unico motivo per il quale si è trovato ad essere lì è perché ha insistito tanto. In fondo lei è qui adesso, quindi se avessi voluto toglierla di mezzo avrei dovuto trovare un sistema meno complesso ma più efficace.

Chivo annuì. De Castri, nel frattempo, inserì la seconda pallottola.

– Lei quanto ne sa di calcolo delle probabilità?

– Quanto basta per capire che non posso rispondere a molte altre domande di cui non so la risposta.

– Quando mi dà queste risposte mi ricordo perché l'ho assunta. È un tipo divertente.

– Grazie. – rispose Chivo, spiazzando un po' De Castri.

– Seconda domanda. Chi era il capo di tutto?

– Biagio?

– Ah, così si è fatto chiamare a questo giro? Sì, penso proprio che stiamo parlando della stessa persona.

– Un tizio che voleva instaurare una dittatura del proletariato a Muzzano?

– Non sparo perché so che non è così naif da crederci. Si impegni.

– Un complice di un piano per svuotare il centro di Muzzano per buttarlo a terra e costruire palazzi di lusso?

– Bravo. Si è evitato una pallottola. Terza domanda. Perché nessuno sta parlando di quanto è successo a Muzzano?

Chivo era spiazzato: – Non saprei…perché pensano che nessuno sia interessato a cosa succede lì?

Vide che de Castri alzava la canna per sparare, e vedendo la luce passare dai quattro fori del tamburo, pensò che questa volta era carica. Urlò: – Un attimo! Ma se spara come farà con il sangue e con il resto?

– Poi vedrai.

De Castri sparò, centrando Chivo in testa.

Chivo riaprì gli occhi. Si ritrovò legato ad una sedia in un posto indefinito, illuminato solo da una finestra, peraltro scura, dove riusciva a intravedere solo un'infiltrazione sulla parete alla sua destra, che aveva annerito il muro e che gocciolava ancora.

Il suo primo pensiero fu che come purgatorio era un po' meno pomposo di quanto immaginasse. Dopo iniziò a pensare, nonostante il fastidio del probabile bernoccolo sulla testa, e vide che c'era un bersaglio delle freccette, un paio di biciclette, degli scaffali con delle lampadine di scorta. Quello stronzo l'aveva chiuso in cantina. Inoltre, se avesse avuto anche lui le pallottole finte, forse c'entrava anche più di quanto dicesse.

Si aprì la porta. Entrò de Castri, sempre impeccabile.

– Proprio a te stavo aspettando. Non facciamo un altro giro? – disse Chivo.

– Ogni tanto si ricorda di essere del sud. Piuttosto, alla sua richiesta devo rispondere no. Devo capire cosa farne di lei. Di certo nemmeno qui vorrei le sue cervella spappolate sul pavimento.

Chivo annuì. Facendo quel movimento, però, si rese conto di essere legato male quanto basta per liberarsi con un colpo di polso; subito dopo intuì che aveva aperto gli occhi a quella scoperta. Per dissimulare, chiese a de Castri: – Ma che ora è?

– Ora di pranzo.

– E pigliate 'stu sfilatino.

Aprì le braccia liberandosi dal nodo. Lasciò partire un diretto che mancò il bersaglio di molto, e de Castri fece un passo avanti e gli rifilò una sequenza di diretti al fegato e un uppercut che gli colpì il naso.

Chivo si accorse che de Castri si era trasformato. Della persona impettita che conosceva era rimasto solo il guscio esteriore. Ora, invece, era in posa plastica da boxeur, stile illustrazione di inizio secolo, lui, invece, era al tappeto, in una pozza di sangue e muco che continuava ad uscirgli dal naso. Pensò che aveva fatto tanto per evitare che glielo rompesse il suo allenatore, e ora ci aveva pensato il suo capo.

Il delirio causato dalla perdita di sangue mista al colpo in testa di prima stava cambiando, e si sentì in grado di controbattere. Si alzò di scatto, e andò di nuovo a terra quasi da solo. De Castri rideva, in piedi, abbassando la guardia. La seconda volta andò in piedi più lentamente, ma di fronte aveva tre de Castri. Allargò le braccia fino quasi a toccare i muri e caricò come un toro. I tre de Castri finirono a terra.

Chivo tornò vicino agli scaffali e lì trovò un rotolo di carta igienica. Lo srotolò e si infilò i pezzi nel naso. Almeno il fastidio del sangue che colava sul baffo era limitato. Appena ebbe finito, si trovò addosso de Castri che, perso già prima il suo aplomb, gli urlò: – Tu dovevi farti i cazzi tuoi, dovevi andare via come gli altri ed essere rimbalzato dalla polizia! Noi abbiamo pagato tutti! Tutti!

Mentre gridava, tirò un diretto sulla coscia di Chivo che perse l'appoggio, cadendo in avanti, ma riuscì a parare il colpo.

Si trovarono in posizione eretta, entrambi guardia destra. Chivo iniziò ad esplorare i difetti della difesa di Spillo con dei montanti al corpo, per quanto fosse 40 cm più alto di lui, e iniziò ad urlare anche lui: – Ma perché Muzzano?

– Perché non interessava a nessuno, ma l'avremmo fatta diventare noi la sensazione del momento, quando avremmo fatto delle costruzioni moderne in riva al mare.

– E pensavi davvero di farla franca? Non pensi che avresti pagato troppo?

– Non se i popolani avessero accettato di fare la rivoluzione. Ci sarebbero stati casinò e mignotte, invece di quei quattro pescatori del cazzo.

Chivo schiumava rabbia, ma la guardia di de Castri era impenetrabile, e pungeva parecchio con i colpi al fegato. De Castri colpì basso di nuovo e Chivo questa volta non parò. Si trovò a terra dopo un altro diretto al volto.

Pensò che se ci fosse stato un commentatore, o anche uno spettatore, probabilmente avrebbe fatto il tifo per de Castri, essendo più piccolo e invece lui un giuggiolone di tre metri, come diceva il suo allenatore. Già, il suo allenatore. Chissà come si sarebbe incazzato a vederlo combattere così, dopo che si era sempre preoccupato di correggere la sua tecnica.

Da terra, Chivo urlò: – E Guglielmetti? Non era lui la prima scelta?

– Lui avrebbe avuto il sale in zucca di togliersi dal cazzo subito.

Chivo si rialzò, un po' traballante per via dei colpi ricevuti. De Castri aveva evidentemente ancora voglia di combattere. Colpì Chivo ancora al corpo, due, tre volte, che si difese relativamente bene. Chivo colpì un paio di volte col destro, poi, mentre De Castri preparava il contrattacco, cambiò guardia e tirò un montante destro al volto che fece schizzare de Castri contro la porta.

Chivo si avvicinò barcollando e, come un ragazzo di strada, iniziò a prenderlo a calci, quasi pestandolo sotto le suole. Gli urlò: – Sei un pazzo e un coglione. La seconda già lo sapevo, hai capito?

De Castri, sputando sangue, annuì. La furia di Chivo non era terminata. Lo sollevò e lo fece volare dall'altra parte della stanza, e uscì dicendo: – Consideri queste le mie dimissioni.

Chivo chiuse la porta, non curandosi di controllare le condizioni del suo capo. Passò davanti alla guardiola con la camicia sporca di sangue e i brandelli di carta igienica nel naso per tamponare l'emorragia, e salutò come se fosse tutto nella normalità.

Andò al telefono a gettoni più vicino e chiamo un'ambulanza, sentendosi in colpa. Si annotò sul taccuino di dire al pronto soccorso di essere stato picchiato da de Castri. Per un momento pensò di metterselo tra i denti, come le piastrine dei marines, ma poi si rese conto di essere perfettamente in grado di andare fino alla piazza. Prese il tram fino alla fermata più vicina al Niguarda, consigliata da un vecchietto, e si sedette in sala d'attesa, dopo aver detto le generalità all'infermiera, poi chiuse gli occhi.

Lo risvegliarono i buffetti di un infermiere, che lo accompagnò poi a fare i raggi X al volto. Dopo, gli disse che il naso era rotto. Prima che potesse dire qualcosa glielo girò. Sperava in qualcosa di meno artigianale, e fu sul punto di svenire di nuovo.

Chivo, con una fasciatura sul naso degna della mummia dei film horror anni '40, e con la voce terribilmente nasale, chiese all'infermiera: – È arrivato un certo de Castri?

– Sì.

– Vorrei sapere come sta.

– È in terapia intensiva, ma dicono se la caverà.

Chivo ringraziò e uscì.

26 aprile 1971

Chivo fu dimesso dall'ospedale dopo due giorni di riposo, e l'unico momento veramente da dimenticare fu la riduzione della frattura al pronto soccorso.

Fuori ad aspettarlo c'era Lupo, che lo accolse facendo un gesto con la mano per volergli dire "che preoccupazione mi fai prendere". Chivo lo salutò, e gli disse: – Ti prego, portami fuori di qui, preferibilmente in un buon bar.

Si andarono a sedere in uno non distante da lì, che conosceva Lupo, che esordì: – In effetti non hai tutti i torti, i bar dell'ospedale raramente sono all'altezza, la mancanza di concorrenza non aiuta molto la qualità.

– Che si dice in ufficio, piuttosto? – rispose Chivo, che ordinò un caffè doppio.

– Non vorrai tornarci conciato così? – disse Lupo, che aveva preso un macchiato, indicandogli il volto coperto dalle bende.

– No, ma dammi un po' di primizie. Qui in ospedale l'unica cosa che ho fatto è leggere riviste di quando non ero ancora nato, e vedere la tv quelle rare volte in cui è accesa.

– Si dice che hai gonfiato il capo. Prima che inizi a farmi il monologo della fine del mondo, abbiamo già letto la copia dell'articolo che avevi spedito alla redazione. Molto interessante.

– Devo correggerlo. Il capo è più dentro di quanto potessi immaginare all'inizio. – disse Chivo, tambureggiando sul piattino del caffè.

– Sì, ora riposati. In ogni caso, non penso che tu possa pubblicare quel pezzo. – gli disse Lupo, facendo ampi gesti con le mani per dirgli di stare calmo.

– Lo so, non posso pubblicarlo sul giornale.

– Quindi?

– Quindi penso di venderlo.

Lupo finì di bere il caffè. Poi si asciugò le labbra e disse, curioso: – A chi? Quello quando avrebbero potuto averlo gratis, hanno bellamente ignorato la notizia.

– Sì, ma ora c'è de Castri di mezzo. Vuoi che non vogliano vedere un concorrente sputtanato?

– In effetti…

– Poi se non dovesse andare in porto potrei sempre scriverci un libro.

Lupo rise: – Sai che però finirebbe accanto a quelli che dicono che l'atterraggio sulla luna non è mai successo?

– Ho sentito parlare di uno in cui dice che è stato tutta opera della CIA con l'apporto essenziale di Kubrick. Il regista.

Lupo annuì: – Sì, è proprio quello di cui ti stavo parlando. Parlando d'altro ti trovo bene.

– Tra una settimana, senza questo scafandro, starò ancora meglio.

– Quindi che pensi di fare?

– Forse tornerò, forse no. Dipende da come ne uscirà de Castri, da questo ospedale e dal resto. – disse agitando il caffè e buttandolo giù in un sorso.

– Non ne uscirà bene. Per quanto riguarda questa storia. Io non so quanto ci sei andato pesante.

– Meno di quanto credi. Quanto basta per tenerlo un po' calmo.

– Sono andato a vederlo.

– Ah. – Chivo rimase un attimo imbarazzato, poi gli chiese: – Ma come sta?

– È più duro di quanto immaginassi.

– Lo so bene, anche io non lo facevo così resistente.

– Dicono che tra tre mesi sarà come nuovo.

– Perfetto.

Chivo si alzò di scatto, e si toccò la testa. Lupo gli si avvicinò per sostenerlo, e lo aiutò a sedersi. Gli disse: – Chivo non farmi questi scherzi, che non riesco mica a tirarti su.

Chivo sorrise: – Tu hai presente come si mangia qui, no?

Sono un po' debole, tutto qui.

– Mah, sarà. Comunque ti accompagno a casa.

Chivo annuì. Si alzò più lentamente e tutto andò per il meglio. Rassicurò Lupo: – Ok, possiamo andare.

Uscirono dal bar ed arrivarono all'auto di Lupo. Chivo si sedette dietro e ribaltò il sedile davanti, così da entrarci: – Ti prego portami subito a casa, che qua soffoco.

Lupo ubbidì e, guidando placidamente, lo riportò a casa.

Chivo, non senza fatica, uscì dall'auto. Lupo lo accompagnò anche in casa.

– Era dall'ultima volta che mi ero ubriacato marcio che non mi facevo riaccompagnare a braccio a casa.

– E quanto cazzo hai bevuto per ubriacarti?

– Non ricordo. Di sicuro più di quello che tu hai bevuto negli ultimi cinque anni messi insieme.

– Esagerato!

Lupo sorrise. Chivo fissava fuori dalla finestra. Lupo gli chiese: – A cosa stai pensando, adesso?

– Al mio allenatore di pugilato.

Lupo lo guardò con aria interrogativa. Chivo si girò verso di lui e si sentì in dovere di spiegare.

– Io provo a fare pugilato da questo allenatore e mi ha fatto fare degli esercizi specifici che mi hanno fatto mandare al tappeto de Castri. Inoltre, ora mi sono rotto il naso, e devo mantenere una promessa.

Lupo annuì e disse: – Ora devo proprio tornare in ufficio. Tu continua a scrivere il pezzo, poi se verrà pubblicato o meno non ci è dato saperlo, dato che qualcuno ha ridotto a pezzi il nostro capo.

Chivo sorrise e gli disse: – Guarda che ne ho anche per te.

Lupo abbozzò una guardia destra, ma molto scarsa. Chivo lo guardò e gli disse: – Ehi Lupo…se conosci qualcuno che possa interessarmi…

– Sì, sì, ti faccio un fischio. Non è che se siamo stati insieme due settimane tre anni fa, ora divento il tuo puttaniere.

Chivo fece il gesto di alzarsi e Lupo si avvicinò alla porta.

Chivo si risedette e Lupo gli si avvicinò. Gli dette un bacio in fronte e gli disse: – Tu ora riposati. Poi vediamo.

Lupo uscì.

Chivo alzò la cornetta.

– Pronto?

– Pronto, coach? Sono Chivo.

– Chivo? E che cazzo ti è successo alla voce?

– Niente, niente. Volevo solo chiederti, ma per te quanto ci si mette a guarire da una frattura al naso?

– Appena ti tolgono le bende, vieni qui e ti faccio fare la prima sessione di sparring, ragazzo.

Chivo sorrise, poi disse: – Ehi coach un'ultima cosa, volevo solo dirti…grazie per avermi salvato la pelle.

Il coach disse: – Eh? -, poi Chivo iniziò a piangere a dirotto. Il coach chiuse la comunicazione dicendo: – Poi quando vuoi passi e me la spieghi.

Chivo, con la voce rotta dal pianto disse: – Sì. – Abbassò la cornetta e continuò a piangere, e a ridere allo stesso momento.

Sofia arrivò da Steve nel mattino, per salutarlo prima che andasse via. Aveva già pensato a come potesse accompagnarlo alla stazione e andare successivamente all'università. Aveva già avvisato tutti e poteva prendersela con calma, per una volta. Citofonò ed entrò. Salì e arrivò fino alla camera da letto, dove Steve era intento nel preparare le valigie, o meglio aveva l'armadio aperto e faceva dei movimenti come un direttore d'orchestra.

– Ma tu non dovresti essere in partenza tra un paio d'ore?

– Sì.

Steve, nel frattempo, recuperò qualche vestito dell'armadio, e chiuse la valigia subito dopo.

– Visto? Ci ho messo dieci minuti, l'importante è sapere quello che si sta facendo…

Sofia le diede un'occhiata e rise: – Steve, ma…da quant'è che non dai una pulita alla valigia?

– Boh, forse da quando l'ho usata l'ultima volta.

– E questo è stato…

– L'anno scorso.

Sofia rise: – Sei terribile. Voglio dire, anche io sono un disastro in certe cose, ma tu mi batti.

Andò in cucina a prendere uno straccio e lo passò a Steve: – Dagli una pulita, dai.

Steve, sarcastico, le chiese: – E quello dove l'hai trovato?

Sofia lo guardò con aria di sufficienza e gli disse: – Animo, *hombre*!

Steve rimase un attimo fermo a pensare che quella, forse, era la prima volta che l'aveva sentita parlare in spagnolo. Decise, per una volta di lasciar perdere e di non farsi un ennesimo viaggio mentale, anche perché c'era Sofia e probabilmente l'avrebbe preso in giro. Diede qualche colpo di straccio alla valigia per renderla presentabile e passò lo straccio a Sofia.

– Va bene ora?

– Massì…

Sofia gli si avvicinò e lo baciò. Steve ricambiò il bacio e in pochi secondi si ritrovarono avvinghiati sul letto. Fecero l'amore, prima che partisse, proprio come nella canzone dei Doors. Steve non mancò di farglielo notare, e lei alzò gli occhi al cielo. Anche se Steve non riuscì a farlo due volte, perché dopo la prima era già addormentato e fu Sofia a svegliarlo e a dirgli di doversi dare una lavata e mettersi in cammino, perché il tempo di esitare era finito. Steve le sorrise e andò in bagno.

Si guardò allo specchio e si diede una sciacquata. Aveva molta voglia di togliersi di dosso l'idea di viaggiare, che lo rendeva così inquieto da farlo saltellare sul posto. Finalmente sarebbe tornato a casa. Quante volte aveva pensato a questo momento, e forse era quello peggiore in cui potesse capitare. Sofia lo interruppe nel flusso di pensieri e gli disse: – Dai, Steve. Altrimenti perdi il treno.

– Va bene, va bene.

Steve pensò di rispondere con una battuta ironica sul fatto che lo stesse cacciando, ma pensò che non fosse il caso. Uscì dal bagno e si rivestì in camera. Diede un bacio sulla spalla di

Sofia e le disse: – Tu non ti rivesti?

– Sì, sì…

Sofia fu pronta poco dopo e lo aiutò tenendogli aperta la porta. Uscirono di casa con largo anticipo, quasi un'ora, così da poter camminare tranquillamente fino alla stazione.

Vedevano le foglie ancora verdi spazzate via dal vento dei giorni precedenti a terra, e allungarono fino al Tevere, per poterlo vedere ancora una volta andare placido. Steve pensò al fatto che non ci era mai andato prima del disastro di Muzzano, e ora era la seconda volta nel giro di una settimana. Sperava che Sofia non gli facesse quella maledetta domanda, "A cosa stai pensando", perché rispondere dicendo "è la seconda volta che evito cacche di piccione sul lungotevere" non è il massimo per qualcuno che sta andando via.

Sofia, nel frattempo, sentiva qualcosa che non andava, dentro di sé. Era troppo triste per il fatto che Steve se ne stesse andando per due settimane, doveva capire cosa non stesse andando dentro di lei. Anche lei si trovava a pensare troppo da sola, come faceva Steve. Forse l'aveva infettata con il suo viziaccio. Strinse la mano di Steve. Iniziarono a camminare mano nella mano, lanciandosi occhiate piene d'amore.

Erano davanti alla stazione con mezz'ora di anticipo. Steve si girò verso Sofia: – Ci facciamo ancora altri due passi?

Sofia annuì. Girarono intorno all'isolato, cercando di fare spazio tra le loro emozioni e capire se potessero fare chiarezza. Sofia lasciò perdere prima di Steve, e lo guardava, un po' più basso di lei e con la barba rada da ragazzino che guardava un punto indefinito in fondo alla via. Per prenderlo in giro gli si avvicinò e gli mise la guancia accanto alla sua per capire dove stesse guardando. Steve si girò verso di lei e le diede un leggero bacio sulle labbra che lei gli restituì con maggior decisione. Tornarono davanti alla stazione ed entrarono. Steve le disse: – Sei ancora sicura di non voler venire?

– Sì, smettila dai.

Sofia era ormai in lacrime, mentre Steve le dava dei baci su tutto il volto per non farla più piangere, come se si sentisse in colpa. Sofia smise e gli chiese: – Mi ripeti il percorso che devi fare?

– Roma-Milano-Barcellona-Lisbona-Oporto. Semplice, no? – disse Steve.

– Ho capito. – rispose Sofia.

Steve pensava a cosa dovesse dirle ma non riusciva a pensare nulla da poter dire a lei. Pensava solo a quei due lunghi binari che andavano fino a Lisbona e poi a Oporto. Sofia gli sorrideva e cercava di non piangere. Arrivò l'annuncio che il treno era arrivato ai binari e sarebbe partito dopo dieci minuti.

Andarono ai binari. Steve, anche lui emozionato, le disse un'ultima volta: – Dai, vieni anche tu.

– No, Steve. Ora vai, il treno è in partenza. Ricordati di scrivermi!

Steve si girò e vide che mancavano circa cinque minuti. Si avvicinò a Sofia e le diede un lungo bacio. Prese la valigia e salì in carrozza. Steve si affacciò e iniziò a salutare. Sofia ricambiava il saluto.

A treno partito, Sofia tornò verso casa. Vedeva il cielo che tendeva ad annuvolarsi, e le nuvole si facevano rapidamente strada nel cielo. Non accelerò il passo. Quando il cielo fu completamente bianco di nuvole, Sofia sentì, dentro di sé, che non avrebbe più rivisto Steve.

Epilogo

17 marzo 1996

Chivo spense e poi chiuse definitivamente il portatile. Pensò che essere arrivato alla decima lettera di risposta a domande sul venticinquesimo anniversario di un evento ignorato all'epoca era qualcosa che lo stupiva ancora più della possibilità di comunicare con persone lontane che parlavano di un libro uscito ventiquattro anni prima.

Finita la corrispondenza che avrebbe dovuto stampare e spedire, Chivo poté usare il telefono, chiamando Lisino.

– Pronto?

– Uè Civv, allora? Hai pensato alla mia proposta?

– Sì. Io ci sono.

– Perfetto! Allora avvisi anche gli altri? Sei rimasto in contatto?

– Onestamente no. Però Sofia l'ho vista quattro-cinque anni fa, quando presentai un libro.

– Un libro? Quale? Sempre lo stesso col nome cambiato o quello di merda?

– Sempre lo stesso. Quello col nome di merda fu molti anni prima. Vedo con piacere che ti sei interessato alle mie avventure, sono contento.

Lisino sorrise, poi Chivo continuò: – Ho capito che bisogna dare alla gente quello che vuole, anche se lo vuole solo per una settimana ogni due-tre anni. Sai che hanno anche bloccato i diritti per un film? Non ho ancora visto una lira, ma forse se va in porto…

Lisino fu notevolmente sorpreso: – Ah sì? Chi mi interpreterà?

– Non siamo ancora a quel punto, lo sai.

– A me piacerebbe *Gion Uèin*.

– Guarda, non fosse morto da almeno vent'anni sarebbe stato perfetto.

– Allora *Brus Uillìs*. Quello c'ha pure la pelata già pronta.

Questa volta fu Chivo a sorridere. Lisino, cambiando di tono, gli chiese: – Allora provi tu a vedere come stanno messi?

– Sì, vedrò cosa posso fare. Poi ti avviso.

– Vabbuono. A presto.

– Ciao, Lisì.

Chivo abbassò la cornetta. Andò a sedersi in cucina, e dando uno sguardo fuori, vedendo gli alberi piegati dal vento, pensò a come poter contattare i due. Grazie a quell'incontro con Sofia aveva saputo che si era sposata e poi separata, aveva anche una figlia al liceo. Di Steve sapeva poco e niente. Sapeva che aveva fatto la rivoluzione dei garofani, e quando lo chiese a Sofia, lei fu vaga e non gli disse molto di più. Disse che era entrato in politica e aveva fatto strada.

Non avendo appigli, pensò di fare una ricerca su Internet. A fargli vedere come si faceva fu Lupo, che si era interessato di informatica dall'inizio degli anni '80. Chivo gli vide cercare notizie su qualche nuovo aggeggio che era in uscita e gli chiese se potesse funzionare anche per i libri. Quando disse di sì, si trovò spostato di peso in un mondo fatto di informatica e telecomunicazioni in cui faceva fatica a capire anche cosa volessero dire quelle parole. Per un periodo provò ad entrarci, comprò riviste, ma non riuscì mai ad avanzare dal punto in cui era, e si rassegnò. Sapeva che doveva infilare il cavo del telefono in quella scatoletta collegata al portatile. Faceva un po' di rumoracci e poi magicamente gli uscivano delle immagini sul portatile. Gli bastava sapere quello.

Andò sul sito che Lupo gli aveva consigliato per fare delle ricerche e provò a inserire il nome di Steve, non riuscendoci per il semplice motivo che non si ricordava il suo vero nome. Provò a inserire "Steve rivoluzione garofani" e vedere il risultato.

Nell'anteprima del primo risultato vide "Estevão Soares" e

si ricordò. Inserì Estevão Soares e trovò che era un papabile per il ministero dell'Istruzione del nuovo governo portoghese.

Chivo pensò, di getto: *"Ngul"*, tradendo a sé stesso le origini muzzanesi. Si mise a ridere da solo, poi ricominciò a cercare, per vedere se per caso avesse un indirizzo su internet o, ancor meglio, una e-mail. Vide subito dopo un indirizzo estevaosoares@hotmail.com, che poteva fare al suo caso. Se lo appuntò sul suo bloc-notes, perché non era un nativo digitale, come lo ammoniva scherzoso Guglielmetti.

Pur essendo un gran rompiscatole, Guglielmetti era stato l'unico, insieme a Lupo, a stargli vicino dopo quanto successo con de Castri, che nel frattempo era riuscito ad evitare qualsiasi guaio giudiziario fino al 1992, quando anche lui fu indagato all'interno di Tangentopoli, ma alla fine riuscì a scamparla nel modo migliore, morendo in un incidente stradale un anno dopo, poco prima della lettura della sentenza. Per Chivo, però, aveva finto la morte ed era andato ad Hammamet con Bettino Craxi.

Cercò l'indirizzo e il numero di telefono di Sofia. Iniziò a vedere nei libri del periodo, ma nulla. Ebbe un'illuminazione, era scritto nel blocco note che si portò dietro durante quei giorni, che era nell'armadietto dove conservava i vari fogli e foglietti che usava per la prima bozza di tutto. Trovò perfino il primo manoscritto del suo libro, quando ancora si chiamava "La bandiera scesa di Muzzano". Lesse la prima pagina e notò che non solo il titolo era cambiato, avendo trovato due errori di sintassi e uno di battitura in cinque righe. Dietro questo, però, trovò il blocchetto che cercava, finta pelle, carta color crema come ormai non ne facevano più.

Tornò in cucina e, sotto l'e-mail di Steve, scrisse il numero di telefono di Sofia. Il sole iniziava a scendere, e decise di scendere a fare un giro. Entrò nell'ascensore e si vide nello specchio all'interno. Vide la corporatura sempre robusta, ma un po' segnata dal tempo, con la pancia diminuita, con la foresta di capelli ormai diradata e andante verso il bianco. Per un momento ebbe un lampo, vedendosi come era venticinque anni prima e si ripromise di non farlo più, dato che gli avrebbe solo portato malinconia.

Camminò per qualche isolato. Passò davanti alla palestra che frequentava, quando era ancora tale. Ormai il coach era passato a miglior vita da anni, e fuori c'era una placca commemorativa, grazie alla quale aveva scoperto che era stato un decente peso gallo, campione italiano e "quasi europeo". Forse quell'anno sarebbe stato abbattuto. Probabilmente sarebbe diventato un palazzo, come al solito.

Andò al bar e prese una birra media, assieme ad un tramezzino, per tamponare la fame. Dietro si era portato il blocchetto con l'indirizzo e il numero di telefono e iniziò a buttare giù cosa dire, per essere preparato. Quando fu pronto tornò a casa, perché non aveva più soldi per i gettoni.

– Pronto Sofia? Sono Chivo.

Sofia rimase in silenzio e chiuse gli occhi un attimo. Quella frase risuonò nelle sue orecchie come se avesse avuto la notizia di una conversione di un suo amico ai mormoni, oppure come una telefonata di un sexy shop che cercava il suo vicino settantenne. Alla fine, rispose abbastanza rapidamente: – Chivo? E che cacchio di fine avevi fatto?

– Diciamo che non ho avuto l'occasione per telefonarti. Diciamo anche che in cinque anni potevi farti viva tu.

– Già. Che mi devi dire?

– Ti invito ufficialmente a Muzzano per il venticinquesimo del tentato golpe.

Sofia si aspettava qualcosa del genere. La matematica era il suo forte, ma non sarebbe stata necessaria una derivata parziale per capire che erano passati venticinque anni. Disse: – Oh! Cosa si fa? C'è la banda del paese? I panini con la porchetta?

– Niente di tutto questo. Andiamo al bar di Lisino. Giochiamo a tressette o a scopone o a quello che vuole lui. Rimaniamo lì un paio di giorni.

Sofia era poco convinta, Chivo rispose: – Cosa c'è che non va?

– C'è che dovevo star lì un paio di giorni anche l'ultima volta...

– Dai non dire cazzate!

Sofia sentiva, dietro il tono scherzoso che Chivo era seccato. Gli chiese: – Ma c'è qualcosa che non va? Lisino non sta bene e ci vuole vedere come ultimo desiderio o qualcosa del genere?

– No, nulla di tutto questo, almeno che io sappia. Piuttosto, non è che tu ti aspetti che ci sarà un'altra rivoluzione?

– No, ovvio. Però di sicuro non ci andrò tranquilla, ecco. Comunque, adesso, su due piedi, non me la sento. Dammi un paio di giorni per rifletterci. Ah, una domanda. Viene anche Steve?

– Non lo so, gli manderò un'e-mail. Non sono riuscito a recuperare il suo numero. Chiamami quando decidi, ora ho anche la segreteria telefonica.

– Addirittura...e-mail, segreteria? Va bene...Ciao, Chivo.

– Ciao.

Sofia sorrideva per quell'ultima battuta, ma anche a telefono chiuso, continuava a provare le stesse emozioni di cinque anni prima, quando si trovò per caso ad una presentazione del libro di Chivo. Quando lo vide si ricordò di Steve, e poi di tutto quello successo col marito. Sofia si toccò e iniziò ad arricciare uno dei suoi boccoli lasciati bianchi dal parrucchiere, e nel frattempo pensava se quell'esperienza non fosse stata l'inizio di un effetto valanga che aveva coinvolto tutti gli aspetti della sua vita.

Lasciò perdere, e iniziò a pensare alla curiosità di vedere se anche gli altri fossero cambiati come lei, che si era ridotta ad essere un ingranaggio nella macchina università italiana. Se anche Steve fosse cambiato, lui che era il bersaglio di un pugno in faccia caricato venticinque anni prima.

Sentì aprirsi la porta. Era sua figlia. Era impressionante come le ricordasse sé stessa alla sua età, anzi forse con qualche anno in più, perché le sembrava avesse una consapevolezza maggiore di sé. Le chiese com'era andata. La figlia si limitò a dire che la professoressa di educazione fisica continuava a provare a convincerla a fare qualche sport tipo pallavolo o pallacanestro. Lei disse di no perché semplicemente non ne aveva voglia e andò a chiudersi in camera a fare chissà cosa, forse a studiare, forse a vedere la televisione, più probabilmente a parlare con le amiche.

Sofia rimase in sala a pensare. Forse avrebbe dovuto sfruttare quel biglietto per sfuggire due giorni al pensiero delle rughe che avanzavano di pari passo con l'età. Andò a bussare alla porta della figlia e la trovò stranamente a studiare.

– Senti, volevo dirti che vado via un paio di giorni.

– Viene qui papà?

– No…aspetta…in che senso? – disse Sofia confusa.

– Dico, a badare a me?

– No, non penso, non l'ho nemmeno avvisato. È proprio necessario?

– Boh, onestamente non lo so. Me lo dovresti dire tu…

Sofia rimase in silenzio ad osservare sua figlia. Anche quell'atteggiamento da paraculo era un suo tratto che, anche se aveva un attimo smussato, ancora le capitava di avere. Le disse: – Facciamo che stai da sola. L'importante è che ritrovi casa e te più o meno nelle condizioni in cui vi ho lasciato.

La figlia si mise a ridere e toccò lo chignon che la madre aveva improvvisato infilandosi una matita tra i capelli. Sofia la scacciò e la inseguì fino in camera sua, dove si abbracciarono. Le diede un bacino in testa e le disse: – Non cambiare mai. Non permettere che quello che ti fanno gli altri ti cambi.

Vide che la figlia non capiva e le diede un altro bacio e le disse: – Capirai con gli anni.

Sofia tornò in cucina. Non voleva già rispondere a Chivo, ma in cuor suo aveva già deciso, e si chiese perché considerasse questo così complicato. Forse era diventata complicata lei con il passare degli anni. Di sicuro venticinque anni prima non sarebbe mai rimasta a pensare tutto quel tempo prima di trovare una risposta.

– Vuoi un caffè? – urlò a sua figlia.

– Se bevessi tutti i caffè che ti fai tu, non dormirei più.

Sofia preparò la caffettiera da una tazzina. Quando fu pronto si sedette al tavolo e iniziò a pensare a cosa dire a Chivo. Forse un sì sarebbe andato bene. Andò da sua figlia, di nuovo.

– Ancora? Poi non ti lamentare se vado male alle interrogazioni.

Sofia, a questa frase, era indecisa se sorridere al pensiero che anche lei era così, o incazzarsi perché alla fine era pur sempre sua madre e non poteva parlarle così. La ignorò e andò avanti: – Ma quindi fammi capire. Se ti lascio da sola questi due giorni la casa rimane com'è?

– Sì, sì. Non farò mega feste, non ci faremo canne fino all'alba, nulla di tutto questo. Al massimo inviterò un paio di amiche e faremo un pigiama party.

– Devo crederci?

– Sì. Ora mi lasci studiare?

Sofia sorrise e chiuse la porta. Subito dopo alzò la cornetta e sentì la conversazione con la sua amica. Brava figlia, pensò.

Steve entrò nel suo ufficio. Salutò la segretaria, disse che non voleva essere disturbato fino a quando non l'avesse detto esplicitamente lui, e si chiuse nella sua stanza. Accese il computer ed entrò nel programma per controllare la casella di posta elettronica. Rilesse la e-mail di Chivo, e pensò a cosa rispondere. La stampò per poterla leggere meglio. Pensò ancora a cosa gli dovesse rispondere.

Si stiracchiò sulla poltrona, con il foglio in mano, lo appallottolò e lo tirò verso il cestino, mancandolo di un metro. La porta si aprì, spostando la pallina dietro di sé.

– Signor Soares…questa è per lei.

Steve si stupì per quella presenza, perché aveva chiesto espressamente alla sua segretaria di non disturbare. Evidentemente doveva essere qualcosa di importante. Lesse il foglio e vide che si trattava di una comunicazione ufficiale riguardante la sua nomina a Ministro del Lavoro. In prima battuta contrasse il viso in un sorrisetto, poi rilesse per sicurezza, e quando fu certo, fece un sorriso più rilassato. Era già convinto del fatto che qualche seme buttato avrebbe dato i suoi frutti. Non sperava questi. Il pensiero gli andò inevitabilmente quando era a Roma e gli arrivò la notifica di fine pena. Pensò a quanta strada avesse fatto.

Il portantino lo risvegliò da quel pensiero: – Scusi? Mi servirebbe una firma per presa lettura...

– Sì, sì...quando è l'incoron...il giuramento? – disse, incastrato in qualche pensiero che non ricordava più.

– Domani.

– Ah, bene, bene. Poi posso fare già viaggi istituzionali?

– Non so...penso di sì.

– Va bene, va bene. Grazie mille.

Steve diede uno sguardo alla pallina che sbucava da dietro la porta ed era tentato di chiedere al portantino di dargliela. Alzò la mano, poi ci ripensò quasi subito in un momento di orgoglio istituzionale.

– Niente, niente – disse, mentre il portantino chiudeva la porta.

Steve si alzò, tornò a prendere la pallina di carta e la buttò. Ritornò alla scrivania, per rispondere al telefono che aveva iniziato a suonare. Chiese alla segretaria tramite linea interna di non passare più nessuno, nemmeno se fosse stato il Diário de Notícias o il Público. Il programma delle e-mail nel frattempo era impazzito, iniziando a riempirsi oltre che di e-mail pubblicizzanti allungamenti miracolosi, oppure affari con principi arrestati, anche di richieste di interviste o di domande.

Mentre rispondeva alla e-mail, pensò che, prima di rispondere a Chivo ne doveva fare un'altra, ad una persona che aveva aspettato troppo tempo.

– Pronto?

– Pronto? Chi parla?

– Sono io, Estevão...Steve.

Silenzio dall'altra parte della linea.

– Sofia? Sei lì?

– Sì.

Steve sentiva che Sofia rideva e singhiozzava quasi contemporaneamente, poi, dopo qualche secondo la sentì parlare: – Sai, sapevo che se avessi dovuto chiamare, l'avresti fatto adesso.

Steve non era pronto a questa obiezione. Non era pronto a parlare di come non avesse più chiamato, scritto e non fosse tornato, come aveva promesso.

– Volevo solo sapere come andava, se ti fosse successo qualcosa in questi…venticinque…anni.

Nel frattempo che diceva la frase, Steve si rese conto di quanto tempo fosse passato, e che quel pensiero che aveva lasciato da parte nei primi giorni tornato in Portogallo era rimasto sì chiuso in una scatoletta mentale ma era invecchiato con lui.

– Niente, che vuoi mi sia successo?

– Dai Sofia…

– Dai un cazzo. Un cazzo. Sarebbe facile chiederti perché tu non mi abbia chiamato venticinque anni fa, perché lo so. Eri un ragazzino di vent'anni appena compiuti, sapevo bene che non mi avresti richiamato o scritto allora. Ma non capisco perché tu non mi abbia richiamato quindici, dieci o cinque anni fa. Mi hai dimenticato?

– No, no.

Steve rispose con un riflesso condizionato, ma sapeva che non sarebbe stato credibile. Però disse: – Perché non mi hai chiamato tu invece?

Sentì che Sofia rimase in silenzio. Nemmeno il singhiozzorisata di prima.

– È vero.

Steve attese qualche secondo, per ascoltare un'eventuale risposta di Sofia, poi parlò: – È colpa di tutti e due. Comunque, mettiamoci una pietra sopra. Tu hai continuato la tua vita?

– Certo, certo.

– Hai continuato ad insegnare?

– Sì, penso che prima o poi sarò anche di ruolo.

– Stai ancora aspettando? Dopo tutti questi anni?

– Già, è ridicolo. Sto pensando seriamente di trasferirmi.

Poi mi sono sposata e ho avuto una figlia.

– Ah, bene!

– Sì…poi ho divorziato. Lunga storia, poi forse te la dirò a Muzzano. A proposito, tu ci vieni?

– Certo, certo. Io avrei proposto tra un paio di settimane. Tu?

– Mah sì, per me va bene. Ma tu che hai fatto di recente?

Steve rimase in silenzio. Pensò che dire ad una divorziata con probabile figlia a carico che si è appena diventati Ministro del Lavoro in Portogallo non poteva portare a nulla di buono.

– Mah niente, sono rimasto nel partito, ma poca roba.

– Sì? Io dopo Muzzano ho lasciato perdere. Forse è per quello che non sono andata avanti con la carriera.

Steve la sentì ridere e questo lo consolava un po'. Vide che la linea interna lampeggiava e disse a Sofia: – Ora devo proprio andare. Dirò a Chivo che tra un paio di settimane si può fare. Ciao.

– Ciao Steve, a presto.

Steve si risvegliò sentendo il telefono squillare. Si rese conto che era da parecchio che qualcuno non lo chiamava Steve. Alla fine, anche lui, come i suoi compagni fecero prima, aveva abbandonato il soprannome che aveva da giovane. Anche quella era una cosa che diceva non avrebbe mai fatto, ma entrando in politica…

Si alzò e andò alla finestra. Sentì il telefono suonare di nuovo, e si ricordò della linea interna. Rispose alla segretaria, e disse di non passargli i giornali, fino a quando non avrebbe parlato col primo ministro. La segretaria gli rispose che il primo ministro era arrivato e stava aspettando da dieci minuti. Steve si allacciò la cravatta e disse di farlo entrare. Fece un po' di movimenti per rilassare il collo e portò una spalla avanti, pronto a stringere la mano.

In quel momento si rese conto che a Muzzano doveva andarci Steve e non lui.

2 aprile 1996

Era interessante che i treni in venticinque anni non fossero cambiati, pensò Chivo. Dapprima pensò che fosse ironico, come la canzone che girava alla radio l'anno prima, ma poi lasciò perdere. Si chiese, piuttosto, che fine avesse fatto quel dj di venticinque anni prima.

La radio aveva fatto grandi passi da allora. E anche lui, alla fine, si era lasciato convincere da un posto come presentatore in una radio pirata, un anno dopo i fatti di Muzzano, mese più, mese meno. La paga era inesistente, ma poteva mettere su dei pezzi che gli interessava ascoltare, senza pagare una lira.

Un sobbalzo dovuto ad uno scambio lo fece ritornare sul treno. Iniziò a osservare il suo scompartimento e, per un'idea di ritorno, pensò che fosse lo stesso che prese venticinque anni prima. Subito dopo sperò che non fosse vero, altrimenti si sarebbe dovuto preoccupare al prossimo scambio, dato che la stazione di Muzzano era ormai in vista.

Sapeva che Lisino lo stava aspettando lì; si era anche preparato su un paio di partite, nel caso gli avesse chiesto di nuovo pronostici per il totocalcio.

Il treno iniziò a rallentare. Chivo si alzò, prese la sua valigia e uscì dallo scompartimento. Sul corridoio della carrozza diede un'ultima occhiata al mare, prima che il treno si infilasse in un tunnel e arrivasse in stazione. Chivo non se lo ricordava e si ripromise di chiedere poi a Lisino se fosse nuovo.

Scese dal treno e vide una persona che somigliava a Lisino, ma con i capelli rimasti tagliati corti, sulla banchina. Dopo un po' iniziò a salutarlo. Chivo gli si avvicinò: – Vero che ti sei tagliato quell'orribile riporto.

– E io vedo che hai i capelli bianchi e non hai più la panza.

– Le ginocchia non reggevano più…

Uscirono e videro la 850 *rosso bordò*.

– Ce l'hai ancora, dopo tutti questi anni? – chiese stupito Chivo.

– Già. Onestamente la uso poco, perché ora vado perlopiù in bicicletta.

Chivo dapprima non reagì, pensando di aver capito male, o che Lisino si fosse sbagliato, ma quando rimase in silenzio, strabuzzò gli occhi: – Davvero? Tu in bicicletta?

– Già. Ma tipo che ci vado da un paio di giorni dopo che siete andati via. Venticinque anni.

– Ma ci vai come vai in macchina? Come un pazzo?

– Sì beh, diciamo che la testa vorrebbe, ma anche a me il fisico non regge, quindi vado piano.

Salirono sull'auto. Lisino cercò di andare piano, ma la sua concezione di piano non era la concezione comune. Soprattutto ai semafori, si fermava al rosso, però scattava con uno sprint degno di un pilota di formula uno, per poi calmarsi e non accelerare più.

– Ma gli altri quando arrivano? – chiese Lisino.

– Penso saranno qui intorno alle quattro, se hanno preso quello della mattina. Credevi non venissero? – disse sorridendo.

– Diciamo che fino a quando non li vedo scendere dal treno ci credo poco. Dopotutto sei tu che li hai sentiti. Per quanto ne so io, potrebbero non saperne nulla, e in realtà tu hai fatto solo finta.

– Ma sta' zitto! – Lisino rise, e con lui Chivo. Arrivarono davanti casa sua.

– Quindi, hai prenotato il *bè è brekfa?*

– Il bed and breakfast? Sì, alla fine che ne so, magari eri in compagnia e non volevo essere di fastidio.

– Ma se ti ho detto che non mi davi fastidio!

– Sì, ma quindi? Sei in compagnia o no?

Lisino iniziò a fare gesti e versi per indicare che forse aveva qualche intrallazzo. Chivo però, mentre faceva quella performance degna di un tarantolato, iniziò a pensare che si stesse sentendo male.

– Quindi ho fatto bene! Dai, è in via Regina Margherita,

non penso sia lontano da qui.

– No, però avrei dovuto prendere l'altro ponte e non passare dalla città antica.

– Giusto.

Lisino fece un "Aaaah!" di sconforto ironico e proseguì.

– Però ti farà bene vedere come è cambiata Muzzano. Non mi ricordo, da quant'è che non vieni qui?

– Boh, saranno quattro, cinque anni.

– Allora forse non ci sarà molto. Però un giro lo dobbiamo fare in ogni caso.

Lisino gli fece vedere i nuovi quartieri, nati alla fine degli anni '70 e '80. Chivo non si era ancora abituato alla vista di quei palazzoni dove la sua memoria collocava aperta campagna. Non pensava che fosse meglio prima, con le bisce che sbucavano tra le erbacce, si chiedeva invece chi ci abitasse lì, dato che ormai il petrolchimico era chiuso e ormai la città era entrata in una spirale di spopolamento. Infatti, le persiane chiuse di sabato mattina lasciavano intuire che lì dentro non ci abitasse nessuno, e quando vide l'ingresso di uno con il cartello vendesi ne ebbe la conferma.

– Questo l'ha fatto l'amico tuo. Cioè l'amico mio, ma ci siamo capiti – disse Lisino.

– In realtà no, non ho capito assolutamente un cazzo.

– De Castri. Spilletto. L'ha fatto la sua compagnia di costruzioni. Sai che fine ha fatto?

– Morto prima che lo mandassero in galera. Quattro anni fa. Lo avevano arrestato per una storia di mazzette dentro Tangentopoli, ricordi?

– Ma sai che non ci sarei mai arrivato? – disse ironico Lisino.

Chivo abbozzò un sorriso. Sapeva che il giro di corruzione e clientelismo era quello che gli aveva dato da mangiare anni prima, e nell'apertura di quella fogna rotante un po' di merda avrebbe potuto colpire anche lui. Fece fermare Lisino: – Penso che siamo arrivati.

– Sei sicuro?

Chivo scese. Andò a vedere il citofono e disse: – Sì, sì. È questo qui. Ci sentiamo dopo, quando arriveranno gli altri. Ok?

– Ok, *uagnò*[40]. A dopo.

Mentre Chivo, saliva al bed and breakfast con la valigia, Lisino rimase a guardare quel palazzo e quello a fianco. Si chiese se anche quelli non fossero stati costruiti dalla compagnia di Spilletto. Poi pensò che, se suo cugino avesse ancora avuto l'albergo, allora l'avrebbe invitato. Poi si ricordò che quel cugino era andato al nord a dare una mano ai figli con i nipoti. Si chiese come se la passasse e concluse che non era morto, dato che non aveva sue notizie. Niente nuove, buone nuove.

Steve scese dal treno. Per tutto il viaggio si era sentito sorvegliato, ed era normale, dato che lo avevano avvisato di questa eventualità, almeno nel periodo in cui sarebbe rimasto ministro.

Si fermò un attimo per vedere dove fosse l'uscita e fece due passi. Si sentì toccare sulla spalla e si girò. Vide cinque nocche che volavano sul suo naso e, poco prima che connettessero col suo naso, rallentarono fino a diventare un buffetto.

– Ce l'avevo in canna da quanto te ne andasti, ma sono diventata troppo vecchia per dartelo forte.

La mano si spostò e dietro c'erano gli occhi più belli che Steve avesse mai visto.

– Ciao Sofia. – disse Steve in tono monocorde, quasi come se quella fosse la metà strada tra lo stupore di vederla e lo spavento del pugno.

– Tutto ok? Ti sei spaventato? – gli chiese Sofia, stringendogli le spalle.

Steve rimase immobile a guardarla.

– No, è che…non mi aspettavo di vederti qui.

– Non voglio insultare la tua intelligenza, ma siamo qui per lo stesso motivo, come puoi dire che non ti aspettavi di vedermi?

– SI, non mi aspettavo…vabbè dai, hai capito.

– In realtà no, ma non fa niente.

---

[40] Ragazzo

Sofia sorrise, e Steve, pensando che in effetti anche il sorriso fosse invecchiato bene, le chiese: – Ma tu ti ricordi dove dovremmo andare?

– Sì. Seguimi. Sai che abbiamo una guida.

Fuori dalla stazione c'erano Chivo e Lisino sulla 850 *rosso bordò*. Steve rimase quasi stupito del fatto che ci fossero fuori anche loro, poi pensò che, in effetti, erano lì per Sofia. Steve sorrise e salutò, dopo che avevano già salutato lei.

– Ciao *ragazzi*!

– Una volta, forse... – rispose veloce Lisino.

Steve rimase interdetto, di nuovo, come spaesato.

– Niente, niente, ragazzo, salta su.

Salirono sull'auto.

– Questa è la prima volta che tornate a Muzzano? – chiese Lisino.

– Sì. E tu Chivo?

– No, io ci sarò tornato almeno cinque volte.

Steve, fuori dal finestrino, vide gli stessi palazzi del 1971, cadenti proprio come se li ricordava. Ogni tanto lo sguardo gli cadeva su un negozio o su un altro, e cercava di ricordare se anche quello fosse già aperto venticinque anni prima. Steve provava a ricordare, ma non ci riusciva.

Lisino urlò: – Ci vorrà ancora un po', portate pazienza.

Gli altri annuirono, in silenzio. Steve pensò che, forse, anche loro non fossero così interessati come poteva sembrare dalla e-mail che aveva ricevuto da Chivo.

Lisino prese le due curve che delimitavano il lato più piccolo dell'isola come se fossero una sola, passando anche davanti a Piazza S. Francesco, e si ritrovò a dare gas senza dover aggiustare le ruote. Si girò verso gli altri e disse: – Vedete? Nonostante tutto riesco ancora a cavarmela.

Appena si rigirò dovette inchiodare per evitare di spiccare il volo su un dosso artificiale di cui si era evidentemente dimenticato. Parcheggiò poco più avanti.

– Questo maledetto dosso…ora ci possiamo salutare per bene. Si abbracciarono l'un l'altro e anche Sofia si lasciò abbracciare.

Lisino, però li guidava col passo svelto come un ragazzino che volesse far vedere il compito di matematica andato miracolosamente bene ai genitori. Arrivato davanti ad un bar si fermò e aprì un braccio.

Sul tetto campeggiava un'enorme araba fenice, con sotto la scritta: "L'araba fenice – bar tabacchi".

– Allora? – disse Lisino, con un sorriso da piazzista.

– Ma il bar non era tipo dall'altro lato? – chiese Steve.

– Ragazzo, non ti preoccupare, tu non l'hai visto. Chivo, Sofia lo riconoscete?

– Onestamente no… – disse Sofia.

– Io sì. – rispose Chivo. – Qui c'era il ristorante…come diamine si chiamava…quello dove ci hai portato il primo giorno.

Steve, di sfuggita, vide per strada una figura che gli sembrava lo fissasse. Chiese scusa e si allontanò. Si avvicinò alla figura, ma quella si nascose. Girò due angoli e la trovò. Vide all'interno della cabina telefonica e vide Bettini. Lo guardò due, tre volte, come se non si capacitasse di essere riuscito a riconoscerlo. Gli girò intorno, non pensando eventualmente a nascondersi. Si avvicinò fino a quasi ascoltare cosa disse, poi dal labiale vide quello che a lui parve un inequivocabile "Soares", e si allontanò. Immaginò che fosse routine dei ministri essere sorvegliati.

Tornò e vide Lisino che era ancora intento ad illustrare il bar. Vide che Chivo e Sofia si sforzavano di sorridere e annuire. Si unì istintivamente al movimento di teste mentre gli mostrava il bancone in marmo e i tavolini in legno bianco che però erano già segnati probabilmente dai pugni di qualche avventore durante una partita a briscola.

– Allora, volete qualcosa da bere?

Tutti e tre chiesero dei caffè. Lisino li portò rapidamente e si sedette con loro. Si guardarono per lunghi secondi, senza parlare. Nonostante i venticinque anni, o proprio per quello, nessuno si azzardava a fare domande. Steve fu il primo a rompere il ghiaccio: – Quindi? Non c'è niente di questi anni che volete raccontare?

Chivo alzò le spalle: – Forse Lisino lo sa, ma vivacchio abbastanza bene scrivendo per un giornale e ogni tanto pubblico un volume su quanto successo venticinque anni fa…ovviamente in fondo è lo stesso libro, ma lo cambio quanto basta per vendere un po' di copie e andare in giro a tenere conferenze.

Gli altri risero.

– Certo che sei terribile! – disse Sofia.

– Che ci vuoi fare, devo tirare a campare anche io! E poi sono convinto che se scrivessi un libro nuovo ogni anno sarebbe più facile che rifare lo stesso facendo molta attenzione a non ripetersi e a cambiare un po' di cose senza entrare in contraddizione con quanto fatto gli anni precedenti.

– Allora prova a fare un libro nuovo! Uno dei tuoi l'ho comprato e non era male, ma di certo non me ne compro altri…anche il libraio mi ha detto che letto uno, letti tutti.

Chivo rise a denti stretti e rimase in silenzio, aspettando che qualcun altro prendesse la parola.

Sofia disse: – Personalmente sto lottando contro l'università italiana…ci sono dentro da prima ancora di trovarmi qui, e i contratti che mi fanno sono ridicoli. Se ci rimango è solo perché non ho ricevuto altre offerte.

– Ma perché non hai provato a contattare tu altre università? O magari farti assumere da qualche società?

Chivo fu fulminato da uno sguardo glaciale di Sofia. Alzò le braccia e le disse: – Era solo un'idea.

Sofia riprese la parola e disse: – Non pensare che non ci abbia provato, è solo che…alla fine mi sto facendo consumare dalla routine e questo diamine di pensiero del posto fisso che più o meno sono riuscita a conquistare, anche se devo sempre sottostare a diecimila capi e capetti…chissà quando potrò comandare io.

Lisino rise e disse: – Se l'atteggiamento è questo, fattelo dire: mai. Ma per il resto che hai combinato? Trovato marito?

Sofia annuì accennando una risata amara.

– Trovato e perduto.

Prese il portafoglio dalla borsa e tirò fuori una foto.

– Questa è mia figlia. Spero non vi foste aspettati una foto di quello stronzo.

La videro e sorrisero. Lisino stava per fare un commento inappropriato, ma fu fermato per tempo da Chivo.

Si girò, quindi, verso Steve, che si sentì addosso anche gli sguardi degli altri due. Iniziò tirando su le spalle, mentre pensava a cosa dire.

– Beh, sapete che sono tornato in Portogallo…

Steve si fermò. Non riusciva a proseguire. Vide gli altri con le rughe, le teste pelate o imbiancate, e sentì il peso degli anni passati. Voleva tornare indietro di venticinque anni, non per provare a cambiare qualcosa, forse nemmeno per rivivere quell'esperienza, soprattutto per tirarsi fuori dall'impiccio in cui si trovava.

– E poi? – lo incalzò Sofia.

Steve sorrise e continuò: – E poi niente, ho trovato un impiego in banca, tranquillo…ho provato a entrare in politica, ma niente di che.

Lisino disse: – Ma io non ti vedo proprio in politica. Per niente, ti mangerebbero vivo.

Steve sorrise. Chivo gli chiese: – E la rivoluzione dei garofani? Non hai fatto nulla?

Steve disse: – Sì, beh, ero in piazza, ma non è che ho partecipato così attivamente.

Questa volta fu Chivo a sorridere. Lisino si alzò e prese le carte. Iniziò a distribuire per una briscola senza nemmeno chiedere se qualcuno volesse giocare.

Vinse la coppia Sofia-Steve, sulla cui tenuta Chivo e Lisino furono abbastanza perplessi, fino a ritrovarsi a perdere 3 partite di fila per almeno dieci punti.

– Culo, solo culo – disse imperturbabile Lisino rimescolando le carte, prima di rimetterle a posto.

Chivo disse: – Il fatto che io non giocassi da almeno vent'anni non c'entra, vero?

Lisino gli fece cenno di stare zitto.

Steve disse: – Vado a prendere una boccata d'aria.

Si sedette su uno sgabello a pochi centimetri dal mare, e vide il panorama. Era molto diverso da come se lo ricordava, i pennacchi del petrolchimico erano ormai spariti per la maggior parte, e anche gli altri avevano su delle impalcature che facevano presagire una fine simile.

Quelle che lui pensava fossero boe, i pali delle cozze, erano ancora lì al loro posto, e pensò che anche i mitili fossero contenti dello spegnimento.

Poco dopo arrivò Chivo, che si sedette per terra, dopo aver visto che l'altro sgabello era alquanto instabile. Disse a Steve: – Allora, mi puoi dire che cosa stai combinando davvero? Mi sa che tutti ci siamo accorti del fatto che stessi dicendo una cazzata.

– Io?

– Già.

– Mah, perché dici questo?

– Perché diciamo che un uccellino sul computer mi ha detto che tu hai avuto un ruolo un po' più grande nella rivoluzione dei garofani. Inoltre, lì dentro c'è un tizio che ti fissa.

Steve allungò il collo e vide che in effetti c'era qualcuno che faceva malamente finta di leggere il giornale e lo teneva d'occhio. Chivo continuò: – Inoltre, lo stesso uccellino di prima mi disse che chi aveva avuto un ruolo in quella rivoluzione, ha poi ricevuto qualche guadagno politico…ancora niente?

– Diciamo che potrebbero avermi fatto ministro.

– Ecco. Per favore, togliti quel cazzo di garofano dall'occhiello, che qui i socialisti non esistono più, e rischi anche che ti vedano storto, qui in giro.

Steve ci pensò e disse: – Se qualcuno mi vedrà male, gli spiegherò cosa ho passato per questo. Non vorrei dirlo, soprattutto dopo quelle storie tue e di Sofia…onestamente mi sono sentito un po' in colpa perché qualcosa mi sono ritrovato a farla e il resto mi è un po' piovuto addosso…penso tu sappia a cosa mi riferisco.

– E Lisino? Lui non lo trovi felice e contento?

– Sì, quello sì…però diciamo che questo bar mi fa un po' cacare, quindi non volevo correre il rischio di qualche gaffe, dicendogli a muso duro cosa pensassi.

– No, beh, anche a me non piace…tutto questo bianco, sembra un bar di una statale. Non so se hai presente…

Arrivò Sofia: – Di cosa andate cianciando voi due?

– Niente, niente.

Sofia si sedette sullo sgabello e si accese una sigaretta.

– Certo che senza quei cazzo di pennacchi la vista migliora. Speriamo che si sbrighino a toglierli tutti,

Chivo annuì: – Sì, ma non ne parlerei a Lisino, altrimenti per me parte con una filippica su come abbiano tolto dei posti di lavoro e così via.

Lisino si affacciò alla porta e disse: – Allora, volete che vi porto qualcosa?

– Niente, niente, stai tranquillo.

– Sicuro?

– Vabbè, una bottiglia d'acqua. – disse Steve.

– Acqua? E che ci devi fare?

– Cosa vuoi che ci faccia?

Lisino non rispose e andò al bancone. Tornò con una birra in bottiglia. Steve si girò per protestare, ma Lisino gli disse: – Bevi, acqua! Se vedono che bevi acqua, tu perdi la faccia e io perdo clientela.

Steve, malvolentieri, accettò. Mentre beveva quell'intruglio ferroso che si poteva definire con un po' di fantasia birra, osservava il tramonto. Ripensò a quando gli toccava fare avanti e indietro sul lungomare sopra di loro, come facevano turisti e semplici passanti. Si girò e vide che anche gli altri avevano lo sguardo fisso verso l'orizzonte.

I quattro si trovarono insieme per un attimo, mentre il sole si nascondeva dietro gli ultimi pennacchi rimasti in piedi del vecchio petrolchimico.